SCIENCE FICTION

Herausgegeben
von Wolfgang Jeschke

Von Alan Dean Foster erschienen in der Reihe
HEYNE SCIENCE FICTION & FANTASY:

Die Eissegler von Tran-ky-ky (06/3591)
Das Tar-Aiym Krang (06/3640)
Die denkenden Wälder (06/3660)
Alien (06/3722)
Der Waisenstern (06/3723)
Der Kollapsar (06/3736)
Die Moulokin-Mission (06/3777)
Kampf der Titanen (06/3813)
Outland (06/3841)
Cachalot (06/4002)
Meine galaktischen Freunde (06/4049)
Auch keine Tränen aus Kristall (in Vorb.)

Außerdem in der Allgemeinen Reihe:

Das Ding aus einer anderen Welt (01/6107)

ALAN DEAN FOSTER

MEINE GALAKTISCHEN FREUNDE

Science Fiction-Erzählungen

Deutsche Erstveröffentlichung

WILHELM HEYNE VERLAG
MÜNCHEN

HEYNE-BUCH Nr. 06/4049
im Wilhelm Heyne Verlag, München

Titel der amerikanischen Originalausgabe
WITH FRIENDS LIKE THESE
Deutsche Übersetzung von Heinz Nagel
Das Umschlagbild schuf Michael Whelan
Die Illustrationen im Text sind von Mark van Oppen

Redaktion: Rainer Michael Rahn

Printed in Germany 1984
Umschlaggestaltung: Atelier Ingrid Schütz, München
Satz: Schaber, Wels/Österreich
Druck und Bindung: Elsnerdruck, Berlin

ISBN 3-453-30992-8

INHALT

Für Jo Ann, die meine Zukunft hat,
und der ich jetzt ein wenig
aus meiner Vergangenheit gebe,
in Liebe gewidmet

EINFÜHRUNG

Als ich sehr jung war, und das liegt noch gar nicht so lange zurück, wollten meine Freunde und ich, »wenn wir einmal groß sind«, Feuerwehrleute, Polizisten, Piloten und Präsidenten werden. Wahrscheinlich sagt es etwas über meine Generation aus, wenn man bedenkt, daß als Jugendliche unser Ehrgeiz dahin ging, erfolgreiche Beamte zu werden. Jedenfalls kam nie einer zu mir, wenn wir nachmittags Ball-gegen-die-Wand oder Blechdosentreten gespielt hatten, und sagte: »Alan, wenn ich einmal erwachsen bin, will ich ein Science Fiction-Schriftsteller sein.«

Mit noch mehr Bestimmtheit kann ich sagen, daß ich das nie zu jemandem gesagt habe. Und trotzdem ist es dazu gekommen. Was, um es so, wie meine Mutter es einmal sagte, zu formulieren, ist mit mir schiefgelaufen?

Wahrscheinlich kam es daher, daß man mir so viele Comic-Hefte gab. Comic-Hefte *sind* für den »American Way of Life« gefährlich, müssen Sie wissen. Das ist eine Theorie, die ich stets unterstützt habe. Ein Kind, das mit Comic-Heften heranwächst, kann gar nicht anders, als ein Bewußtsein zu entwickeln, das stets Fragen stellt; eine ganz besondere Phantasie zu besitzen, ein Gefühl für das Wunderbare, den Wunsch, genau zu erfahren, was die Dinge eigentlich in Bewegung hält, sie laufen läßt – Maschinen, Menschen, Regierungen.

Kein Wunder, daß unsere vergoldeten Konservativen Angst vor ihnen haben.

Ich kann mich nicht mehr erinnern, wann ich damit anfing, Weltraumschiffe zu zeichnen. Meine Blütezeit jedenfalls erreichte ich in der fünften Klasse. Es waren keine besonders guten Weltraumschiffe. Aber tief in der Seele wußte ich, daß sie astrophysikalisch in Ordnung waren. Eines Tages würde ich richtige konstruieren. Vielleicht wäre ich Ingenieur geworden, hätte es da nicht einen feindlich gesinnten Koloß gegeben, der immer vor mir aufragte und meinen Träumen im Weg stand: die Mathematik.

Nicht, daß ich hilflos gewesen wäre, aber ich legte auch nicht gerade besonders frühreifes Geschick für Differentialrechnungen an den Tag. Meine Gefühle glichen jenen, als ich entdeckte, daß man mehr als sechs Klavierstunden braucht, um Rachmaninoffs Drittes Konzert zu spielen, ja sogar sein Erstes Konzert. Und so geriet ich in geistiger Hinsicht ins Treiben, da mir mein erwählter Beruf im zarten Alter von elf Jahren versperrt war.

Wenn nur dieses verdammte Buch *Das Weltraumschiff unter dem Apfelbaum* nicht gewesen wäre ...

Ich strengte mich also in der Schule weiter an und entdeckte in mir gewisse Talente für die biologischen Fächer. Irgendwo tauchte freilich immer wieder die Mathematik auf und störte meine Kreise. Was sollte ich tun? Ich war gut in Englisch und Geschichte, aber verdammt noch mal, ich wollte Weltraumschiffe konstruieren.

Ich fuhr fort, welche zu zeichnen, wußte auch, daß es keinen Sinn hatte, war aber einfach nicht imstande, den glatten Linien, den sinnlichen Kurven von Antriebsdüsen, den scharfen Stichen irgendeines Energiestrahls zu widerstehen. Als ich die ersten Schreibversuche unternahm, hielt ich mich der Science Fiction fern (unmöglich kompliziert, knifflig, herausfordernd). Ich schrieb Liebesgeschichten, Krimis, ja sogar Fantasy. Wie konnte ich auch nur in Betracht ziehen, Science Fiction zu schreiben, wo sich doch *Die Welt der Null-A* wie Chinesisch las? Ich las nicht einmal besonders viel SF und wandte mich vielmehr der Naturgeschichte, der Politik, der Wissenschaft und der allgemeinen Literatur zu. Während meiner ganzen Oberschulzeit tauchte ich förmlich in Tonnen solcher nicht Nicht-Science Fiction unter.

Wie wenig ich doch wußte.

Ich fing auf dem College an, auf der UCLA. Je mehr Geheimphilosophie zu lesen ich gezwungen war, desto mehr freute ich mich darauf, mich mit den Anregungen des guten Dr. Asimov zu entspannen. Thomas Hobbs veranlaßte mich dazu, mich am Humor der Menschlichkeit Eric Frank Russells zu erfreuen. Die schmerzhaften Einzelheiten der politischen Wissenschaft fügten mir weniger Leid zu, wenn ich sie mit einer angemessenen Dosis von Robert Sheckley linderte oder unter der glatten Logik eines Murray Leinster begrub. Ich las ungeheure Mengen von Science Fiction.

Ich entdeckte E. E. Smith und John Taine, deren Raum-Zeit-Konzepte jene der Vorlesungen, denen ich beizuwohnen hatte, ins Lächerliche schrumpfen ließen.

Aber ich war der zweitverkrüppeltste College-Bastard, ein Absolvent der politischen Wissenschaften (der verkrüppeltste ist derjenige, der in Englisch abschließt). Blieb mir also kein anderer Weg, als das Studium der Jurisprudenz aufzunehmen. So gürtete ich meine Lenden, um die neue Herausforderung anzunehmen. Zumindest würde ich irgendwann einmal Geld damit verdienen.

Und dann entdeckte ich in meinem Seniorjahr, nachdem ich die vorgeschriebenen Kurse mühsam weggeschaufelt hatte, die Filmabteilung der UCLA. Und das Drehbuchschreiben. Ich entdeckte, daß ich – o Freude der Freuden! – Scheine dafür einheimsen konnte, daß ich mir Filme ansah. Und dafür, daß ich schrieb, jede beliebige alte Geschichte schrieb, die mir in den Kopf kam.

Die Schule wandelte sich für mich von der Quälerei zum Vergnügen. Ich erzählte Geschichten und sah mir welche an; das war alles, was man von mir verlangte. Und ich lernte die Freude jener kennen, deren Leben sich in erster Linie mit künstlerischer Schöpfung befaßt, sah den schieren Überschwang eines jungen Gastdozenten, den dieser an den Tag legte, während er ein Seminar über die Filme des Regisseurs Howard Hawks hielt. Peter Bogdanovich war kein besonders guter Dozent, aber er war enthusiastisch. Und sein Enthusiasmus hat ihm gut getan, seit er jenes Seminar hielt.

Er gab mir eine 2, schrieb aber auf meine letzte Arbeit: »Sie haben einen guten Instinkt ... Sie sollten weitermachen.«

Doch die Jurisprudenz drohte immer noch. Bis ein Wunder geschah. Trotz nicht gerade spektakulärer Bewertungen – vielleicht wegen eines guten Punkteergebnisses bei der Aufnahmeprüfung, vielleicht auch wegen des seltsamen Briefes, den ich schrieb, und in dem ich erklärte, mein erster Wunsch wäre es, der größte Gigolo der Welt zu werden, und mein zweiter, zu schreiben – wurde ich in den Schriftstellerkurs aufgenommen.

Meine Eltern klagten stumm und stoisch und fanden sich schließlich mit der Vorstellung ab, daß ihr junger Perry Mason dem ganzen juristischen Berufsstand eine lange Nase drehte. Ich verzichtete also auf die Jurisprudenz und trat ein in die verrückte Welt des Films an der UCLA. Ich begann in dem keineswegs wunderkindlichen Alter von zweiundzwanzig zum erstenmal, ernsthaft zu schreiben.

Ich schrieb eine Liebesgeschichte, die in Japan spielte, eine Wildweststory und eine Sexkomödie. Ich schrieb einen Science Fiction-Detektivfilm. Ich schrieb ein Epos. Und ich fing damit an, zu meinem eigenen Vergnügen Science Fiction-Stories zu schreiben. Ich würde eine Kombination aus Ellison, Stapledon, Clarke und Heinlein werden. Ich würde mein Talent wie teure Konfitüre über Bogen von handgeschöpftem Büttenpapier schmieren.

Mein erster Versuch galt einem Weihnachtsbaum aus Aluminium, der Wurzeln schlug und zu wachsen begann. Er wurde abgelehnt. Häufig.

Niedergeschlagen? Ich war ruiniert, ein Wrack, psychologisch vernichtet. Ich hätte Jura oder Tiermedizin studieren, ein Handwerk lernen sollen. Ich würde verhungern, jämmerlich, würde auf den Straßen um Nußhörnchen mit Schokoladesplittern betteln ...

Ich verkaufte eine Story. Meine zwölfte. Dabei war sie nicht einmal als Story geschrieben, wohl aber die nächste. Und die verkaufte ich auch. Ich bekam weiterhin Ablehnungsschreiben, aber einige davon waren nicht vervielfältigt, sie waren tatsächlich geschrieben, an mich geschrieben. Ich schloß mich den Science Fiction Writers of America an und lernte meine Götter kennen – und war erschlagen, als sie sich als Menschen erwiesen. Manchmal mehr als Menschen, manchmal weniger. Aber ich war *einer von ihnen*.

Ich begann zu begreifen, wie sich ein Aussätziger fühlt.

Harlan Ellison ließ Interesse an einer meiner Stories erkennen. Ob ich ihn aufsuchen und mit ihm darüber sprechen wollte? Hatte Washington die Sklaven befreit? Hatte Lincoln Kirschbäume gefällt?

Ich lernte *den* Harlan Ellison kennen. Ich werde nie die ersten Worte vergessen, die er zu mir sagte – die ersten Worte von einem SCHRIFTSTELLER an einen Schriftsteller.

»Zuallererst, Foster, Sie wissen doch, daß diese Story zu neunzig Prozent Scheiße ist.«

Aber im Wesen gefiel ihm der Schluß. Ob ich es noch einmal versuchen würde?

Hatte Washington die Sklaven befreit? Hatte Lincoln ...

Binnen zwei Tagen deckte ich Ellison mit drei oder vier komplett umgeschriebenen Stories ein. Weil ich aufgeregt war. Weil ich begierig war. Und weil ich mich nächste Woche zum Militärdienst melden mußte. Mhm. Und außerdem wollte ich den Roman zu Ende bringen, an dem ich arbeitete, meinen ersten.

Harlan konnte ich nicht befriedigen, aber den Roman brachte ich zu Ende. Er wurde abgelehnt. Und dann verkauft. Und ich – ich war verloren. Ich war einer der glücklichen Aussätzigen, komme, was wolle. Mag sein, daß ich ein verhungernder Aussätziger war, vielleicht sogar ein wohlhabender, aber ich hatte mir meine Krankheit gewählt.

Ich wurde aus der Army entlassen und verdiente mir zunächst meinen Lebensunterhalt, indem ich Pressenotizen für eine winzige Werbeagentur am Ort schrieb. Außerdem bediente ich die Vervielfältigungsmaschine und machte das Aquarium sauber. Ich bekam vierhundert Dollar pro Monat, für den Anfang. Ein Jahr und ein paar Monate später fing ich an, mich genauso wie die Fische im Aquarium zu fühlen.

Wenn ich nur irgend etwas finden könnte, das mir gefiel, etwas, wovon ich leben konnte, während ich wieder mit Schreiben anfing. Ich wußte, daß niemand vom Science Fiction-Schreiben leben konnte, abgesehen von Leuten wie Heinlein und Anderson und Asimov. Zum Teufel, das waren ohnehin Unsterbliche, welchen Unterschied machte es also schon?

Das Los Angeles City College bot einen Teilzeitjob als Lehrer. Ich bewarb mich und wurde angenommen. Außerdem machte es mir Spaß. Ein Kurs in Filmgeschichte und einer in Schriftstellerei. Ich lehrte auch an der UCLA schreiben und hielt sogar ein Seminar über die Werke von H. P. Lovecraft.

Ich schrieb weiter. *Und Dann Begann Einiges Zu Passieren.* Ich verkaufte Bücher, verkaufte Stories. Andere Leute gaben Geld dafür aus, um sich mit mir gemeinsam an Geschichten zu erfreuen, die ich zu meinem persönlichen Vergnügen geschrieben hatte. Ich war glücklich, zufrieden. Wer wäre das nicht gewesen? Ich habe noch nie einen Geschichtenerzähler erlebt, der unglücklich war, wenn er Geschichten erzählte.

Jetzt bin ich Schriftsteller, aber ich fühle mich schuldig. Das macht einfach zu viel Spaß. Es ist eine Sünde, so viel Freude am Leben zu haben. Ich habe noch nicht genug gelitten, um Schriftsteller zu sein. Ich mag andere Menschen, ich mag diese traurige, mit Smog verhangene Welt. Ich mag meine Agenten und meine Verleger und meine Herausgeber. Ich mag sogar Kritiker. Ich liebe meine Frau, die viel zu schön für mich ist.

Sicher muß irgend etwas an mir schrecklich verkehrt sein.

Oder vielleicht ist alles ein Traum ... Ja, morgen werde ich aufwachen und Gesetzbücher lesen, einen Anzug und eine Krawatte anziehen, Leuten zulächeln, mit denen ich ehrlich sein möchte. Aber für den Augenblick, heute, diese Minute, werde ich jede Sekunde dieses Traums genießen.

Ihnen kann ich das nicht geben. Aber ich kann ein wenig davon mit Ihnen teilen. Es steckt in diesem Buch.

Meine galaktischen Freunde

Mein Science Fiction-Lieblingsschriftsteller war und ist immer noch der unnachahmliche Eric Frank Russell. Als ich den Magazinen Kurzgeschichten anbot, statt meinen Professoren Arbeiten einzureichen, und Ablehnungsschreiben sammelte, statt Scheinen und Noten, fragte ich mich oft, weshalb Russell zu schreiben aufgehört hatte. Ich vermisse ihn.

Bei der World Science Fiction Convention von 1968 in Oakland sagte mir John Campbell, daß Russell sein Lieblingsschriftsteller sei und daß auch er das Fehlen Russellscher Geschichten sehr bedauerte. Also beschloß ich, eine *Terra über alles*-Story mit Russellschem Aroma zu schreiben. Campbell gefiel sie. Er bestätigte einem nie die Annahme einer Story. Er schickte Schecks.

Mann, Junge! - *das* war vielleicht eine Abwechslung gegenüber all den Ablehnungsschreiben.

Als der Leichte Kreuzer *Tpin* das erste Anflugmanöver auf die Sonne von Typ G-0 einleitete, begann seine Geschwindigkeit vom Unmöglichen auf das Unglaubliche abzusinken. Ihre Multidrive-Maschinen gaben das kaum hörbare Pfeifen von sich, welches das Bremsmanöver verkündete. Das Schiff nahm wieder eine reale Masse an, die das normale Universum zur Kenntnis nehmen konnte und wollte.

Als das große Schiff den Orbit des letzten Gasgiganten schnitt, wurde visuelle Beobachtung auf organischem Niveau möglich. Mitglieder der Schiffsbesatzung ergriffen die nie langweilige Chance, an die Bullaugen zu rennen, um einen Blick auf ein neues Sonnensystem zu erhaschen; es waren vor allem jene, zu deren Aufgaben die eigentliche Lenkung des Schiffes nicht gehörte. Neugierde war unter den raumfahrenden Rassen recht weit verbreitet. Die Mannschaft der *Tpin* bildete in diesem

Punkt, wenn sie auch sonst eine hartgesottene Crew war, keine Ausnahme.

Innerhalb der geschützten Räumlichkeiten des vorderen Kontrollraumes, der einen halben Kilometer langen Blase aus Metall und Plastik, bewegte Kommunikator Erster Klasse Phrnnx seine rudimentären Flügel und fragte Kommandant Erster Klasse Rappan zum millionsten Male, was, zum Teufel, sie eigentlich zu finden hofften.

»Phrnnx«, seufzte Rappan, »wenn Sie immer noch nicht hinreichend in bezug auf den Inhalt der Legenden aufgeklärt sind, vermag ich nicht zu erkennen, wie ich Ihnen helfen kann. Statt sich zu wiederholen, was Sie offenbar nur tun, um sich oralisieren zu hören, würde ich vorschlagen, daß Sie eine Ihrer Hörmembranen auf das Detektorgerät richten und nachsehen, ob sie irgendwelche Spuren dieses *bemurften* Yop-Schlachtschiffs entdecken können.«

Phrnnx ließ seine Augen in einer Art und Weise zittern, daß man daraus leichte Ablehnung lesen konnte, in die sich zwei Grad respektvoller Ungeduld mischten. »Wir haben diese unfähigen Yipdips schon vor fünf Parsek verloren, Sir. Ich bin durchaus imstande, meine Pflichten ohne irgendwelche wohlgemeinten Anregungen seitens der Bürokratie zu erfüllen. Sage ich Ihnen etwa, wie man das Schiff fliegt?«

»Das wäre auch eine Aufgabe«, begann Rappan hitzig, »die Ihr Begriffsvermögen so weit übersteigt, daß ...«

»Hochgeschätzte Wesen, bitte!« sagte der Professor. Untergebener und Kommandant verstummten gleichermaßen.

Der »Professor« – sein wirklicher Titel war für den größten Teil der Mannschaft nicht auszusprechen – war sowohl die lenkende Kraft als auch die wahre Ursache der ganzen verrückten Expedition. Er war es, der das Geheimnis wiederentdeckt hatte, wie der Terranische Schirm zu brechen sei. Er stammte aus einem bescheidenen Haufen mit drei Systemen, der auf halbem Weg zum Rand lag – weit von ihren eigenen Welten entfernt. Ihrer Distanz von den Dingen wie ihrer eigenen stillen, zurückhaltenden Art zufolge hatten seine Rassegenossen nur wenig Anteil an dem beständigen Chaos der Kriege zwischen Föderation und Yop genommen. Die kleine – wenn auch wichtige – Rolle, die sie in dem Konflikt zu spielen bereit waren, entsprang nicht ihrer Wahl. Sie war vielmehr der Politik der Yops zuzuschreiben, die all jene Völker, die nicht ihre Verbündeten waren, als tödliche Feinde betrachteten. Weder in der Yop-Kultur noch in der Yop-Sprache war Platz für den Begriff »Neutrale«. Das Temperament der Yops war derart, daß ihre Alliierten exakt die Summe Null ergaben. Die Angehörigen der Föderation hatten einen Grad an geistiger und moralischer Reife erreicht, der jegliches Vorurteil ausschloß. Dennoch waren sich die meisten darüber einig, daß die Yops keine netten Leute waren. Möglicherweise rührte diese Haltung von der Angewohnheit der Yops her, alles Organische, das sich bewegte, zu essen, ohne dabei auf solch geringfügige Unbequemlichkeiten einzugehen, wie sie zum Beispiel die Intelligenz des zu Verspeisenden oder sein Wunsch, nicht gegessen zu werden, hätten darstellen können.

Gegen sie hatte sich die gesamte verbleibende Macht der organisierten Galaxis verbündet, etwa zweihundertzwölf föderierte Rassen.

Jedoch – vielleicht ihrer Diät zuzuschreiben – gab es eine Menge Yops.

Der erklärte Zweck der Expedition bestand darin, die Zahl der Alliierten auf zweihundertdreizehn zu erhöhen.

Der Professor fuhr mit weniger strengem Ton fort: »Wenn Sie sich *wirklich* streiten müssen, so tun Sie das freundlicherweise auf zivilisiertem Niveau. Zumindest mir zuliebe. Ich bin ein altes Wesen und besitze eine vielleicht unvernünftige Allergie gegenüber lautem und schrillem Lärm.«

Die anderen im Raum Anwesenden senkten unverzüglich respektvoll die Stimmen. In der Föderation wurde das Alter hoch verehrt, um als solches erhalten zu werden. Und das Alter des Professors war wahrhaft ehrwürdig. Seine Antennen hingen schon merklich herunter, sein Chiton wurde immer durchsichtiger und begann, sein gesundes purpurfarbenes Irisieren zu verlieren. Seine Rückenplatten schuppten in dünnen, schmalen

Streifen ab. Daß er sich auf dieser Reise bisher so gut gehalten hatte, auf einer Reise mit manchmal anstrengenden Ausweichmanövern, wenn Yop-Kriegsschiffe auftauchten, war schon für sich betrachtet bemerkenswert. Je näher sie ihrem Ziel kamen, desto stärker schien er zu werden, und jetzt glänzten zumindest seine Augen mit einem Anschein von Vitalität.

Sämtliche Augen waren gespannt auf die große, fleckige Kugel gerichtet, die sich langsam und majestätisch unter ihnen drehte.

»Planet Drei«, verkündete der Navigator Erster Klasse. »Hauptfarben blau, weiß und grün. Atmosphäre ...« Und dann begann er leise vor sich hinzumurmeln. Am Ende meinte er: »Paßt alles, Sir.«

»Und der goldene Überzug?« fragte Kommunikator Phrnnx, dessen Neugierdequotient naturgemäß zu den höchsten gehörte, war er doch eines der jüngsten Mitglieder der Mannschaft.

»Dies, meine Wesen, bedeutet, daß der Schirm noch steht. Nach all den Jahren hatte ich gedacht, vielleicht ...« Der Professor machte eine Geste, die unter seinesgleichen vielleicht als Achselzucken gedeutet werden konnte. Er wandte sich von dem Bullauge ab und den anderen zu.

»Wie Sie sich, hoffe ich, alle erinnern, ist das Phänomen unter uns, der Schirm, die direkte Folge der Kriege zwischen dem alten Empire und Terra, die jetzt Generationen zurückliegen. Damals brachen die Bewohner dieses Planeten zum erstenmal aus ihrem eigenen System hervor und begannen, zu den Sternen zu fliegen.

Sie fanden dort ein aus vielen Rassen bestehendes Imperium, das dem Namen nach von einer Rasse beherrscht wurde, die wir als die Veen kennen. Die Terraner wurden eingeladen, sich dem Imperium anzuschließen, damit dieselben Rechte und Privilegien zu erhalten, wie sie in der ganzen Geschichte seit Tausenden und Abertausenden von Jahren allen neuen raumfahrenden Rassen gewährt worden waren.«

»Und sie lehnten ab«, warf Rappan ein.

»Ja, sie lehnten ab. Den Veen wurde bald klar, daß die Terraner die Absicht hatten, sich in einem anderen Raumsektor ihr eigenes kleines Imperium zu schaffen. Da Terra sozusagen so weit vom Mittelpunkt der Dinge entfernt war, entschieden die Veen, daß dies um des Friedens willen – und der Veen willen – nicht geschehen durfte. So kam es zum Krieg, oder besser gesagt, zu einer Serie von Kriegen. Diese Kriege dauerten Jahrhunderte, und zwar trotz der überwältigenden zahlenmäßigen Überlegenheit der Veen. Die Terraner wurden langsam, aber sicher auf ihre eigene Heimatwelt zurückgedrängt. Es kam zu einem Unentschieden, da die Veen und ihre Alliierten nicht imstande waren, den letzten Verteidigungsgürtel der Terraner zu durchbrechen.

Dann entdeckte ein großer Gelehrter einer der alliierten Rassen der Veen zufällig das quasi mathematische Prinzip, auf das der Schirm aufbaute. Die Eigenart des Schirms machte seinen Einsatz auf Himmelskörpern, die kleiner als ein Mond mittlerer Größe waren, unmöglich. Demzufolge war es für den offensichtlich militärischen Einsatz, als Schiffsverteidigung zum Beispiel, völlig ungeeignet. Und dann kam jemand auf die schlaue Idee, den ganzen Planeten Terra mit einem einzigen riesigen Schirm zu umhüllen und damit zu einem undurchdringlichen Käfig zu machen. Schlimmstenfalls würde das dem Imperium eine Verschnaufpause gönnen, um die schwer angeschlagenen Kräfte neu zu formieren. Bestenfalls würde es die Terraner in ihrer eigenen Festung einsperren, bis die Veen es für richtig hielten, sie herauszulassen. Die Wahrscheinlichkeit, daß die Terraner zufällig auf dasselbe Prinzip stießen, wurde für gering gehalten. Wie Sie jetzt sehen können, scheint dies aber in der Tat der Fall gewesen zu sein.« Wieder seufzte der Professor, ein hohes, pfeifendes Geräusch. »Die Kriege mit Terra hatten jedoch auch die Ressourcen der Veen in ungeheurem Maße beansprucht. Jene Rassen, die sich mit ihnen nur des überlegenen Wissens und der ebenso überlegenen Macht der Veen wegen verbündet hatten, sahen jetzt eine unwiderstehliche Möglichkeit, sich selbst in der Hierarchie des Imperiums an die Stelle der Veen zu setzen. Die Folge? Die Zeit der Konflikte, die schließlich zum Zusammenbruch des Imperiums führte, die Ausschaltung der einmal so stolzen Veen, und, nach beträchtlichem Feilschen und

Kämpfen, die Bildung unserer gegenwärtigen Föderation – natürlich in einer wesentlich primitiveren Form.«

Sein Blick kehrte zu dem blau-weißen Planeten zurück, der sich unter ihnen drehte, und dessen Landflächen in dem sich bewegenden goldenen Schleier, der ein Nebenprodukt des Schirms war, verschwammen. Sie hatten sich bereits an der Schirmstation auf dem einzigen Satelliten des Planeten angekoppelt. »Unglücklicherweise gilt der Bann immer noch.«

Rappan wandte sich einen Augenblick lang von seiner Konsole ab. »Hören Sie, wir haben das alles doch schon einmal besprochen. Die angeblich gültige Regel lautet, daß die Strafe für ein teilweise oder völliges Durchbrechen des Schirms für alle Betroffenen der Tod ist. Aber das *gemurfelte* Gesetz ist Jahrtausende alt!«

»Aber immer noch in den Büchern«, erwiderte der alte Alo, der Kommandant Zweiter Klasse.

»Ich weiß, ich weiß«, sagte Rappan und drehte an einem Abstimmknopf. »Das ist ja einer der Gründe, weshalb jedes Wesen auf diesem Schiff ein Freiwilliger ist. Und wenn ich gedacht hätte, daß wir eine Wahl hätten, hätte ich nie die *Tpin* für diese Fahrt angefordert. Aber Sie wissen genausogut wie ich, Alo, daß wir keine Wahl haben. Wir kämpfen jetzt seit beinahe dreihundert *Sestes* gegen die Yops und haben seit Anbeginn nur Verluste erlitten. Oh, ich weiß, wie es aussieht, aber die Anzeichen sind deutlich sichtbar. Eines Tages werden wir uns nach den üblichen Verstärkungen umsehen, und *piff!* sie werden nicht dasein! Deshalb ist es unerläßlich, daß wir neue Verbündete finden – selbst wenn wir es mit Terra versuchen müssen. Wenn mich meine Eltern als Jungen von den *Grininl*-Furchhainen vertreiben wollten, sagten sie immer: ›Wenn du nicht aufpaßt, schnappen dich die Terraner!‹«

»Gegen das Edikt«, murmelte Alo, um nur ja das letzte Wort zu haben.

Jetzt schaltete sich Navigator Erster Klasse Zinin ein. Er sprach in der tiefen Baßstimme seiner Schwerplanetzivilisation. »Es wird keine Edikte mehr geben, Alter, wenn die Yops die

Föderation zerschlagen. Wir *müssen* einige Risiken eingehen. Wenn die Terraner bereit sind, uns zu helfen – und dazu noch imstande sind –, dann glaube ich, daß GalCen mit ein paar geringfügigen Modifikationen der Regeln einverstanden sein wird. Und wenn diese Geschöpfe so weit zurückgesunken sind, daß sie uns nicht helfen können, werden sie auch keine Gefahr für uns darstellen. Dann würde es GalCen nichts ausmachen.«

»Und wenn sie vielleicht zufällig etwas zornig auf uns sind und auf die Idee kommen, ihren alten Groll zu erneuern?« warf der stets pessimistische Alo ein.

»Dann wird das Unvermeidliche nur beschleunigt«, erwiderte Zinin.

Damit hatte der philosophische Disput ein Ende. Die *Tpin* drang in den Schirm ein.

Grün, dachte Phrnnx. *Das ist der grünste nichttropische Planet, den ich je gesehen habe.*

Er stand am Ende der Rampe, die aus dem Leib des Kreuzers nach draußen führte. Der Rest der Primärkontaktgruppe hielt sich in der Nähe auf. Sie waren unweit einer großen Bergkette gelandet, in einer üppig bewachsenen Vorgebirgsgegend mit sanft wogendem Grün. Der Ausblick, der sich ihnen bot, wurde von hohen braunen und smaragdgrünen Gewächsen beherrscht. Vor ihnen dehnten sich flache Hügel, die mit offensichtlich künstlich kultivierter Vegetation bedeckt waren. Hinter dem Schiff reckten mächtige silbergraue Berge ihre weißgekrönten Spitzen in den Himmel. Wäre die *Tpin* ein Luftschiff gewesen, hätte ihnen die Thermik, die an den Felsmassiven in die Höhe zog, Schwierigkeiten bereitet. So lieferte sie nur weitere Daten für die Aufzeichnung, die die Meteorologen sammelten.

Irgendwo zwischen den hohen Gewächsen – später erfuhren sie, daß man sie *Bäume* nannte – erzeugte ein Bach aus flüssigem H_2O gurgelnde Geräusche. Über ihnen kreisten Ornithorphen träge in der nicht unangenehmen Morgenhitze. Phrnnx meditierte, wie drastisch der Schirm wohl das Klima dieser Welt beeinflußt haben mochte, als ihm bewußt wurde, daß Alo und Zinin hinter ihm herangeschlendert kamen.

»Sicherlich eine friedliche Welt«, sagte Zinin. »Ziemlich wenig Sauerstoff und Argon, und der ganze Stickstoff verleiht ihr ein wenig Geruch, aber insgesamt ein höchst angenehmer Ball Erde.«

»Hm! Von jemandem, der fast genausoviel Treibstoff verbrennt wie das Schiff, hätte ich keine Komplimente erwartet«, brummelte Alo. »Trotzdem, ich will zugeben, daß wir uns da eine ziemlich stille Gegend ausgesucht haben, um Verbündete ausfindig zu machen. Ich frage mich, ob eine solche Welt wirklich eine so kriegerische Rasse hervorgebracht hat, oder ob es vielleicht Einwanderer von anderswo waren?«

»Das waren sie nicht und das hat sie auch nicht«, warf der Professor ein. Er hatte dem Kommandanten und seinen Militärberatern seinen Aussichtsplatz überlassen, weil ihn ihre Unterhaltung gelangweilt hatte.

»Möchten Sie uns das ein wenig erklären, Professor?« fragte Alo.

Der Professor bückte sich plötzlich und grub mit der Klaue in der weichen Erde. Er brachte ein kleines, sich krümmendes Ding zum Vorschein. Er steckte es sich in den Mund und kaute genüßlich.

»Hm. Ein wenig bitter. Aber interessant. Ich glaube, zumindest eine Basis für den Handel haben wir schon.«

»Wäre interessant, wenn es Sie vergiften würde«, sagte Phrnnx mit einigem Vergnügen.

Der Professor bewegte seine Antennen in einer Geste, die Negativität mit einem Grad milden Tadels andeutete. »Nein. Tut mir leid, Sie zu enttäuschen, junger Freund, aber Bio hat bereits die meisten Organika auf diesem Planeten für nontoxisch erkärt. Aber seien Sie mit der Vegetation vorsichtig. Voll Säuren und allem möglichen anderen Zeug. Aber um zu Ihrer Frage zu kommen, Alo. Als die Terraner ...«

»Weil wir von Terranern sprechen«, warf Zinin ein, »ich möchte wirklich gern eines dieser sagenhaften Geschöpfe sehen. Ich kann mich nicht erinnern, bei der Landung irgendwelche Städte gesehen zu haben.«

»Das hat die Aufklärung auch nicht. Oh, schauen Sie nicht so selbstgefällig, Navigator. Aufklärung meldet ihre Anwesenheit – Terraner, nicht Städte –, aber sie schätzen, daß allerhöchstens hundert Millionen von ihnen auf dem Planeten sind. Die einzigen Anzeichen irgendwelcher größeren Ballungen sind unbestimmte Umrisse, die auf alte Ruinen hindeuten könnten. Eigentlich hätten wir etwas von der Art erwarten müssen. Die Leute ändern sich ja in eine paar *Ipas*, das wissen Sie.«

»Meine Frage«, drängte Alo erneut.

»Nun, als die Terraner in den extrasolaren Weltraum eindrangen und anfingen, ihr eigenes Imperium zu bauen, beschlossen die Veen zunächst, sie allein zu lassen. Nicht nur, daß es keinerlei Präzedenzfälle dafür gab, daß eine raumfahrende Rasse die Bürgerschaft im Imperium abgelehnt hätte, nein, die Terraner belästigten auch niemanden. Sie waren auch bereit, alle möglichen Handelsverträge und dergleichen zu unterschreiben. Alles, das sie nicht einschränkte und nicht militärischer Natur war.«

»Warum haben die Veen es sich dann anders überlegt?« fragte Phrnnx, der jetzt anfing, Interesse zu zeigen.

»Irgendein schlauer Bursche in der Veen-Regierung ließ sich ein paar Computerausdrucke machen, Extrapolationen über die bisher bekannte wissenschaftliche Entwicklung Terras, ihre Expansionsgeschwindigkeit, die galaktische Akklimatisierung und dergleichen.«

»Und das Ergebnis?«

»Nach Aussage der Maschinen – und die Veen hatten *gute* – würden die Veen in nur einhundert *Ipas* anfangen müssen, sich an Terra zu akklimatisieren.«

Zinin war der einzige der drei Zuhörer, der seine Reaktion hörbar ausdrückte. Zur Überraschung aller geschah das vermittels eines langgezogenen Pfiffes.

»Ja, so haben die Veen das in etwa auch aufgenommen. Also beschlossen sie, die Terraner so zusammenzustutzen, daß sie nicht länger auch nur eine indirekte Bedrohung darstellen konnten.«

»Das haben sie anscheinend geschafft«, sagte Alo und blickte zu dem goldgefleckten Schirmhimmel auf.

Der Professor folgte seinem Blick. »Ja, so scheint es.« Er blickte zum Standort des Kommandanten hinüber, wo gerade ein Energielift einen Bodenwagen absetzte. »Aber es ist vielleicht ganz lehrreich, sich eine andere Kleinigkeit ins Gedächtnis zu rufen.«

»Und das wäre?« fragte Alo streitlustig.

»Es gibt keine Veen mehr.«

Die Aufklärungsabteilung hatte zwischen den Hügeln etwas entdeckt, was wie eine kleine Senke aussah. Man entschied daher, eine Gruppe, die aus Kommandant Rappan, Navigator Zinin, Kommunikator Phrnnx, einem Philologen, einem Xenologen und natürlich dem Professor bestand, solle mit einem Bodenwagen dorthin fahren und einen Primärkontakt versuchen. Trotz heftiger Proteste wurde Kommandant Zweiter Klasse Alo zum Diensthabenden Kapitän bestimmt.

»Geben Sie der Mannschaft Landurlaub«, wies Rappan ihn an. »Die üblichen Sechserschichten. Halten Sie bis auf weiteres den Dauerwachbetrieb aufrecht. Ich weiß, daß diese Landschaft hier etwa genauso gefährlich wie ein *Mufti*-Käfer nach dem Stopfen aussieht, aber ich habe nicht vor, ein Risiko einzugehen. Auf das erste Anzeichen irgendwelcher feindseligen Handlungen hin starten Sie und verschwinden hier. Das ist eine Anweisung Ersten Grades. Sie haben andere an Bord, die die Schirmeinrichtung bedienen können. Falls das alles hier nicht das ist, was es zu sein scheint, habe ich nicht die Absicht, diesen Geschöpfen einen Ausweg zu bieten.«

»Zur Kenntnis genommen und integriert, Sir«, erwiderte Alo steif. Und dann, mit etwas leiserer Stimme: »Passen Sie gut auf sich auf, Sir. Auf mich wirkt die ganze Gegend hier komisch. Das riecht man einfach, und damit meine ich nicht den Stickstoff in der Atmosphäre.«

Rappan probierte ein Lächeln des Dritten Niveaus mit zwei Grad leichter, jedoch nicht sexueller Zuneigung. »Sie haben das jetzt bei – mal sehen – neununddreißig Planetenlandungen gesagt. Aber seien Sie versichert, ich werde kein Risiko eingehen. Wir wissen zu wenig von diesem Planeten, der Professor übrigens auch. Und außerdem sind Legenden dafür bekannt, daß sie nicht den Tatsachen entsprechen.«

Der kleine Wagen summte leise, während er über den dunklen Boden dahinrollte. Ein Weg ist auf jedem Planeten unverkennbar, und der hier zog so gerade wie ein *Opsith* durch die Felder und niedrigen, bewässerten Pflanzen. Phrnnx hatte sich gefragt, was das für Pflanzen sein mochten und ob sie ihm vielleicht schmecken würden. Als Antwort hatte ihn der Professor an die Warnung von Bio erinnert und hinzugefügt, daß es wohl wenig zur Eröffnung freundlicher Verhandlungen beitrage, den Eingeborenen die Nahrung zu stehlen. Phrnnx nahm von dem Gedanken Abstand. Außerdem schien die Vegetation dieser Gegend einen widerlich hohen Zellulosegehalt zu haben. Sie würde ohne Zweifel ziemlich fad schmecken, wenn sie überhaupt nach etwas schmeckte. Und irgendwelche Anzeichen domestizierter Tiere, die zu Nahrungszwecken dienten, hatten sie bis jetzt nicht wahrgenommen. War es möglich, daß diese Leute ausschließlich von Holzfasern lebten? Ein höchst entmutigender Gedanke.

Er hatte keine Gelegenheit, den Gedanken weiter auszuführen, denn als der Wagen die Biegung umfuhr, die sie erreicht hatten, waren sie mit dem ersten Eingeborenen konfrontiert. Der Wagen verlangsamte seine Fahrt und sank mit einem leisen Seufzen zu Boden.

In dem naheliegenden Feld ging ein ziemlich kleinwüchsiges Zweibein hinter einem großen braunen Vierbein einher. Sie waren gemeinsam damit beschäftigt, einen Keil aus irgendeinem glänzenden Metall durch den weichen Boden zu treiben und ihn in großen lehmigen Brocken zu wenden. Der Name dieses Zweibeins war zufälligerweise Jones, Alexis. Der Name des Vierbeins lautete Dobbins, Ende.

Die zwei Eingeborenen entdeckten offensichtlich die Besucher. Beide hielten in ihrer Arbeit inne, um ernst die fremdartige Kollektion in dem Bodenwagen zu mustern. Die Fremden starrten mit hervortretenden Augen zurück. Das Zweibein trug irgendeine Art von Hemd, das aus Tierhaut hergestellt war. Zum

Teil war es mit Overalls und Stiefeln aus künstlichem Gewebe bedeckt. Als Phrnnx das sah, kam ihm in den Sinn, daß die Eingeborenen irgendeine Art von Fabrikationsanlagen besitzen mußten, irgendwo wenigstens. Das Vierbein trug nur ein Geschirr, wiederum künstlich, das an dem Metallkeil befestigt war. Bald begann die Betrachtung der Fremden das Vierbein zu langweilen, und es ließ den Kopf sinken, um geduldig an den paar wenigen Grasstücken herumzukauen, die es bis jetzt geschafft hatten, dem Pflug auszuweichen.

Kommandant Rappans instinktive Reaktion auf diese erste Bewegung bestand darin, daß er nach seiner Pistole griff. Im gleichen Augenblick erkannte er erschreckt, daß sie nicht an der vertrauten Stelle in seinem Panzer zu finden war. Der Professor hatte darauf bestanden, daß der Kontakt von Anfang an offen und vertrauensvoll sein sollte. Demzufolge waren sämtliche Waffen auf dem Schiff zurückgelassen worden. Der Professor hatte auch fordernd zu den kanonenstarrenden Geschützpforten der *Tpin* hinaufgeblickt, aber der Kommandant und seine Berater hatten sich hartnäckig geweigert, das Schiff ohne Schutz zu lassen. Der Professor hatte geduldig erklärt, daß die Kanonen der *Tpin*, sollten sich die Terraner als wirksame Hilfe gegen die Yops erweisen, wohl schwerlich gegen sie wirksam sein würden. Und wenn sie das nicht sein würden, dann brauchte man die Kanonen auch nicht. Aber wie nicht anders zu erwarten, überstieg dieses Argument das Begriffsvermögen der Soldaten bei weitem.

Trotzdem kam Rappan sich irgendwie nackt vor.

Der Eingeborene machte keinerlei drohende Gesten. Genauer gesagt, er machte überhaupt keine Gesten, sondern fuhr fort, geduldig die versteinerte Ladung von Forschern anzustarren. Nachdem dies einige Minuten angedauert hatte, entschied Rappan, daß jetzt die Zeit gekommen war, die Dinge in Bewegung zu bringen. Außerdem begann der starrende Blick des Eingeborenen ihm ein wenig auf die Nerven zu gehen, ganz davon abgesehen, daß er sich ein wenig albern vorkam.

»Sie, Philologe! Können sie mit diesem Ding sprechen?« fragte Kommandant Rappan.

Der Philologe, ein meterhohes Wesen von einem K-0-Stern in

der Nähe des Cen-Haufens, antwortete nervös: »Das bleibt abzuwarten, Sir. Wir haben keinerlei Aufzeichnungen von ihren Sprachmustern, und es gab während unserer Landung nur wenige Radiosendungen, auf die wir die Computer hätten abstimmen können.« Seine Stimme klang leicht mißbilligend. »Ich bin nicht einmal sicher, welches der beiden Geschöpfe die dominierende Lebensform ist.«

»Das große vorn, ganz sicher«, sagte der Xenologe.

»Ich glaube, in den Legenden werden die Terraner, soweit sie nicht als hundert *Foomp* hohe Feueratmer geschildert werden, als Zweibeine erwähnt«, sagte der Professor ruhig. »Obwohl es auch vier Gliedmaßen hat, sind zwei offensichtlich manipulativer Natur. Ich würde jenes Geschöpf empfehlen.«

»Ich habe praktisch gar nichts, wovon ich ausgehen kann«, protestierte der Philologe.

»Es ist mir egal, ob Sie den Atem dabei anhalten, aber sehen Sie jedenfalls zu, daß Sie dort hinauskommen – und tun Sie etwas! Ich komme mir wie ein Idiot vor, wenn ich hier sitze.«

»Ja, Sir.«

»Ja, Sir – *was?*«

Der Philologe entschied, daß dies ein günstiger Zeitpunkt wäre, einen Primärkontakt zu versuchen. Er eilte zur Tür hinaus. Zumindest, dachte er, würde es auch nicht schwieriger sein, mit den Eingeborenen zu kommunizieren als mit dem Kommandanten. Er wünschte sich innig, er wäre wieder in seinem Gemeinschaftsnest.

Die Gruppe ging hinter dem Philologen auf die beiden Eingeborenen zu.

»Äh«, begann der Philologe und mühte sich mit den kehligen Lauten redlich ab, »wir kommen in Frieden, Terraner. Freunde. Kumpel. Genossen. Blutsbruderschaft. Wir gute Leute. Du comprende?«

»Ich Tarzan, du Jane«, sagte der Terraner.

Der Philologe drehte sich beunruhigt zu Rappan herum. »Ich fürchte, ich kann mit seiner Antwort nichts anfangen, Sir. Die Beziehung ist etwas obskur. Soll ich es noch einmal versuchen?«

»Lassen Sie es ruhig«, sagte der Terraner in fließendem, wenn auch etwas archaischem Galactico. »Alter Witz. Erstaunlich, daß alte Witze die Zeit besser überstehen als die meisten Denkmäler.« Er schien dabei leicht zu seufzen.

»Sie können ja reden!« platzte der Xenologe heraus.

»Ein unglückseliges Gebrechen, von dem ich mich, wie es scheint, nicht trennen kann. Sic transit gloryoski. Zum Teufel mit den Veen. Aber kommen Sie doch zum Haus. Maria macht Eiscreme – hoffentlich mögen Sie Schokolade. Die sollten Sie versuchen, wenn ich auch nicht glaube, daß wir genug für King Kong hier haben.«

Zinin entschied sich dafür, diesen fremdartigen Aphorismus als neutrales Kompliment zu betrachten. Es blieb ihm nicht viel anderes übrig. Er versuchte, seine drei Meter hohe Gestalt kleiner zu machen, gab es dann aber auf, als ihm klarwurde, daß er gar nicht wußte, ob die versprochene Eiscreme nun etwas zu essen, Farbe oder ein leichtes Korrosionsmittel zum Säubern der Zähne war.

»Wir wissen Ihre Gastfreundschaft zu schätzen, Sir. Wir sind hierhergekommen, um eine sehr dringliche Angelegenheit mit Ihren Vorgesetzten zu diskutieren. Es geht vielleicht um mehr, als Sie begreifen können.« Bei diesen Worten musterte der Professor den Eingeborenen scharf, der seinen Blick mit gelassenem Selbstbewußtsein erwiderte. »Obwohl ich so das Gefühl habe, daß Sie vielleicht eine Ahnung von dem haben, was ich meine.«

Wenn dem Terraner eine Veränderung im Blick des Professors auffiel, so ließ er sich das nicht anmerken, sondern lächelte vielmehr Entschuldigung heischend.

»Zuerst die Eiscreme.«

Die Wohnung des Terraners war aus der Nähe betrachtet ein zweckmäßiges und doch nicht unschönes Gebäude. Es schien vorwiegend aus einheimischen Hölzern errichtet zu sein, mit nur wenigen Andeutungen von Metall. Ein kleines Vierbein lag auf seiner Eingangsstufe. Es hob den Kopf, um die Neuankömmlinge traurig mit weisen Augen zu mustern, ehe es wieder seine vormalige Position einnahm. Hätte der Professor irgend etwas über die Geschichte der terranischen Hunde gewußt, so wäre dieser stille Gruß für ihn wahrhaft interessant gewesen.

Das Gebäude ließ mehr Licht und Luft ins Innere, als man von draußen für möglich gehalten hätte. Das Mobiliar schien überwiegend von Hand gefertigt zu sein, mit einigen wenigen maschinell gesetzten Akzenten. Helle Farben dominierten, ohne daß es zu unangenehmen Kontrasten gekommen wäre (nicht daß terranische Farbenharmonie für die Besucher überhaupt etwas bedeutet hätte). Zumindest war der Bau groß genug, um alle unterzubringen.

Die Gefährtin von Jones war eine lebhafte, kleine, dunkle Frau unbestimmten Alters, ganz ähnlich ihrem Mann. Ein einzelner männlicher Nachkomme namens Flip starrte die im Haus seiner Eltern versammelten Gäste würdevoll von seinem Fenstersitz aus an. Er hielt einen Zweig oder Stock, mit dem er gelegentlich auf den Boden stieß.

»Ich muß schon sagen, Alex ...«, sagte die Frau und hantierte an einer großen hölzernen Eiscrememaschine herum. »Du hast mir gar nicht gesagt, daß wir Besuch bekommen. Wie soll ich mich denn auf so etwas vorbereiten, wenn du mir nicht im voraus Bescheid sagst?«

Der Eingeborene lächelte. »Tut mir leid, Honey, aber diese – äh – Gentlemen sind sozusagen hereingeplatzt. Ich hab ihnen Eiscreme versprochen.«

»Hoffentlich mögen Sie Schokolade«, sagte sie.

Als sie alle im Raum Platz genommen hatten, wobei sich jedes Wesen nach der Art zusammenkrümmte, die seiner Physiologie am besten entsprach, beschloß Kommandant Rappan, den vergnügten Dialog zu unterbrechen und zur Sache zu kommen. Ein Fraternisieren mit den Eingeborenen war gut und schön. Ohne Zweifel würde die Xeno-Abteilung das billigen. Nichtsdestoweniger war er keineswegs sicher, daß seine Kollegen, die unter beträchtlichem Druck standen, um die Yop-Angriffe zurückzuhalten, die Dinge ebenso betrachten würden.

Unglücklicherweise beanspruchte diese Sache, die sich *Eiscreme* nannte, ein ziemliches Maß an Aufmerksamkeit.

Zenin war einer der wenigen Anwesenden, dem das Gebräu nicht zusagte. Er beugte sich zur Seite und flüsterte Phrnnx zu: »Das sind die tödlichen Kämpfer, die wir auf unsere Seite ziehen sollen? Die Eroberer der Veen-Flotten? Der Stoff, aus dem die Schauergeschichten sind? Ich muß schon sagen, sie wirken richtig weichlich. Diesen Mann könnte ich mit einer Pfote zerdrücken. Er reicht mir ja kaum bis an die Augen!«

»Das tun nur wenige, Großer«, erwiderte Phrnnx und fügte eine Geste hinzu, die ironischen Humor zweiten Grades andeutete. »Aber das hat wohl kaum etwas zu sagen, so oder so. Obwohl ich einräumen muß, daß sie in der Tat ein wenig von der beschaulichen Art zu sein scheinen.«

Zenin schnaubte bloß.

»Von welchem Sternsystem kommt ihr Leute denn? Doch sicher nicht alle von demselben!«

»Wahrhaftig«, sagte der Professor. Jetzt kam ihm in den Sinn, was ihn seit der ersten Begegnung mit diesen Eingeborenen beschäftigt hatte. Für eine Rasse, die seit x-tausend *Ipas* keine extraplanetarischen Kontakte gehabt hatte, behandelten sie die Mannschaft der *Tpin* wie die Nachbarn von nebenan, die alle Augenblicke auf einen Besuch hereinschneiten. Selbst der Junge – wohin war er eigentlich verschwunden? – war ganz gelassen gewesen, als er sich Geschöpfen konfrontiert sah, die für ihn doch völlig fremdartig sein mußten. Ein wenig entnervend war das schon. »Es interessiert Sie vielleicht zu wissen, daß die Veen seit etwa 450 000 Ihrer Zeitdrehungen ausgestorben sind.«

Das Zweibein nickte verständnisvoll. »Das hatten wir auch angenommen. Als so viel Zeit verstrich und nichts geschah – so oder so, freundlich oder feindlich –, nahmen wir an, daß man uns vergessen und irgendwo abgelegt hätte.«

»Nicht vergessen«, sagte der Professor, »Legenden verweilen manchmal länger als die, die sie geschaffen haben. Am Ende der Veen-Terra-Kriege gab es eine Periode der – Verwirrung.« War das ein Zucken im Gesicht des Eingeborenen, eine Reaktion? Ja? Nein? »Als die Bürokratie, die die Veen errichtet hatten, von einer Welle von Möchtegern-Reichsgründern überschwemmt wurde, brach das interstellare Regierungssystem praktisch zusammen. Es dauerte eine Weile, bis die Dinge wieder ins Lot kamen. Deshalb haben wir euch auch jetzt kontaktiert.« Ob der andere die Lüge erkannte? »Jetzt hat sich ein anderes Problem ergeben.«

Wieder seufzte das Zweibein. »Ich hatte schon befürchtet, daß das nicht nur ein Höflichkeitsbesuch sein würde. Was haben Sie denn für ein Problem, Professor?«

Hin und wieder durch Bemerkungen von Rappan unterstützt, begann er, die gegenwärtige verzweifelte Situation in bezug auf die Yops darzulegen und schloß mit der eindringlichen Bitte, alle früheren Differenzen zu vergessen und der Föderation zu Hilfe zu kommen.

Der Terraner hatte ihre Darlegungen ohne Bewegung angehört. Jetzt saß er in einer Haltung da, die auf höchste Konzentration schließen ließ, und schien auf Stimmen und Gedanken zu hören, die ihnen nicht zugänglich waren. Als er schließlich sein Gesicht wieder hob und sie ansah, spielte ein ernstes Lächeln um seine Lippen.

»Ich muß mich natürlich mit meinen – ›Vorgesetzten‹ beraten und ihnen Ihre Botschaft übermitteln. Es wäre für uns sehr schwierig, eine solche Entscheidung zu treffen. Wie Sie ja selbst sehen können« – dabei machte er eine allumfassende Geste – »haben wir unsere Existenzweise seit unserem Kampf gegen die Veen etwas verändert. Wir sind nicht länger auf die Produktion von Kriegsmaterial eingerichtet. Übrigens, wir hegen keinerlei Groll gegen irgendeinen von Ihnen. Ich habe keine Ahnung, ob meine Vorfahren und die Ihren sich je begegneten, geschweige denn miteinander Krieg führten. Wir haben auch nie irgendwelche Feindschaft gegenüber den Veen empfunden. Tatsächlich würde ich viel darum geben, genau zu wissen, *warum* sie überhaupt mit uns den Krieg angefangen haben.«

Phrnnx hatte die Erklärung des Professors gehört und blickte jetzt erwartungsvoll in dessen Richtung, aber der Professor blieb still.

»Natürlich würden wir«, fuhr der Terraner nach einer Weile fort, »als eine Geste Ihres guten Willens erwarten, daß Sie den Schirm auflösen. Wir haben zwar eine Menge herumgekritzelt und kalkuliert, aber das ist etwas, was wir nie ganz geschafft haben.«

»Natürlich«, sagte Rappan entschieden.

Das Zweibein richtete sich auf. »Ich werde eine Weile brauchen, um Ihre Nachricht an meine Vorgesetzten zu übermitteln. Inzwischen sollten Sie sich ganz frei fühlen, das Land und mein bescheidenes Haus zu genießen.« Er drehte sich um und ging in ein anderes Zimmer.

Die Frau musterte sie nachdenklich.

»Es spielt nicht etwa einer der Herren Bridge?«

Phrnnx schlenderte durch den nahegelegenen Wald und folgte dem Pfad, den ein munteres Bächlein geschaffen hatte. Das Studium des einfachen Eingeborenenhaushalts hatte ihn schnell gelangweilt, und im Gegensatz zu dem Professor oder Kommandant Rappan waren ihm die Feinheiten des terranischen »Bridge« ein etwas zu intellektueller Zeitvertreib, als daß sie ihm besonderes Vergnügen bereitet hätten. Die beiden Wissenschaftler hatten genügend gefunden, das sie beschäftigte, aber nachdem sie ihre gesammelten Daten und die Feststellung, daß die Dinge sich zufriedenstellend entwickelten, an das Schiff weitergeleitet hatten, war für einen Kommunikator wenig zu tun geblieben.

Das dichte Unterholz führte schräg vom Haus weg. Bei dem Richtungssinn, den seine Gattung besaß, hatte er keine Sorge, sich zu verlaufen, und die feuchte Kühle der Gegend kam dem Klima in den Regenwäldern zu Hause recht nahe. Die Gegend war voll von interessanten Geräuschen und neuen Gerüchen. Die Eingeborenenfrau hatte ihm versichert, daß in den Schatten keine gefährlichen Geschöpfe lauerten. Er genoß das alles in höchstem Maße. Ornithorphen und kleine Invertebraten – »Insekten« nannte man sie – huschten flink von einem Gewächs zum nächsten. Er hätte sie leicht mit seinen langen Saugern in der Luft aufschnappen können, war aber mit fremden Nahrungsmitteln höchst zurückhaltend, obwohl der Professor ihm versichert hatte, daß die eingeborenen Organika eßbar seien. Außerdem hatte er keinen Hunger. Er schritt guter Dinge weiter.

Aber sein Spaziergang sollte schnell ein unangenehmes Ende finden.

Die Bäume schienen an einer Seite plötzlich zu enden. Er entdeckte ein Glitzern, wahrscheinlich der Reflex der Sonne auf dem Wasser, und wandte sich in jene Richtung. Seine Annahme traf zu. Vor ihm lag eine große Lichtung, an die ein See von einiger Größte grenzte. Im Vordergrund stand die winzige Gestalt von Flip, dem Sprößling der Eingeborenen. Er musterte zwei mächtige, glitzernde Gestalten im Raumpanzer. Sie paßten nicht in das Bild.

Yops!

Phrnnx stand vor Schrecken wie gelähmt. Das Yop-Schlachtschiff, das er in der Nähe jenes roten Zwerges abgeschüttelt zu haben geglaubt hatte, saß halb innerhalb, halb außerhalb des blaugrünen Sees. Er nahm an, daß es sich um das nämliche Schiff handelte. Seine Geschützpforten standen weit offen. Truppen drängten sich um ein Landeportal an einer Seite des eineinhalb Kilometer langen Monstrums. Von der schieren Masse des mächtigen Schiffes war auf allen Seiten die Erde aufgewühlt worden. Die zwei Gestalten vorn waren ohne Zweifel Späher.

Wie, im zentralen Chaos, war es ihnen gelungen, sich an den Bildschirmen des Kreuzers vorbeizumogeln? Vielleicht hatten sie Mittel und Wege gefunden, den Schirm zu neutralisieren – doch das schien höchst unwahrscheinlich; dann mußten sie durch das kurzzeitige Loch eingedrungen sein, das die *Tpin* erzeugt hatte. Ein schneller Blick zum Himmel zeigte, daß der inzwischen bereits vertraute goldene Schleier immer noch stark war. Die Generatoren auf dem Satelliten des Planeten hatten sie also nicht zerstört. Die Unsichtbarkeitsschirme der Yops galten zwar als gut, aber so gut ... Das, was nun geschah, riß ihn aus seinen Spekulationen.

Der ihm am nächsten stehende Yop beugte sich vor und hob den Flip mit seiner mächtigen, knorrigen Klaue auf. So hielt er ihn fest, während er gemeinsam mit seinem Partner den Jungen untersuchte. Der Junge seinerseits schien sie mit seinen weiten, tiefgrauen Augen zu untersuchen. Beide machten die Bewegungen und Gesten, von denen Phrnnx wußte, daß sie bei den Yops als Gelächter galten.

Was nun folgte, geschah so schnell, daß es Phrnnx später schwerfiel, den Zwischenfall zu rekonstruieren.

Der Yop hob den Jungen über seinen gehörnten Kopf und schwang ihn zu Boden, mit der Absicht, den Schädel des Kindes zu zerschmettern. Aber der Junge bremste seinen Fall plötzlich in der Luft, drehte sich herum und landete ganz weich auf den Füßen. Der Yop starrte seine leere Hand überrascht an. Der Ausdruck gelassener Unschuld, der bislang das Gesicht des Kindes erfüllt hatte, wandelte sich unvermittelt in ein finsteres Stirnrunzeln, das irgendwie viel erschreckender wirkte, als ein wütender Blick hätte sein können. Und dann sagte es mit ganz unkindlicher Stimme die zwei Worte: »Böse Männer!«

Gleichzeitig machte er eine Bewegung mit dem Zweig.

Die Yops glühten kurz in unerträglich silbernem Weiß, das dann ins Blau überging. Es war die Farbe einer Nova – einer chromfarbenen Nova. Die beiden Späher *schnippten* laut, einmal, und verschwanden. Wo sie soeben noch gestanden hatten, wehten zwei Wolken aus feiner grauer Asche langsam zu Boden. Der Junge wies mit seinem Stock auf das schwere Yop-Kriegsschiff.

»Mehr schlechte Männer«, sagte er. Ganz plötzlich glühte auch das Schiff in derselben unerträglichen Strahlung. Es *schnippte* mit einem wesentlich lauteren, viel befriedigenderen Knall. Dann drehte sich der Junge um und ging zu dem Bach hinüber. Er begann langsam mit seinem Stock im Wasser zu rühren.

Phrnnx stellte fest, daß er jetzt wieder atmen konnte. Aber die Federn auf seinem Rücken legten sich nicht wieder. Alles, was von dem unbesiegbaren Yop-Schlachtkreuzer übrigblieb, war schwacher Ozongeruch und ein ziemlich großer Haufen feiner, vielfarbiger Asche. Eine kleine Brise trug sie geduldig davon.

Plötzlich blickte der Junge auf und starrte genau auf die Stelle, wo Phrnnx hinter dem Stamm einer mächtigen Fichte kauerte. Er schickte sich an, auf ihn zuzuschlendern.

Phrnnx rannte weg. Er rannte hastig, schnell und ohne zu denken. Er wußte nicht genau, was ein »böser Mann« war, verspürte aber nicht den geringsten Wunsch, in jene Kategorie eingestuft zu werden – gar keinen, um es genau zu sagen. Er rannte in blinder Furcht auf allen vier Beinen davon, ärgerlich darüber, daß seine Vorfahren ihre Schwingen gegen die Intelligenz eingetauscht hatten. Vor ihm erschien eine finstere, höhlenähnliche Senke im Boden. Ohne seinen Lauf zu verlangsamen, warf er sich instinktiv in die schützende Öffnung.

Und in den Schrank der Welt.

Phrnnx erwachte mit dem Äquivalent von schrecklichen Kopfschmerzen. Fast wäre er wieder in Panik geraten, als er sich an jenen letzten Augenblick erinnerte, bevor er das Bewußtsein verlor. Doch dann berührte er das harte Metall, auf dem er lag, und das beruhigte ihn. Er hatte sich in eine Höhle geworfen – nur daß es keine Höhle gewesen war. Es war ein Loch gewesen, angefüllt mit Maschinen aller Art. Ja, so war es. Er erinnerte sich, wie er an Maschinen vorbeifiel – an unzähligen Etagen, die damit angefüllt waren. Er wußte es nicht, aber er war nur eine Meile tief gefallen, ehe die erste der automatischen Sicherheitseinrichtungen seine fremde Körperchemie analysiert, ihn als organisches, lebendes, einigermaßen der Rettung würdiges Wesen erkannt und ihn in der dreiundfünfzigsten Etage zu einem bequemen Ruheort gebracht hatte.

Er richtete sich mühsam auf und nahm jetzt das schwache Brummen wahr, das ihn umgab. Warme Luft und die leisen Geräusche der fast lautlosen Maschinen. Ein langsamer Blick in die Runde bestätigte den Eindruck seiner anderen Sinne. Fast wünschte er, daß es nicht so gewesen wäre. Maschinen. Überall Maschinen. Mächtig, riesig, ohne ihn wahrzunehmen, pochten und brummten sie rings um ihn. Er konnte das Ende des breiten Ganges nicht erkennen, auf dem er stand. Er drehte sich um und taumelte an den Rand des Schachts hinüber, in den er offensichtlich gefallen war, und folgte der frischen Luftströmung.

Ein schneller Blick über den Rand veranlaßte ihn unwillkürlich, den Kopf wieder einzuziehen. Seine Rasse litt nicht unter

Schwindel, aber es gibt Situationen und Gelegenheiten, wo die Wirklichkeit die Erfahrung weit übersteigt. In einer Kaverne, selbst einer künstlichen, gibt es zu viel Relativität.

Über ihm erstreckten sich über eine Meile Etagen, die scheinbar derjenigen, in der er sich befand, stark ähnelten. Ganz schwach und in weiter Ferne konnte er gerade noch den winzigen Lichtkreis ausmachen, der die Oberfläche und seinen Eingang in diese erschreckend lautlose Welt aus Metall kennzeichnete.

Den Grund konnte er nicht sehen.

Er ertappte sich dabei, wie er kicherte. O ja, sie wirkten wahrhaft friedlich. Nicht darauf vorbereitet, Kriegsmaterial herzustellen. Ganz sicher nicht. Überhaupt keine Möglichkeit. Keine Städte, war es nicht so? Handgefertigtes Mobiliar, altmodische Lebensweise. Die armen, degenerierten Eingeborenen! Kanonenfutter, das hatte er in den Augen von Kommandant Rappan gelesen.

Aber der Kommandant hatte keinen Blick in den Keller geworfen.

Als seine Hysterie verflogen war, sog er die frische Luft in tiefen Schlucken in sich hinein. Es mußte einen Weg nach draußen geben, einen, den man ohne maschinelle Hilfe bewältigen konnte. Treppen, einen Lift, irgend etwas. Er mußte zurück und die anderen warnen. Er probierte seinen Taschenkommunikator, argwöhnte aber, daß er nicht funktionieren würde. Das tat er auch nicht. Ein Kommunikator, der nicht kommunizieren konnte. Fast hätte er wieder zu kichern begonnen, aber diesmal fing er sich. Er begann, nach einem Weg zu suchen, der nach draußen führte. Er wußte es nicht, und es hätte ihm wahrscheinlich ohnehin nichts bedeutet, aber seine Lage bildete jetzt eine bemerkenswerte Analogie zu der einer sehr alten und sehr imaginären weiblichen terranischen Person namens Alice.

»Es freut mich, sagen zu können«, begann der Eingeborene, der als Alexis Jones bekannt war, »daß der Ausschuß – die Regierung – das herrschende Gremium ... Ich habe den passenden Begriff vergessen. Jedenfalls sind wir übereingekommen, zu tun, was wir können, um Ihrer Föderation zu helfen. Diese Yops« – er machte eine kurze Pause – »wirken nicht wie sehr nette Leute ...«

»Das sind sie auch nicht!« unterbrach Zinin hitzig.

»Und selbst wenn wir Ihrer tapferen Sache nur wenig Kräfte zuführen können, wird es uns doch eine Freude sein, zu helfen. Wir sind ein wenig«, fügte er Nachsicht heischend hinzu, »außer Übung.«

»Das ist alles recht und schön ...« Der Kommandant strahlte. Zuerst hatte er diese ekelhaft friedlichen und so weich scheinenden Zweibeiner mehr als Last denn als Nutzen angesehen. Dann war ihm in den Sinn gekommen, daß auch die Yops mit den terranischen Legenden vertraut waren. Vielleicht würde die Fleischwerdung einer echten Legende sie ein wenig beunruhigen. Natürlich würde man diese friedlichen Säuger gründlich unterweisen müssen, oder ihre Erscheinung würde die Yops nur zu Lachanfällen reizen. »Wir wissen Ihren Wunsch zu schätzen, uns in diesem großen Kreuzzug zu helfen. Ich bin sicher, daß diese historische Übereinkunft als eine für alle betroffenen Rassen ausnehmend nützliche in die Geschichte eingehen wird. Als Vorbereitung zu weiteren Diskussionen habe ich veranlaßt ...«

Er hielt inne, sein Mund blieb offen, um seine Konzentration war es geschehen. Der Terraner starrte in die Höhe. Sein Gesicht hatte sich – verändert. Es wurde heller, dehnte sich aus, öffnete sich ihrem verblüfften Blick wie eine in der Nacht blühende Blume, zeigte bislang ungeahnte Perspektiven. In jenen zwei kleinen Augenöffnungen, die vorher so grau und wässerig gewesen waren, glühte jetzt ein Feuer, das alles zu durchdringen schien, wie eine die Nerven betäubende Droge. Das Feuer ließ den Kommandanten zurücktreten und Zinin unwillkürlich zischen.

»Der Schirm ist gefallen!« schrie der Eingeborene und breitete die Arme weit aus.

»Der Schirm ist gefallen!« antwortete seine Frau.

Und auf dem ganzen Planeten, bei allen Angehörigen, groß und klein, der Brüderschaft des warmen Blutes, den Hunden, Mäusen, Katzen und Orkas, Vögeln und Spitzmäusen, Fleischfressern, Pflanzenfressern und Allesfressern erhob sich der machtvolle telepathische Ruf:

DER SCHIRM IST GEFALLEN!

Und auf dem Feld begannen Dobin und der kleine Hund ausführlich darüber zu diskutieren, was das für Folgen haben würde.

Der Mann drehte sich herum und sah seine Besucher an, die verstummt waren.

»Ihr habt uns einen großen Gefallen erwiesen, ihr Wesen, und wir sind so dankbar dafür! Wie viele Jahre haben wir uns doch gemüht, die Antwort auf den Schirm zu finden, wie viele Jahre, doch nur, um festzustellen, daß man ihn nur von *außen* anbringen oder entfernen konnte. Jetzt, da er gefallen ist, werden wir nicht den Fehler begehen, zuzulassen, daß man ihn wieder errichtet. Noch einmal, wir stehen in eurer Schuld. Unser Vertrag gilt. Wenn Sie zu Ihrem Schiff zurückkehren werden, dann werden wir – Vorbereitungen einleiten, um in unserem zu folgen.« Der Eingeborene lächelte, und es war gleichzeitig schön und schrecklich anzusehen. (Von allen bekannten Geschöpfen des Universums legt nur der terranische Mensch seine Fänge frei, um Freundschaft auszudrücken.)

»Es ist so lange her«, seufzte Jones wehmütig, »seit wir zuletzt einen ordentlichen Krieg hatten!«

Auf der *Tpin* sah sich ein sehr nachdenklicher und doch beglückter Rappan einem recht zerzausten Kommunikator Erster Klasse gegenüber.

»Kommandant«, keuchte Phrnnx, »hören Sie! Sie dürfen den Schirm nicht auflösen! Diese ganze Welt – das ist alles Schwindel, Sir! Kulisse. Man hat uns hereingelegt, getäuscht. Und zwar schlimm. Die Eingeborenen sind nicht so primitiv, wie sie uns gern glauben machen wollen. Ich habe es gesehen, Sir! Maschinen, automatische Fabriken, Anlagen zur synthetischen Nahrungsherstellung, der ganze Planet, Kommandant – er ist mit ihren Maschinen angefüllt! Ich bin hineingefallen – versehentlich. Die Maschinen dort unten sind darauf programmiert, Fragen zu beantworten. Ich habe gefragt ...« Er hielt inne, um Luft zu schöpfen und bemerkte jetzt, daß niemand in der vergnügten Steuerkanzel ihm irgendeine Aufmerksamkeit schenkte. Der größte Teil der Mannschaft erzählte sich Witze, schlug sich wechselseitig zufrieden auf das, was bei ihnen als Rücken diente, und bereitete sich auf den Start vor. Nur der Professor schien von dem sonst allgemeinen Frohsinn nicht betroffen. Phrnnx wandte sich ihm zu.

»Professor, ich sage die Wahrheit! Sagen Sie es ihnen. Sorgen Sie dafür, daß sie zuhören, wir müssen ...«

Der Professor wandte ihm ein freies Auge zu. »Oh, ich glaube Ihnen. Wenn diese *Muftils* ihre Verzückung lange genug unter Kontrolle bringen könnten, um Ihnen zuzuhören, würden sie Ihnen ohne Zweifel auch glauben.« Er machte eine Pause. »Haben Sie sich in letzter Zeit einmal den Himmel angesehen?«

Phrnnx rannte zu einem Bullauge und starrte verstört nach oben. »Der Schirm ist gefallen!«

Der Professor widmete seiner Feststellung ein Nicken ersten Grades, das positive Bestätigung ausdrückte. »In der Tat, so ist es. Kommandant Rappan hat Kommandant Zweiter Klasse Alo Anweisung hinterlassen, ihn als Zeichen unseres guten Willens in dem Augenblick abzusenken, in dem die Terraner sich bereiterklären, die gegenseitigen Verteidigungspakt-Edikte mit uns zu unterzeichnen.« Er blickte nachdenklich hinaus. »Jones und seine Gefährtin schienen genau zu wissen, wann die Generatoren auf dem Satelliten abschalteten. Selbst die Tiere benahmen sich höchst merkwürdig, als wir zum Schiff zurückkehrten.« Er schauderte leicht.

»Ich für meine Person werde bei dem Gedanken, diesen Ort zu verlassen, weniger unglücklich sein, als ich ursprünglich dachte.«

»Was macht Sie denn glauben, daß sie jetzt, wo der Schirm abgeschaltet ist, ihre Verträge halten und uns helfen werden?«

»Zwei Gründe, Junger. Zuerst einmal hat Jones gesagt, daß sie das tun würden, und ich habe das Gefühl, daß sie die Art von Leuten sind, die großes Gewicht auf ihr Wort legen. Außerdem denke ich, daß sie ihn nach unserer ersten Durchdringung jederzeit hätten abschalten können.«

Phrnnx gab keine Antwort. Er blickte zum Himmel hinauf und sah zu, wie er immer dunkler wurde, während das Schiff über die Atmosphäre hinausstieg, sah zu, wie die Sterne herauskamen und erinnerte sich an ein Bild: ein kleiner Junge, zwei Yop-Kundschafter und ein Schlachtschiff. Dann ein kleiner Junge und ein Schlachtschiff. Dann nur ein kleiner Junge. Und die Maschine, die sein Trauma tief unter der Kruste des Planeten behoben hatte.

»Sir«, begann Zinin zu dem Kommandanten gewandt, und seine mächtige Stimme klang seltsam gedämpft, »sie kommen – in ihrem Schiff, wie sie es gesagt haben.«

Phrnnx riß sich in die Wirklichkeit zurück – wenn man sie das noch nennen konnte – und schloß sich den anderen an, die jetzt an der vorderen Aussichtsluke versammelt waren.

Unter ihnen eine Masse flauschiger weißer Wolken. Braune und grüne Landmassen, unverändert. Blaue Ozeane, unverändert.

Mit Ausnahme von einem.

In der Mitte des zweiten Ozeans des Planeten begannen große, unmögliche Massen dicker, säulenartiger Kristalle aus den Wassern nach oben zu springen. Durchscheinend zuerst, begannen die Chalcedon-Türme mit einem inneren Feuer zu pulsieren: blau, purpurn, golden, karminrot und zu guter Letzt ein seltsames und doch vertrautes Silbergrau. Die Ionosphäre, von den Türmen gekitzelt, begann die blitzenden Nadeln mit elektrischen Entladungen wie mit einem Heiligenschein zu umgeben und hüllte sie in Feuer.

Und dann begann der ganze Planet der *Tpin* zu folgen.

An Bord des Kreuzers war es sehr still.

»Ich sehe«, flüsterte Rappan fast beiläufig, »sie bringen auch ihren Mond mit.«

»An so etwas gewöhnt man sich«, hauchte ein Ingenieur. »Einen Mond, meine ich.«

Der alte Alo begann, mystische Zeichen mit seinen Tentakeln zu machen. »Beim Ei des Codes, jetzt tun mir die Yops fast leid!«

Die Mannschaft nahm diesen Faden ehrfürchtiger Begeisterung auf und begann, den unmöglichen Anblick, der sich ihnen bot, mit ihren eigenen persönlichen Ansichten vom Krieg in Verbindung zu bringen. Und im nächsten Augenblick war die Jubelstimmung wieder da, stärker denn je. Stimulierende Getränke kamen zum Vorschein und wanderten zwischen jenen hin und her, die Freude an ihnen hatten. Die Kommunikatoren – mit Ausnahme eines gewissen Phrnnx – begannen, den Raum mit frechen, herausfordernden Botschaften zu erfüllen, munterten die Yops auf, sie doch zu suchen.

»Die armen, alten Yops«, flüsterte Phrnnx. »Jetzt verstehe ich Alo fast.«

»Ja«, erwiderte der Professor. »Nur eines macht mir Sorge.«

»Was macht Ihnen Sorge?« fragte Phrnnx.

Die alten Augen des Professors sahen ihn an. In ihnen lag Ironie und leichte Heiterkeit.

»Was«, sagte er, »werden wir mit ihnen machen, wenn es keine Yops mehr gibt?«

Einige Anmerkungen zu einer grünen Schachtel

»Meine galaktischen Freunde« war meine erste veröffentlichte Story, aber mein erster Verkauf hatte nicht einmal als Story angefangen.

Im Jahre 1970 entdeckte ich H. P. Lovecraft, Cthulhu, Yog-Sothoth, Wilber Whately und den Rest der nekronomischen Welt des HPL. Das alles faszinierte mich so, daß ich mich hinsetzte und einen langen Pseudobrief an August Derleth verfaßte, in der Hoffnung, er würde ihn zum Lachen – nun, jedenfalls zum Lächeln – bringen.

Statt dessen erhielt ich einen Brief von dem Prometheus aus Wisconsin, in dem er erklärte, wenn ich etwa vierzig Prozent aus meiner Story kürzte (Story! Was für eine Story? Was geht hier vor?), würde er sie in der nächsten Halbjahresausgabe von *The Arkham Collector* veröffentlichen.

Das gesamte Honorar betrug vierzig Dollar. Ich habe noch nie ein schöneres Kunstwerk, ein eindrucksvolleres Stück Zeichenkunst als jenen ersten Scheck gesehen.

Sehr geehrter Mr. Derleth,

zuerst wußte ich nicht, was ich mit diesen Notizen machen sollte, bis mir ein Freund riet, ich solle sie Ihnen schicken, wahrscheinlich in der Annahme, Sie könnten sie interessant finden. Sie bilden eine höchst seltsame Geschichte, bei der ich jetzt gar nicht mehr sicher bin, ob ich überhaupt mit ihr in Verbindung stehen möchte. Aber ich will berichten, wie es sich zugetragen hat.

Es gehört nicht zu meinen Gewohnheiten, die Einrichtungen des Anthropologie-Departments zu nutzen, aber ein besonderer Umstand machte dies notwendig. Da ich Student in einem der höheren Semester bin, konnte ich mir Zugang zu Akten verschaffen, die man den Augen sorgloser jüngerer Studenten und Besucher fernzuhalten pflegt. Ich entdeckte die Schachtel in einer Ecke des Raumes, in dem alte Manuskripte aufbewahrt werden.

Sie fiel mir ins Auge, weil sie ganz offensichtlich der einzig neuere Gegenstand im Raum war. Neugierig schob ich einen Stapel alter Zeitungen zusammen, um mich daraufsetzen zu können, und untersuchte den Gegenstand genauer. Es handelte sich um eine ganz gewöhnlich aussehende grüne Schachtel, abgesehen von dem recht furchteinflößend wirkenden Schloß an ihrem Deckel, und etwas, das ich (fälschlich natürlich) für schwache Phosphoreszenz an den Rändern hielt. Ich versuchte, den Deckel zu öffnen, und entdeckte, daß das Schloß nicht versperrt war. Mehr aus Langeweile als aus sonst einem Grund griff ich hinein und holte das beigefügte Bündel Papiere heraus. Die meisten davon schienen ganz neu, aber es gab auch ein paar Blätter aus einem dicken, groben Pergament, die so aussahen, als wären sie an den Rändern verbrannt worden. Ich vermutete, daß man sie mit irgendeinem chemischen Konservierungsmittel behandelt hatte, denn als ich die Schachtel öffnete, entstieg ihr ein Geruch, der höchst widerwärtig war. Er verteilte sich aber schnell, und ich dachte nicht weiter darüber nach. Die Schachtel enthielt mit Maschine geschriebene Briefe, auf denen sich einige Notizen befanden, Karten, sowie eine Skizze neben den schon erwähnten Pergamenten. Da die Briefe sich auf mein Studienfach zu beziehen schienen, trug ich die Schachtel und ihren Inhalt in den Lesesaal und begann, das Material für spätere, gründlichere Untersuchungen zu fotokopieren.

Kurz darauf kam zufällig eine etwas ältliche Bibliothekarin vorbei. Als sie die Schachtel entdeckte, erzeugte das in ihr eine unerklärliche Erregung, und sie bestand recht nachträglich darauf, daß ich mit dem, was ich tat, sofort aufhörte. Die arme Frau war so aufgeregt, daß ich mich bereit erklärte, meine Tätigkeit zu unterbrechen, bis sie mit dem Chefbibliothekar zurückkehrte. Als er, ein stattlicher Herr, die Schachtel und ihren Inhalt erblickte, erhitzte ihn das ebenso wie die alte Dame, und sie legten zuallererst jedes Stück Papier in den Behälter, den sie daraufhin fest verschlossen. Der Bibliothekar zügelte seinen offensichtlichen Ärger und führte die alte Frau zur Seite, wobei er die Schachtel sorgfältig unter dem Arm festgeklemmt hielt. Verwirrt gab ich mir Mühe, ihr Gespräch zu belauschen, aber ich konnte nur ein paar zusammenhanglose Sätze verstehen, da sie sich sichtlich bemühten, sehr leise zu sprechen. Der Mann sagte: »Wer ist das? ... nicht erlaubt ... hätte versperrt sein müssen ... peinliche Situation ...«

An diesem Punkt unterbrachen sie ihr Gespräch, und der Mann kehrte zu mir zurück und starrte mich eindringlich an. »Haben Sie irgend etwas von dem Material in dieser Schachtel kopiert, junger Mann?«

Ich erwiderte, daß ich das nicht getan hätte, was ihn über die Maßen zu erleichtern schien. Als ich mir die Frage erlaubte, weshalb ich sie nicht kopieren durfte, erwiderte er, die Manuskripte seien bis jetzt noch unveröffentlicht und daher nicht durch Copyright geschützt. Er lächelte zum erstenmal, seit ich ihn zu Gesicht bekommen hatte, und sagte: »Dann ist ja nichts passiert!«

Er schüttelte mir die Hand. Ich fuhr fort, meine Rolle zu spielen und erwiderte, daß das Material mir ohnehin nicht sehr nützlich geschienen habe und ich daher durchaus bereit wäre, den ganzen Zwischenfall zu vergessen.

Infolge eines glücklichen Zufalls war ich vorher auf dem Postamt gewesen, weil ich meinen Vorrat an Umschlägen und Briefmarken hatte auffrischen müssen. Nun habe ich zufälligerweise einen Freund, der sich dafür interessiert, eine Position in unserer Abteilung zu bekommen, und so hatte ich meine ersten Kopien in einen Umschlag gesteckt und sie ihm über die Rohrpost der Bibliothek zugeschickt. Wie sich herausstellte, war es nicht nötig, daß ich ihm schrieb und ihn bat, diese Kopien zurückzuschicken, da der Originalumschlag am nächsten Tag in mein Apartment zurückgeschickt wurde, ungeöffnet mit dem Stempelaufdruck »unzureichendes Porto«. Trotz all meiner Mühe, die geheimnisvolle grüne Schachtel wieder ausfindig zu machen, konnte ich an dem früheren Ort keine Spur von ihr entdecken und hielt es nicht für opportun, Nachforschungen anzustellen.

Die wenigen Kopien, die ich angefertigt hatte, bestanden aus den mit Handnotizen versehenen Briefen und solchen von den vergilbten Papierfetzen. Nachdem ich mir das Material kurz angesehen hatte, war ich überzeugt, daß ich von Glück reden konnte, das wenige, was ich hatte, ergattert zu haben, denn das Kopiergerät hatte offensichtlich einen Defekt. Die alten Fetzen, die mit schwarzer Tinte beschriftet und mit ausgebleichten roten Flecken bedeckt waren, hatten sich überhaupt nicht reproduzieren lassen. Das ist höchst eigenartig, da die Flecken selbst mit perfekter Klarheit herausgekommen waren. Ich habe diesbezüglich einen Beschwerdebrief an die Firma geschrieben, man hat mir jedoch in typisch ausweichender Art erwidert, daß sie noch nie von so etwas gehört hätten.

Bei den Briefen handelte es sich allem Anschein nach um die Arbeit von UCLA-Professoren, über die ich mir einige Informationen habe beschaffen können, die ich hier beifüge:

»Jonathan Turner, Professor der Anthropologie und Linguistik. Geboren in Providence, Rhode Island, 1910. B.A. Universität Maine 1931, hat sich in der Wirtschaftskrise mit Nebenarbeiten sein Collegestudium verdient und schließlich in Yale 1932 den Master of Arts abgelegt. Ph.D. in Yale 1935, Doktorarbeit: *Erforschungen der Religionen des südlichen Louisiana und von Alabama unter besonderer Berücksichtigung der Cajun-Völker.* (Wie ich feststellte, ist dieses Werk auf Vorlage entsprechender Papiere für interessierte Wissenschaftler in der Yale-Universitätsbücherei noch erhältlich.) Mitglied der Amerikanischen Anthropologischen Gesellschaft, der Academie Française, etc., etc. ... Verheiratet mit Emaline Henry aus Boston, 1937. Zog im Anschluß an deren tragischen Tod 1960 nach Kalifornien und übernahm dort eine Professur an der UCLA ... Autor zahlreicher Bücher über einen weiten Themenbereich, darunter auch ein berühmter Aufsatz über die atlantischen lemurischen Mythen.

Robert Nolan, Dozent für Archäologie. Geboren in Beverly Hills, Kalifornien, 1944. B.A., M.A. an der University of California, Berkeley, Ph.D.-Arbeit in Vorbereitung. Gewinner zahlreicher Preise auf dem Gebiet der Archäologie des Pazifischen Gebiets. Sohn eines wohlhabenden Rechtsanwaltes aus Los Angeles.«

Über persönlichere Einzelheiten, die die beiden Gelehrten betreffen, konnte ich von einigen ihrer ehemaligen Studenten einige Informationen erhalten. Das erwies sich als notwendig, weil die gelehrten Kollegen der beiden Männer auf irgendwelche Fragen ausgesprochen feindselig reagierten. Turner war ein hochgewachsener Mann mit einem Vollbart und einer ungepflegten Mähne weißen Haares. Im Gegensatz dazu war der wesentlich jüngere Nolan untersetzt und fast völlig kahlköpfig. Aufbauend auf dem unschuldigen Fundament gemeinsamen Interesses am Tauchsport wuchs die Freundschaft der beiden Männer trotz ihres erheblichen Altersunterschiedes schnell.

1966 ließen sich beide Männer gleichzeitig zu Studienzwecken beurlauben. Mit dem Geld, das Turner gespart hatte, und Nolans nicht unbeträchtlichen Mitteln, die ihm seine Preise und die Familienkonten boten, erwarben sie einen kleinen Motorschoner, rüsteten ihn aus und verkündeten dann ihre Absicht, zur Osterinsel und den Küsten Südamerikas zu segeln. Turner hatte diese Region immer schon besuchen wollen, und Nolan wollte sich dort mit einigen nicht näher dargelegten Arbeiten befassen.

An diesem Punkt werden die Informationen über die beiden Professoren lückenhaft und unsicher. Es ist bekannt, daß sie im September 1966 in ausgezeichnetem Gesundheitszustand und guten Mutes nach Los Angeles zurückkehrten. Überraschenderweise gaben beide Männer zu dieser Zeit ihre Positionen bei der Universität auf. Sie taten dies zur großen Verblüffung ihrer jeweiligen Abteilungsvorstände, die begreiflicherweise darüber deprimiert waren, zwei so hervorragende Mitglieder ihrer Fakultät zu verlieren, einer davon alt und ehrwürdig, der andere ein junger Mann mit hervorragenden Kenntnissen. Aber keiner der beiden Männer ließ sich von seinem Entschluß abbringen, und nachdem sie gewisse persönliche Angelegenheiten geordnet hatten, verkündeten sie die Absicht, wieder in die Region ihrer früheren Reisen zurückzukehren. Es ist auch bekannt, daß sie eine Anzahl sehr gut erhaltener und äußerst exzentrischer Muster geschnitzter Hieroglyphen und Statuetten mitbrachten. Diese, so behauptete Nolan, hatten sie nicht auf der Isla de Pascua (Osterinsel) gefunden, sondern ihrer kleineren und nur selten besuchten Nachbarinsel im Westen, Sala-y-Gomez. Es wird auch berichtet, daß sie eine Anzahl angeblicher Spezialisten in okkulten Dingen konsultierten, darunter einen wenig angesehenen, eher notorischen alten Buchhändler in der Innenstadt von San Diego. Das Ladengeschäft des Mannes steht nicht mehr; man hat das Gebäude, in dem es sich befand, unterdessen abgerissen und durch ein Parkhaus ersetzt, von dem ein Teil übrigens, wie ich berichten kann, höchst seltsam durchhängt, obwohl man verschiedentlich versucht hat, den Schaden zu beheben.

Da seine Abteilung Professor Nolans Ausscheiden so offensichtlich und ehrlich bedauerte, hatte er sich bereit erklärt, vermittels gelegentlicher Briefe mit seinen alten Freunden in Verbindung zu bleiben, Briefe, die er immer dann abschickte, wenn sich ihm dafür eine Gelegenheit bot. Dies sind die Schriftstücke, die ich in solcher Hast in der Universitätsbibliothek hatte kopieren können. Bei einigen ist der Poststempel mit genügender Gewalt auf den Umschlag gedrückt worden, daß auf den darin enthaltenen Briefen Abdrücke entstanden, die ich durch vorsichtigen Einsatz von Fingerabdruckpulver habe lesbar machen können. Die Daten schwanken zwischen dem 3. Februar und dem 18. Mai 1967. Alle tragen den Poststempel Valparaiso in Chile, und einer der Briefe verkündet dem Leser, daß die Expedition dort längere Zeit verweilen mußte, damit Sturmschäden behoben werden konnten.

Ein Brief an den Mann, der als Inhaber der Reparaturwerkstätte erwähnt wurde, ein Señor Juan María y Florez, brachte mir eine mit schwerer Hand gekritzelte Antwort, so als wäre der Schreiber nicht mit der Feder vertraut. In ihm stand nur wenig bezüglich der Professoren, nur daß er, Florez, Professoren immer für sehr gesetzte Individuen gehalten habe, und daß diese zwei Amerikaner ihm sowohl nervös wie auch unruhig vorgekommen waren. Statt dessen befaßte er sich mit dem Schaden an ihrem Schoner, der ihm völlig fremdartig vorgekommen war, ihm, einem Mann, der über vierzig Jahre an Schiffen tätig gewesen war. Zum Beispiel erwähnte er, daß ihm Professor Turners Erklärung von einer »unerwartet kräftigen Dünung« ganz und gar nicht als glaubwürdige Ursache der seltsamen Verdrehung der vier Zoll dicken Stahlstange an der linken Antriebswelle des Schoners vorgekommen war, und auch nicht dafür, daß drei der vier Propellerblätter von der Schraube abgebrochen waren. Ein Schiffsbesitzer in Long Beach versichert mir, daß Mr. Florez hierbei trotz seiner vierzig Jahre ohne Zweifel dem Lieblingssport derer nachgeht, die ihren Lebensunterhalt mit der See verdienen - schlicht und einfach, daß er übertreibt.

Der erste dieser Briefe mit dem Datumstempel 3. Februar enthält handschriftlich die Notiz »40 Grad, 9 Minuten S, immer noch auf 110. Nichts am Horiz. sichtbar, aber Bob immer noch zuv.«

Diese scheinbar belanglose Information läßt bei näherem Hinsehen eine Anzahl von Eigentümlichkeiten erkennen. Sie scheint anzudeuten, daß die Briefe nach Hause, obwohl sie zwischen Februar und Mitte Mai abgesandt wurden, nicht in Valparaiso geschrieben wurden, sondern während die Professoren noch auf See waren. Warum die Männer so etwas tun und dann warten sollten, um die Briefe in *gewissen Abständen* abzusenden, die sich vom Datum ihrer Ankunft in Chile über dreieinhalb Monate erstrecken, übersteigt mein Vorstellungsvermögen. Und die angegebene Breite beträgt *40* Grad S. Das ist ganz klar. Das »110« kann nur die Länge bedeuten. Demzufolge muß man aus dieser Information schließen, daß das Schiff fast genau südlichen Kurs von der Osterinsel fuhr. Aber der eigentümlichste Teil des Satzes ist der Teil, der erklärt, »nichts am Horiz. sichtbar«, da dies anzudeuten scheint, daß die beiden Männer vielleicht erwarteten, daß etwas am Horizont sein könnte. Das ist aber völliger Unsinn, da ein einziger Blick auf jede beliebige Karte des Pazifik ausreicht, um selbst dem beiläufigen Beobachter klarzumachen, daß es in jenem Teil des Ozeans auf Hunderte von Meilen in jeder beliebigen Richtung nichts zu sehen gibt, geschweige denn im Süden. Die Feststellung ist freilich interessant, daß dieser Kurs sie fast direkt zur Mitte der subpazifischen Bergmasse führte, die als Osterinsel Cordillera bekannt ist.

Der nächste Brief enthält am Rand die Worte »Bogen nach Osten, folgen Cook-Instrukt«. Ein weiterer Besuch in den Akten der Forschungsbibliothek ließ mich herausfinden, daß Captain James Cook tatsächlich 1773 bei der Rückreise nach England diese Zone passiert hat. Viel interessanter aber ist die Tatsache, daß im folgenden Jahr der Kapitän, der allgemein als höchst präziser Navigator gilt, beträchtliche Zeit damit verbrachte, die Gegend zwischen 40 und 50 Grad Breite und 120 und 130 Grad Länge abzufahren. Er hat doch dort ganz bestimmt nichts gesucht, da es auf der ganzen Welt keine verlassenere Meeresregion gibt.

Die nächste lesbare Notiz lautet: »129 W, Bob entmutigt, wendet m. Strömung.« Das kann nur bedeuten, daß Professor Nolan tatsächlich etwas in dieser leeren Seeregion zu finden gehofft hatte und, wie leicht zu vermuten ist, nichts gefunden hat. Auf der Rückseite des Briefes steht die Ermahnung: »Koordinaten falsch? Sydney-Bulletin überprüfen.« Damals begriff ich diesen Hinweis nicht.

Dann blieb nur eine letzte Notiz von einiger Bedeutung, die ich inzwischen als die wichtigste in der ganzen verblüffenden Angelegenheit ansehe. Sie ist gleichzeitig die klarste und doch die geheimnisvollste von allen und besteht aus drei Teilen; den Worten »Lovcr. Hinw. prüfen«, einigen geheimnisvollen Symbolen in Professor Turners Schrift und einem Wort, das darunter steht:

»CTHULHU«.

Der Hinweis »Lovcr.« verwirrte mich total, bis ich ihn zufällig gegenüber einem Kommilitonen erwähnte. Er sagte mir, daß mein »Lovcr.« möglicherweise H. P. Lovecraft sei, ein Schriftsteller der zwanziger und dreißiger Jahre, der phantastische Geschichten schrieb. Nachdem ich mir eine Bibliographie der Werke des Mannes beschafft hatte, fand ich darin zu meiner großen Freude und Überraschung eine Geschichte, in der das seltsame Wort »Cthulhu« erwähnt wurde. Die Geschichte hieß *Der Ruf von Cthulhu.* Ich besorgte mir ein Buch, das die erwähnte Geschichte enthielt, und las mit gierigem Interesse. Doch mein Interesse erlahmte bald. Ich war enttäuscht. ,Hier hatte ich geglaubt, ich hätte eine möglicherweise große wissenschaftliche Entdeckung ausfindig gemacht, die aus irgendeinem unbekannten Grund von gewissen Leuten unterdrückt werden sollte, dabei vergeudete ich in Wirklichkeit nur meine Zeit mit den kindischen Phantastereien zweier erwachsener Wissenschaftler, die es wirklich besser hätten wissen müssen.

Trotzdem ...

Ich las weiter in der Geschichte und fand in ihr nicht nur Hinweise auf jenes »Sydney-Bulletin«, sondern auch auf eine gewisse mythische Insel oder Küste, die, wie behauptet wurde, auf »Breite 47° 9′ und Länge 126° 43′ zu finden war«. Auch wenn das Ganze sich nur als Spaß erweisen sollte, trugen diese Hinweise doch dazu bei, mein Interesse wieder zu wecken. Ich schrieb darauf an einen befreundeten Journalisten in Melbourne, der mir versprach, mir eine Kopie des Bulletins mit dem in der Geschichte erwähnten Datum (18. April 1925) zu besorgen. Einige Wochen später erhielt ich einen Brief von meinem Freund, in dem dieser sich entschuldigte und mitteilte, daß die einzig komplette Sammlung des »Sydney-Bulletins« bei dem Brand der Universität von Sydney 1929 zerstört worden sein. Das kam mir besonders eigenartig vor, da Lovecrafts Geschichte 1928 geschrieben worden war.

Weitere Recherchen brachten noch mehr beunruhigende Fakten ans Tageslicht. Ich muß hinzufügen, daß ich fortfuhr, diese mühsamen Recherchen anzustellen, weil es mir bis zur Stunde nicht möglich war, irgendwelche wie auch immer gearteten Informationen bezüglich des Aufenthaltes von Professor Turner und Professor Nolan ans Licht zu fördern, die offensichtlich nach der Abreise von Valparaiso am 21. Mai 1967 verschwanden. Ich wäre für irgendwelche Informationen diesbezüglich sehr dankbar. Als letztes versuchte ich, mit dem einzigen überlebenden Verwandten in Verbindung zu treten, aber Professor Nolans Vater hat sich letztes Jahr von seiner Anwaltstätigkeit zurückgezogen und ist nach Europa übergesiedelt.

Ein vor kurzem geführtes Gespräch mit dem chilenischen Konsul in Los Angeles förderte quasi als Nebenprodukt einen sehr liebenswürdigen und freundlichen Brief von einem gewissen Carlos Malpelo zutage, dem Polizeichef von Valparaiso. Er schreibt, daß es nach dem erwähnten Tag, dem 21. Mai 1967, keinerlei zusätzliche Informationen über die amerikanischen Professoren gibt, wohl aber zwei darauf Bezug nehmende Fakten, von denen er glaubte, daß sie mich vielleicht interessieren würden. Ersteres ist, daß die Professoren viel Zeit an der Universität von Santiago verbrachten, insbesondere mit einem alten Freund von Professor Turner, dem berühmten chilenischen Sprachenkundler P. C. Fernandez. Ferner wird in dem Brief festgestellt, daß der Professor große Freude darüber empfand, daß ihm die zwei Amerikaner eine versiegelte Schachtel mit einer seltsam geformten Statuette von ungewöhnlich abstoßender Form zum Geschenk machten.

Unglücklicherweise scheint es keinerlei Möglichkeit zu geben, dies zu bestätigen, da Professor Fernandez eines der vielen Opfer des letzten großen Erdbebens in Chile war. Die wenigen indianischen Träger in seiner Gruppe, die das Erdbeben überlebten, waren zu verstört, um mehr zu tun, als den Tod des Professors und ihrer Kollegen zu melden. Man fand diese Männer in der Nacht nach dem Erdbeben zitternd und verstört in den Bergen. Das Rettungsteam gab ihnen zu essen und Kleidung und erlaubte ihnen, zu ihren Familien zurückzukehren, mit Ausnahme eines alten Mannes, der hartnäckig und trotz aller Widersprüche darauf bestand, daß der Professor für das Erdbeben verantwortlich sei. Diesem Mann zufolge hatte der Professor ein unverständliches Ritual vollführt und dabei Kräuter und ein altes Idol verbrannt, als die Erdbewegungen begonnen hatten. An diesem Punkt wird aus dem Zeugnis des alten Mannes verrücktes Geschwätz, so zum Beispiel, wenn er behauptet, daß der Berg auf der anderen Talseite sich plötzlich auf gigantische steinerne Füße erhob, den Professor zertrampelte und dabei die meisten Angehörigen seiner Gruppe tötete. Man verbrachte den armen Mann in ein öffentliches Sanatorium für Arme in Rancagua, dem er aber allem Anschein nach im vergangenen Jahr entfloh.

Das andere »interessante Faktum«, das der gute Señor Malpelo mir übersandte, war viel kürzer, aber keineswegs von geringerer Bedeutung. Es war ein Fetzen von einer kleinen Zeitung aus Valparaiso, auf dem stand, daß ein gewisser Juan María y Gomez, Beruf Schiffszimmermann, in einer Sturmnacht am 6. Juni 1967 auf See vermißt war. Ein Fischtrawler fand am nächsten Morgen das zertrümmerte Wrack von Señor Gomez' Boot. Es wird erwähnt, daß das Schiff offenbar eine besonders heftige Zone des Sturms durchlaufen haben muß, denn die Armaturen, die man von dem Schiff noch fand, waren so zerdrückt, daß sie kaum mehr wiederzuerkennen waren, einschließlich einer der Schraubenwellen des Schiffes, die völlig verbogen war.

In letzter Zeit habe ich die geheimnisvollen Symbole, die in Professor Turners Handschrift über dem Wort »Cthulhu« aufgezeichnet sind, in der Universität herumgezeigt. Die Reaktion, die mir darauf zuteil wurde, ist äußerst seltsam. Die meisten Professoren, die sie sehen, lächeln darüber und halten es für einen der üblichen Studentenstreiche. Jene freilich, die es nicht komisch finden, befällt ein seltsames Zittern der Hände, wenn sie es das erstemal zu Gesicht bekommen, verhalten sich aber nachher ganz seltsam und meinen, bei dem Symbol handle es sich um einen beleidigenden Schwindel. Sie sind darin sehr hartnäckig und wollen nichts mehr damit zu tun haben. Das verblüfft mich sehr, da das Phänomen fast ausschließlich nur bei älteren Professoren auftritt.

Die erste der Karten, die ich kopierte, zeigt den allgemeinen Bereich des Südpazifik. Die Osterinsel ist auf der Karte eingezeichnet, der ungefähre Kurs, den Captain Cook auf seinen Reisen zwischen 1773 und 1775 nahm, und eine Anzahl weiterer Notizen und Markierungen, von denen die meisten unverständlich sind. Am seltsamsten davon ist ein X bei etwa 167 Grad östlicher Länge und 77 Grad südlicher Breite. Unter diesen Koordinaten steht »Halley's, 86«, das sich ohne Zweifel auf das nächste Auftauchen des Halley'schen Kometen bezieht, der 1986 wieder in der Nachbarschaft unserer Sonne erscheinen wird. Ein Blick in die National-Geographic-Karte dieses Gebiets läßt erkennen, daß die oben genannten Koordinaten sich in der Nähe des Mount Erebus, des 15 000 Fuß hohen aktiven Vulkans am MacMurdo Sund in Antarktika, schneiden. Was das mit dem nächsten Auftauchen des Halley'schen Kometen zu tun hat, ist ohne Zweifel nur den Professoren Turner und Nolan bekannt.

Bei der zweiten Skizze handelt es sich um eine primitive Karte der Welt mit zwei darüber gezogenen Strichen. Obwohl ihre Einfachheit fast lächerlich ist, hat mich dies doch sehr beeindruckt, da die Striche folgendermaßen verlaufen: der eine auf gerader Linie von X (Mount Erebus?) zur Osterinsel. Die andere Linie führt von der Osterinsel durch die Mitte der Nachbarinsel Sala-y-Gomez zu einem Punkt in den Anden des nördlichen Chile. Dies ist zufälligerweise wiederum die Gegend, die Professor Fernandez erforschte, als er von dem Erdbeben getötet wurde. Dann setzt sie sich pfeilgerade fort mit drei weiteren X im weiteren Verlauf. Das eine X liegt irgendwo im Dschungel des Mato Grosso (an Brasilianische Landvermessung schreiben), ein weiteres im Brasilianischen Becken, dem tiefsten Punkt des Atlantischen Ozeans, und endet schließlich in der Nähe von Addis Abeba in Äthiopien.

Das letzte Faktum war weder eine Notiz noch eine Karte, sondern eine Skizze einer ungeheuren Pyramidenstruktur von lächerlicher Form und dazugehörigen Notizen in Turners Handschrift. Dieses Papier war das einzige, das ich unbeschädigt aus der Universitätsbibliothek herausschmuggeln konnte. Zu meinem Bedauern muß ich gestehen, daß mir später ein wohlhabender Professor, den ich dazu konsultierte, eine wirklich hohe Summe dafür bot, worauf ich sie ihm verkaufte. Seitdem ist er weggezogen.

Das ist alles, was ich gefunden habe, eine äußerst seltsame Sammlung von Fakten, und bis zur Rückkehr der Professoren Turner und Nolan fürchte ich, daß der größte Teil dieses Materials weiterhin so rätselhaft bleiben muß, wie er das bisher war. Ich hoffe, sie finden es interessant. Außerdem habe ich mir über-

legt, es könnte ganz klug sein, die Fakten einem Dritten zur Verfügung zu stellen, da ich in der letzten Zeit das Gefühl hatte, verfolgt zu werden, besonders in der Nacht. Ich mußte auch aus meiner letzten Wohnung ausziehen, nachdem ich eine Reihe schwerer Alpträume hatte, die in ihrem Schrecken einzigartig waren. Der Doktor an der Universität versicherte mir, daß es sich um die Folgen von Überarbeitung handle. Das mag sein, aber die Serie von zwölf Furchen, auf jeder Seite sechs, die ich eines Morgens ins Glas eines meiner Fenster geätzt fand, nachdem ich ein besonders eindringliches Schreckenserlebnis hatte, haben mich vorsichtig gemacht. Eines weiß ich, und das ist, daß diese Furchen im Glas nicht von meiner Überarbeitung an der Schule herrühren.

Das ist alles, was ich über meine Arbeit an der grünen Schachtel und ihrem seltsamen Inhalt zu sagen habe. Ich fühle mich in meiner neuen Wohnung ganz wohl und werde nicht länger von Alpträumen geplagt. Außerdem bin ich für die Universitätsexpedition in die Südsee ausgewählt worden. Mein Kollege und Begleiter wird ein brillanter, etwas exzentrischer Kinofotograf namens Pickman sein. Nur ein letztes beunruhigt mich noch unvernünftigerweise: Mein neuer Hausherr hat höchst seltsam gefärbte gelbe Augen.

California Freeway

Als ich ein noch kleinerer Junge war, als ich das heute bin, machte es mir Spaß, auf den Straßen Krieg zu spielen. Sie wissen schon, ich saß dann auf dem Rücksitz des Wagens, mit einem Lineal, einem Besenstiel oder auch nur den Händen und vernichtete die Dame mit dem Kombi hinter uns, mähte nichtsahnende Fußgänger auf dem Bürgersteig nieder oder fegte tieffliegende Bomber (gewöhnlich eine unschuldige Piper Club) aus dem Himmel.

Aber der schönste Traum war es, die Scheinwerfer in Strahlenkanonen zu verwandeln, den Rückspiegel in einen Blaster und die Heckflossen in Raketenrampen.

Ich habe Verkehrsstaus erlebt, in denen ich mir wünschte, immer noch jenes magische jugendliche Arsenal zu besitzen, und Fahrer rings um mich haben sich ganz bestimmt das gleiche gewünscht.

Man sieht es ihren Gesichtern an.

Verehrte Mrs. Merwin, sehr geehrter Mr. Merwin!

Ich habe die traurige Pflicht, Ihnen mitzuteilen, daß Ihr Sohn Robert L. Merwin auf dem Südabschnitt des San Diego Freeway in der Nähe der zweiten Abzweigung zur Irvine Ranch, Orange County, bei einem Verkehrskampf getötet wurde.

Nach den Ermittlungen, die von unseren Inspektoren angestellt wurden, stieß der Wagen Ihres Sohnes Robert allem Anschein nach bei einem beabsichtigten Wechsel der Fahrspur mit einem schwarzen GM Caddy Marauder zusammen. Mir ist keine Verletzung der nordamerikanischen Verkehrsgesetze zur Kenntnis gelangt, aber ich werde Sie auf dem laufenden halten, sobald etwas ans Licht kommen sollte. Die normalen Ermittlungen sind im Gange. Das andere Fahrzeug ist der Orange County Police bekannt. Sein Besitzer wurde verhört, aber nicht festgenommen.

Einzelheiten liegen diesem Schreiben bei. Bitte erlauben Sie mir, Ihnen mein persönliches Beileid auszusprechen.

Hochachtungsvoll
George Wilson Angel
Leiter des Bezirks Südkalifornien
California District Highway Patrol

Anlagen: 1 Bericht Leichenbeschau
1 Bericht Unfall

Frank Merwin faltete den Brief wieder zusammen, schob ihn in den Umschlag zurück und legte ihn neben die Stehlampe, die in der Nähe des Radios stand. Er hatte seiner Frau den Arm um die Schultern gelegt. Ihr Schluchzen war jetzt weniger hysterisch, da der schreckliche erste Schock irgendwie abgeflaut war. Er selbst hatte es geschafft, seine eigenen Gefühle ziemlich gut im Griff zu halten, aber er fuhr schließlich auch seit reichlichen zwanzig Jahren im Bereich Los Angeles und war entsprechend abgehärtet. Als er schließlich wieder sprach, war ebensoviel Bitterkeit wie Sorge in seiner Stimme.

»Jesus, Myrt, o Jesus!«

Er führte sie zu der großen weißen Couch, ging in die Mitte des Zimmers und blieb dort stehen, die Hände hinter dem Rücken ineinander verschränkt und sie immer wieder lösend. Er starrte zu Boden, als wollte er das Teppichmuster für immer seinem Gedächtnis einprägen.

»Verdammt, Myrtle, ich habe es ihm gesagt! Ich *habe* es ihm gesagt! ›Hör zu Junge, wenn du schon unbedingt allein bis nach Diego fahren mußt, nimm doch wenigstens den Pontiac. Sei doch vernünftig.‹ Das habe ich ihm gesagt. Ich weiß nicht, was mit den jungen Leuten heutzutage los ist, Honey. Man sollte wirklich glauben, daß er auf mich hören würde, findest du nicht? Ausgerechnet auf mich, wo ich doch einmal von Indianapolis bis L. A. gefahren bin und unterwegs nur zweimal herausgefordert wurde – *zweimal*, Myrt! Nein, er mußte ja den großen Mann spielen! ›Hör zu Dad, ich muß das einfach für mich selbst hinkriegen, mit meinem eigenen Wagen‹, sagte er zu mir. Ich wußte doch, daß der mit dem VW Ärger kriegen würde. Und ich habe es ihm auch oft genug gesagt.

Aber nein, er sagte bloß: ›Pops, das Schlimmste, was mir passieren kann, ist, daß ich einen anderen Wagen austricksen muß, stimmt's? Du hast doch gesehen, wie dieser Käfer die Ecken nimmt, oder, hm? Und wenn es wirklich unangenehm wird, dann ist jeder andere VW auf der Straße durch Eid verpflichtet, mich zu unterstützen – bei den meisten Aktionen wenigstens.‹

Was sagt man einem solchen Jungen, Myrt? Wie bringt man ihn dazu, daß er auf einen hört?« Sein Gesicht ließ völlige Verwirrung erkennen. Das Weinen seiner Frau war leiser geworden, ihr Tränenstrom fast versiegt. Sie betupfte sich jetzt mit einem seiner alten Taschentücher die Augen.

»Ich weiß es auch nicht, Liebster. Ich versteh immer noch nicht, weshalb er dort hinunterfahren mußte. Er hätte doch den Trans nehmen können, Frank. Warum hat er das nicht getan?«

»Oh, das weißt du doch. Was hätten seine Freunde denn gesagt? ›Da ist Boby Merwin, der zu viel Schiß hat, seine eigene Kiste zu fahren‹ und solchen Quatsch.« Sein Sarkasmus wurde jetzt ausgeprägter. »Er bildete sich immer noch ein, daß er sich als Mann beweisen mußte, dieser Idiot. Dabei hatte er doch schon eine Solofahrt auf dem Freeway hinter sich. Warum bildete er sich ein, daß er sich an einer Überlandexpedition versuchen mußte? Aber verdammt noch mal, wenn er schon zeigen mußte, daß er Mut hatte, konnte er es dann nicht mit dem großen Wagen tun? Nicht einmal ein von einem Profi auffrisierter VW kann besonders viel einbauen.

Und außerdem, man würde ja wirklich meinen, daß er so vernünftig wäre, einer solchen Auseinandersetzung aus dem Weg zu gehen. Er hatte doch seine Fahrausbildung. Wer hat schon einmal von einem VW gehört, der sich mit einem Cad wegen der Fahrbahn anlegt – und noch dazu einem Marauder. Wo waren denn da seine Freunde? Ich hab ihn vor den leichten Streifen zwischen hier und Diego gewarnt, wo der Verkehrsstrom nur schwach ist, wo die Hilfe weiter als eine Hupenreichweite entfernt ist und irgendein Verrückter einen von hinten an einer Einfahrt überraschen kann.«

Er hielt inne, um Luft zu holen, ging zu der Stehlampe zurück und nahm den Brief. Da er mit seinem Inhalt vertraut war, warf er diesmal nur einen kurzen Blick darauf. Er hielt ihn seiner Frau hin, aber die lehnte ab, worauf er ihn dann wieder hinlegte.

»Ich denke, du weißt, was ich jetzt tun muß?«

Sie nickte, wischte sich die Tränen aus den Augen.

»Bob wollte dieses Geschenk zu einem Freund in Diego bringen. Ich muß jetzt dafür sorgen, daß es abgeliefert wird.«

Sie sah ihn ohne viel Hoffnung an. Sie kannte Frank.

»Ich denke aber doch nicht ...«

Er schüttelte den Kopf. Sein Gesichtsausdruck war sanft, aber entschlossen.

»Nein, Honey. Ich bringe es selbst hin. Ich lehne es ab, es zu schicken, und ich fahre ganz bestimmt nicht mit der Trans. Nicht nach all den Jahren. Nein, ich werde genauso hinunterfahren wie Bob fuhr, auf derselben Route. Aber zuerst lasse ich mir den J. J. tunen.«

Sie sah sich mit stumpfen Augen um und zupfte nervös an der Couchdecke.

»Ich nehme an, du wirst ihn zu ...«

»Hector bringen? Sicher. Er nimmt zwar eine ganze Menge, aber er ist das Geld verdammt wert. Der beste Mechaniker weit und breit. Es macht wirklich Spaß, mit ihm zusammenzuarbeiten. Da weiß ich wenigstens, daß ich Leistung für mein Geld bekomme. Ich kann gar nirgend anders hingehen – oder? Schließlich soll er doch auch nicht auf die Idee kommen, daß wir ein Vorurteil haben oder so etwas. Ich geh jetzt schon seit vier oder fünf Jahren zu ihm. Ich hab beinahe schon vergessen, was er ist ...«

»Bis nach Diego fahren Sie, Mr. Merwin, wie?« sagte der drahtige Chicano. Er versuchte, sich wenigstens einen Teil der Wagenschmiere von den Händen zu wischen. Der schmutzige Lappen, den er dazu benutzte, schien bereits völlig außerstande, noch mehr von dem klebrigen, blauschwarzen Zeug in sich aufzunehmen.

© MARVANO 681

»Mhm. Sie verstehen also, was ich meine, wenn ich sage, daß der J. J. tiptop in Form sein muß.«

»*Ciertamente!* Würden Sie mal die Motorhaube öffnen?«

Frank nickte und trat neben den J. J., dicht innerhalb des jetzt hochgerollten Panzergitters, das den Eingang zu der Garage schützte. Er schob sich in den tiefliegenden Fahrersitz, legte drei Schalter an der Zündkombination um und drückte dann den Hebel für die Motorhaube. Als die Motorhaube sich hob, stieg er aus dem Wagen und ließ die Schlüssel stecken. Hector beugte sich bereits über den Motor des Wagens.

»Nun, Mr. Merwin, nach allem, was ich sehen kann, ist Ihre Maschine in ausgezeichnetem Zustand – ja, wirklich ausgezeichnet! Wollen Sie, daß ich auftanke?«

Frank nickte wortlos. Die schnelle Inspektion, die der Mechaniker dem Motor angedeihen ließ, überraschte ihn ganz und gar nicht. Schließlich war der J. J., seit er ihn gekauft hatte, erstklassig gepflegt und auch von ihm persönlich in Schuß gehalten worden. Hector blickte gar nicht auf, als er sich daranmachte, die Schutzscheiben über dem rechten 70er Kaliber zu lösen.

»Wenn ich fragen darf, wie wollen Sie fahren?«

Frank hatte seine große Meerschaumpfeife herausgeholt und stopfte Tabak hinein.

»Hm. Ich werde die Burbank zum San Diego Freeway nehmen und dort einfahren. Auf dem Ventura wäre es ein wenig schneller, aber bei einer Fahrt dieser Länge kann man die wenige Zeit, die man dabei spart, vergessen, und ich sehe eigentlich nicht ein, daß ich mich auf den Übergang einlassen sollte.«

Hector nickte zustimmend. »Sehr klug. Wissen Sie, Mr. Merwin, Sie haben auf dieser Fahrt zwei ziemlich üble Strecken. Wirklich unangenehm. Ich habe das gelesen – das mit Ihrem Sohn. Es tut mir wirklich leid. Aber die *jornada de la muerte* kommt irgendwann einmal zu jedem von uns.«

Frank hielt beim Anzünden seiner Pfeife inne. »Da war nichts zu machen«, sagte er angespannt. »Bob begriff gar nicht, was – worauf er sich einließ, das ist alles. Ich gebe mir selbst auch die Schuld, aber was konnte ich tun? Er war achtzehn, und dem Gesetz nach gab es nichts, womit ich ihn hätte aufhalten können. Er hatte sich einfach mehr aufgeladen, als er bewältigen konnte.«

Einer von Hectors Ölaffen hatte einen schweren Munitionskarren herbeigerollt. Der Mechaniker winkte den Helfer weg und machte sich selbst daran, die Waffe zu laden. Frank wußte die Geste zu schätzen.

»Es war ein Cad, nicht wahr?«

»Ja.« Er beugte sich über die Schulter des Mechanikers, um den Ladeprozeß besser beobachten zu können. Man konnte ja nie wissen, was man plötzlich auf der Straße selbst erledigen mußte. »Was geben Sie mir denn? Explosiv oder panzerbrechend?«

»Gemischt.« Hector knallte die Verkleidung über die schwere Waffe. Sie schnappte ein. Er trat ein paar Schritte zurück, um sich eine kleine, gebogene Leiter zu holen, rollte sie nach hinten. Dann kletterte er hinauf und überprüfte den Dachgeschützturm. »Beides in abwechselnder Folge. Das ist zwar teuer, aber schließlich ist der Wagen Ihres Sohnes von einem Marauder zerstört worden. Einem schwarzen?«

»Ja, richtig«, sagte Frank nur leicht überrascht. »Wie haben Sie das erfahren?«

»Oh, so etwas spricht sich in der Branche herum. Ich kenne dieses Fahrzeug, glaube ich. Der Besitzer macht den größten Teil seiner Arbeit selbst, wie ich höre. Hart, sich damit anzulegen, Mr. Merwin. Denken Sie vielleicht daran …«

Frank zuckte die Schultern und sah weg. »Man weiß ja nie, wer einem heutzutage auf den Straßen über den Weg läuft, Hector. Aber ich bin nie einer von denen gewesen, die einem Kampf aus dem Weg gehen.«

»Das wollte ich auch gar nicht andeuten. Wir alle kennen Ihre Kampfakte, Mr. Merwin. Es gibt gar nicht so viele Asse, die im Valley leben.« Er deutete vielsagend auf die Seitenwand des Wagens. Dort waren elf Silhouetten aufgedruckt. Vier Mittelklasse, vier Kompakt – verrückte Leute. Mutig, aber verrückt. Zwei Sportwagen – junge Leute –, ein Jaguar und eine Corvette, soweit er sich erinnerte. Er lächelte bei dem Gedanken. Tempo war schließlich nicht alles. Und ein großer goldener Stempel. Er strich liebevoll mit der Hand darüber. Dieser große Goldene, den hatte er sich auf der legendären Fahrt von Indianapolis geholt, das war '83 gewesen – nein, '82. Der Imperial war hart gewesen und, offengestanden, er hatte verdammtes Glück gehabt, war viel zu jung gewesen, um zu wissen, worauf er sich einließ. Querschläger waren immer schon gegen alle Chancen gewesen – aber, zum Teufel, jeder konnte auf Reifen schießen. Das hatte er wenigstens vor zwanzig Jahren geglaubt. Jetzt wußte er es besser – oder nicht?

Er fragte sich, ob Bob etwas ähnlich Verrücktes versucht hatte.

»Ja nun, passen Sie auf sich auf, Mr. Merwin. Ein Marauder ist immer ein harter Brocken, gleich von der Fabrik weg. Wenn man ihn richtig herrichtet, dann hat ein Marauder genügend Feuerkraft, um selbst einen Greyhound anzugreifen.«

»Machen Sie sich meinetwegen keine Sorgen, Hector. Ich kann mich schon um mich selbst kümmern.« Er überprüfte den Nylonschutz der Hinterreifen. »Außerdem hat mein J. J. schon auch ein paar Überraschungen eingepackt.«

Draußen war es bereits warm, selbst um fünf Uhr früh. Das Wetteramt hatte für die Innenstadt L. A. 36 Grad Celsius angesagt. Den größten Teil davon würde er gar nicht zu spüren bekommen, aber trotz seiner Klimaanlage konnte es verdammt heiß werden. Er schaltete die Kühlanlage ein, als er die blaue Limousine rückwärts aus der Garage fuhr, den Fahrthebel einlegte und auf die Burbank zurollte.

Für die eigentliche Stoßzeit war es noch zu früh, und so hatte er nur wenig Gesellschaft auf der Zubringerstraße, als er am Van Nuys Boulevard vorbei auf die Sepulveda-Einfahrt zufuhr. Ein Rambler kam zu langsam ab, als die Ampel umschaltete. Er ließ seine Hupe einmal hallen, und der erschreckte Fahrer des auffällig als neutral gekennzeichneten Fahrzeugs beeilte sich, ihm Platz zu machen. Theoretisch waren alle Wagen auf den Oberflächenstraßen gleich. Aber einige waren gleicher als andere.

Die Sepulveda-Einfahrt eignete sich ausgezeichnet, um sich in das System einzuschleusen, und zwar aus wesentlich mehr

Gründen als nur dem, daß sie eine bequeme Durchfahrt durch das Venturakreuz bot. Statt aufwärts zu führen, wie das bei den meisten Einfahrten der Fall war, erlaubte sie dem Fahrer, einen hohen Hügel hinunterzurollen. Das ermöglichte es älteren Fahrzeugen, leicht Fahrt aufzunehmen, und bot dem Fahrer zusätzlich die Vogelperspektive auf den Verkehr unter sich.

Er rollte an dem Parkplatz der Kester-Trans-Station vorbei. Er begann gerade, sich zu füllen, als die etwas passiver eingestellten Reisenden ihre persönlichen Fahrzeuge abstellten, um den öffentlichen Trans zu nehmen. Er empfand eine Aufwallung von Verachtung, die übliche Reaktion des unabhängigen Motoristen gegenüber bequemen Fahrern, die freiwillig vehikuläre Freiheit zugunsten der überfüllten Massentransportsysteme aufgaben. Was für ein Mensch mußte man eigentlich sein, fragte er sich zum zigsten Male, sein Geburtsrecht gegen die einfache Sardinenbüchsensicherheit einzutauschen? Das Land war wirklich dabei, sein Rückgrat zu verlieren. Er schüttelte betrübt den Kopf, während sein geübtes Auge das Muster abschätzte, das sich unter ihm bewegte.

Massentransportsysteme hatten viel Geld erfordert und taten das auch heute noch. Und eine Möglichkeit für die betroffenen Regierungen (nämlich die der meisten entwickelten Industrienationen), sich die notwendigen Mittel zu verschaffen, bestand darin, die aufwendigen motorisierten Streifen einzuschränken, derer es bedurfte, um das weit ausgedehnte Freewaysystem zu regulieren. Und je stärker die Einschränkungen waren, desto selbstverständlicher wurde der Brauch der verbleibenden, überarbeiteten Streifen, es den Fahrern zu überlassen, ihre Streitigkeiten selbst auszutragen. Ihren letzten Schliff erhielt diese Sitte, als der Oberste Gerichtshof die berühmten Entscheidungen in der Sache Briver gegen Matthews und der Staat Texas die Novelle '79 herausgaben, in dem für Recht befunden wurde, daß alle Versuche, den Highwayverkehr zwischen den Bundesstaaten zu regulieren, eine direkte Verletzung der ersten Verfassungsnovelle darstellten.

Jeder Motorist, der sich den durchaus entstehenden möglichen Streitigkeiten nicht gewachsen fühlte, erhielt eine sichere, stille alternative Transportmöglichkeit in Gestalt des neuen Mass-Trans-Systems, das größtenteils auf den mittleren und Seitenbahnen der vertrauten Freewayrouten verlief, hoch über dem hektischen Verkehr. Die Vorzüge zeigten sich sofort. Weniger Luftverschmutzung, selbst von den schönen Turbinen-Dampf-Elektromotoren der Privatfahrzeuge, ein Ende der vielen Parkprobleme in den Innenbezirken der großen Städte - und mehr. Zum erstenmal seit ihrem Bau wurden die Freeways selbst zur Stoßzeit mit Geschwindigkeiten befahrbar, die jenen nahekamen, die ihre Erbauer vorgesehen hatten. Und die Psychiater fingen an, das Fahren als exzellente Therapie für Personen anzuraten, die unter gewalttätigen oder gar möderischen Instinkten litten.

Es gab einige wenige - ohne Zweifel schmutzige, unamerikanische rote Kommunistensympathisanten -, die die daraus folgende Verbreitung »argumentativer« Geräte und Hochleistungsfahrzeuge beklagten. Einige lächerliche Zeitgenossen sprachen sogar von einem »Waffen«-Wettlauf unter den Autoherstellern. In Deutschland gefertigte Fahrzeuge errangen sich in kürzester Zeit Spitzenmarktanteile. Panzerplatten, kugelsicheres Glas, Spezialwaffen - wie sonst bildeten sich diese Schwachköpfe eigentlich ein, daß ein anständiger Mann vertrauensvoll fahren konnte?

Er jagte seinen Motor in die Höhe, und seine Tubolimousine brauste die Rampenabfahrt hinunter und kam dabei unnötig, aber eindrucksvoll in Schwung. Frank hatte stets viel von aggressiven Auftritten gehalten. *Die sollen ruhig gleich wissen, wo man steht, sonst überrollen sie einen.* In diesem Spiel bedurfte es dieser Taktik eigentlich nicht - es gab insgesamt nur zwei weitere Wagen in seinem Einfahrtmuster, beide auf den äußeren zwei Spuren.

Er wechselte langsam die Spur, bis er hinter ihnen war, und vergewisserte sich sorgfältig im Rückspiegel und im Seitenspiegel, daß sich keine anderen schnell näherten. Die Spuren hinter ihm waren frei, und es bereitete ihm keine Schwierigkeiten, die vierte Spur der fünf einzunehmen. Hier war es sicherer. Genügend Platz auf beiden Seiten, und er konnte trotzdem ein anständiges Tempo halten, ohne sich auf Wettrennen mit Dragsters einlassen zu müssen. Er jagte den J. J. auf eine bequeme Geschwindigkeit von fünfundsiebzig Meilen die Stunde hoch und lehnte sich entspannt in die Polster.

Während er unbehindert durch den Sepulvedapaß jagte, sah er nur zwei Wracks - ziemlich normal für diese Tageszeit. Die Helikranmannschaft hatte wahrscheinlich gerade Schichtwechsel, also würden diese Wracks ein wenig länger liegen als zu anderen Tageszeiten, wo mehr Betrieb war.

Als er sich den Wilshire-Rampen näherte, sah er zum erstenmal Kampfaktivität. Zwei Kompaktwagen agierten unsicher. Auf der Langsamspur rollte ein viertüriger Toyota. Ein Honda-Coupé, das mächtig ächzte, um bergauf Tempo zuzulegen, kam in schlechter Position von der Einfahrtrampe. Jetzt war es erforderlich, daß der eine oder andere langsamer wurde, und die Limousine mit der besseren Position weigerte sich verständlicherweise, diese aufzugeben. Anstatt nun klein beizugeben, behielt der Honda seine ursprüngliche Geschwindigkeit bei und feuerte ohne Ankündigung eine Breitseite aus den kleinen - Frank schätzte sie auf Kaliber 25 - drehbaren Fensterkanonen. Die Limousine schleuderte, als der Fahrer erschreckt ein paar Sekunden lang die Kontrolle über sein Fahrzeug verlor. Dann lief sie wieder auf geradem Kurs und nahm die vorherige Position ein. Frank und die Wagen hinter ihm fuhren langsamer, um den Kämpfern genügend Freiraum für ihre Operationen zu geben.

Das Panzerglas widerstand dem Feuer, und die Limousine begann, die Schüsse zu erwidern - etwa gleichwertige Bewaffnung, Standardausrüstung, vermutete er. Sie hatten inzwischen bereits das Ende der Einfahrt erreicht. Das Coupé schien noch nicht bereit zu sein, sich verlorenzugeben, und jagte auf die Motorhaube der Limousine zu. Der Besitzer der Limousine bog elegant in die zweite Spur und schnitt den anderen heraus. In diesem Winkel war seine Steuerbordkanone direkt auf das Coupé gerichtet. Ein lauter Knall verkündete das Platzen eines Reifens. Mit einem kurzen, wie in Zeitlupe gefilmt wirkenden Knall kollidierte das Coupé mit dem Schutzgitter, kippte darüber und verschwand. Im Rückspiegel konnte Frank die ersten paar Rauchfäden erkennen, als er an der Stelle vorbeischoß.

Jetzt, da der Kampf um war, trat Frank das Gaspedal bis zum Boden durch und salutierte dem siegreichen Fahrer. Der andere erwiderte die höfliche Geste elegant. Wenn man sein beschränktes Arsenal bedachte, hatte der Mann seine Sache sehr gut gemacht. Er hatte dieses *C* elegant gefahren, aber gegen einen größeren Wagen wäre das Manöver sinnlos gewesen. Gegen den Franks beispielsweise. Trotzdem, Kompaktfahrer waren eine besondere Rasse und glichen oft durch schieren Mut aus, was ihnen an Kraft, Motor und Feuerkraft fehlte. Er sah sich immer noch *Don Railman und sein Super-U-Boot* am Sonntagmorgen im Fernsehen an, obwohl die Sehbeteiligung seit der letzten Saison stark zurückgegangen war. Er konnte auch die Zeit nicht vergessen, als in *Carippers Monitor* der alte Ev Kelly einen Sonderbeitrag über den handgefertigten Mighty Mite gebracht hatte, mit einer Webcor-Panzerabwehrkanone, die geschickt im vorderen Kofferraum verborgen war. Nein, es zahlte sich aus, sich nicht mit Kompakts anzulegen, nicht einmal mit Kleinwagen.

Er überquerte das Santa-Monica-Kreuz ohne Schwierigkeiten. Genau genommen ergab sich die einzige Konfrontation während der ganzen Fahrt im Bereich L. A. ein paar Minuten später, als er an den Rampen des Los Angeles International Airport vorbeifegte.

Eine neue Corvette, blitzend und mit viel Gold, brauste hinter ihm heran und blieb dicht hinter seinem Heck. Das allein war schon eine Herausforderung. Er konnte den Fahrer deutlich sehen – ein junges Mädchen, wahrscheinlich knapp unter zwanzig. Etwa so alt wie Bob, dachte er bedrückt. Ohne Zweifel hatte ihr Daddy ihr die Bombe gekauft. Sie hupte ihn scharf und beharrlich an. Er ignorierte sie. Sie konnte ihn auf beiden Seiten leicht überholen. Aber sie schoß eine Salve Leuchtspurmunition über sein Hinterdeck. Als er hartnäckig fortfuhr, sie zu ignorieren, schmollte sie und ging schließlich längsseits. Kichernd machte sie eine obszöne Handbewegung, die selbst sein gar nicht so archaischer Verstand identifizieren konnte. Er riß scharf am Steuer und drehte es gleich wieder zurück. Jetzt verschwand ihr hochmütiger Gesichtsausdruck und wich einem der Angst. Als sie sah, daß das Ganze nur eine Finte gewesen war, lächelte sie wieder, wenn auch bei weitem nicht mehr so arrogant, und überholte ihn mit guten hundert Meilen die Stunde.

Die dumme Ziege, sie würde gut daran tun, sich bessere Manieren zuzulegen, sonst würde sie nie die ersten 20 000 Meilen erleben. Vielleicht hätte er ihr eine Lektion erteilen, ihr vielleicht einen Reifen wegbrennen sollen. Na, schön. Er hatte noch eine lange Fahrt vor sich. Sollte doch ein anderer den Lehrer spielen.

Als er Santa Ana verließ, wurde er ruhig und nachdenklich. Er rollte jetzt in der Gegend von Irvine. Hier gab es wenig Berufsverkehr, nur ein paar harmlose Strandbesucher. Er sah nur einen Wagen der Cad-Klasse, und das war ein alter gelber Thunderhood. Er wußte nicht recht, ob er enttäuscht oder erleichtert sein sollte, als er in die San-Clemente-Raststätte einfuhr, um zu frühstücken. Er hätte zu Hause essen können, hatte es aber vorgezogen, sich wegzustehlen, ohne Myrtle zu wecken. Er würde sich ein paar Eier bestellen, etwas Toast und Marmelade, und beim Kaffee den Ausblick auf den Pazifik genießen, und das trotz der tiefhängenden Wolken, die in den letzten zwanzig Minuten aufgekommen waren. Hoffentlich regnete es nicht, obwohl das die Hitze etwas lindern würde. Wetter war einer der Gründe, weshalb er immer die sichereren, aber längeren Wüstenrouten mied. Wenn es landeinwärts ein Gewitter gab, wurde das gewöhnlich vorhergesagt, und selbst der beste taktische Fahrer war in einem Wolkenbruch leicht auszumanövrieren. Er zog es vor, sich in einer Situation zu befinden, wo er seine Talente ohne Komplikationen einsetzen konnte.

Ein paar warme Tropfen, dick und schwer, trafen ihn, als er die Raststätte verließ. Es war jetzt viel dunkler geworden, und die Feuchtigkeit lag schwer in der Luft. Trotzdem hatte er Irvine jetzt hinter sich. Am besten beeilte er sich, nach San Diego zu kommen und vor dem Dunkelwerden nach Hause zurückzukehren.

Jetzt lagen vor ihm nur noch die von der Polizei gut überwachten Camp-Pendleton-Spuren und dann der fast verlassene Oceanside Boulevard nach La Jolla, ehe er wieder in dichteren Verkehr kam. Im Gegensatz zu früheren Vorhersagen hatte sich die Bevölkerung von Kalifornien landeinwärts ausgedehnt und nicht entlang der größtenteils im Staatsbesitz befindlichen Küste. Wenn er genügend Verstand besessen hätte, sich die hundert Morgen in der Nähe von Mojave zu kaufen, ehe der Flughafen dort gebaut worden war ...

Zur Linken konnte er den alten Präsidentenpalast auf seinem Hügel glänzen sehen. Er winkte mit einem Gefühl der Nostalgie und beschleunigte dann leicht, als er sich Pendleton näherte.

Der Regen fiel so leicht, daß er sich nicht einmal die Mühe machte, die Scheibenwischer einzuschalten. Pendleton blieb schnell hinter ihm zurück, und er hatte keinen Anlaß, in Oceanside anzuhalten. Bald rollte er zwischen weichen, flauschigen Hügeln dahin, die in der Sonne freundlich wirkten. Ein paar Rinder waren die einzigen Lebewesen, die sich ihm zeigten, im Verein mit ein paar großen Krähen, die träge in der feuchten Luft über ihm kreisten. Einmal brauste ein Motorradrudel lautstark an ihm vorbei, die langen Zwanziger vom Tau feucht. Zwei Dreiräder hatten die Vor- und Nachhut des Rudels übernommen, aber die häßlichen Schnauzen ihrer rückstoßfreien Karabiner waren abgedeckt, um sie vor möglichem Regen zu schützen. Sie achteten nicht auf ihn und polterten mit soliden fünfundneunzig die Stunde vorbei. Er verspürte keinerlei Lust, sich mit einer Bande anzulegen, nicht in einem so verlassenen Territorium. Ein guter Fahrer konnte drei oder vier der großen Harley Davidsons und Yamahas ohne Mühe erledigen, aber die hochgradig manövrierfähigen Motorräder konnten alles, was kleiner als ein Bus oder ein Wohnwagen war, spielend leicht umschwärmen und damit die Wirkung ihrer leichten Waffen erheblich verstärken.

Vielleicht konnte er hier draußen etwas Land kaufen. Er blickte geistesabwesend auf die grün-goldenen Hügel, die völlig frei von Häusern und Supermärkten waren, vielleicht nicht so gut wie Mojave, aber trotzdem ...

Ein scharfes Hupen riß ihn aus seinen Träumen. Er sah in die

Rückspiegel. Er erkannte das Zulassungsschild des großen schwarzen Coupés fast im gleichen Augenblick, in dem er Marke und Modell identifizierte. *Du bist südlich deines Territoriums, Freundchen*, dachte er grimmig. Seine Hände klammerten sich um das Steuer, als er in die Nebenspur abbog.

Der Cad ging längsseits und schickte sich an, ihn zu überholen. Er schätzte den Augenblick exakt ab und legte dann einen Schalter auf der Mittelkonsole um. Der backbordseitige Flammenwerfer feuerte einen Strahl orangeroter Flammen ab. Der Cad zuckte zusammen wie ein versengtes Kätzchen. Im gleichen Augenblick bog Frank auf die äußerste Spur und legte damit so viel Distanz wie möglich zwischen sich und den schweren Wagen, blieb ein Stück vor dem anderen.

An der Vorderseite des Coupés war ganz deutlich ein langer, dunkler Streifen zu sehen, ein tiefer Schnitt im Reifenmaterial. Der Cad würde Schwierigkeiten haben, wenn er jetzt irgendeinen scharfen Richtungswechsel versuchte, und Frank sah keine Probleme, seine gegenwärtige Position zu halten. Wenn es notwendig war, konnte er sich bei der ersten Ausfahrt wegducken. Er schaltete den Dachturm ein, ein teures Zusatzgerät, das sich aber schon häufig als sehr wertvoll erwiesen hatte. Myrtle hatte den großen Granatwerfer empfohlen, aber Frank und der Verkäufer von GM hatten sich überzeugt, daß man damit vielleicht die Nachbarn beeindrucken konnte, daß es aber auf der Straße einzig und allein auf Leistung ankam. Die doppelten Fünfziger im Turm fingen an, auf den Cad einzuhämmern und rissen tiefe Furchen in sein Panzerglas und die vordere Panzerung.

Frank empfand große Zuversicht, bis eine heftige Explosion ihn herumwarf und ihn zwang, der Steuerung zusätzliche Energie zuzuführen. Besorgt sah er über die Schulter. Gott sei Dank für die automatischen Sprinkler! Das Heck seines Wagens über dem linken Rad war völlig abgerissen, ebenso wie der größte Teil des Hinterdecks, zerbeultes, geschwärztes Metall und abgerissenes Isolationsmaterial rauchte und ächzte. Ein Blick auf den Cad bestätigte seine schlimmsten Ängste und ließ ihm noch mehr Schweiß in den Nacken rinnen. Kein Wunder, daß der Marauder sich einen solchen Ruf erworben hatte. Anstelle der üblichen schweren Cad-Maschinengewehre hatte sich aus dem hinteren Kofferraum ein Mark-IV-Raketenwerfer hervorgeschoben. Zum Glück war der Schuß in einem schlechten Winkel angekommen, sonst hätte ihm jetzt ein Rad gefehlt, und seine Manövrierfähigkeit wäre erheblich eingeschränkt gewesen. Er schlug gerade noch rechtzeitig einen S-Bogen. Eine weitere Rakete pfiff an seiner Stoßstange vorbei.

Die Fünfziger im Turm taten ihre Arbeit, aber es ging langsam, zu langsam. Ein weiterer Raketentreffer würde ihn erledigen, und jetzt setzte der Cad auch seine schweren Kanonen ein. Er wünschte sich, er säße jetzt in der Steuerkanzel eines großen Sattelschleppers der Vereinigten Trucker, hoch über dem Beton, mit einem weiteren Fahrer und einem Kanonier an den Zwillings-60 mm-Kanonen. Ein Riß tat sich in seinem Heckfenster auf, als die Kanone des Cad das Feuer konzentrierte. Er schlug einen Haken, beschleunigte und verlangsamte seine Fahrt wieder, wagte es nicht, seinem Gegner eine weitere Chance mit seinem Mark IV zu geben.

Zeit für deine Chance, Frank, Baby. Denk an Salt Lake City!

Er bog scharf nach links. Der Cad riß das Steuer nach rechts, um sich hinter ihn zu schieben. In der richtigen (ja, ja!) Sekunde drückte er einen Notschalter.

Die hinteren Bremslichter fielen vom J. J. Im gleichen Augenblick warf ihn ein wildes Rumpeln nach vorn, und zwar so heftig, daß er spürte, wie sich seine Anschnallgurte in seine Brust drückten. Verzweifelt darum kämpfend, den Wagen wieder unter Kontrolle zu bekommen, und dauernd fluchend warf er sich mit einem Ruck gegen die elastische Trennwand, die seine Spur von der Gegenfahrbahn trennte. Zwei Räder drehten wie wild durch, dann schoß er schräg über fünf Spuren. Irgendwie brachte er es fertig, die zerbeulte Limousine müde auf dem bekiesten Seitenstreifen zum Stillstand zu bringen.

Keuchend löste er seine Gurte, taumelte aus dem Wagen und stützte sich gegen die Metallseiten. Hinter ihm, vielleicht eine Viertelmeile entfernt auf der leeren Straße, quoll eine dicke schwarze Wolke aus einem Haufen zerbeulten Metalls, Plastik und Keramikstoff, die alle von orangeroten Flammen bedeckt waren. Der große, böse schwarze Cad war erledigt. Er ging einen Schritt in seine Richtung, blieb dann stehen, die Anstrengung bereitete ihm Schwindel. Kein Fahrer konnte ein solches Inferno überstehen. In seinem Eifer, sich hinter die Limousine zu schieben, war der Fahrer des Cad über eine, möglicherweise sogar beide Minen gerollt, die Frank gemeinsam mit den Bremslichtern abgeworfen hatte. Vielleicht war Rache heute etwas Überholtes, trotzdem empfand er ein Gefühl der Erleichterung. Und Myrtle würde sich anfangs vielleicht beklagen, aber er wußte verdammt gut, daß sie innerlich zufrieden sein würde.

Jetzt bemerkte er, daß ihm etwas Feuchtes von der Wange tropfte, mehr als von dem sporadisch tröpfelnden Himmel gekommen sein konnte. Seine Hand sagte ihm, daß ein Stück seines linken Ohrs fehlte. Das Blut besudelte seine gute Fahrerbluse. Er betupfte die Wunde geistesabwesend mit dem Taschentuch. Seine Heckscheibe mußte im letzten Augenblick zersprungen sein. Ein Blick bestätigte es, zeigte zwei saubere Löcher und ein drittes, fragwürdiges im Hinterfenster. Hm. Das war nicht das erstemal, daß er nur knapp mit dem Leben davongekommen war – und diesmal war es das Risiko wert gewesen. Zumindest würde er ein Zulassungsschild auf Bobs Grab legen können.

Er seufzte. Besser in Carlsbad Station machen und den Wagen wieder herrichten lassen. Verdammt, wenn der Junge nur bei der Fahrerziehung aufgepaßt hätte. Achtzehn Jahre alt, und dabei hatte er nie gelernt, was sein alter Herr schon seit Jahren wußte: Nur offensives Fahren garantiert Sicherheit.

Der Emomann

Es gibt alle Arten von Drogen zu kaufen, wenn man nur weiß, an welchen Dealer man sich zu wenden hat: Solche, die einen in die Höhe heben, solche, die einen nach unten drükken, solche, die einen in ein Land der Phantasie entführen, das nie Realität sein kann – man braucht sie bloß zu benennen, und der Dealer an der nächsten Straßenecke verkauft sie einem.

Irgendwann wird irgend jemand die Chemie als Mittelsmann ausschalten.

Dies ist die Geschichte von zwei Leuten, und wie drei von ihnen starben.

Im großen und ganzen waren es recht nette Leute.

Aber es ist keine sehr nette Geschichte.

»Ich bin gekommen, um mir etwas Zorn zu kaufen«, rief der zu junge Mann mit zu lauter Stimme. Er setzte sich auf einen Sägebock aus Metall und wartete.

»Wirklich?« erwiderte der Mann, der ihm gegenüber tätig war.

»Wirklich«, antwortete der zu junge Mann.

Der Herr, der gegenüber dem zu jungen Mann und seinem Sägebock aus Metall tätig war, beschäftigte sich mit etwas völlig Anomalem: Er reparierte ein Boot. Für sich betrachtet, war das nicht schrecklich ungewöhnlich. Auf Bootswerften war das eine ganz normale Aktivität. Aber er trieb mit einem Hammer, den er in der Hand hielt, Metallstifte in den Bootsrumpf, statt einen automatischen Arm zu benutzen.

Und darüber hinaus schien der Rumpf des Bootes aus natürlichem Zellmaterial zu bestehen, und nicht aus Plastizin, Metallom oder geschäumtem Eisen. Das Schiff war nicht neu. Der Rumpf bedurfte dringend eines neuen Anstrichs.

PICARDIE
PICARDIE

Von hinten betrachtet schien der Mann nicht besonders auffällig. Aber dieser Eindruck wandelte sich, als er in seiner Arbeit innehielt, sich aufrichtete und auf seiner Leiter zu dem anderen herumdrehte.

Er war etwas größer als der Durchschnitt, schien aber wesentlich größer. Breite Schultern, schlank in den Hüften, elastisch. Die Furchen in seinem Gesicht schienen von der Hand eines betrunkenen Kartographen eingegraben zu sein. Jede führte zu irgendeinem fremdartigen Tal, einer verbotenen Stadt oder unergründlichen Abgründen der Seele.

Trotzdem war er keineswegs alt. Er hatte zahlreiche schwarze Strähnen in seinem sonst eisengrauen Haar, die keineswegs Folge kosmetischer Behandlung waren. Hinten war das Haar mit einem seltsamen Arrangement aus Lederriemchen zu einem Zopf zusammengefaßt. In seinem rechten Ohrläppchen hing ein Ring aus massivem Gold. Er hatte dicke graue Brauen, die für einen viel größeren Mann bestimmt gewesen waren. Sie beschatteten ebenfalls graue Augen. Seine Nase war lang und leicht gebogen. Sein Mund und seine Lippen waren dünn und fest zusammengepreßt. Sein ganzer Gesichtsausdruck mischte den Glanz des sternenerfüllten Weltraums und die Säure von Essig.

»Wie kommen Sie darauf, daß ich Ihnen Zorn verkaufen könnte, Jungchen?«

»Sie sind doch der Mann, den man Sägeschnabel nennt«, sagte der zu junge Mann. Das war keine Frage.

»Ich bin der Mann, den manche Sägeschnabel nennen. Häufig nennt man mich auch andere Dinge, und manche davon sind besser. Manche auch schlimmer. Sägeschnabel tut's schon.«

Der junge Mann, der Sägeschnabel gegenüberstand, war gar nicht so jung. Aber der Abgrund, der zwischen ihnen gähnte, war einer, den manche Leute vielleicht das Alter genannt hätten.

Sein metallischer roter Overall blitzte in der Morgensonne. »Dann sind Sie schon der, den ich suche. Ich bin nicht ohne Mittel und nicht ohne Verstand. Ich habe mich gründlich über Sie erkundigt. Oh, sehr gründlich, in aller Stille. Sie brauchen nicht besorgt zu sein.«

»War ich auch nicht. Aber fahren Sie fort.« Sägeschnabel wühlte in einem Faß mit Metallstiften von verschiedener Form und Größe.

»War nicht leicht, Sie zu finden – das muß man Ihnen lassen. Aber ich wußte schon, wie ich Sie finden konnte. Es hängt nur davon ab, daß man am richtigen Ort die richtigen Fragen stellt. Und wenn man Geld hat und ein paar Leute an geeigneten Plätzen kennt – zum Beispiel im Einwanderungsausschuß –, dann erfährt man so ziemlich alles. Ich möchte etwas kaufen, Sägeschnabel.«

Das Boot hatte eine tiefliegende Mittelkabine. Ein vogelähnliches Geschöpf kauerte an ihrem Rand. Der regenbogenfarbene Kamm des Vogels bewegte sich auf und nieder wie ein Metronom. Sein Schwanz bestand aus grellgoldenen Federn, und der Rest war ein stumpfes, samtiges Gold. Jetzt flatterte das Geschöpf herunter und landete auf Sägeschnabels rechter Schulter. Mit auf- und abwippendem Kopf musterte es den Neuankömmling. Seine regenbogenfarbenen Kammfedern blitzten in einem vogelhaften Morsecode.

Der zu junge Mann starrte das Vogelgeschöpf interessiert an. Er war kein Ornithologe, nicht einmal ein Amateur. Aber er hatte viel gelesen. Genug, um zu wissen, daß dieser Vogel nicht von Thalia Major stammte. (Er hätte vielleicht von Thalia Minor kommen können, aber das bezweifelte er, weil ...)

»Nun, Jungchen, wer will denn Zorn kaufen – wie hat man Sie denn getauft?«

»Getauft?«

»Ihr Etikett, Ihr Handgriff, Ihr Name. Antik-religiöse Verbalassoziation. Wie hat man Ihnen denn beigebracht, sich zu nennen?«

»Jasper Jordan. Und das ist mein richtiger Name, kein Pseudonym. Sehen Sie, ich habe gar nicht den Wunsch, etwas vor Ihnen zu verbergen. Ich möchte, daß das alles ganz offen abläuft. Ein faszinierendes Tierchen haben Sie da.«

Sägeschnabel setzte sorgfältig einen Nagel an, trieb ihn mit zwei kurzen, kräftigen Schlägen des Hammers ins Holz. Er meinte, ohne in seiner Arbeit innezuhalten oder sich umzusehen: »Das ist ein Pimvogel von Tehuantepec. Die Biester sind den Indios heilig, die die zwei Kontinente des Planeten bewohnen. Man nennt sie Pimvögel, weil es bequem ist. Für die Eingeborenen, meine ich – nicht für die Vögel, die haben da nichts zu sagen. Ihre richtigen Namen sind viel länger und enthalten sogar ein Bruchstück eines Liedes. Sie würden es nicht verstehen, weil die Eingeborenen selbst es nicht verstehen. Es ist ein sehr altes Lied, eine uralte Übersetzung ins Terranglo fängt an *Tränen der Sonne* und fließt dann weiter. Dieser ganz spezielle Pimvogel trägt angeblich die Seele des großen Kaisers Lethanatuan, der – je nachdem, welcher Legende Sie glauben wollen – einmal mit der überaus schönen Königin Quetzal-ma die Hälfte dieser Galaxis oder drei kleine Inseln vor der Küste des Kontinents Col beherrscht hat. Jetzt ist er zufällig hungrig. Die Indios sagen, wenn die Seelen des Kaisers und seiner Königin je wieder vereint werden, so werden sie aufs neue die Galaxis beherrschen. Das ist einer der Gründe, weshalb die Eingeborenen es mir erlaubten, ihn mitzunehmen. Ihnen gefällt ihr augenblickliches Herrschaftssystem gut, sie halten nicht viel davon, daß vor langer Zeit verstorbene Kaiser wieder zurückkehren.«

Er drehte sich um und wies mit dem Hammer auf Jordan. »Sie wollen also Zorn kaufen, hm? Was für eine Art von Zorn?«

»Gibt es verschiedene Arten?«

Sägeschnabel schnappte sich wieder ein paar Nägel. »Verschiedene Arten? Es gibt ebenso viele verschiedene Arten, wie es närrische junge Männer im Universum gibt. Da ist der unsichere Zorn, das sind dunkle Gruben, die mit Dornen gefüllt sind. Da ist der eifersüchtige Zorn, das ist Honig und Sirup, zusammengemischt und verdorben. Da ist der Zorn des Unglücks, der fühlt sich an wie polierter Chalcedon. Da ist der Zorn der Hilflosigkeit, und der ist wie saure Milch für einen Säugling. Da ist der Zorn der Ignoranz, das ist der Raum zwischen den Sternen. Und der Zorn des kreativen Genies, und das ist der großartigste Zorn von allen, mehr als die Summe von irgendwelchen anderen. Aber den kann ich Ihnen nicht verkaufen, weil er mir immer ausgeht.«

»Das ist auch nicht die Art, die ich will«, sagte Jasper Jordan. »Ich habe Geld, und ich bin nicht abstoßend anzusehen. Ich brauche etwas, das mir einen kleinen Schubs gibt. Um den Navigationskreisel in meinem Geist zu aktivieren. Um mich zu bewegen.«

»Dann brauchen Sie keinen Zorn, Sie brauchen einen Psychiater«, erwiderte Sägeschnabel gleichmütig.

»Ich will die Art, wie ich empfinde, nicht verändern. Ich möchte es genießen, mich in seinem Glanz widerspiegeln. Ich bin nicht hierhergekommen, um das zu bekommen, was ich brauche, ich bin gekommen, das zu holen, was ich will. Und was ich will, ist Zorn. Guter, starker, beißender, wellenbrechender, glaszerschmetternder, säubernder Zorn. Den Gefährten des Hasses, Siebenmeilen-Stiefel-Zorn, verstehen Sie?« Fast bettelte er.

»Aber sicher«, sagte Sägeschnabel und trieb wieder einen Nagel ins Holz. »Den nennt man rechtschaffenen Zorn, und davon halte ich immer genügend auf Lager. Kommen Sie an Bord.«

Jasper Jordan folgte Sägeschnabel über eine kleine Leiter in die Eingeweide der alten Schaluppe. Der Pimvogel, der vielleicht einmal ein Kaiser gewesen sein mochte – vielleicht auch nicht – blickte auf sie hinab und pfiff: *iii-kwuu, iii-kwuu, iii-kwuu-huu* ...

Jasper Jordan nahm auf einem undisziplinierten alten Sessel in der geräumigen Kabine Platz.

»Sie warten hier«, sagte Sägeschnabel leise, »dann hole ich Ihnen, was Sie wollen.« Er verschwand nach vorn.

Jordan sah sich um. Die Dekoration der Kabine war esoterisch – ja exzentrisch. Die meisten Möbel bestanden aus natürlichen Hölzern. Einige waren von dunkler Farbe und auf Hochglanz poliert, andere so braun wie roher Schinken. Was die reine Farbenpracht anging, so war Chromoplast ihnen weit überlegen, aber was die taktile Schönheit betraf, so gab es überhaupt keinen Vergleich.

Der Sessel, auf dem er saß, war um Welten von dem letzten Modell eines automatischen Fluxators entfernt, der in seinem

Büro stand und sich jeder Kontur seines Körpers anpaßte. Aber irgendwie schmeichelte diese Sammlung von Federn und Polsterung seiner Sitzfläche.

Sägeschnabel kehrte zurück. Er nahm Jordan gegenüber Platz und legte sieben winzige Kapseln auf den Tisch zwischen sie. Jede trug eine Nummer. Jordan beugte sich vor.

»Wie Sie sehen können, sind das sieben Pillen«, begann Sägeschnabel. »Sie müssen der Reihe nach eingenommen werden, mit einer Stunde Abstand. Nicht kürzer. Tausend Credits das Stück. Haben Sie Ihre Karte und das Meter mit?«

Jordan nickte. Er griff in die Tasche und brachte beides zum Vorschein. Nachdem er die nötigen Einstellungen vorgenommen hatte, reicht er Sägeschnabel die Karte.

»Was geschieht, nachdem ich sie alle eingenommen habe?«

»Eine Stunde nachdem Sie die siebente Pille genommen haben, haben Sie sechsunddreißig Standard-T-Stunden von dem, was Sie wollen, das verspreche ich Ihnen.« Sägeschnabel registrierte den Creditaustausch auf seinem eigenen zerbeulten Credimeter und reichte Jordan die Karte zurück. Dann lehnte er sich in seinem Sessel zurück, holte eine Pfeife heraus und begann, sie mit Tabak zu stopfen.

Jordan stellte seine Karte nach, während Sägeschnabel sprach: »Wenn jemand Sie fragen sollte – Sie haben mich nie zuvor gesehen und werden mich nie wiedersehen.« Jordan blickte nicht auf. »Sie werden den Zorn haben, um den Antrieb dazu zu erzwingen, das zu tun, was Sie wünschen. Vorausgesetzt, Sie stoßen nicht auf jemanden, der einen kräftigeren Vorrat der natürlichen Eigenschaft von dem, was ich Ihnen gegeben habe, besitzt. Aber es ist höchst unwahrscheinlich, daß es auf diesem Planeten jemanden gibt, der der Kraft widerstehen kann, die jene sieben Kapseln Ihnen in den Kopf setzen werden. Sie sind ein friedlich wirkender Typ, junger Freund. Das sind meist die Typen, die mich aufsuchen.«

»Bei mir geht es um ein starkes Gefühl, das ein stärkeres sucht«, murmelte Jordan. Er holte ein kleines Quarzfläschchen heraus und tat die Pillen vorsichtig hinein, eine nach der anderen. Plötzlich beugte Sägeschnabel sich vor. Seine knorrige, mit grauem Haarpelz bedeckte Hand legte sich über Jordans schmalere, glattere. Er starrte suchend in die Augen des anderen. »Sie haben keine Ahnung, worauf Sie sich da einlassen, Jungchen. Ehe Sie gehen, möchte ich wissen, wofür diese Kapseln bestimmt sind. Ich möchte wissen, warum Sie sie haben wollen. Ich möchte die Einzelheiten kennen. Ich möchte die Verästelungen, die Notwendigkeiten, die Vorgeschichte, aus der Ihr Wunsch erwachsen ist. Das alles will ich, ehe ich Sie gehen lasse.«

»Nun«, begann Jordan unsicher, »da ist eine Frau ...«

»Ah«, sagte Sägeschnabel, nahm die Hand weg und lehnte sich zurück. »Das genügt.«

Der Rumpf der Schaluppe war repariert, geschliffen und so glatt poliert wie die Wellen, über die sie gleiten sollte. Jetzt bekam er gerade eine neue Schicht frischer, widerstandsfähiger roter Polymerfarbe. Thalia Major hatte ein paar Pirouetten auf ihrer Achse vollführt. Thalia Minor auch. Aber das hatte natürlich nichts zu besagen, weil ...

Ein hochgewachsener junger Mann erschien auf der Werft. Er stellte ein paar gezielte Fragen und zahlte ein paar kleine Bestechungssummen. Er war sehr gefaßt. Bald blickte er zu Sägeschnabel auf. Sägeschnabel lehnte sich über das Heck des Bootes und lackierte das Ruder. Er benutzte dazu einen Pinsel, keinen Sprüher.

»Sind Sie der, den man Sägeschnabel nennt, den, der Emotionen verkauft?« fragte der junge Mann gefaßt.

»Unmöglich«, erwiderte Sägeschnabel traurig und hielt in seiner Arbeit inne.

»Ich bin Terence Wu«, sagte der hochgewachsene junge Mann. Er war elegant, in einen schwarz-weißen semiformellen Anzug gekleidet. Er trug sein gerades schwarzes Haar in einem Irokesenschnitt – eine breite, buschige Bürste, die in der Mitte seines Schädels von vorn nach hinten verlief. Er hatte hohe Backenknochen, ein breites Grinsen und kleine schwarze Augen. Dem Ring nach zu schließen, den er an der linken Hand trug – ein Ring, der aus einem einzigen großen Saphir geschnitten war und das Licht der Sonne wie ein Brennglas auffing – hatte er auch eine ganze Menge Geld.

»Ich möchte etwas Zorn kaufen«, sagte der große junge Mann.

»Was für eine Art von Zorn?« fragte Sägeschnabel und wandte sich wieder seiner Malarbeit zu. Er entdeckte eine Stelle, die ihm vorher entgangen war.

»Die Art von Zorn, die einen ohne zögern zuschlagen und zustoßen läßt«, sagte Terence Wu gepreßt. »Die Art, die andere Männer zu Boden schauen läßt und Katzen schwitzen macht.« Die Hände des reichen jungen Mannes waren jetzt geballt, und die Nägel preßten sich in seine Handflächen. Er war sehr ernst. »Die Art, die die Padres nicht billigen. Jene Art von Zorn.«

Sägeschnabel wies auf die Leiter. »Dann kommen Sie an Bord, Jungchen, kommen Sie an Bord.«

Wus Haltung lockerte sich ein wenig, und er ging auf die Leiter zu. »Dann haben Sie jene Art von Zorn?«

»Aber sicher«, antwortete Sägeschnabel und tauchte den Pinsel in eine Büchse mit klarem Polymerlösungsmittel. »Das ist der Zorn der Rache, und davon halte ich immer viel auf Lager.«

Er warf noch einmal einen Blick auf den Photonenmagneten am Finger des Mannes, der das Licht der verblassenden Sonne auflöste. »Das kostet Sie dreimal siebentausend Credits, Jungchen.«

»Ist mir schon recht«, sagte Wu gelassen und betrat das Deck.

Sägeschnabel wies nach unten. »Darf ich mich erkundigen, weshalb Sie solchen Zorn wünschen?«

»Nun«, begann Wu zögernd, »da ist eine Frau ...«

»Ah!« sagte Sägeschnabel verständnisvoll.

»Und man hat sie mir weggenommen. Ich will sie zurück.«

»Natürlich«, murmelte Sägeschnabel und folgte dem jungen Mann nach unten.

Vorn beobachtete der Pimvogel, wie der Ozean den Sonnenball verschlang, und sagte: *Iii-kwuu, iii-kwuu, iii-kwuu-huu ...*

Er verstaute gerade die letzten Teile seiner neuen Dylon-Takelage, als eine Stimme von unten »Hello« sagte.

Sägeschnabel blickte über die Reling. Unten stand der zu junge Mann. Jordans Gesicht war blaß, verhärmt, gequält. Sein Anzug, diesmal blau, war ebenso zerdrückt wie seine Haltung.

»Hallo und Schiff ahoi«, sagte er etwas zitterig. Er sah Sägeschnabel offenbar nicht.

»Abend«, sagte Sägeschnabel.

»Hören Sie – ich weiß, ich habe Ihnen versprochen, nicht wiederzukommen, aber ich muß mit Ihnen sprechen.«

»Wirklich?« fragte Sägeschnabel und wandte sich wieder seiner Arbeit zu. Er tauchte die Hand in den Wachskübel und fuhr fort, die neue Leine durch die Finger zu ziehen. »Aber ich muß nicht mit Ihnen sprechen.«

»Verdammt noch mal!« hallte es klagend von unten herauf. »Sie haben mich da hineingetrieben. Sie müssen mir helfen, bitte!« Die Stimme hielt inne. »Sie müssen mir noch eine Dosis verkaufen!«

»Ich muß Ihnen gar nichts verkaufen«, erwiderte Sägeschnabel leise. Er hielt an einem Stück Leine inne, das ihm etwas ausgefranst schien, trug eine zweite Wachsschicht auf.

»Ich kann Ihnen Schwierigkeiten machen.«

»Das kann eine Hummel auch«, seufzte Sägeschnabel, »wenn ihre Koordinaten in bezug auf das Zentrum des Universums nicht mit den meinen zusammenstimmen. Aber kommen Sie an Bord, ich will Sie anhören.«

Jordan kletterte an Bord. Sein Atem ging schwer. Sein Gesicht wirkte alles andere als freundlich oder angenehm. Es war schmutzig. Geistesabwesend wischte er an einem Schmutzflekken unter dem einen Auge. Die Geste hatte die einzige Wirkung, daß der Schmutz sich gleichmäßig über seine ganze Wange verteilte. Er ließ sich in den Steuermannssitz hinter dem vielspeichigen Rad sinken und stöhnte.

»Ich hatte andere Dinge im Sinn«, sagte er.

»Waren Sie mit dem, wofür Sie bezahlt haben, zufrieden?« fragte Sägeschnabel.

Einen Augenblick lang schien sich Jordans Gesicht aufzuhellen. Eine Kombination von Gefühlen, von denen keines heilig war, erschien in seinen Augen.

»Ja, es war alles, was Sie versprachen. Aber nachher – warum haben Sie mir keine kräftigere Dosis gegeben, eine, die länger als sechsunddreißig Stunden reicht?«

»Ich habe Ihnen das Maximum für eine Person Ihres Typs gegeben.«

»Wie können Sie sich anmaßen zu wissen, was für ein ›Typ‹ ich bin?« fragte Jordan streitlustig.

Sägeschnabel blickte von seiner Arbeit auf. »Wenn ich Ihnen eine kräftigere Dosis gegeben oder Ihnen gesagt hätte, Sie sollten die sieben in kürzeren Abständen nehmen, hätten Sie einen Schaden erlitten – vielleicht wären Sie sogar gestorben.«

»Das glaube ich Ihnen nicht.«

Sägeschnabel zuckte die Schultern und fuhr fort, die Leinen zu wachsen.

Nach einigen Minuten fragte Jordan: »Was kann ich tun?«

»Betteln Sie nicht, jammern Sie nicht und weinen Sie nicht. Ich könnte Ihnen eine andere Art von Gefühl verkaufen, eine, die auch jene Tendenzen kurieren würde. Aber Sie würden Widerstand leisten. Also sagen Sie mir, was geschehen ist. Warum halten Sie es für nötig, mehr Zorn zu erwerben, als für einen Menschen auf einmal gut ist?«

»Dieses Mädchen ...«, begann Jasper Jordan.

»Das ist die Substanz, der Kern, das, worum sich alles dreht«, sagte Sägeschnabel. »Und jetzt geben Sie mir das Drumherum, den Zuckerguß auf dem Kuchen. Das, was aus Ihrem Bedürfnis einen Blutegel macht.«

»Sie ist das schönste Mädchen auf Thalia Major.«

»Nicht im ganzen Universum?«

»Machen Sie sich nicht lustig über mich. Ich kenne das Universum nicht. Nur Thalia Major. Und Minor natürlich, aber das hat nichts zu sagen. Wir haben uns geliebt ...«

»Seit wann haben Sie sie gekannt?«

»Drei Wochen«, sagte Jordan trotzig. Als Sägeschnabel nicht darauf einging, fuhr er fort: »Alles war so schön. Wir wollten heiraten.«

»War sie am Ende damit einverstanden, Sie zu heiraten?«

»Das bedurfte gar keiner Worte. Wie gesagt – alles war schön, bis vor ein paar Tagen. Dann fand ich heraus, daß sie sich mit einem anderen – Mann muß ich ihn wohl nennen – traf. Sie hat es nicht geleugnet. Sie hat zugegeben, daß sie sich mit diesem heruntergekommenen ... Ich konnte es einfach nicht verstehen. Aber ich konnte sie auch nicht dazu bringen, Schluß zu machen. Er hatte sie hypnotisiert. Ich bin ein sehr sanftes, Sie können vielleicht sogar sagen scheues Individuum. Ich hatte nicht die Kraft der Persönlichkeit, ihm gegenüberzutreten. Wir sind alle hier auf Thalia Major sehr zivilisiert.«

»Ja«, sagte Sägeschnabel aufmunternd.

»Ich wollte ihn nur warnen, ihm sagen, daß er uns in Frieden lassen sollte. Um sie nicht noch weiter zu verwirren. Also kam ich zu Ihnen. Jeder weiß über Emomänner wie Sie Bescheid – selbst wenn sie schwer zu finden sind.«

»So wollen wir es.«

»Nun, am Anfang ging es ganz so, wie ich es gehofft hatte – genauso, wie ich mir vorgestellt hatte, daß es sein würde. Sogar besser. Ich war schrecklich – obwohl ich mich leider nicht sehr gut an die Einzelheiten erinnere. Ich habe ihn völlig überwältigt, geistig und spirituell. Er konnte es nicht ertragen. Er gelobte sie nie wieder zu sehen. Und er meinte es auch. Das konnte man sehen. Ich war unwiderstehlich. Und dann – gestern – kam er in mein Büro. Wir hatten eine schreckliche Auseinandersetzung. Er war wie ein Irrer. Ich hatte noch nie erlebt, daß ein menschliches Wesen sich so benimmt. Ich war wie – Mus. Er war eine elementare Kraft. Ich versuchte, mich ihm zu widersetzen, aber das konnte ich nicht. Ich ertappte mich dabei, wie ich mich stammelnd dafür entschuldigte, daß ich Jo-Ann auch nur angesehen hatte. Sie können sich nicht vorstellen, wie ich war. Ich habe noch nie so etwas erlebt. Ich war hilflos. Und er hat das Ganze aufgezeichnet, das ganze demütigende Erlebnis.

Und dann, gestern abend, habe ich versucht, mich zu ihr zu schleichen, um sie zu sehen. Um den Versuch zu machen, mich wenigstens teilweise wieder vor ihr aufzubauen. Wobei ich natürlich die ganze Zeit darum betete, jenem Riesen, jenem gottgleichen Teufel nicht wieder zu begegnen. Ich sah, wie sie zusammen mit dem Lift in ihre Wohnung hinauffuhren – und ging weg und betrank mich. Dann kam es mir in den Sinn, daß ich wieder hierherkommen müßte. Sie müssen mir diesmal etwas Kräftigeres geben - etwas, das anhält. Etwas, das mich in den Stand versetzt, ihn ein für allemal wegzustoßen.«

Sägeschnabel war jetzt damit fertig, das Wachs von seinen Händen zu waschen. Er lehnte sich gegen die Kabinenwand und vertiefte sich in die Betrachtung der hinteren Luke.

Nach einer langen Zeit fragte er geradeheraus: »Warum sollte ich mich da einmischen? Vielleicht ist er der bessere Mann. Vielleicht ist es am besten, wenn man die Dinge so läßt.«

»Das Geld seines Vaters hat sie geblendet! Der Name seiner Familie ... Nun, es hat nichts zu sagen. Aber der Vater ist einer der reichsten Männer von Barragash. Ich arbeite hart - es geht mir nicht schlecht, ja, aber ich gehöre einer anderen Klasse an. Ich kann mich mit ihm durchaus messen, in allem, nur nicht, wenn es um Kredit geht.«

Sägeschnabel ließ nicht locker. »Ich werde Ihnen nichts Stärkeres verkaufen. Ich habe Ihnen Ihre Maximaldosis gegeben. Und das ist alles, was Sie haben können.«

Der zu junge Mann war verzweifelt. »Dann verkaufen Sie mir wenigstens noch einmal dasselbe. Dieselben sieben. Das sind Sie mir schuldig.«

Sägeschnabel brummte leise vor sich hin und wischte sich die Hände an der Hose ab. »Diesmal kostet es Sie das Doppelte.«

»Ja, ja, alles, was Sie wollen.« Er war wie ein kleines, eifriges Hündchen. »Ich verspreche es - wenn es diesmal nicht geht, dann werde ich sie aufgeben, sie ihm lassen. Ich ziehe dann in eine andere Stadt. Vielleicht sogar auf einen anderen Planeten. Ich könnte ja nach Thalia Minor gehen. Jedenfalls werde ich Sie dann nicht wieder belästigen.«

Auf einem hohen Mast schluchzte der Pimvogel den Mond an.

Mit gerefften Segeln saß die kleine Schaluppe auf dem Wasser. Sägeschnabel hatte das Hauptsegel bereit und war gerade dabei, den Spinnaker anzubringen, als die Friedenshüter kamen.

Der Mann auf dem Dock war klein und untersetzt. Er hatte

ein wohlwollend optimistisches Gesicht und schütteres braunes Haar, das ein Rückzugsgefecht führte.

Ein grünes Aircar wartete am hinteren Ende des Docks. Seine Seitenwand trug das Eichensymbol der Friedenshüter. Zwei uniformierte Männer standen davor.

»Hübsches kleines Schiff«, sagte der Mann auf dem Dock.

»Ja, das ist es«, sagte Sägeschnabel. »Früher war es das nicht. Jetzt schon.« Er mühte sich an der Segeltruhe. Der Pimvogel saß auf seiner Schulter, und sein Kopf tanzte auf und ab. Jetzt stieg er ihm auf den Kopf und ließ sich dann wieder auf die Schulter herunter, musterte den kleinen Mann.

»Ich möchte, daß Sie ein wenig mitkommen, Sägeschnabel. Ich bin Inspektor Herrera.«

»Das ist wahrscheinlich hübsch für Sie.«

»Gewöhnlich schon, aber heute nicht.«

»Ich wollte gerade auf einen Monat weg. Ich will die Menschen und die Zivilisation eine Weile hinter mir lassen. Ein Urlaub – verstehen Sie?«

Herrera nickte. »Ja. Ja, ich verstehe wirklich.« Er schien ehrlich Mitgefühl mit dem anderen zu haben. »Trotzdem möchte ich, daß Sie mitkommen.«

»Wenn ich ablehne?« fragte Sägeschnabel und richtete sich auf. »Dann werden ohne Zweifel die Herrn dort hinten bei Ihrem Wagen mit kurzen, metallischen, unästhetischen Dingen hierhergelaufen kommen. Um mich zu überreden?«

Herrera seufzte. »Nein, Sägeschnabel, das werden sie nicht. Sie haben ja wahrscheinlich schon gehört, daß wir hier auf Thalia Major sehr zivilisiert sind. Einer jener Männer ist ein Fahrer – und das einzige, was er tut, ist fahren. Der andere ist ein Sekretär.«

»Und das einzige, was er tut, ist sekretären?«

»Bitte, machen Sie sich nicht lustig. Es ist für mich schon schwierig genug. Ich kann Sie nicht zwingen.«

»Und das heißt, daß ich nicht unter Arrest stehe, ist das richtig?«

»Wie Sie wohl wissen, habe ich keinen Grund für eine Verhaftung. Ich wollte, ich hätte einen. Aber ich habe das Gefühl, daß

Sie mitkommen werden – und wenn es nur aus reiner Neugierde wäre. Ich werde Sie nicht lange aufhalten – ich bitte Sie nur um ein paar Augenblicke, sonst nichts.«

Sägeschnabel zögerte. Dann band er die Segel fest und kletterte auf das Dock hinunter. Er und Herrera gingen auf den Aircar zu.

»Wohin wollen Sie denn, Sägeschnabel?«

»Marragas-Inseln und dann weiter nach Süden zum Anacapa-Atoll. Dort will ich eine Weile bleiben. Ich habe gehört, daß die meisten Riffs dort noch unbewohnt sind und nur selten besucht werden. Es soll sich dort gut fischen lassen.«

»Das habe ich auch gehört«, sagte Herrera. »Die meisten Leute hier gehen in ihren Ferien nach dem Norden, nach Three und nach Ark und nach Jumbles ... Vergnügungsstädte. Wo man ihnen alle Überraschungen verschaffen kann. All die Entspannung, die galaktische Geschicklichkeit liefern kann. Und bauen.«

In dem Raum, der in Blau und Gold gehalten war, gab es eine Menge Blut. Das rote Blut bot einen seltsamen Kontrast. Die elektrischen Vorhänge waren geöffnet und ließen der Sonne freien Zutritt. Sie dienten nur dem Effekt, da das Glas völlig polarisiert war. Das Sonnenlicht ließ die Flecken noch obszöner erscheinen.

Was vom Körper des Mädchens noch übrig war, lag über der Couch vor dem offenen Fenster. Sie war buchstäblich in Stücke gerissen worden. Ihr Gesicht, das konnte Sägeschnabel sehen, war wahrscheinlich einmal hübsch, vielleicht sogar schön gewesen.

Terence Wu war ebenfalls im Zimmer. Überall. Hier ein Stückchen, dort eines. Sägeschnabel konnte einen Arm erkennen, der unter der Couch hervorstand. An dem Arm hing nichts. Ein Bein baumelte vom Sims über dem schmucken Kamin, in dem Holz verbrannt werden konnte.

Die Leiche von Jasper Jordan war im Badezimmer. Sie hing über dem Rand der im Boden eingelassenen ovalen Wanne.

Herrera musterte Sägeschnabel scharf.

»Nach allem, was wir mit Hilfe des Gebäudecomputers zusammenstückeln konnten, brach Jordan hier irgendwann gegen drei Uhr morgens ein. Wahrscheinlich wollte er bloß mit dem Mädchen sprechen. Aus irgendeinem Grund hatte sie vergessen, ihr Türsiegel einzustellen. Als er hereinkam, fand er sie auf dem Teppich. Dort vor dem Kamin.« Herrera deutete darauf. »Er versuchte nicht, mit ihnen zu sprechen, glaube ich. Vielleicht hatte er etwas genommen. Die Blutanalyse und die Gewebeuntersuchung lassen erkennen, daß einige komplexe Hormone in seinem Kreislauf waren. Die Boys im Labor wußten eine Weile nicht weiter. Sie sind das Zeug nicht gewöhnt.«

Herrera beobachtete Sägeschnabel von der Seite.

»Eine schnelle Überprüfung von Jordans Kreditkonto erwies, daß in jüngster Zeit die recht überraschende Summe von einundzwanzigtausend Credits an ein Individuum übertragen wurde. An Sie.«

»Diese ganze Vorgehensweise ist völlig illegal«, warf Sägeschnabel sanft ein.

»Oh, ganz sicher, ganz sicher«, sagte Herrera. »Unsere Information kann vor Gericht nicht benutzt werden – und wird es auch ganz offensichtlich nicht.«

»Ich habe Bandaufzeichnungen der Transaktion.«

»Da bin ich sicher«, erwiderte Herrera. »Und ich zweifle auch nicht, daß alles mit dem größten Respekt vor den Buchstaben des Gesetzes geschah.«

»Ganz richtig.«

»Ich werde irgendeine Erklärung für die Fax und für die Verwandten zusammenstellen müssen. Diese Leute waren respektable Bürger, keine Landstreicher. Drei Bürger sind hier gestorben. Nur zu meiner eigenen Information und um meine morbide Neugierde zu befriedigen: Was haben Sie ihm verkauft?«

»Zorn.«

»Ich verstehe. Zorn.« Herrera sah sich um und nahm das ganze Schlachtfeld noch einmal in sich auf. »Ein wenig Zorn hat all das bewirkt?«

»Gewöhnlich würde es das nicht. Das müssen Sie mir glauben.«

»O sicher. Mh.«

Sägeschnabel zuckte die Schultern. »Ich bin Ihrer Meinung. Als Jordan hereinkam und Wu und das Mädchen sah, glaube ich nicht, daß er etwas genommen hatte. Ich wußte, was für ein Typ er war, und erwartete, daß er es diesmal mit Vernunft versuchen würde, nach allem, was ich ihm gesagt habe.«

»Ich wette, daß Sie das haben.«

»Doch, im Ernst! Sonst hätte ich nicht an ihn verkauft. Keiner der beiden Männer war dem Wesen nach böse. Ich habe Jordan genügend davor gewarnt, die sieben zu nehmen. Aber als er hereinkam und sah, wie sie sich liebten, wurde er offensichtlich zum Berserker. Die sieben Integrale des Sterns sollten im Abstand von jeweils einer Stunde eingenommen werden. Dabei bleibt noch eine Viertelstunde Sicherheit, die ich nie erwähne. Die wirkliche Gefahr liegt bei einer halben Stunde. Er muß sie alle auf einmal verschluckt haben. Die meisten Menschen können sich die Folgen nicht vorstellen. Überwältigend. Es gibt nur wenige, die eine solche Aufwallung ertragen können. Er konnte es nicht. Aber ich habe seine innere geistige Kontrolle und Disziplin richtig eingeschätzt.«

Herrera wies mit einer Handbewegung ins Zimmer. »Das nennen Sie Kontrolle und Disziplin?«

»Ja! Er hatte noch genügend Verstand übrig, um sich selbst zu töten. Er hat sich doch selbst getötet?«

»Wir haben das Messer ins Labor gebracht«, gab Herrera zu.

»Das, was er erlebte, war verglichen mit normalem Zorn genauso wie eine Nova verglichen mit einer normalen Sonne. Ein weniger kontrolliertes Individuum wäre aus dem Zimmer getaumelt und hätte sich daran gemacht, hundert Leute in einer Orgie der Gefühlsaufwallung zu töten.«

»Ich verstehe nicht, wie irgendeine Droge eine Emotion so anstacheln kann«, murmelte Herrera und schüttelte den Kopf.

»Es ›stachelt‹ die Emotion nicht an – oder fügt ihr etwas hinzu oder vervielfältigt sie«, sagte Sägeschnabel. »Den Fehler machen alle. Sie bedenken das andere nicht – jene, die es nicht glauben wollen. Die Droge entfernt die natürlichen Sicherheiten und Bollwerke, die der Geist eines Menschen aufgebaut hat, um sein natürliches Ich zu schützen und zu regulieren. Sie bricht das Siegel, das die Luft im Tank festhält, pumpt nicht mehr Luft hinein. Die Droge entfernt eine Million Jahre evolutionärer Mauern, die der Mensch sorgfältig erbaut hat, um die Schwärze zurückzuhalten, die in ihm lebt. Richtig genommen, tut sie nur ein klein wenig davon. Sie ist nicht gefährlich, nur wirksam beeindruckend. Wenige Menschen können dem winzigen Funken ihres animalischen Ich widerstehen, das so freigelassen wird. Aber wenn alle Sicherungen entfernt werden, wie hier ...«

»Ich glaube, ich verstehe«, flüsterte Herrera.

»Darf ich jetzt gehen?«

»Was? O ja, Sie können gehen. Gehen Sie mir aus den Augen.«

Sägeschnabel blieb an der Tür stehen.

»Was war mit dem Mädchen?«

»Wie meinen Sie? Oh, ich verstehe. Wie man erwarten konnte. Sie hat den einen gegen den anderen ausgespielt. Jordan war ein wenig naiver als Wu, vermute ich. Hoffentlich hatte sie Spaß daran.« Herrera zögerte, dann fuhr er fort: »Ich habe bei der Zentrale und beim Zoll Ihretwegen nachgefragt, in der Hoffnung, ich könnte Ihnen illegale Einreise nachweisen. Kein Glück. Ich sehe, daß Sie sich Ihren Doktor in Endocrinologie auf der Universität von Belem besorgt haben. Das ist auf Terra, nicht wahr?«

Sägeschnabel nickte. Er war schon halb durch die Tür.

»Eines noch«, sagte Herrera eilig. »Ich sehe Sie heute zum erstenmal. Sagen Sie, stimmt das, was man von den Emomännern sagt?«

»Was sagt man von den Emomännern?«

»Daß sie selbst keine echten Gefühle haben. Daß sie so darin verstrickt sind, Gott zu spielen, daß sie selbst die Fähigkeit zum Fühlen verloren haben. Daß ihre Menschlichkeit verkümmert ist.«

»Oh, daran ist kein Zweifel«, sagte Sägeschnabel. Er schloß leise die Tür hinter sich.

Weltraumoper

Manchmal ist eine Science Fiction-Story das Zusammenkommen scheinbar unterschiedlicher Elemente. Man hat vielleicht eine Idee, die für sich nicht ausreicht, um eine Story daran aufzuhängen. Und eine andere, scheinbar damit nicht in Verbindung stehende Idee.

Nicht in Verbindung stehend? Hören Sie, in der Science Fiction steht *alles* miteinander in Verbindung, auch besonderes Interesse mit den weniger intellektuellen Aspekten der gegenwärtigen Unterhaltung, der Arroganz der Menschheit und der entspannten Gleichgültigkeit jener seltenen Persönlichkeit, die nur einfach ihre Arbeit tun will.

Fügen Sie das alles zusammen, und Sie haben eine ...

Der größte Nachteil, den der glänzende, funktionelle Schreibtisch hatte, sinnierte Commander Cleve, war seine verdammte Undurchdringlichkeit. Er bestand aus diamantähnlichem Silikonplastik; daher konnten seine Nägel nur hilflos über die glatte Oberfläche scharren, und im Augenblick war er in der Stimmung, etwas nachhaltig zu zerkratzen.

Auf der anderen Seite des Schreibtisches rutschte Lieutenant Vandermeer ein Stück auf seinem Sessel zur Seite. Er erkannte die Stimmung des Commanders und war sich zu seinem Leidwesen bewußt, daß er ein bequemes Ziel für irgendwelche zerstörerischen Aktivitäten bot, zu denen der Commander sich vielleicht entschließen würde.

Cleve gab den Versuch auf, Furchen in den Tisch zu graben, und blickte auf.

»Ich werde einfach nicht erlauben, daß dieser Clown das tut. Ich weigere mich!«

»Ja, Sir«, sagte Vandermeer. Er war ein ausgezeichneter Lieutenant. Er sagte immer genau das Richtige.

»Außergewöhnliche Dummheit erfordert Weitblick, Planung und sorgfältige Vorbereitung, um die richtige Wirkung zu zeitigen. Aber dieser Himpel – Hurmal ...«

»Hinkel, Sir.«

»Ja, das Talent dieses Hinkel – wirklich bemerkenswerte Idiotie buchstäblich aus dem Stegreif zu improvisieren – ist erstaunlich. Und ich fürchte, der Rat könnte das sogar unterstützen. Vielleicht sollte ich mich einfach seinem Wahnsinn anschließen. Vielleicht ist das die einzige Lösung.«

»Ja, Sir.«

»Was?«

»Ich – ich meine: nein, Sir.«

Cleve seufzte und ließ sich in seinen echten, mit Sternfuchsleder bezogenen handpolierten Mahagonidrehstuhl sinken. »Das ist doch keine unvernünftige Forderung, oder, Lieutenant? Schließlich ist das die dritte Expedition zum Titan. Es ist ja nicht so, als würde etwas wirklich Berichtenswertes geschehen. Wir sind nur hier, um eine kleine Versorgungsstation für die nächsten drei Expeditionen zu errichten. Und für die Bergleute. Ein paar ganz gewöhnliche Solidosemis, Habitats, eine Sauerstoffkonverteranlage und solches Zeug. Warum muß man da eine große Reportermannschaft mit einem Mann wie diesem Hurkel mitbringen?«

»Hinkel, Sir. So, wie ich es verstehe, dachten die ISA und Admiral Howard, daß uns das Publicity einbringen würde, Sir. Bei den augenblicklichen Etatauseinandersetzungen sollten ein paar dramatische Nahaufnahmen des Titan mit dem Saturn im Hintergrund Hinkel Prestige einbringen und damit eine Sehbeteiligung, die ...«

»Sehbeteiligung!« brüllte Cleve und lief rot an. »Ich bin es leid, von Hinkels verdammten, widerlichen, stinkenden oder gef ...«

»Beruhigen Sie sich, Sir. Sie wissen, was Dr. Galeth über Ihren Blutdruck gesagt hat, besonders in einer Umgebung niedriger Gravitation.«

»Ja, Lieutenant, ja, ja. Es ist nur einfach so, daß ich nicht zulassen kann, wirklich nicht zulassen kann, daß dieser Mann in irgendeiner Weise die Verhandlungen stört. Die Murrin sind eine völlig unbekannte Größe. Ihre Reaktion auf alles, was wir sagen, tun, andeuten, oder selbst auf die Art und Weise, wie wir gehen, ist unvorhersehbar. Ich kann es nicht riskieren, das erste Zusammentreffen des Menschen mit einer intelligenten Fremdrasse zu gefährden, nur um der – *Sehbeteiligung* willen.« Das vorletzte Wort erhielt eine Betonung, wie er sie gewöhnlich für das Allerwiderlichste reservierte, das man sich vorstellen kann – häufig Senatoren, die gegen das ISA-Budget stimmten, und Aprikosen, auf die der Commander in höchstem Maße allergisch reagierte.

Diesen Augenblick wählte Bronislaw Hinkel aus, sich zu zeigen. Vandermeer hielt den kleinwüchsigen Fernsehkommentator an der Tür auf und stellte sich so, daß der Commander ihn nicht sehen konnte.

»Ah, guten Morgen, Peter! Hat der Commander zu tun?«

»Nun, Sir, Vorschrift vier-zwo-sechs L-A bezüglich der Wachen zwischen Null-neunhundert und …«

»Oh, lassen Sie ihn rein, Lieutenant! Als ob irgend jemand diese Stimme verkennen könnte, den Stolz der vakuumverpackten Kornflocken und des dritten Kanals.«

»Danke, Emmett.« Hinkel wand sich geschickt an dem Lieutenant vorbei, der die Tür hinter sich schloß und sich einen Anfall partieller Taubheit wünschte. Doch Cleve schien entschlossen, höflich zu bleiben. Vielleicht, dachte der Lieutenant hoffnungsvoll, war der Commander im Begriff, seine tägliche Galleproduktion zu rationieren.

Bronislaw Hinkel war für fast eine Milliarde TV-Süchtiger eine vertraute Gestalt. Eine eindrucksvolle Gestalt, die Stimmen repräsentierte. Selbst jetzt, nicht vor der Kamera, kannte jede Strähne seines berühmten welligen grauen Haares ihren richtigen Platz. Sein kurzer, bürstenartiger Schnurrbart war gestutzt und stand genau in der richtigen Entfernung über den kräftigen Lippen. Die dunkelbraunen Augen unter den dichten Salz- und Pfefferbrauen vermittelten gleichzeitig den Eindruck von Ehrlichkeit, Wissen und Vertrauen.

»Nun, was kann ich diesmal für Sie tun, Mr. Hinkel?« fragte Cleve freundlich.

»Weil Sie schon fragen, Emmett, es gibt wirklich ein oder zwei Dinge bezüglich der bevorstehenden Gespräche, die ...«

Cleve unterbrach ihn, immer noch ruhig: »Stimmt etwas an den Plänen für die bevorstehenden Gespräche nicht.«

»Nichts, das sich nicht leicht korrigieren ließe«, sagte Hinkel vergnügt.

»Wie beruhigend.«

»Ja. Bess – das ist meine erste Kamerafrau, wissen Sie ...«

»Nein, das wußte ich nicht.«

»Hm. Nun, jedenfalls, sie besteht darauf, daß wir wenigstens eine Crew zwischen die *Reykjavik* und die Fremden stellen. Das ist notwendig, damit wir das volle Drama angemessen dokumentieren, wenn Sie das Schiff verlassen und so. Im Idealfall würden wir natürlich eine weitere Crew brauchen, die bezüglich des fremden Schiffes ähnlich positioniert ist. Aber das würden Sie wahrscheinlich nicht zulassen?« Er hob beim letzten Satz die Stimme hoffnungsvoll.

»Nein, ich fürchte ...«

»Nun, machen Sie sich keine Gedanken darüber, Commander. Ich habe meinen Leuten Anweisung gegeben, daß sie Sie in keiner Weise stören dürfen – abgesehen natürlich von Dingen, die notwendig sind, um die erforderlichen journalistischen Aktivitäten durchzuführen.«

»Das erleichtert mich wirklich in hohem Maße, Mr. Hinkel. Das bedeutet, daß Sie vernünftig und ruhig reagieren werden, wenn ich Ihnen mitteile, daß ich nicht zulassen kann, daß zwischen der *Reykjavik* und dem fremden Schiff eine Crew stationiert wird. Nein ...« Cleve hob die Hand, um den beginnenden Protest zu unterdrücken. »Gestatten Sie, daß ich das erkläre. Wenn Ihre Mannschaft irgendeine Position zwischen hier und dem Murrin-Schiff einnimmt, könnte sie möglicherweise in den Feuerbereich der Waffen der *Reykjavik* kommen.«

»Dieselbe Situation, in der sich Ihre Begrüßungsgruppe befinden wird.«

»Völlig richtig. Jene Herren werden jedoch deshalb zugegen

sein, weil sie für den Erfolg der Operation wesentlich sind.« Cleve ließ den daraus zu ziehenden offenkundigen Schluß unausgesprochen. »Sollten Sie irgendwo in der Nähe der *Reykjavik* eine Position einnehmen, so würde jedes Notmanöver, zu dessen Durchführung sich das Schiff gezwungen sehen könnte, Ihre Crew sofort in Asche verwandeln. Was das journalistische Risiko angeht, so bin ich gezwungen, Sie daran zu erinnern, daß Sie auf dieser Expedition nur geduldet sind. Ihre Sicherheit und Ihr Wohlergehen liegen einzig und allein in meiner Verantwortung.«

»Quatsch! Zum ersten bin ich dabei, weil mein Ruf das rechtfertigt und die weltweiten Verbindungen von Kanal Drei es ermöglichen konnten. Und was journalistische Risiken angeht, wie Sie das so liebenswürdig formulieren, so haben meine Crews und ich schon viel größere Risiken auf uns genommen als dieses.«

»Nichtsdestoweniger muß ich ...«

»Okay, okay! Ersparen Sie mir die Ansprache. Ich werde nur zwei Crews einsetzen, beide in guter Entfernung von der *Reykjavik*. Sie werden sich mit Teleobjektiven behelfen.«

Hinkel griff in die Ledertasche, die er auf dem Schoß hielt, und entnahm ihr ein dickes Bündel grellbunter Papiere.

»Win Hunter, mein erster Schreiber, hat da ein paar wirklich einmalige Vorschläge für die eigentliche Kontaktzeremonie. Sie wissen schon, die Begrüßung der geheimnisvollen Fremden und all das. Wenn Sie sie ansehen wollen, bin ich sicher ...«

Cleves Sessel zeigte deutliche Anzeichen eng lokalisierter seismischer Störungen. Vandermeer trat schnell vor.

»Hm – Commander, ich hatte gedacht ...«

»Nur ruhig, Lieutenant. Ich bin – ich bin völlig in Ordnung«, sagte Cleve und nahm gnädig die ihm angebotenen Vorschläge entgegen.

»Eines noch, Emmett«, sagte Hinkel. »Wenn wir den eigentlichen Augenblick des Kontakts filmen ...«

Der Commander seufzte. Er wußte, daß das kommen würde. »Sir, ich fürchte, daß ich, sobald der Murrin-Kommandant und seine Gruppe ihr Schiff verlassen, keine weitere Filmarbeit zulassen kann.«

»Nun, was bringt das System heute, Mendez?«

Erzbischof Estrada starrte zum Fenster hinaus und spürte die Aufwallung von Liebe und Flüchen, von Leben und Treiben der Millionäre und der Bettler, die alle Mexico City waren. Er sog die immer noch klare Bergluft in tiefen Zügen ein, eine Luft, die noch nicht vom Smog erstickt war, weiß Gott, und die von den Hängen des schlummernden Popocatépetl herunterströmte.

Gustavo und die anderen Wackeren im Ausschuß gegen Luftverschmutzung verdienten Anerkennung. Ein Lob oder so etwas. Er wandte sich vom Fenster ab.

Mit zwei Metern und soliden hundert Kilo war der Erzbischof ein Hüne von einem Mann. In leichten Hosen und Hemd war er eine eindrucksvolle Führungspersönlichkeit. In seinem kirchlichen Amtskleid schien er wie eine biblische Gestalt.

»Mendez, eine Notiz. Man sollte eine Tafel vorbereiten, auf der die Kirche den Beitrag des Antiluftverschmutzungs-Ausschusses von Mexico City anerkennt und lobt, und dabei besonders die Tätigkeit des Vorsitzenden Gustavo Marcos hervorhebt.«

»Ja, Sir. Ihre Post, Sir.«

»Danke, Mendez.«

Der Sekretär legte den Stapel Briefe und braune Umschläge auf den Schreibtisch des Erzbischofs. Estrada sah auf die Uhr. Noch genügend Zeit, die neue Grundschule einzuweihen und trotzdem noch die Konferenz der Stadterneuerungskommission zu schaffen.

Der größte Teil der Post schien das Übliche zu enthalten. Bitten um Informationen, Segen, Geld, Rat, Lob für die aktive Rolle, die der Erzbischof in städtischen Angelegenheiten spielte, Tadel für die aktive Rolle, die der Erzbischof in städtischen Angelegenheiten spielte.

Er überflog die Briefe schnell und legte gelegentlich einen davon zur Seite, um ihn sich gründlicher anzusehen. Die meisten würde sein Sekretär erledigen können. Eine Einladung des kolumbianischen Botschafters zu einem förmlichen Diplomatenessen, ein Brief von einer Dame in Guadalajara ...

Dann kam er zu dem Brief aus San Quintin.

»Verdammt will ich sein! Oh, tut mir leid, Mendez«, sagte er hastig, als er den verblüfften Gesichtsausdruck des jungen Mannes sah. »Das dürfen Sie nicht ernst nehmen.« Er senkte die Stimme und murmelte halblaut überrascht: »*Madre de Dios*, ein Brief von Pater Peralta!«

Er schlitzte den Umschlag mit einer Vorahnung auf. Er kannte Pater Peralta, seit sie zusammen im meisterlichen Fußballteam der Universität gespielt hatten. Was für ein Profi! Und Peralta hatte einen Verstand, der ebenso schnell war wie seine Füße. Er, Estrada, war weiter und schneller in der Kirchenhierarchie aufgestiegen – während Peralta die winzige Kirche in San Quintin genommen hatte, um dort seinen wissenschaftlichen, anthropologischen Studien nachzugehen.

Nun gut. Er las. Zuerst kamen die erwarteten Grüße und Floskeln, all die Freude und die Unterhaltung, wie sie ein vorhersehbarer Brief bot. Und dann ...

»Übrigens, Luis, es gibt da einen alten Fischer im Dorf, der darauf besteht, jede Woche mit einem halbverfaulten Käscher hinauszufahren, obwohl die Fischereibehörde jetzt schon seit Jahren fast dreihundert Kilometer nördlich von hier erntet. Er ist ein braver Mann, aber so dickschädlig wie ein Ziegelstein, und zu festgefahren, um sich noch zu ändern.

Wie Du Dir vorstellen kannst, bietet sein Verhalten dem Rest des Dorfes Anlaß zu Spott, die meisten machen sich gutmütig über ihn lustig. Aber er hat eine Enkeltochter, etwas so Exquisites hast Du noch nie gesehen, und die vergöttert ihn förmlich. Ich sehe in dieser Beziehung nichts Schlechtes, aber die Eltern wünschen, daß sie den alten Mann nicht so oft sieht, schließlich befindet sie sich in einem Alter, wo sie sehr leicht zu beeindrucken ist, und er leidet an einer Krankheit, die irgendwann zu seinem Tode führen wird.

Aber die Liebe läßt sich nicht Vernunftgründen unterwerfen. Ich habe versucht, ihr auf ganz einfache Weise zu erklären, weshalb ihr Großvater keine Sardinen mehr fangen kann. Aber das Einzige, was ich damit bewirkte, war, daß sie einen höllisch heißen Tag auf den Knien in der Kirche verbrachte und zu San Pedro um einen letzten Fang für ihren Großvater betete. Ich

Diesmal war Hinkel an der Reihe, sprachlos zu sein.

»Ihre Geräte, sowohl die tragbaren als auch diese schreckliche große Kiste, zeigen eine unglückliche Ähnlichkeit mit Strahlenprojektoren. Was sie in gewissem Sinne ja sind. Die Murrin sind ohne Zweifel mit unserer Technik ebensowenig vertraut, wie wir mit der ihren. Sehen Sie sich doch diese verrückten Winkel dort draußen auf der Ebene an. Und doch scheinen sie damit von Stern zu Stern zu fliegen.

Unser Sprachenaustausch ist durch den Mangel an Erfahrung und ausgebildeter Leute auf unserer Seite stark beeinträchtigt worden. Trotzdem reicht es jetzt aus, einige Dinge zu gestatten. Eines davon ist dieses erste offizielle Zusammentreffen, etwas, was den Murrin sehr wichtig ist. Zu den Einzelheiten, auf die sie Wert legten, gehörte verständlicherweise, daß keine der beiden Gruppen Waffen tragen oder präsentieren sollte.«

»Wenn das der Fall ist«, meinte Hinkel schlau, »wie erklären Sie dann Ihre Einwände gegen unsere Positionen, indem Sie sich darüber beklagen, daß Sie Ihre ›Schußlinie‹ beeinträchtigen würden?«

»Wie ich schon sagte, wird keine der beiden Gruppen Waffen zeigen. Die Laser der *Reykjavik* werden nie sichtbar. Ich wette, daß das Murrin-Schiff viel besser bewaffnet ist. Das Wichtige ist, daß keine tragbaren Waffen sichtbar sind. Aus psychologischen und praktischen Gründen.«

»Selbst wenn ich Ihren Argumenten zustimmen würde, was ich nicht tue, reichten die Bedeutung dieses Augenblicks und die Notwendigkeit, jeden Menschen auf der Erde daran teilhaben zu lassen, aus, um ein paar vergängliche Vielleichts Ihrerseits zu überstimmen?«

»Es gibt andere Gründe.«

»Nennen Sie einen!« herrschte Hinkel ihn an.

Cleve gestattete seiner Stimme ein vertrauteres Bellen, und Vandermeer zuckte zusammen. »Gut! Nehmen wir an – nehmen wir an, habe ich gesagt –, ich würde Ihnen gestatten, die ganze Geschichte vom Anfang bis zum Ende aufzunehmen. Wir wissen nur wenig von der Murrin-Technik. Wir wissen noch weniger von ihrer Psychologie und Soziologie oder darüber, was sie für angemessen halten und was sie vielleicht als feindselig betrachten würden. Könnte es nicht sein, daß sie auf Ihre Aktivitäten am Rande der Begegnung neugierig sein könnten?

Selbst wenn ich für den Augenblick eine Vielfalt möglicher fremder Reaktionen außer acht lasse, angefangen davon, daß ihnen der Verstand gestohlen wird, bis zu unvorstellbaren Phobien, wollen wir einfach einmal annehmen, daß sie genau wahrnehmen, was Sie und Ihre Crew machen.«

»Wenn sie auch nur halb so schlau sind, wie Sie anscheinend annehmen, sollten sie das«, sagte Hinkel.

»Dann«, sagte Cleve und lehnte sich in seinem Sessel zurück, »sollten Sie dies bedenken. Die Übertragung oder die irgendwie geartete Aufzeichnung und Weitergabe eines solchen Zusammentreffens könnte eine Vielzahl formeller Tabus, Protokollregeln und die Würde ihrer Gesandten verletzen. Muß ich fortfahren? Das ist auf der Erde auch schon geschehen. Warum könnte es hier nicht auch passieren, nur noch viel schlimmer?«

»Sie meinen«, sagte Hinkel, »unsere Übertragung des Zusammentreffens könnte sie irgendwie beleidigen?«

»Ich weiß es nicht. Ich weiß es wirklich nicht. Schauen Sie, zum letztenmal, versuchen Sie doch bitte meine Lage zu begreifen - unsere Lage.« Vandermeer stellte fest, daß im weichen Holz des Bleistifts, den der Commander in der Hand hielt, tiefe Furchen aufgetaucht waren.

»Dies ist das erste Zusammentreffen zwischen der Menschheit und einer anderen intelligenten Rasse. Nach allem, was mir mein improvisierter Sprachenkundler, Philologe und Freizeit-Amateurxenologe sagt, ist das bei den Murrin nicht der Fall. Allem Anschein nach sind sie bereits mindestens zwei anderen raumfahrenden Rassen begegnet, ehe sie uns gefunden haben. Verstehen Sie? Sie haben dafür eine bereits festgelegte Vorgehensweise. Wir nicht. Man wird uns nicht nur danach beurteilen, wie wir uns verhalten, sondern auch danach, wie wir im Vergleich mit mindestens zwei anderen intelligenten Spezies handeln. Wir haben nicht dieselbe Grundlage dafür, Gemeinsamkeiten herzustellen, wie das bei ihnen der Fall ist. Wenn wir auch nur eines völlig gemeinsam hätten, könnte sich alles andere in logischer Folge vollziehen. Aber das ist nicht der Fall. Also müssen wir darauf achten, in jeder Sekunde genau das Richtige zu tun, bis diese erste Gemeinsamkeit hergestellt ist. Dies ist der wichtigste Augenblick in der Geschichte der menschlichen Rasse!«

»Und genau aus diesem Grund muß es live gesendet werden«, sagte Hinkel.

»Und genau aus diesem Grund kann ich das Risiko nicht zulassen, daß ein Zirkus daraus gemacht wird!«

Hinkel war ehrlich schockiert.

»Zirkus! Besitzen Sie wirklich die unerhörte Frechheit, dazusitzen und die ›Fünfundzwanzigste Stunde‹ – fünf aufeinanderfolgende Jahre lang die Nachrichtensendung mit der höchsten Sehbeteiligung, Gewinnerin von über hundert Preisen für journalistische Leistung – einen Zirkus zu nennen?«

»Verdammt! Ich habe es doch gerade gesagt, oder?«

Hinkel erhob sich mit großer Würde. »Ich verstehe.« Seine Stimme näherte sich dem verbalen Äquivalenten von null Grad Kelvin. »Danke, Commander, daß Sie Ihre Gefühle in dieser Angelegenheit so eindeutig klargemacht haben. Guten Tag.«

Er ging.

Cleve brach den mißhandelten Bleistift entzwei und warf die Hälften zur Decke.

»So, das wär's wohl!« sagte er.

»Ich könnte die Technik anweisen, seinen Leuten keine Übertragungsfrequenzen für Richtstrahlsendungen zur Erde freizugeben«, erbot sich Vandermeer hoffnungsvoll.

Cleve rieb sich müde die Augen. »Nein, nein, wir wollen nicht so offensichtlich vorgehen, Lieutenant. Soll er doch seine einflußreichen Freunde ansprechen. Wenn die Idioten dort unten glauben, daß man ihm erlauben sollte, dieses Treffen zu senden, dann verdienen sie, was daraus resultiert. Ich kann nur beten, daß die Murrin positiv reagieren. Nein, noch besser, sie reagieren überhaupt nicht. Jetzt gehen Sie. Oh ...« Er reichte Vandermeer das Drehbuch, das Hinkel ihm gegeben hatte. »Suchen

Sie einen Abfallvernichter, Lieutenant, und legen das hier ab. Diskret natürlich.«

»Ja, Sir.«

Die Murrin waren, wie die verzerrten Videosendungen erkennen ließen, eine große ursoide Rasse, offensichtlich Säuger. Sie glichen dem terranischen Braunbären in erfreulich mannigfacher Hinsicht. Erfreulich, weil das Hinkels erste Sorge etwas milderte. Nämlich die, daß die extrasolaren Besucher sich als drei Meter breite Spinnen mit Fangzähnen und grünen Augen erweisen würden. Mit kuscheligem Pelz bedeckte Fremde inspirierten nur wenig Xenophobie.

Die Murrin hatten sich auf der Rückreise von einer normalen Forschungsfahrt befunden. Sie hatten die Planeten des Solsystems einen nach dem anderen untersucht. Während sie Saturn umschifften, hatten sie den Titan passiert, während die *Reykjavik* dabei war, Informationen zur Marsstation abzusetzen. Sie hatten seit dem ersten Kontakt nichts als freundliche Zurückhaltung an den Tag gelegt.

Dennoch, überlegte Cleve, war die vorsichtige Vorgehensweise, die die Fremden an den Tag gelegt hatten, nicht zu verkennen. Sie waren ganz dicht über dem Horizont ohne Warnung herangeflogen, eine sorgfältig entwickelte Militärtaktik, bei der die Berge als Deckung dienten. Durchaus möglich, daß sie darauf erpicht waren, bei einem Bier schmutzige Witze auszutauschen, aber sie waren jedenfalls noch nicht ganz bereit, die Terraner als lang verschollene Logenbrüder zu begrüßen.

Vielleicht waren sie einfach von Natur aus vorsichtig. Andererseits war durchaus vorstellbar, daß jemand früher schon einmal auf sie geschossen hatte. Jedenfalls waren sie für die *Reykjavik* so unerwartet aufgetaucht, daß niemand auch nur ein Blasrohr hätte laden können.

Was vielleicht ganz gut war.

So hockten sich die beiden Schiffe auf beiden Seiten des schmalen Tals gegenüber, während die Amateurlinguisten auf der *Reykjavik* und die professionellen Sprachkundler auf dem fremden Schiff mit Hilfe einiger Kilometer elektronischer Chips miteinander zu reden versuchten.

Da die Murrin auf ein zufälliges Zusammentreffen mit einer anderen intelligenten Rasse vorbereitet waren, eigneten sie sich das Basic-Englisch ein gutes Stück schneller an, als die Terraner mit dem gutturalen Myll vertraut wurden. Die Fremden hatten erkennen lassen, daß sie sich hochgradig darüber freuten, eine weitere intelligente Spezies zu entdecken (wenn sie sich auch ziemlich blasiert gaben). Insbesondere in einem solchen, sonst nicht gerade vielversprechenden System, dachte Cleve, während er seine Exohaut zurechtzog.

Natürlich zeigten auch zahlreiche terranische Fleischfresser äußere Manifestationen von Freundlichkeit – bevor sie zubissen. Vielleicht gaben sich die Murrin zunächst kumpelhaft, aber dumm waren sie sicher nicht. Abgesehen von ihrer defensiven Haltung, waren die tödlich aussehenden Objekte, die mittschiffs aus dem fremden Fahrzeug ragten und auf die *Reykjavik* wiesen, dafür ein hervorragender Beweis. Der einzige große Industrielaser der *Reykjavik* wirkte im Vergleich dazu geradezu winzig.

Die Menschengruppe hatte sich in der inzwischen luftlosen Schleuse versammelt und war für EVA* vorbereitet. Sie bestand aus ausgewählten Wissenschaftlern, Offizieren und Ingenieuren. Aus Protokollgründen hatte der Rat Cleve so etwas wie Botschafterstatus zuerkannt.

Die Gruppe umfaßte drei weitere Mitglieder. Ein Dolmetscher, ein Kaplan (gegen Cleves Wünsche) und ein Fahnenjunker, der sich freiwillig gemeldet hatte und dessen einziger Auftrag darin bestand, in die Hände zu klatschen, sollten die Murrin offenkundige Anzeichen irrationaler Feindseligkeit an den Tag legen. Besagtes Händeklatschen würde einige Stromkreise auslösen, die beide Gruppen blitzartig in die nächste Existenzebene versetzen würden.

Wie erwartet, war Hinkels Sendeerlaubnis gemeinsam mit einem mürrischen Statement von der Admiralität gekommen,

---

* Extra vehicular activity – Aktivität außerhalb des Schiffes; *Anm. d. Übers.*

dem nur ganz wenige Silben für einen offiziellen Verweis fehlten.

Der Lieutenant, der neben Cleve stand – nicht Vandermeer, dem während Cleves Abwesenheit das Kommando über das Schiff übertragen worden war – rezitierte zum letztenmal die kurze Namensliste. Bei jedem Namen war ein gedämpftes »Hier!« zu hören. Als das abgeschlossen war, war alles abgeschlossen. Cleve versuchte, sich etwas Passendes einfallen zu lassen, was an dieser Stelle zu sagen war, fand aber nichts und führte die Männer die Rampe hinunter auf die Planetenoberfläche.

Einige hätten sich vielleicht Trompeten und Tanzmädchen gewünscht, aber die natürliche Kulisse war schon eindrucksvoll genug.

Zu beiden Seiten des engen Tals türmten sich scharfzackige Berge auf. Am Ende des Tals ging gerade die eindrucksvolle Kugel des Saturn auf. Von dem Winkel aus, in dem sie die Ringe sahen, schimmerten diese golden, unterbrochen von tiefschwarzen Lücken. Der Planet selbst zeigte einen rosa Untergrund mit wirbelnden Butterwolken davor.

Im Saturnlicht glitzerte die gefrorene Atmosphäre des Titan eisblau. Cleve dämpfte seine Sichtscheibe um eine Stufe. Millionen von Kilometern von zu Hause entfernt war nicht der richtige Ort, schneeblind zu werden. Hier und da stachen ein paar Flechten – von bis jetzt noch nicht klassifizierter Art – und ein paar unglaublich zähe, niedrige Büsche durch die pulverisierten Kristalle.

Die Sprachschwierigkeiten und das Fehlen entsprechender Strukturen erleichterten die Arrangements ihres Zusammentreffens. Sobald sie glaubten, dafür bereit zu sein (die überlassen uns die Arbeit, dachte Cleve), sollten die Terraner einfach ihr Schiff verlassen und sich zu einem Punkt auf halbem Weg zwischen den Schiffen begeben. Dort würde ihnen ein Gruppe aus dem fremden Fahrzeug entgegenkommen.

Früher als irgendeiner erwartete, war der Punkt in der Mitte erreicht. Einige Minuten lang geschah nichts. Keiner hatte jetzt Augen für die strahlende Schönheit des Saturn. Alle Blicke fixierten das fremde Fahrzeug. Neugierig schaltete Cleve auf die Frequenz um, die Hinkel für seine Sendung benutzte. Er schaltete hastig wieder ab. Der Stil des Mannes war eindeutig hypnotisch. Es war schwer zu glauben, er wäre nur ein Beobachter dessen, was jetzt gleich geschehen würde, und nicht einer der wichtigsten Akteure.

Das Murrin-Schiff war grellgelb, zweimal so lang wie die *Reykjavik* und hatte wenigstens fünfmal seine Masse. In ähnlich angespannten Situationen hätte Cleve sich versucht gefühlt, einen Witz zu reißen, in der Hoffnung, damit die Spannung zu mildern. Jetzt schluckte er bloß. Er zweifelte daran, daß Kolumbus einen Witz gemacht hatte, auch Armstrong und Mallard nicht.

Das hatte nichts mit Furcht zu tun. Dafür verzehrte ihn die Neugierde zu sehr. Wie würde es wirklich sein, etwas zu treffen, das unter einer anderen Sonne gereift war? Und das außerdem intelligent war. Wie würde seine Reaktion in jenen ersten paar Sekunden sein? Ekel? Schrecken? Anbetung? Und was würde jene erste, allwichtige Gemeinsamkeit liefern?

Eine Luke öffnete sich in der Wand des fremden Schiffes. Eine einzelne Gestalt löste sich aus der dunklen Öffnung und bewegte sich schnell mit watschelndem Schritt auf sie zu.

Cleve analysierte den Schritt und betete darum, daß niemand so verrückt sein würde, über die komische Art der Fortbewegung zu lachen. Eben jene watschelnden Füße enthielten vielleicht lange, nadelscharfe Klauen, die speziell dafür gebaut waren, jene zu strafen, die Respektlosigkeit an den Tag legten. Plötzlich überkam ihn der schreckliche Gedanke, daß die Murrin Telepathen sein könnten. Aber er tat ihn ebenso schnell wieder ab. Sie hatten dies durch nichts erkennen lassen, und wenn sie es waren, dann konnten sie nichts, aber auch gar nichts dagegen unternehmen.

Bald stand der Fremde vor ihm. Er hätte die Hand ausstrekken und den dunkelbraunen Metallanzug berühren können. Zu seiner Überraschung war das Geschöpf fast dreißig Zentimeter kleiner als Cleve mit seinen eins-fünfundachtzig, aber es war viel kräftiger gebaut. Unter einem durchsichtigen Helm aus Plastik oder Glas starrten zwei jadeschwarze Augen zu ihm hinauf.

Frisch gewagt, ist halb gewonnen, dachte er und streckte beide Hände mit nach oben gerichteten Handflächen aus. Die Psychologen hatten ihm gesagt, daß dies Vertrauen, Freundschaft und herzliches Willkommen ausdrücken sollte. Cleve hoffte, daß es so war.

Der Fremde reagierte, indem er eine Rolle aus papierdünnem Metall aus einer Jackettasche zog und Cleve in die ausgestreckte Hand klatschte. Dann sagte er schnell über die vorher vereinbarte Wellenlänge:

»Ich bin Crift, Lehrling-von-Sprecher.«

Der Commander registrierte, daß Hinkel und eine seiner Kamera-Crews sich langsam von links näherschoben. Im stillen verfluchte er Hinkel, den Erfinder der Kamera, den Film, das Objektiv und alle Kanäle von zwei bis achtundsechzig.

Der Fremde fuhr fort: »Captain Othine bedauert, daß er jetzt noch nicht zu Ihnen kommen kann.« Er zögerte einen Augenblick und fuhr dann fort: »Für ungefähre Zeitstücke Ihre – zwei, ja zwei. Mannschaft und Kapitän gänzlich ganz in wichtige Sendung von Heimatplaneten über interstellares Relais vertieft.«

Dann wies der Ursoid auf die Metallrolle, die Cleve unbewußt fest umklammerte.

»Die Dryah. Offizielle Grüßung, wir an Euch das ist. Das drückt Freundschaft, Hello, et ceteras aus. Auch ausführliche Erklärung für peinliche Verzögerung. Auch Entschuldigungen ausführlich, zugefügt. Okay? Muß ich jetzt entschuldigen bitte. Danke Sie, verzeihen.«

Das Geschöpf machte ruckartig kehrt und eilte schnell auf sein Schiff zu.

Sie starrten dem Fremden benommen nach, bis das riesige Fahrzeug ihn aufgenommen hatte. Einer der Ingenieure, der seinen Auftrag völlig vergessen hatte (er bestand darin, Einzelheiten des Raumanzuges des Fremden zu beoachten), sagte: »Well – well, well!«

Das war das Signal für eine schwache Explosion von Einzelkommunikationen zwischen den Anzügen, hauptsächlich sinn-

los. Cleve untersuchte die Metallrolle und entdeckte ihre Funktion, die durchaus nicht esoterisch war. Es handelte sich um eine ganz gewöhnliche Rolle mit deutlichen Blockbuchstaben in englischer Sprache. Er las.

»Entschuldigen Sie ... Bitte, lassen Sie mich durch ... Pardon ...«

Hinkel, gefolgt von zwei Toningenieuren, einem Mixer und der Kamera, kam auf Cleve zu. Jetzt, da der eigentliche Kontakt abgeschlossen war, fand der Fernsehjournalist offenbar überhaupt nichts mehr dabei, sich in die bislang verbotene Frequenz einzuschalten.

Er keuchte atemlos und ohne Not, da der selbstregulierende Atemmechanismus seines Anzugs natürlich nicht zuließ, daß er außer Atem geriet. Es klang recht dramatisch.

Er blieb vor Cleve stehen und hielt ihm ein Mikrofon vor den Helm.

»Commander Zachary S. Cleve, wir sind auf Intersystemschaltung. Drei Milliarden Menschen erwarten in diesem historischen Augenblick Ihre ersten Worte. Die Präsidenten aller Nationen und die gesamte Mitgliedschaft des Rates erwarten die ersten Ergebnisse des ersten Zusammentreffens der Menschheit mit einer anderen intelligenten Rasse ...«

Cleve beendete die Lektüre und rollte den Metallstreifen auf. Er sah Hinkel abwesend an. Und dann grinste er, grinste zur Überraschung der Schiffsoffiziere in der Gruppe ein entwaffnend jungenhaftes Lächeln.

»Ladies, Gentlemen«, begann er. »Bis jetzt war der erste Kontakt mit der Rasse, die sich die Murrin nennt, erfolgreich. Sie bringen ihre Hoffnung zum Ausdruck, daß es zu einer langanhaltenden freundschaftlichen Beziehung zwischen den Spezies kommen möge, die beiden Seiten Nutzen bringen soll. Einzelheiten werden in einer zweiten Zusammenkunft erklärt werden, die in zwei Stunden stattfinden wird. Ferner ist eine gemeinsame Grundlage für das bessere Verständnis übermittelt worden.«

Er schickte sich an, zur *Reykjavik* zurückzukehren.

»Commander«, sagte Hinkel, »wir haben alle gesehen, daß die Murrin Ihrer großen Gruppe nur einen einzelnen Vertreter entgegengeschickt haben. Ist das die übliche Vorgehensweise bei ihnen?«

»Nein, das ist es gewiß nicht«, erwiderte Cleve, und sein Grinsen wurde breiter. »Es scheint höhere Gewalt vorgelegen zu haben.«

»Ist es das, was der Kommandant des Schiffes gesagt hat?« drängte Hinkel.

»Sozusagen. Es war aber nicht der Kommandant des Schiffes, es war ein Dolmetscher – ein Dolmetscher-Lehrling.« Sein Grinsen wirkte bezaubernd.

Hinkel gab sich überrascht, dann besorgt.

»Das scheint mir ziemlich seltsam, Commander Cleve. Haben sie – hat es einen Grund dafür angegeben, daß sie auf diese Weise vorgehen?«

»Ja, das haben sie. Einen, den ganz besonders Sie, Mr. Hinkel, begreifen und auch verstehen müssen. Wie es scheint, konnten sie die Zeit nicht erübrigen, sich jetzt mit uns zu treffen, weil die ganze Mannschaft voll damit beschäftigt ist, eine Sendung von ihrem Heimatplaneten zu sehen.«

»Unglaublich! Bedenken Sie, Ladies und Gentlemen! Eine Sendung über Lichtjahre! Etwas, das wichtig genug ist, diesen aufregenden Augenblick zwischen den Spezies aufzuschieben. Wichtig genug, um über Trillionen von Meilen nackten Vakuums getragen zu werden! Commander, hat der Fremde Ihnen Einzelheiten über diese Sendung mitgeteilt? Und wenn ja, sind Sie befugt, es uns zu sagen?«

»Ich wüßte nicht, warum es sie stören sollte«, sagte Cleve. Er sah Hinkel an, nicht die drei Milliarden Augenpaare, die die Kamera vertrat. »Soweit ich das erkennen kann, sind der Kommandant des fremden Schiffes und seine ganze Mannschaft zutiefst in die zweitausendvierhundertsechsundzwanzigste Episode vertieft, die sich ›Im Nest bei den Vorxen‹ nennt. Wie es scheint, Ladies und Gentlemen, gibt es für den Augenblick etwas Wichtigeres als die menschliche Rasse.«

Damit machte Cleve kehrt und ging zum Schiff zurück.

Das Reich des T'ang Lang

Als ich hörte, daß Steve Goldin dabei war, eine Anthologie mit Storys zusammenzustellen, die nur vom Blickwinkel eines Fremden aus geschrieben waren, versuchte ich, mir das fremdartigste Geschöpf vorzustellen, daß man sich denken kann. Aber das fremde Universum, das in meinem Hinterhof gedieh, lenkte mich sofort ab.

In Ihrem Hinterhof gibt es das auch. Sie müssen sich nur die Mühe machen, dort einmal nachzusehen.

Als Hauptperson wählte ich den offenkundig selbstbewußtesten, unabhängigsten, bestaussehenden, intelligent wirkenden Bewohner jenes winzigen Universums. Wenn Sie je T'ang Lang oder einem seiner Vettern begegnen, werden Sie sofort wissen, wen ich meine.

Wenn nicht, sollten Sie besser hinsehen.

Es war nicht die Sonne, die T'ang Lang weckte. So, wie er sich die Nacht über versteckt hatte, würde die Sonne hoch am Himmel stehen, ehe er aufstand. Es war die zunehmende Wärme der Luft, die mütterlich seinen Körper durchzog, die Hitze im Boden, der wechselnde Rhythmus der Welt. Auf hundert Arten roch er den Tag.

Und das war gut. Der Sonnenaufgang war nicht die beste Zeit, zur Jagd zu gehen. Die Nachtmänner schliefen schon lange, und die Tagleute regten sich noch nicht.

In Wahrheit war die Sonne schon eine Weile über den Himmel gezogen. In der Nähe inspizierten zwei der Stadtbauer die Schale eines kleinen gepanzerten Kriechers. Der Kriecher hatte kürzlich den Geist aufgegeben. Wahrscheinlich war er nicht rechtzeitig zu seinem Ruheplatz zurückgekehrt und von der Nacht erfaßt worden. Obwohl er keineswegs zerbrechlich war, war er doch dem extremen Temperaturwechsel bei Tagesanbruch nicht gewachsen gewesen, so jung er auch immer zu sein schien.

Für die Stadtbewohner wäre er ein hübscher Preis gewesen. Aber sie sahen T'ang Lang erwachen. Sie waren keine Feiglinge, nein, das waren sie nicht, die Stadtbauer. Aber weise waren sie. Sie machten kehrt und rannten davon und ließen den zerstörten Kriecher dem, der vielleicht auf ihn stoßen würde. Weise gingen mit T'ang Lang kein Risiko ein. Das tote Ding interessierte ihn natürlich nicht. Ein Geschöpf seines Temperaments verabscheute Aas von der Art. Er würde für sich selbst töten.

Es stimmte, daß die Stadtbewohner gediehen – auf ihre Art. Ihre supereffizienten Städte und Ortschaften schöpften die Möglichkeiten, die die Umwelt bot, besser als sonst jemand aus. Aber es schien eine jämmerliche Art zu leben. Alle Stadtbauer waren Sklaven ihres eigenen Systems, ihres wertvollen Regimes. T'ang Lang hatte nie eines ihrer wohlbefestigten Zentren ausprobiert. Wenn er wollte, hätte er das natürlich tun können. Aber das war nicht die Art seines Volkes, so wie es auch nicht ihre Art war, Städte zu bauen.

Er gähnte, wenn man es so beschreiben konnte. Ruckartig erhob er sich auf die Füße. Es war eine ziemlich feuchte Nacht gewesen. Er konnte die feuchte Kühle in seinen Gliedern *erma*. Er wusch sich sorgfältig das Gesicht, säuberte seine Augen, putzte sich dann, vergewisserte sich, daß seine Sensoren frei von Schmutz und Schmiere waren. T'ang Lang war, wie es seinen Talenten zukam, ein sehr pedantischer Killer.

Er tat das, ohne sich die Mühe zu machen, nach hinten zu blicken, unbesorgt. T'ang Lang empfand kein großes Bedürfnis, seine Hinterseite zu schützen. Es gab niemanden in seinem Reich, der sich an ihm versuchen würde, es sei denn, er wäre schrecklich, schrecklich verzweifelt. Nur die großen Himmelsleute beunruhigten ihn. Sie konnten fast lautlos herunterfallen, ohne Warnung. Keine sehr sportliche Art zu kämpfen. Aber die meisten Himmelsbewohner fürchtete er überhaupt nicht.

Dann folgte das Ritual der Sauberen Messer. Jedes Stilett mußte scharf geschliffen und fleckenlos aufbewahrt werden. Es war wichtig, daß man gleich beim erstenmal sauber eindrang.

T'ang Lang war auf seine Geschicklichkeit sehr stolz. Zugegeben, auch er verfehlte hie und da sein Ziel. Aber nicht oft. Und wenn er traf, starb sein Opfer stets. Er spülte sich den Mund und schabte etwas Schlamm von den Füßen. Es war wirklich eine feuchte Nacht gewesen.

Er streckte sich und sah sich um. Seine großartigen Sinne konnten rings um ihn Bewegung und Leben *erma*. Es war eine fruchtbare grüne Welt. Die Schwingungen in der Erde unter seinen Füßen, die Gerüche, die von der feuchten Brise vorbeigetragen wurden – er konnte sie lesen, sie alle. Die Sonne stieg höher am Himmel, die Luft wurde heißer, er hungriger. Es gab wenig Wind. Ein guter Tag für die Jagd.

Ob er bleiben und auf schwerfällige Bodenbewohner warten sollte? Der Platz war nicht besonders gut. Und die Stadtleute würden sich ihm nur selten nähern. Was tun?

Nun, es war ein herrlicher Tag, um sich von der Sonne bescheinen zu lassen. Warum nicht beides vereinen? Und dann lag immer eine größere Herausforderung darin, die Himmelsbewohner zu jagen.

In seiner Umgebung gab es ein paar große Lichtesser zusätzlich zu dem einen, dessen Körper er als Unterschlupf ausgeborgt hatte. Einer plötzlichen Eingebung nachgehend, schlenderte er beiläufig zum nächsten, prüfte den Boden rings um seinen schlafenden Körper. Der Tau der Nacht hatte ihn hier kühl und feucht gelassen. Aber T'ang Lang, ein erfahrener, geschickter Kletterer, würde keine Schwierigkeiten haben. Er begann, sich nach oben zu arbeiten.

Dieser ganz spezielle Lichtesser überragte T'ang Lang etwa hundertmal. Aber er war schwindelfrei. Große Höhen erzeugten in ihm ebensowenig Furcht wie in seinen Nachbarn. Er hatte andere Gründe, nicht ganz hinaufzuklettern. Die Plattform ganz oben an der Spitze war gewöhnlich nicht sehr stabil. So bot sie zwar einen besseren Ausblick über seine Ländereien, aber der stärkere Wind erschwerte ihm das Beutemachen.

Er erhob sich langsam, geduldig, ohne die Hast, wie die meisten Kletterer sie an sich haben. Andere, die sich in den Körper des Lichtessers teilten, ließen ihm genügend Platz.

Etwa zwanzig Körperlängen weiter oben passierte er einen Retiarius. Der Gladiator hatte sich bequem an den Weg geschmiegt. Er winkte T'ang Lang zu, als der an ihm vorüberstieg. T'ang würdigte das Geschöpf eines langen Blickes, in den er nur eine Andeutung seiner Macht legte. Er konnte recht geschickt mit seinem Netz umgehen, der Retiarius, aber es war nicht für T'ang Lang und seinesgleichen bestimmt, und das wußte der Retiarius. T'ang hätte den Gladiator jederzeit spielend töten und sein wertvolles Netz zerreißen können.

T'ang stieg höher. Einen Augenblick lang kreuzte ein plumper Röhrenmann seinen Weg. Aber das schwerfällige Geschöpf bewegte sich schnell in entgegengesetzter Richtung. Er befand sich auf einer entfernten Plattform mit zu viel freiem Raum zwischen ihnen. Vielleicht fühlte er T'ang Langs Gegenwart, vielleicht auch nicht. T'ang starrte ihn an, öffnete sein Bewußtsein und konzentrierte die fremdartige Macht hinter seinen hypnotischen Augen. Aber der Röhrenmann war außer Reichweite und wußte das.

Er drehte sich einmal um und warf T'ang, der sich hilflos auf seiner Plattform ärgerte, einen Blick zu. Eine Beleidigung, wie es schlimmer keine geben kann.

Einen Augenblick vielleicht war T'ang Lang zornig. Dann seufzte er. Sollte der Röhrenmann seinen Augenblick des Triumphes haben. Wenn er je in Reichweite auch nur der kleinsten und leichtesten von T'angs Waffen kam, würde er schneller sterben, als er geboren wurde.

Nicht lange darauf entdeckte T'ang, was er suchte. Eine offene Plattform mit der Sonne an der einen Seite, nach oben gut abgeschirmt, aber unten und vorn offen. Eßbares lag vor ihm auf einem etwas tiefer angeordneten Niveau. Das würde als ausgezeichneter Köder wirken und Flieger und Stadtbewohner der Lüfte anziehen.

Vielleicht würde ein Junger vorbeischweben, mit summenden Propulsoren, und sich mit der schwerfälligen Einheit abmühen, um in der Luft zu bleiben. Ganz nahe.

T'ang Lang ließ sich nieder; er machte ein kompliziertes Ritual daraus. Sobald er Platz genommen hatte, würde er sich nicht wieder bewegen, bis es Zeit zum Töten war. Er prüfte die Festigkeit der Plattform und stellte fest, daß sie seinen Ansprüchen genügte. T'ang war alt und erfahren. Dies würde ein guter Platz sein. Er breitete sorgfältig seine Waffen aus und ordnete sie an, bereit, sie jederzeit einzusetzen. Dann nahm er die *Benna* ein, die Position der Beschaulichkeit. Denn T'ang war auch so etwas wie ein Philosoph und hatte nicht die Absicht, die Wartezeit zu vergeuden.

Andere hatten behauptet – wahrscheinlich selbst die Stadtleute –, daß T'angs Leute, hätten sie sich je dazu entschieden, die Weisheit, die sie über die Jahrtausende gesammelt hatten, gemeinsam zu nutzen, die gefährlichste Gesellschaft bilden könnten, die ihre Welt je gekannt hatte.

Aber in T'ang Lang brannte ein Funken, ein nicht zu stillendes Bestreben nach Individualität, das jegliche Zusammenarbeit dieser Art ausschloß. Er hielt nichts von Fraternisierung, außerdem: Waren sie nicht jeder für sich Herrscher? Wieviel besser doch, als sich einer zentralen Autorität unterzuordnen, wie die Stadtbauer es getan hatten. T'angs Artgenossen wußten, daß sie überlegen waren. Und jeder glaubte sich seinem Bruder überlegen.

Ein schmales Fundament, um zu versuchen, darauf eine Gesellschaftsordnung zu errichten.

T'ang fand viel Interessantes und Erfreuliches in der Harmonie der Welt. Die Sonne regnete beständig, wärmeerfüllt, mutterleibsgleich. Gelegentlich zog eine Brise an seiner Plattform vorbei. Jenseits der grünen Ebene, die das hervorstechendste physische Merkmal dieser Welt war, waren andere Lichtesser am Werk.

Gelassen und mit ihrer schwerfällig-dumpfen Existenz zufrieden, waren sie auf ihre Art Herrscher. Aber man konnte sie töten. T'ang war bis jetzt noch niemandem begegnet, den man nicht töten konnte. Wahrscheinlich konnte man selbst die Sonne töten, aber die war noch weiter entfernt als das Ende der grünen Ebene. Einige vertraten die Ansicht, daß die Lichtesser die dümmsten aller lebenden Geschöpfe seien. Eine andere philosophische Schule hielt sie für die intelligentesten. Ganz entschieden jedenfalls waren sie überzeugte Pazifisten. Die Lichtesser selbst gingen auf diese Argumente überhaupt nicht ein, nicht so und nicht so.

Möglicherweise war das für sich ein Zeichen jener so viel diskutierten Intelligenz.

T'ang Lang dachte nach und starrte nach draußen.

Einer der Lanzer blitzte vorbei. Die Lanzerleute besaßen die besten Antriebssysteme auf T'angs Welt. Hervorragend konstruiert, konnten sie sich mit ungeheurer Geschwindigkeit über den Himmel bewegen. Ihre ebenso erstaunlichen Ortungssysteme konnten ihre Beute viele Tausende von Körperlängen entfernt entdecken. Sie waren imstande, sich plötzlich zur Seite zu werfen oder in die Tiefe zu stoßen und damit Angriffe zu fliegen, denen nur wenige ausweichen konnten.

Einst waren ihre Vorfahren die Herren des Planeten gewesen. Die Zeit hatte vieles verändert, und sie waren zurückgefallen. Aber sie stellten immer noch einen beachtlichen Faktor in T'angs Welt dar. Doch trotz ihrer Geschwindigkeit und ihrer Geschicklichkeit würde T'ang kurzen Prozeß mit einem machen, wenn er zu nahe vorbeikam.

Der Himmelsmann wußte das. Nach einem scharfen, bösartigen Blick, den er T'ang zuwarf, jagte er seine Propulsoren hoch und schoß auf der Suche nach eigener Beute davon.

Ja, es war ein guter Tag, um zu leben und Kaiser zu sein.

Es waren viele von den Himmelsleuten unterwegs, die sich in der daunig-warmen Luft tummelten. Keiner von ihnen flog nahe an T'ang Lang vorbei. T'ang hatte es nicht eilig. Er hatte am vergangenen Tag reichlich gegessen. Für den Augenblick war er von wohliger Zufriedenheit erfüllt. Hohes Karma.

Der große Lichtesser, der Bodikiddartha, ragte viele Tausende von Körperlängen über T'angs augenblickliche Plattform auf. Der Sonne entgegengetürmt, stand er still auf der anderen Seite der grünen Ebene und atmete. Eines Tages würde T'ang jene Ebene überqueren und den Lichtesser in seiner ganzen massigen Fülle ersteigen. Und wenn es nur wäre, um die Welt auf der anderen Seite zu sehen.

Vielleicht ... eine Bewegung fiel ihm ins Auge. Er war so von dem Panorama fasziniert gewesen, das sich ihm darbot, daß er gar nicht bemerkt hatte, daß ein *Cyuma*, ein Burgmann, sich den Nahrungsmitteln genähert hatte.

Er hatte T'ang nicht entdeckt.

Mit unendlicher Langsamkeit, langsamer als der Planet alterte, drehte er den Kopf herum, um besser sehen zu können. Das träge Geschöpf schien nur für das Essen Augen zu haben. Die Burgmänner waren kühn und glanzvoll, verstanden sich geschickt darauf, mit ihren tödlichen Degen umzugehen. Sie besaßen auch die Geschwindigkeit und die Agilität, um ihre Arroganz zu unterstützen. Manche hielten sich selbst für Könige der Welt.

Und T'ang Lang? Sie fanden es zweckmäßig, ihm aus dem Weg zu gehen.

Es war ein heranwachsender Burgmann. Er schob sich sorglos an die Lebensmittel heran. Ohne Zweifel in der Absicht, sich gleich vollzustopfen. Wer würde es schon wagen, einen der Burgleute anzugreifen?

T'ang lehnte sich vorsichtig nach vorn. Er war jetzt in den Tötungsmodus übergegangen. Jetzt konnte nichts im ganzen Universum ihn ablenken, bis er zuschlug. Der Burgmann wuchs, bis er die Welt verschluckte, die Welt wurde. Und er würde sterben müssen.

Die Messer bereit, stets bereit. Hervorragend gearbeitet und entworfen, konnten sie mit solcher Geschwindigkeit und solcher Kraft eindringen, daß ein Opfer manchmal am schieren Schock starb.

Der Burgmann war dumm. Seine minderwertigen Gene würden nicht für die Übertragung auf andere seiner Art gerettet werden. Niemand würde um ihn trauern.

T'ang Lang schlug zu.

Der Burgmann kreischte einmal auf, als er getroffen wurde. T'ang schlug mit solcher Macht zu, daß einige Klingen den Körper des Burgmannes durchdrangen. T'ang fing den Aufprall gleichmütig ab. Er zog den tödlich verletzten Jungen zu sich her. Verzweifelt um sich schlagend, bewegte der Burgmann seinen Degen. Er stieß zu, verfehlte und stieß noch einmal zu.

©MARVANO 681

Für die Mehrzahl der Bewohner in T'angs Welt war jener Degen gleichbedeutend mit dem Tod. Selbst die Beweglichen Berge, deren Größe sie scheinbar davor schützte, fürchteten jene Klinge.

Sie traf einmal, glitt harmlos an T'angs schimmerndem Panzer ab. Das war ein letzter Versuch.

T'ang inspizierte sein hilfloses Opfer. Seine Methode für den Gnadenstoß war wirksam und wechselte selten. Sein Ziel war der Schädel. Der Burgmann hatte Glück. Er starb unverzüglich. Andere waren nicht so glücklich gewesen. T'ang interessierte es nicht sehr, ob sein Opfer nun tot war oder nicht, bevor er zu essen begann.

Das Fleisch des Burgmannes war gut und saftig gewesen, zart, wenn auch etwas mager. Nachdem er sein Mahl beendet hatte, schob T'ang geistesabwesend sein gesäubertes Skelett von seiner Plattform. Er machte sich nicht die Mühe, ihm nachzublicken, ehe es unten auf der Erde zerschellte.

Er säuberte seine Utensilien, vergewisserte sich erneut in bezug auf die Position der Sonne und bezog wieder Stellung.

Es war später Nachmittag, fast Abend, als die Begegnung stattfand.

Zwei der Beweglichen Berge tauchten auf. Obwohl sie nicht so groß wie der Lichtesser waren, auf dem T'ang saß, war ihre Masse um ein Vielfaches größer. Nur der Bodikiddartha selbst war größer.

T'ang hatte gelegentlich über die Beweglichen Berge nachgedacht. Waren sie intelligent? Anscheinend nicht. Sie bewegten sich zu viel herum, vergeudeten zu viel Energie. Die Stadtbauer waren ebenso aktiv, aber hinter allem, was sie taten, stand ein sichtbares Ziel. Hier nicht.

Ihre großen, mondähnlichen Augen waren einfach. Keines besaß auch nur den tausendsten Teil der Konzentrationskraft, zu der T'ang fähig war. Er hatte sie schon einige Male gesehen, aber sie hatten ihn nicht gesehen. Er fürchtete nur ihre Ungeschicklichkeit.

Aber heute, wo die Sonne in der Nähe des Horizonts starb,

sollte es anders sein. Vielleicht hätte er ihnen doch noch ausweichen können. Vielleicht auch nicht. Jeder besaß eine Masse, die sein Körpergewicht viele Millionen Male übertraf. Und obwohl sie sich bei weitem nicht so schnell wie T'ang bewegen konnten, verfügten sie über eine ungeheure Reichweite. Trotzdem war es ihre Masse, die den meisten Eindruck auf T'ang machte.

T'ang hatte nie Zweifel an seiner geistigen Kraft gehabt. Er würde nicht fliehen, nicht davonrennen, um ihnen auszuweichen. Er hatte sich seine Plattform ausgesucht, und hier würde er bleiben. Wenn sie eine Konfrontation wünschten, sollten sie sie haben. Er würde nicht derjenige sein, der davonrannte und sich versteckte. Er war T'ang Lang, der Killer, der Kaiser.

Sie sahen ihn beide, wie es schien. In ihrer behäbigen, schwerfälligen Art drehten sie sich um (so langsam, dachte T'ang, so langsam) und starrten ihn an. Von seiner hohen Plattform aus konnte T'ang ihren starren Blick Auge in Auge erwidern.

Diese Gesichter - monströse, verzerrte, aufgedunsene Dinger. So obszön, daß es jede Vorstellung überstieg. T'ang zuckte bei dem alptraumhaften Bild, das sich ihm bot, nicht zusammen. Weich und schwabbelig, waren sie ohne Zweifel trotz all ihrer Größe keine besonderen Krieger.

Ob sie sich vielleicht miteinander verständigen konnten? Er wählte den kleineren der zwei Berge aus und dachte zu ihm:

KANNST DU DENKEN? WAS FÜR EINE MEINUNG HAST DU VOM UNIVERSUM? BEFINDEST DU DICH IN HARMONIE? ICH FÜRCHTE DICH TROTZ ALL DEINER GRÖSSE NICHT. KOMM UND KÄMPFE, WENN DU WILLST.

NEIN? DU HAST DIE GRÜNE EBENE ÜBERQUERT, ICH HABE GESEHEN, WIE DU ES GETAN HAST. HATTE ES EINEN ZWECK? ODER WANDERST DU IMMER ZIELLOS HERUM? ICH BIN T'ANG LANG, DER KILLER. BLEIB UND KÄMPFE ODER GEHE IN FRIEDEN.

Der Bewegliche Berg gab keine Antwort. T'ang Lang war keineswegs beeindruckt. Tatsächlich war er jetzt sogar ein wenig gelangweilt. Er hatte noch zu jagen, und diese großen, lächerlichen Geschöpfe behinderten seine Sicht. Hatten sie etwa die Absicht, ewig dort stehen zu bleiben?

Die Sonne, die war eindrucksvoll, der Bodikiddartha war eindrucksvoll. Aber die? Sie waren einfach nur groß.

Der kleinere Berg der beiden beugte sich behäbig nach vorn. Sein Körper verdunkelte die Sonne. Ein großes, mißgestaltetes Glied streckte sich T'angs Plattform entgegen.

Sie wollten also den Kampf? Dann kommt! T'ang machte sich bereit. Die ganze Macht seines Geistes richtete sich in einem riesigen, alles verzehrenden Strahl geistiger Energie auf sie.

Das Glied hielt inne, zögerte. Die großen, tassenförmigen Augen blinzelten. Langsam zog sich das Glied zurück. Der Berg sah seinen Begleiter einen Augenblick lang an. Dann drehten sich die beiden um und polterten über die grüne Ebene davon. Ihre Größe verschlang die Entfernung.

T'ang hatte gesiegt.

Die Spenderin von Licht und Wärme, die Sonne, war am Himmel tiefer gesunken. Sie zerrte die Hitze mit sich herunter. T'ang konnte die herannahende Kühle spüren. Sie kroch an seinem Rückenpanzer herauf.

Er hatte ein weiteres Opfer geschlagen, ein spätes. Ein Röhrenmann diesmal, aber nicht derselbe, den er früher gesehen hatte. Er war fett und wohlgenährt gewesen, eine gute Mahlzeit.

Vielleicht würde er diese Nacht zwischen den Plattformen dieses Lichtessers ruhen. Es war ein guter Platz.

Er dachte wieder über die Beweglichen Berge nach. Konnte es sein, daß er sich geirrt hatte? Waren sie vielleicht gar nicht intelligent? Wenn er nur seine Gedanken mit einem anderen Kaiser vergleichen könnte! Oder sogar einer Kaiserin. Aber das war ganz und gar undenkbar – für den Augenblick zumindest.

Er seufzte und drehte sich um, arbeitete sich zurück auf das Herz des Lichtessers. Intelligent oder nicht, T'ang empfand keine Zuversicht über die Möglichkeiten eines Kontaktes.

Das schmerzte ihn.

Das Sardinen-Wunder

Auseinandersetzungen zwischen Materialisten und Anhängern einer Religion befassen sich gelegentlich mit der Frage von Wundern. Sind sie wahrhaft Produkte göttlichen Wirkens, wie die Religiösen behaupten möchten, oder sind sie bloß zufällige Folgen völlig natürlicher Ereignisse, wie die Materialisten es wahrhaben wollen?

Die Grenze zwischen beiden ist ganz, ganz schmal, und manchmal ist die offensichtliche Antwort gar nicht so offensichtlich. Manchmal erleben sowohl der Theologe wie auch der rationale Apologet, daß ihre Sicherheit ein klein wenig schwankt.

Nur eine Person stellt die Vernunftsgründe hinter einem Wunder nicht in Frage: der, dem es Nutzen bringt.

In diesen Tagen gehörte dem alten Käscherfischer das lange Dock praktisch allein. In San Quintin gab es nur noch wenige Fischerboote, und nur eines davon fuhr einigermaßen regelmäßig auf Fang. Aber Großvater Flores hatte Glück. Das Dock wurde für die starken Kreuzer und Segeljachten der reichen Männer aus Mexico City und Acapulco gut in Schuß gehalten, und auch für die wohlhabenden Nordamerikaner, die sich auf ihren Reisen San Quintin als eine Bilderbuchstation für eine Nacht auswählten.

Er winkte Josefa zu und verschwand dann in der kleinen Hütte unter der Brücke. Augenblicke später tauchte er wieder auf und warf die Leine aus. Er konnte immer noch über die Reling des Schiffes flanken und tat das auch. Aber die Flanke fiel flacher aus als früher einmal, und die Hand, die die Reling festhielt, griff sorgsamer zu. Und er bückte sich auch nicht mehr so leicht wie früher, als er die Leine an der rostigen Klampe festmachte.

Großvater hatte ein langes braunes Gesicht mit glatten Linien darin, wie die Sanddünen in der Vizcaino-Wüste im Süden. Sein Haar war jetzt fast grau geworden, und wenn er lächelte, blitzten seine Zähne in vielen Farben außer weiß. Aber das Licht hinter seinen Augen zwinkerte immer noch so regelmäßig wie die alte Boje, die die Einfahrt zur Bucht markierte. Und obwohl Josefa kein Baby mehr war, sondern ein gutgewachsenes, schlankes, neunjähriges Mädchen, konnten die kräftigen Muskeln unter dem schmutzigen Hemd sie immer noch für einen freundlichen Händedruck tausend Meter hoch heben und sie zu einem saftigen Schmatz, der nach Knoblauch und Zwiebeln roch, ganz nahe heranbringen.

Josefa zog Großvaters Atem dem Leinengeruch der Rosen im Kirchengarten vor. Er führte sie nicht an der Hand, wenn sie in die Stadt gingen – das wäre unpassend gewesen. Aber er verlangsamte seine Schritte sorgfältig, damit sie nicht rennen mußte, um mit ihm Schritt zu halten.

Großvaters Körper war kalter Stahl – bis er hustete. Dann verblaßte die Sonne ein wenig, und die Schatten der Häuser schoben sich näher.

»Wie war das Fischen heute, Großvater?« Sie kannte die Antwort, aber jeder Bruch in diesem Ritual hätte ihn beunruhigt.

»Nicht übel, *Querida*. Ein paar Gelbschwänze, einige Bonitos, ein guter Hai ...«

»Und die Sardinen, Großvater?«

Er schüttelte den Kopf und lächelte traurig. »Nein, *Querida*, die Sardinen sind diese Woche nicht gekommen, vielleicht ist es für sie noch zu früh.«

Dann hustete er, ein langes, trockenes Scharren, wie brennender Eukalyptus. Für Josefa war das schrecklicher als jeder Schrei. Sie ließ es sich nicht anmerken, wartete aber, bis der Anfall vorbei war und Großvater weiterging.

Nein, es war wirklich zu früh für die Sardinen. Es war seit dem zweiten großen Krieg der Nation zu früh gewesen. Damals hatten San Quintin und die anderen Dörfer an der Küste viele Familien ernährt. Die Männer waren jeden Morgen in der Saison hinausgefahren und waren mit schönen, duftenden Fängen zurückgekehrt, denn die schöne und delikate kalifornische Sardine war damals überall zwischen Mexico und Alaska reichlich vorgekommen.

Aber es war zu viel gefischt worden, besonders seitens der Americanos von Monterey und San Francisco. Waren denn die Sardinenrudel nicht grenzenlos wie die Büffel und die Wandertaube? Und dann gab es plötzlich keine Sardinen mehr. Die langen Schleppnetze brachten nur Freischwimmer und letzte Überlebende herauf. Und die ganze Nachfrage auf dem Markt und die steigenden Preise konnten die Sardinen nicht dazu bewegen, zurückzukommen. Viele, viele Jahre später gab es überhaupt keine mehr.

Jetzt gab es mehr Sardinen als je zuvor, aber nicht für Großvaters Netz. Die großen Fischerflotten von Alta und Baja in California fingen sie alle hinter der Bahia de Todos Santos im Norden.

Josefa hatte die großen Flotten nie gesehen. Aber die jungen Männer des Dorfes, die Söhne von Fischersöhnen, fuhren jedes Jahr hinaus, um auf den Schiffen zu arbeiten. Großvaters kleine *Hermosa* wäre nur ein Rettungsboot für solche Schiffe gewesen, und nicht einmal ein besonders großes.

Großvater hätte auch gehen können. Zumindest hätte er vor ein paar Jahren gehen können, bevor der Husten gekommen war, der ihn so geschwächt hatte. Aber er wollte nicht wie die anderen gehen.

»Das ist kein Fischen«, sagte er ihnen und fuchtelte mit seinem knochigen Finger vor denen herum, die ihm zuhören wollten. »Das ist eine Fabrik.« Und dann forderte er Josefa auf, auf den Unterschied zu achten, den Unterschied zwischen dem Brot, das ihre Mutter in dem kleinen Ziegelofen zu Hause buk, und dem weißblassen Zeug, das Diegos Laden für die Touristenboote auf seinen Regalen bereithielt. Sie verstand es eigentlich nicht, aber da Großvater es sagte, mußte es wahr sein.

»Vielleicht kommen die Sardinen nächste Woche, Großvater.«

»Vielleicht«, antwortete er und nickte zu ihr hinunter.

Wieder kam ein Hustenanfall, und diesmal krümmte er sich

zusammen und mußte sich mit der Hand an die Mauer stützen. Josefa wollte schreien, aber statt dessen sah sie weg, sah einem Hund zu, der an einem Mauseloch schnüffelte. Großvater hörte zu husten auf, zwang sich zu einem Grinsen.

»Der war ziemlich schlimm. Aber ich weiß schon, wie man es macht. Man muß mit dem Husten rollen, so wie die *Hermosa* in einem Sturm mit den Wellen rollt. Jetzt ist, glaube ich, Zeit für dich, nach Hause zu gehen, *Querida*.«

»Ich würde lieber mit dir gehen, Großvater, und dir den Tee machen.«

»Nein.« Er beugte sich vor, um sie auf den Scheitel zu küssen, der das nachtschwarze Haar teilte, das ihr bis zur Hüfte fiel. »Das wäre deiner Mutter und deinem Vater nicht recht. Geh jetzt nach Hause, vielleicht sehe ich dich morgen. Ich werde morgen das Netz spleißen müssen. Du kannst mir dabei helfen.«

Er drehte sich um und ging von ihr weg, eine hochgewachsene, stolze Silhouette vor dem Sonnenuntergang. Aber er war nur eine Schale. Josefa konnte sich erinnern, wie es vor zwei Jahren gewesen war, als Großmutter sie verlassen hatte. Das hatte Großvater mehr geschwächt als der Husten. Bald würden die Wellen für ihn zu hoch werden, als daß er mit ihnen rollen konnte. Dann würde er sich neben Großmutter in dem kleinen Familiengrab hinter der Kirche zur Ruhe legen.

Sie rannte nach Hause, aber das tat sie in diesen Tagen oft.

Tausende von Kilometern im Norden, hinter riesigen, rauchenden Städten und kalkfarbenen Klippen, hinter tausend Jahre alten Bäumen und tagealten Babys schwamm eine Milliarde junger Sardinen träge in einem kühlen, tiefen Sund und wartete, ohne sich ihrer bevorstehenden Bestimmung bewußt zu sein.

Pater Peralta gestattete sich ein stilles, nach innen gerichtetes Lächeln der Befriedigung. Es war eine gute Messe gewesen und eine gute Predigt. Jetzt würde er die einfachen Beichten seiner einfachen Leute hören, und dann würde er vielleicht ein wenig mit den neuen Büchern arbeiten, die die Universität ihm geschickt hatte.

Er setzte sich bequem im Beichtstuhl zurecht. Vor zwei Abenden war im Dorf eine große Feier gewesen – eine Hochzeit –, und es war zu einer kleinen Prügelei gekommen. Nichts Ernsthaftes, aber ungewöhnlich für San Quintin. Dieser Tag würde länger werden als die meisten.

Die Stimmen kannte er: Martin, Benjamin, Marceal, Carmen, die kleine Josefa Flores …

»Vater, Maria Partida hat letzte Woche ein neues Kleid bekommen. Ich hab sie darum beneidet.«

»Vielleicht hast du es bewundert, *Niña*.«

»Nein, Vater.«

Pater Peralta dachte nach. Die Flores waren nicht so gut dran wie einige der anderen Dorfbewohner.

»Das ist eine kleine Sache, *Niña*. Das geht schnell vorbei. Mach dir darum keine Sorgen.«

Auf der anderen Seite war eine Pause, eine lange Pause.

»Was ist denn, Kind?«

»Letzte Woche, Vater, José und Felipe …«

José und Felipe. Peralta kannte sie. Gute Jungen, vielleicht von zu viel Geld, das sie zu früh bekommen hatten, ein wenig zu wild gemacht. Und diese Motorräder, ay!

»… sie haben Großvater ausgelacht, als er zum Fischen hinausfuhr. Ich hab ein paar schreckliche Dinge über sie gedacht, Vater.«

»Warum haben sie gelacht, Kind?«

»Sie sagten, Großvater würde auf dem Markt mehr Fische fangen als mit der *Hermosa*. Sie nannten sein Schiff ein Hotel für Würmer und sagten, die einzige Art, richtig zu fischen, wäre mit den neuen Schiffen, die sie in Ensenada und San Diego haben.«

»Und wie hat dein Großvater darauf reagiert?«

»Er hat sie ignoriert, Vater. Er ignoriert solche Dinge immer und tut so, als würden sie ihm nichts ausmachen. Aber ich weiß. Sein armseliger Fang macht ihm gar nicht so viel aus, denke ich. Aber das Lachen tut ihm innerlich weh. Selbst seine Freunde wünschen, er würde mit ihnen zu Diegos gehen und mit ihnen auf der Porch sitzen und Mühle spielen und den Touristen zusehen.«

Peralta lächelte. »Ich kenne deinen Großvater, *Niña.* Er ist keiner, der auf einer Porch sitzt und seine Tage damit verbringt, zur Sonne hinaufzustarren. So, du sollst José und Felipe nicht hassen und die anderen auch nicht. Die lachen, weil sie noch jung sind und es nicht besser verstehen. Da die große Fischflotte für alle Arbeit bietet, haben wenige im Dorf, die so alt wie José und Felipe sind, je schwere Zeiten gekannt. Sie können nicht verstehen, warum dein Großvater niemals für einen anderen Mann arbeiten würde, für ein Gehalt. Wenn sie älter sind, werden sie es verstehen. Du mußt versuchen, das jetzt zu verstehen, *Niña.*«

»Ich glaube, das tue ich Vater«, erwiderte sie leise nach einer weiteren Pause. »Vater, warum kommen die Sardinen nicht mehr nach Süden?«

Pater Peralta dachte nach. Wie konnte er einem neunjährigen Mädchen die wirtschaftlichen Zusammenhänge gelenkter Fischwanderungen und Fabrikschiffe erklären?

»Sie kommen nicht mehr, *Niña*, weil die großen, großen Maschinen ihnen im Norden ein besseres Leben ermöglichen, zu ganz bestimmten Zeiten und an ganz bestimmten Orten. Und die großen Schiffe sind so gut und so schlau, daß sie alle Fische oberhalb von Ensenada fangen, ehe sie so weit nach Süden schwimmen können.«

»Aber es muß doch so viele Fische geben, Vater«, sagte sie. »Ganz bestimmt müssen doch ein paar davon an den Netzen vorbeischwimmen.«

Peralta schüttelte den Kopf und begriff gleich darauf, daß das Mädchen die Bewegung nicht sehen konnte.

»Nein, *Niña*, gar keine kommen durch. Dafür sind die großen Boote und die Fischer darauf zu gut.«

»Wenn Großvater nur noch einen Fang machen könnte«, kam die kleine Stimme. »Nur einen Fang noch – ehe der Husten ihn wegnimmt. Dann könnte er auch lachen. Und José und Felipe und all die anderen würden sagen müssen, daß sie unrecht hatten.«

»Ich fürchte, dazu wäre ein Wunder nötig, *Niña.*«

»Dann will ich um ein Wunder beten!« Die Worte waren er-

regt und entschlossen, mit einer schwachen Andeutung von Großvaters Stahl darin. »Ich werde Kerzen anzünden und zu San Pedro beten um nur noch einen Fang für meinen Großvater.«

Peralta lächelte. »Dafür will ich auch beten, Kind.«

Es war ein glühend heißer Tag. Es gab viele heiße Tage in San Quintin. Aber als alle anderen die Kirche verlassen hatten, sogar die Witwe Esteban, war ein kleiner Engel mit Haaren und Augen aus indianischem Obsidian immer noch da und betete vor dem Altar. Und als Pater Peralta am Abend aus seinem Studierzimmer noch einmal hinübersah, war sie immer noch da.

Schließlich ging er zu ihr hinüber, sagte, sie solle sich ihr Kleid geradezupfen, und schickte sie nach Hause, ehe ihre Eltern anfingen, sich Sorgen zu machen. Ja, sie hatte gut gebetet, vielleicht würde San Pedro freundlich sein.

Aber, warnte er sie, San Pedro sei ein sehr beschäftigter Heiliger.

Er kehrte in sein Arbeitszimmer zurück, schob sich den Stuhl dicht vor den Schreibtisch und öffnete ein dickes Buch. Er begann zu schreiben.

»Wir sehen erneut, daß die primitiven Hieroglyphen der Urbewohner von Baja California in keiner Weise ...«

Er hielt inne, drehte die Feder zwischen den Fingern und lehnte sich in seinem Sessel zurück, dachte nach. Das Buch, an dem er jetzt schon sechs Monate arbeitete, lag als ein Stapel von Blättern auf einer Seite – das Manuskript, das niemand außer ein paar ältlichen Professoren und einigen Studenten in den oberen Semestern an fernen Orten je lesen würden. Er blickte zum Fenster hinaus auf die gezackte Silhouette der Sierra San Pedro Martir. Dann zog er ein frisches Blatt Papier von dem jungfräulichen Blätterstapel und überlegte kurz.

Er begann zu schreiben.

Die Menge war Jahr für Jahr kleiner geworden. Jetzt, nicht einmal ein Jahrzehnt nachdem ein Feuerwerk und Fernseh-Crews Licht auf den Anfang des Programms geworfen hatten, waren nur noch ein paar belanglose Funktionäre aus den Bürgermeisterämtern in Seattle und Victoria, ein paar Fotojournalisten und die Männer von den Fischereibetrieben da, um Zeuge der zeremoniellen Eröffnung zu werden.

Der Chefingenieur verglich die Uhrzeit mit dem Chronometer an der Wand und biß von seinem Sandwich ab.

»Okay, Milt, machen wir auf.«

Der vierte Ingenieur nickte gelangweilt und legte den Schalter um. Ein paar Blitzlichter beschworen Erinnerungen an Weihnachten herauf. Milt legte entgegenkommenderweise den Schalter noch einmal für die Fotografen um. Dann schlurften die Reporter, über das unfreundliche Wetter murrend und hoffend, daß sie noch vor der Dunkelheit zu Hause eintreffen würden, davon. Die Funktionäre tauschten auf den traditionellen Rollen ihre Unterschriften und gingen ihrer getrennten Wege – einer zu seiner Frau, der andere zu seiner Freundin. Der vierte Ingenieur überprüfte routinemäßig Skalen und Meßgeräte, um sicherzustellen, daß beim Umlegen des Schalters das geöffnet worden war, was in den Handbüchern behauptet wurde, und ging nach Hause, um die Stehlampe zu reparieren, wie er es seiner Frau versprochen hatte. Der Chefingenieur widmete sich den kulinarischen Freuden eines Schinkensandwiches mit einer Salzgurke. Alles war wieder still.

Auch draußen auf dem Meer war keine Veränderung wahrzunehmen. Keine Blasen, keine hoch aufgetürmten Wogen störten die glatte Meeresfläche. Aber darunter …

Anstatt von der Kühlanlage der Station verwertet zu werden, wurde das erhitzte Meerwasser der Port Hardy-Kernverschmelzungsstation direkt in den Ozean zurückgeleitet. Wasser, das unvorstellbar wilde Energien besänftigt hatte, wurde durch ein halbes hundert Düsen in Davy Jones' Spind hinausgedrückt. Auf der Ebene, tief unten im Abgrund, begann eine mächtige Aufwallung. Wasser und Nährstoffe stiegen empor, während die Sonne unterging.

Bakterien und Phytoplankton trieben wie im Delirium in dem plötzlichen Strudel aus Sonnenlicht und Nährstoffen aus den Tiefen. Vermehrung und Wachstum vollzogen sich, bis die See einer dicken Suppe glich.

Die Sonne zog sich zurück, und der Mond meldete sich für

sein nächtliches Werk. Und mit dem Mond kam das Zooplankton herauf: winzige Crustaceen, mikroskopisch kleine Krabben und Meeresgeschöpfe mit unaussprechlichen Namen, Miniaturfischlarven – alle auf eine nächtliche Freßorgie erpicht.

Und es war eine Orgie, denn in jener Nacht gab es Nahrung im Überfluß, eine unnatürliche Konzentration. Blitzende Funken des Lebens schossen hysterisch durch die trüben Wasser, vermehrten sich und wuchsen mit unmenschlicher Verzweiflung. Eine Million Milliarden durchsichtiger Ungeheuer schwamm, nichts als fuchtelnde Antennen und Klauen und phosphoreszierende Augen.

Im Norden stürzten sich ein paar viertelmeterlange blitzende Fische auf diesen Kochkessel infinitesimalen Lebens, schossen hinein und stopften sich voll. Andere in der Nähe bemerkten den Wechsel in der gewohnten Nahrungsaufnahme, drehten sich herum und folgten ihnen. Wieder andere, weiter im Norden, Anführer von großen und kleinen Schulen, stellten sich ebenfalls ein.

Ein Berg geschuppten Silbers begann, sich nach Süden zu bewegen.

Das Plankton von Charlotte Sound war schnell verschlungen, die Maschinen der Cape Flattery Station sprangen ein und katalysierten ihren eigenen Abschnitt des Ozeans. Die Station beleuchtete, heizte und versorgte die Städte Olympia, Tacoma, Seattle, Bellingham, Everett und den größten Teil des Staates Washington. Jetzt setzte sie den Schweiß ihrer Primärfunktion ein, um mit kleinen Universen Gott zu spielen. Aber selbst diese Masse des Lebens wurde ebenfalls verschlungen.

Aber die Freßorgie schritt fort, während jede Planktonschule ihre Arbeit tat und der Reihe nach in unzähligen hungrigen Mäulern verschwand und den immer weiter anwachsenden Berg nach Süden schob, entlang der schönsten Küste der Welt.

Astoria Station ... die Schule kommt! Coos Bay ... die Schule kommt! Crescent City und Ukiah, San Mateo und San Luis Obispo und Santa Barbara.

El Pueblo de la Nuestra Señora de Los Angeles ... die Schule kommt!

sagte ihr, daß dazu ein Wunder gehören würde, wobei ich mir freilich nicht dachte, daß sie mich beim Wort nehmen könnte.

Und dann fiel mir wieder unsere Schulzeit ein. Wenn ich mich richtig erinnere, warst Du mit Martin Fowler recht gut befreundet. Ich habe den Mann nie gekannt – bin ihm kein einziges Mal vorgestellt worden. Ich habe nur in der Schulzeitung über ihn gelesen. Aber ich habe mir gedacht, wenn es jemanden gibt, der auch nur einen kleinen Teil vom Traum dieses Kindes erfüllen kann – selbst wenn ihrem Großvater nur ein paar Dutzend Sardinen von einem Flugzeug in die Fischgründe geworfen werden –, so müßte das Fowler sein.

Natürlich begreife ich, daß ich damit eine Freundschaft belaste, von der ich nicht einmal weiß, ob sie noch existiert. Ja, sogar eine, die vielleicht nie besonders eng war. Aber mir ist auch nichts anderes eingefallen. Und wenn jemals jemand ein Wunder verdient hat, selbst ein kleines, dann ist es diese Josefa Flores.

Besuch mich einfach einmal in San Quintin, fern von Lärm der Stadt und den Nörgeleien des Kardinals. Ich werde Dir die bemalten Höhlen zeigen und das schönste, friedlichste Wüstenland, das du je gesehen hast, du alter Ketzer.

Mit besten Grüßen Francisco Peralta.«

Der Erzbischof sah den Brief lange an. Dann legte er ihn auf den »Beantworten«-Stapel. Er griff nach dem nächsten Umschlag und schlitzte ihn auf, aber seine Augen ebenso wie sein Geist weilten anderswo. Sein Brieföffner fuhr an dem neuen Umschlag entlang, vor und zurück, vor und zurück. Als Mendez' Stimme das Schweigen durchbrach, blickte er nicht auf.

»Sir, da ist ein Mann vom Außenministerium, der Sie sprechen möchte. Etwas wegen einer offiziellen Einweisung für das Essen heute abend.«

Estrada fuhr fort, mit dem Brieföffner über den Umschlag zu streichen, wobei er auf einen Punkt innerhalb des Schreibtisches starrte. Das war natürlich ganz unmöglich.

»Sagen Sie ihm«, wies er seinen Sekretär an, »daß ich ihn in einer Stunde empfangen werde.«

Der Berg befand sich jetzt im Kanal von Santa Barbara und bewegte sich stetig nach Süden. Das Kraftwerk von Point Vincente leitete die Pumpaktivitäten ein und beschleunigte den Phytoplanktonzyklus um das Zwanzigfache. Bald würde der Berg das Beschleunigerfeld von San Onofre erreichen. Dann würden sie wirklich anfangen, sich zu bewegen.

Martin Fowler stellte sich in Positur, seine Augen ließen das Ziel nicht los. Er prüfte seine Haltung, korrigierte sie, indem er einen Schritt nach vorn trat. Dann umfaßte er den Schläger mit beiden Händen und schwang ihn mit aller Kraft.

»Ich glaube, Sie sind im Bunker, Marty«, sagte Wheeling beiläufig.

Fowler brummte ein Schimpfwort und steckte den Golfschläger in die Tasche zurück. Die beiden Männer nahmen ihre Karren und zogen weiter. Sie hätten natürlich bequem fahren können. Aber, wie Wheeling sagte, brachte Golfspielen nur dann Bewegung, wenn man zu Fuß ging – sonst konnte man ebensogut ferngesteuerte Schläger nehmen und vom Bett aus spielen. Andere Männer folgten ihnen.

Nach einer Weile sah Wheeling zu seinem jüngeren Freund hinüber und meinte besänftigend: »Natürlich ist nichts dabei, wenn ich Geld von Ihnen nehme, Marty – es ist nur so, daß Leute wie ich, denen Gott ein Talent verliehen hat, die Amateure belehren sollten. Aber Sie müssen ja immer dagegenargumentieren. Was ärgert Sie denn – Petterson?«

»Sie haben einen ganz raffinierten und bösartigen Verstand«, konterte der Direktor der nordamerikanischen Fischereibehörde. »Wenn dieser alte Querkopf und ihre Katzenfuttertypen mir bloß erlauben würden, ein Nebentor fünf Minuten – fünf lausige Minuten – zu öffnen. Sie sollten die geplanten Fünfjahreszahlen sehen. Der Fang im zweiten Jahr allein ...«

»Wenn irgendwelche Leute in der Kommission, die Ihren Ansichten geneigt sind, hörten, wie Sie einen anderen US-Senator als ›alter Querkopf‹ bezeichnen, würden die Ihnen nicht einmal eine Ritze geben, die groß genug ist, daß ein kranker Lachs durchkommt, geschweige denn Ihr Tor.«

»Ich weiß, Dave, wenn Sie nichts sagen, sage ich auch nichts. Oh, persönlich ist der Senator nicht übel, aber er ist so verdammt stur!«

»Aber Marty! Ich hatte immer gedacht, Sie hätten lange genug in Washington gearbeitet, um zu wissen, daß Senatoren schon stur auf die Welt kommen. Deshalb werden sie ja zu guter Letzt Senatoren. Zu stur und zu dickschädlig, um irgendeinen vernünftigen Beruf zu ergreifen, wie zum Beispiel den eines Installateurs oder Videomechanikers.«

»Verdammt noch mal, Dave, alle Anzeichen – alles, was die Computer und die Leute in den Büros zusammengeflickt haben – deutet darauf hin, daß die Islas San Benitos der perfekte Platz für die erste Gelbschwanzfischerei ist. Wir brauchen bloß zuerst eine natürliche Saat dort auszulegen. Sie wissen, daß wir ein Meeresbiotop nicht einfach pflanzen können, wie wir es im Ontariosee oder im Lake Tahoe gemacht haben. Die Thunfische würden nie dort laichen, sie würden einfach wegschwimmen. Wir müssen zuerst Futterfische hinlocken.«

»Und genau das ist Ihr Problem, Marty«, sagte Wheeling und entschied sich für ein Siebener-Eisen. »Senator Petterson hat Wähler, die von diesen Futterfischen abhängig sind. Existierende Gelbschwänze geben keine Stimme, ganz zu schweigen von imaginären.«

»Aber jeder, der sich nur die Zeit nehmen kann, unsere Zahlen zu untersuchen, Dave ...« Er hielt inne und sah angewidert zu, wie der Ball seines Begleiters viel zu kurz aufkam und über die Böschung ins Grün hüpfte. Sie machten sich daran, seinen eigenen Ball zu suchen.

»Nun, am besten lassen Sie sich schnell etwas einfallen, wenn Sie damit rechnen, Ihr Tor dieses Jahr zu bekommen«, warnte Wheeling.

»Das letzte, was ich hörte, ist, daß die Schule L. A. passiert hat.«

»Newport Beach«, brummte Fowler. »Hören Sie, sehen Sie zu, daß Sie morgen dort bei der Ausschußsitzung sind.«

Wheeling sah seinen Freund mit einer Art von Mitgefühl an, das weit über die Sympathie für die schwache Lüge hinausging.

»Sie geben wohl nie auf, wie, Marty? Ich sage Ihnen doch, Sie können Petterson mit günstigen Zahlen und dem Einfluß, den Sie haben, einfach zudecken. Aber sämtliche Vielleichts und Wahrscheinlichs und Könnteseins auf der ganzen Welt überzeugen einen Politiker nicht, der hungrige Menschen zu ernähren hat ...«

»Ah, da ist er«, unterbrach ihn Fowler und schob das Gras auseinander. Er überlegte und entschied sich dann für einen Eisenschläger. Wheeling spähte zum fernen Grün hinüber.

»Eine Chance haben Sie, aber leicht wird es nicht sein. Das können Sie mir glauben. Ich hab diese Bahn schon gespielt.«

»Ich weiß. Vielleicht sollte ich aufhören, es mit der Logik und der Vernunft zu versuchen. Oh, Sie meinen den Ball. Das auch. Komisch, eigentlich ist es ja verrückt, aber neulich habe ich von einem Burschen einen Brief bekommen, den ich seit fünfundzwanzig Jahren nicht mehr gesehen habe. Ich war mit ihm auf der Schule. Voll mit den üblichen Erinnerungen und was aus den gemeinsamen Bekannten geworden ist und was nicht aus gemeinsamen Bekannten geworden ist, wie die Welt sich verändert hat und wie sie sich hätte verändern sollen und wie wir trotz all unserer Träume nichts damit zu tun haben.

Wissen Sie, daß es einmal mein größter Traum war, Hotelmagnat zu werden? Ein zweiter Conrad Hilton? Bis ich anfing, so viel Spaß an dem Land zu finden, das ich sonst mit Hochhäusern und Swimming-pools bepflastert hätte.

Und dann stand da diese Nachschrift in dem Brief – eine rührselige kleine Geschichte über ein Mädchen, das er nicht einmal richtig kennt. Ich hätte sie natürlich vergessen sollen, aber ich bin die halbe Nacht wach gelegen und habe darüber nachgedacht, bis Majorie das Licht ausschaltete. Albern, aber ...«

Er nahm seinen Schläger und ging auf den Ball zu.

»Wenn es etwas ist, das Ihnen gegen Petterson hilft, würde ich es gern hören.«

Fowler blieb stehen und blickte sich über die Schulter um. »Sehen Sie? Keine Vernunft, keine Logik, und schon sind Sie interessiert. Kommen Sie morgen zur Ausschußsitzung.« Er zog den Kopf ein und führte einen wütenden Schlag nach dem Ball.

»Okay, jetzt haben Sie mich an der Leine«, gestand Wheeling und sah zu, wie der weiße Mond davonsegelte. »Eigentlich sollte ich das ja nicht, aber Sie haben mich jetzt wirklich am Haken.« Er sah seinen Freund an, musterte ihn scharf. »Es scheint, daß Sie in die Falle gegangen sind.«

Der Sitzungsraum war klein, er wirkte würdig, und man hatte das Gefühl, als wäre der Gang der Geschichte mit der Hand in die imposante Holzvertäfelung gerieben worden. Er bot gerade genug Platz für den langen Sitzungstisch und die bescheidene Gästegalerie unter dem hohen Fenster.

Eine einzelne alte Fensterscheibe ließ Licht herein und gestattete einen respektablen Blick auf die Fußgängerzone draußen. Wheeling setzte sich still hinten in die Galerie auf eine Bank, die noch gemacht war, ehe man den Begriff »eingebaute Veralterung« gekannt hatte. Die Galerie war praktisch leer.

Eine kleine Gruppe von jungen Leuten saß am anderen Ende unter ihm – eine der unteren Oberschulklassen oder vielleicht auch eine der höheren Klassen aus der Grundschule, schätzte er, mit ihrem Lehrer. Die jungen Leute wuchsen heutzutage so schnell, daß man das schwer sagen konnte. Und wenn man sie nach ihrem Lieblingsplatz am Wasser fragte, dann mußte man damit rechnen, daß sie einem eine Vorlesung über Raumphysik oder Ozeanographie hielten. Ein paar müde, gelangweilt blikkende Reporter und einige Touristen bildeten den Rest. Wheeling lächelte, nickte den Zeitungsleuten höflich zu und blickte dann nach oben.

Fowler saß am vorderen Ende des schweren Walnußtisches. Er fuhr sich immer wieder mit der Hand durch die Überreste seines sandfarbenen braunen Haares, während er sich mit einem sorgfältig gekleideten Mitarbeiter aus seiner Abteilung beriet. Die Kinder verstummten, und die Ausschußmitglieder kamen herein und nahmen gegenüber dem Direktor an der Tafel Platz. Fowler drehte sich herum, sah Wheeling und grinste. Wheeling winkte ihm zu und lächelte, wie er hoffte, in einer ermutigenden Art und Weise.

Senator Vincente von Coahuila, Senator Kaiser von Oregon,

Senator Brand von Maine, Senator Petterson von New Jersey und Minister Stanislaus von Neufundland.

Petterson eröffnete die Sitzung in der üblichen Art: »Wollen wir gleich zur Sache kommen. Der Ausschuß für organische Meeresressourcen ist zusammengetreten; die Sitzung ist eröffnet.«

Wenn man sie ansah, hätte man meinen können, daß Senator Diana Petterson die Lieblingsgroßmutter irgendeiner Farmerfamilie aus dem Mittleren Westen wäre. Außerdem verstand sie in einer Art und Weise mit der englischen Sprache umzugehen, daß sie Nägel damit biegen konnte, besaß einen messerscharfen Verstand, der schon mehr als einen jungen Senator im Kongreß das Fürchten gelehrt hatte, und war den Grundbedürfnissen der Menschen in einem Maße kompromißlos ergeben, daß sie jetzt ihre fünfte Amtsperiode im Senat wahrnahm.

Der Anwaltstyp zu Fowlers Linken stand auf und raschelte mit einem Bündel Formularen und Computerausdrucken. Das Geräusch wirkte in dem kleinen Saal laut. Er räusperte sich und begann, trocken Fakten und Zahlen vorzutragen.

»Die Produktion von Pompano ... Ergebnisse der Königskrabbenfischer ... Austernergebnisse in der Chesapeake Bay ... So und soviel zurück ... Eßbare Kelp-Ernte ... gestiegen ...«

Wheeling ertappte sich dabei, wie seine Aufmerksamkeit nachließ und seine Blicke im Raum wanderten. Die Schulkinder saßen höflich da und sammelten Material für die mit Sicherheit bevorstehende Hausaufgabe. Die beiden Reporter hatten ihre Bandgeräte eingeschaltet und waren eingeschlafen. Er ertappte sich dabei, wie er dem Flug einer fetten Hummel zusah, die sich irgendwie Zugang zu dem Gebäude verschafft hatte und jetzt immer wieder gegen die Fensterscheibe prallte, offensichtlich bemüht, in das saubere Licht draußen zu fliegen. Wie sehr die Hummel doch manchen Kongreßabgeordneten glich, überlegte Wheeling.

Eine halbe Stunde später war die Rezitation beendet. Die Reporter drehten ihre Kassetten um, und die Kinder rutschten auf ihren Sesseln. Die Hummel hatte ihre Fluchtversuche erfolgreich abgeschlossen und war entkommen.

»Mr. Fowler, wenn es sonst keine Tagesordnungspunkte gibt, kann dieser Ausschuß sich jetzt mit den Zuwendungen dieses Jahres befassen, und wir können diese Sitzung früh beenden.«

»Ich bitte um Entschuldigung, Madam Senator, aber da ist noch die Frage, die ich mit meinem Antrag aufgeworfen habe – es geht um ein kurzzeitiges Tor in der Sardinenernte der Pazifikküste.«

Einer der anderen Senatoren stöhnte.

»Aber Mr. Fowler«, ermahnte Senator Petterson, »dieser Antrag wird von Ihnen jetzt seit über einem Jahr bei jeder Sitzung vorgebracht!«

»Das ist mir klar, Senator«, entgegnete Fowler liebenswürdig. »Nichtsdestoweniger möchte ich den Antrag erneut vorlegen. Wenn Sie wünschen, kann ich Ihnen gern die Stelle aus der Geschäftsordnung vortragen, die ...«

»Ich bin mit der Geschäftsordnung dieses Ausschusses hinreichend vertraut, Mr. Director, ebenso wie meine Kollegen hier. Wenn Sie wirklich an diesem unerklärlichen Masochismus festhalten wollen, zwingt uns die Höflichkeit, Sie gewähren zu lassen. Gestatten Sie mir aber zu sagen, daß ich keinen Grund zu der Annahme habe, daß Ihr Antrag diesmal bereitwilliger aufgenommen wird als in der Vergangenheit. Aber ich nehme an, daß jedem Administrator eine private Verirrung zugestanden werden muß. Beginnen Sie. Haben Sie aber bitte die Liebenswürdigkeit, sich so kurz wie möglich zu fassen. Die meisten von uns haben wichtige Arbeit.«

Sie brauchte das »uns« gar nicht zu betonen, um ihre Absicht klarzumachen.

Fowler stand auf. Er hatte nur ein einziges Blatt mit Notizen vor sich und sah nur selten darauf. Das brauchte er nicht. Er hatte diese Rede schon viele Male gehalten.

Er sprach über die Geschichte der Nordamerikanischen Fischereibehörde, die jetzt ihr erstes Jahrzehnt hinter sich gebracht hatte. Zum erstenmal hatten Kanada, Mexico und die Vereinigten Staaten eine gemeinsame Organisationsplattform, um die lebenden Schätze des Meeres angemessen zu hegen und auszubeuten. Er berichtete, wie man überschüssige Hitze und

Wasser aus Kernspaltungs- und Kernverschmelzungsanlagen zu Lande und zu Wasser eingesetzt hatte, um Nährstoffe vom Meeresboden zur Oberfläche zu treiben, was zu kontrollierbaren, bisher nie dagewesenen Populationssteigerungen unter den kommerziell wertvollen, an der Oberfläche lebenden Fischen geführt hatte.

Er berichtete, wie die Alaska-Königskrabbenindustrie, die einmal in Gefahr gewesen war, fatal überfischt zu werden, an einen Punkt gebracht worden war, wo sie jetzt die hungrigen Flotten von sechs Nationen tragen und dennoch Jahr für Jahr wachsen konnte. Wie der Preis von Maine-Hummer auf sechzig Cent das halbe Kilo gedrückt worden war, während die Hummerfischer immer noch mehr Geld als je zuvor verdienten. Wie die vernachlässigten Gewässer vor der Halbinsel Yucatán jetzt die größte Naturschwammindustrie der ganzen Welt unterhielt.

Und schließlich führte er aus, wie die Forschungsabteilung der Fischereibehörde ihn davon verständigt hatte, daß man die größte Gelbschwanzfischerei der Welt vor der Bahia Sebastian Vizcaino nur dann einrichten konnte, wenn man genügend Futterfische bereitstellte, die man dem Thunfisch zuführen konnte, während er nordwärts gelenkt wurde.

»Und um das zu tun«, führte Senator Petterson den Satz zu Ende, »schlagen Sie vor, vielleicht hunderttausend Tonnen der feinsten Nahrungsfische der Welt, der kalifornischen Sardine, zu opfern.«

»Nicht opfern, Madam Senator. Die Sardinen würden nur der Auslöser für die erste künstliche Laichzone des populärsten Nahrungsfisches in Amerika sein. Wir können die existierenden Gelbschwanzfischereien verbessern, aber die Produktion einer solchen Fischerei, die von Anfang an von uns geleitet und kontrolliert wäre, würde ein dutzendmal, am Ende vielleicht hundertmal größer sein!«

»Wieviel würde Ihr Traum den Verbraucher kosten, Mr. Director?«

»Die Forschungsabteilung geht allerhöchstens von einem leichten Anstieg in den Preisen der Basissardinen und der Sardinenprodukte aus.«

»Leicht!« Pettersons grauer Kopf nickte. »Mr. Fowler, haben Sie auch nur die leiseste Ahnung, wie viele Leute in meinem Heimatstaat allein nur das Mindesteinkommen beziehen und davon existieren müssen? Menschen, für die ein ›leichter‹ Anstieg in den Lebensmittelkosten eine katastrophale Wirkung auf ihre Grundernährung haben würde. Leute, für die Fischnahrung – ganz besonders die Sardine – die einzige Proteinquelle ist?«

»Die Aussichten sind gut, daß keiner von diesen Leuten davon betroffen wäre, Senator.«

»Die Aussichten.« Sie nickte wissend. »Jetzt wären wir beim Thema. Ich bin nicht bereit, mit den Bäuchen hungriger Leute ein Lotteriespiel zu treiben.«

Sie lächelte großmütig, ein Lächeln, das Fowler inzwischen wohlvertraut war.

»Aber ich will Ihnen etwas sagen, Director. Ich bin bereit, ein vernünftiges Risiko einzugehen. Ich mag es, wenn man mich für fortschrittlich hält. Sie brauchen nur diesem Ausschuß eine neunzigprozentige Erfolgswahrscheinlichkeit für Ihre Thunfischranch zu garantieren, und ich werde mit dem Rest der Mitglieder mit Ja stimmen.«

»Sie wissen, daß unsere Agentur nicht erfahren genug ist, um eine neunzigprozentige Erfolgschance zu garantieren, Madam Senator, aber ...«

»Dann wäre das erledigt! Ich bin nicht bereit, das Wohlergehen von Tausenden von Menschen für einen radikalen neuen Plan zu riskieren, der von gelangweilten Wissenschaftlern ausgekocht ist, die wahrscheinlich in ihrem ganzen überbezahlten Leben noch keinen Algenburger gegessen haben.« Sie verzog angewidert das Gesicht und blickte an Fowler vorbei auf den gelassen dasitzenden Wheeling. »Für niemanden!« Sie sah sich an der Tafel um. »Und ebensowenig möchte ich behaupten, wird das irgendeiner der anderen Mitglieder dieses Ausschusses tun.«

Eine lange Pause folgte. Fowler blickte auf das Papier, das vor ihm lag. Als er das Gefühl hatte, daß die Senatoren jetzt gleich unruhig werden würden, fuhr er fort, und eine Nuance von gespieltem Zorn färbte dabei seinen Tonfall.

»Wenn Sie nicht bereit sind, das für mich zu tun, meine Damen und Herren Senatoren, und es auch nicht für die Fischereibehörde tun wollen, dann werden Sie es vielleicht für Josefa Flores tun.«

»Josefa Flores?« wiederholte Petterson und sah ihn beunruhigt an. »Wer, sagen Sie mir, bitte, ist Josefa Flores? Ich fürchte, ich kenne die Dame nicht.«

»Das überrascht mich nicht«, fuhr Fowler fort. »Man kann nicht gerade sagen, daß sie im Kongreß starken Einfluß ausübt. Oder im kanadischen Parlament oder in der Nationalversammlung. Sehen Sie, sie ist nämlich erst neun Jahre alt. Ihr Großvater ist Fischer, oder besser gesagt, war Fischer, bis wir in unserer vereinten Weisheit ihm seinen Lebensunterhalt weggenommen haben ...«

Wheeling zuckte zusammen, richtete sich auf der harten Bank auf. Das versprach, interessanter zu werden als die Hummel. Zum erstenmal hörten die Schulkinder auf herumzurutschen und achteten auf das, was unten gesprochen wurde. Die beiden Reporter wachten auf und schalteten hastig ihre Recorder wieder ein, beugten sich gebannt nach vorn, wie Wölfe, die gerade frische Witterung aufgenommen haben. Wheeling konnte fast die kleinen Neonlämpchen vor ihnen aufleuchten sehen: *Kinder! Achtung, das gibt Auflagen!*

Fowler erzählte dem Ausschuß von der kleinen Josefa Flores, von ihrem sterbenden Großvater und den Fischen, die nicht mehr kamen – und von ihrem einen Wunsch: daß ihr Großvater, bevor er starb, noch einmal an seine Jugend erinnert wurde, einmal eine Ladung Sardinen fangen durfte. Hier war eine Story, die sogar Fowlers schamlose, auf die Tränendrüsen drückende Übertreibung überstand. Er redete weiter, bis Senator Petterson mit ihrem Hammer auf den Tisch schlug und ihn zum Schweigen brachte.

»Wollen Sie sich jetzt setzen, Mr. Fowler?« schrie sie schließlich.

Fowler setzte sich lächelnd.

»Nun dann«, begann Mrs. Petterson mit fester Stimme, bemüht, die Versammlung wieder in den Griff zu bekommen, »Sie dürfen natürlich zur Unterstützung Ihres Antrages sagen, was Sie wollen, Mr. Fowler. So steht es in der Geschäftsordnung. Aber wir haben es jetzt offensichtlich mit dem Leben von Privatleuten und persönlichen Erlebnissen mit absurd überzogenen Gefühlswerten zu tun, die nicht so beiläufig in die Öffentlichkeit getragen werden sollten. Ich erkläre daher, daß der Ausschuß sich zu einer Beratung unter Ausschluß der ...«

»Lassen Sie nur, Dee«, unterbrach Senator Kaiser. Er deutete mit einer Kopfbewegung auf die Zuhörerbank. »Die sind schon weg.«

Wheeling blickte auf die Sitze hinunter, die die Reporter freigemacht hatten.

Petterson seufzte und wandte Fowler einen unglücklichen Blick zu. Er erwiderte den Blick unschuldig, wirkte auf die ganze Welt wie ein kahlköpfiger Cherubim in einem Nadelstreifenanzug.

»Ich muß gestehen, daß ich nicht ganz begreife, weshalb Sie eine solch melodramatische Note in einer Angelegenheit angeschlagen haben, die, wie Sie selbst zugeben, in Wirklichkeit eine der Wissenschaft ist, Mr. Fowler. Was Sie gesagt haben, gereicht Ihrer Abteilung nicht gerade zum Ruhm.«

»Verzeihen Sie noch einmal, Madam Senator. Aber ich darf Sie vielleicht erinnern, daß meine Abteilung überhaupt nichts damit zu tun hatte, als der Ort für den Sardinenfang festgelegt wurde. Sie trägt daher auch keine Verantwortung für die traurige Existenz dieses alten Herrn. Genauer gesagt, war es Ihr Ausschuß – ich bitte um Nachsicht, sein Vorfahr –, der sich für die Grenzregion zwischen den USA und Mexico entschied. Eine Entscheidung, die auf der Grundlage wissenschaftlichen Materials hätte getroffen werden sollen, die aber tatsächlich durch höchst melodramatische Momente in Form politischer Manöver zur Entscheidung geführt wurde.«

Petterson hörte ihn zu Ende an und meinte dann trocken: »Ich bin nicht ganz sicher, daß Ihre Beschreibung der Lebensumstände dieser Person wirklich genau den Tatsachen entspricht, Mr. Director.«

Fowler drückte sich im Geiste die Daumen und segnete die

Klimaanlage. »Das läßt sich natürlich bestätigen, Senator. Ein unabhängiges Reporterteam ...«

»Oh, ich glaube nicht, daß das notwendig sein wird«, warf Senator Kaiser bewunderungswürdig schnell ein. »Wir haben alle großes Vertrauen in die Genauigkeit von Mr. Fowlers Forschungsabteilung.«

Fowler klopfte auf imaginäres Holz und sagte leise: »Dann darf ich vorschlagen, daß diese Fähigkeit der Abstimmung unterworfen wird, meine Damen und Herren Senatoren?«

»Das können wir morgen oder sogar nächste Woche tun«, fuhr Kaiser fort. »Es ist wohl nicht notwenig, eine solche Kleinigkeit jetzt gleich in Angriff zu nehmen.«

»Entschuldigen Sie, Charley«, sagte Minister Stanislaus, »aber ich glaube schon, daß das notwendig ist.«

Petterson blickte sich am Tisch um und musterte jedes einzelne Gesicht. »Ich verstehe. Also gut. Sie kennen alle meine Ansichten in dieser Angelegenheit, Gentlemen. Sie haben die von Mr. Fowler gehört – wieder gehört. Ich glaube, es genügt, wenn wir durch Handaufheben abstimmen.«

»Alle Gegenstimmen?«

Zwei Hände schossen in die Höhe, die Pettersons und die Kaisers. Sie blieben lange oben, Jahrtausende, schien es Fowler. Aber keine dritte Hand schloß sich ihnen an.

Petterson ließ ihre Hand oben, während sie jedem der drei Kongreßmänner, die nicht abstimmten, ein mütterliches Lächeln schenkte – ein mütterliches Lächeln, das Mord und totale Vernichtung versprach, wenn nicht wenigstens noch eine weitere Handfläche nach oben ging. Doch zu ihrem Lob sei gesagt, daß die drei verbleibenden Senatoren sich nicht von der Stelle regten.

Schließlich gab sie nach – ihr Arm begann zu ermüden – und versuchte es ein letztes Mal.

»Enthaltungen?«

Keine Hand erhob sich. Sie machte sich nicht einmal die Mühe, die Ja-Stimmen abzufragen.

»Gratuliere, Mr. Fowler. Ihr Antrag auf ein Fünf-Minuten-Tor im diesjährigen kalifornischen Fang wurde durch Ausschußabstimmung gebilligt. Fünf Minuten und keine Sekunde länger. Seien Sie versichert, daß das Tor von unabhängiger Seite überwacht werden wird.« Sie schlug einmal formell mit dem Hammer auf den Tisch.

»Dieser Ausschuß ist hiermit bis morgen ein Uhr vertagt. Anschließend werden dann die Budgetzuweisungen und weitere Tagesordnungspunkte diskutiert und erörtert werden. – Und, zu Ihnen gesagt, Mr. Director«, flüsterte sie Fowler so zu, daß der Schriftführer es nicht hören konnte, »ich hoffe um Ihretwillen, daß die Forschungsmitarbeiter Ihrer Abteilung in ihren Vorhersagen exakter sind als die politischen Meinungsforscher, die mir in den letzten fünfundzwanzig Jahren für jede Kongreßwahl eine Niederlage prophezeiten.«

Als die Kinder aufgehört hatten zu applaudieren und die Touristen und Senatoren gegangen waren, ging Wheeling nach unten, um sich seinem jungen Freund anzuschließen. »Wie wär's mit einem Drink, Marty?«

Fowler seufzte. »Das wäre eine Prophezeiung, von der ich weiß, daß ich sie erfüllen kann. Aber zuerst muß ich die Küste anrufen und dann noch im Büro vorbeifahren und es den Leuten selbst sagen. Die haben dafür noch mehr geschuftet als ich. Das ist eine große Sache.«

»Sicher«, sagte Wheeling. »Jetzt sagen Sie mir bloß, war diese tränenreiche Geschichte echt, oder haben Sie sich die ausgedacht?«

Fowler grinste. »Das war sie und war es auch nicht. Ich mußte mich ganz auf die Information im Brief dieses Freundes verlassen. Aber wahrscheinlich stimmt sie. Obwohl ich einen schlimmen Augenblick erlebte, als die Petterson weitere Fakten wollte. Jedenfalls ist dieser Bursche nicht in einer Position, wo man Geschichten erfinden muß, um weiterzukommen.«

Sie gingen um eine Biegung im Korridor, schlenderten die abgetretenen Stufen hinunter, die die Schuhe von Hunderten von Gesetzgebern in Gegenwart und Vergangenheit abgewetzt und poliert hatten.

»Offen gestanden«, meinte Wheeling, »ich hatte nicht gedacht, daß Sie es durchkriegen werden. Bei aller Dramatik.«

»Ich war auch nicht sicher. Aber es hilft, wenn man eine Story hat, an die man selbst gern glauben möchte.«

»Stimmt«, pflichtete Wheeling ihm bei. »Und außerdem hilft es, daß Brand und Stanislaus dieses Jahr wiedergewählt werden möchten. Und daß die Burschen von der *Post* und der *Times* rechtzeitig da waren.«

»Sicher, das alles hat beigetragen, Dave«, stimmte der Direktor zu, als sie in den nächsten Korridor einbogen und fast mit einem Secret-Service-Mann zusammengestoßen wären. »Aber offen gestanden, wenn Sie schon früher einmal zu einer Anhörung gekommen wären, dann hätte ich nicht zehn Monate warten müssen, um das durchzudrücken.«

»Tut mir leid, Marty. Sie dürfen nicht vergessen, daß ich schon im Ruhestand bin und mir nicht gern vorwerfen lasse, daß ich mich einmische. Nicht in meiner Position, selbst aus der Ferne. Aber dieser Brief war etwas anderes. Ich dachte, es würde nicht schaden, hinten im Bus zu sitzen und an den richtigen Stellen ein wenig zu lächeln. Jetzt telefonieren Sie, und dann nehmen wir unseren Drink. Und dann knöpf' ich Ihnen noch einmal achtzehn Löcher ab.«

»Nicht heute«, erwiderte Fowler mit einem breiten Lächeln. »Ich fühle mich so herrlich, daß es mir wahrscheinlich nicht einmal etwas ausmachen würde, einen Expräsidenten beim Golf zu schlagen.«

Er holte den kleinen Kommunikator aus der Tasche, der ihn mit seinem Büro verband und piepste seine Assistentin an.

»Sherrie, holen Sie mir Papadakis an den Apparat.«

Aristophanes Papadakis schritt auf der Brücke des Käscherfabrikschiffes *Cetacean* auf und ab und blickte in die Dunkelheit hinaus. Gelegentlich kräuselte sich eine Rauchschlange um den Stiel seiner Meerschaumpfeife und verschwand wie ein Schemen in der kristallenen Pazifiknacht.

Die Lichter der Flotte formten abstrakte Lichtmuster auf den stillen schwarzen Wassern. Der Pazifik schien zur Abwechslung geneigt, seinem Namen Ehre zu machen.

Wenn die Schule heute Nacht durchkam, würden die Fangmöglichkeiten perfekt sein.

Er versuchte, die anderen Schiffe der kleinen Flotte auszumachen, die *San Cristóbal, Quebec, Typee, Carcharodon, Scrimshaw* – der Stolz der Fischereiflotten von drei Nationen. Jedes Schiff eine Lebensmittelfabrik für sich, Dutzende von ihnen, steuerbord, backbord und achtern in ordentlichen Reihen angeordnet. Als Flaggschiff hatte die *Cetacean* die Spitzenposition eingenommen und erwartete den Ansturm Richtung Süden.

Und was das beste war, hier stand eine mächtige Armada, die den Ansturm ohne Kanonen erwartete, die nur gegen den Hunger kämpfte.

»Captain?«

»Hm?« Papadakis wandte sich um. »Was ist denn, Junge?«

»Sir, Sonarmeldung, sie sind innerhalb der Kilometergrenze.« Die Stimme des jungen Offiziers konnte seine Erregung kaum verbergen.

»Dann sind sie bald hier. Gut. Sind alle anderen Kapitäne über meine Instruktionen in bezug auf das Tor informiert?«

»Ja, Sir«, erwiderte der andere. »Der diensthabende Fernmeldemaat hat gesagt, ich solle Ihnen ein Kompliment zu Ihren letzten Instruktionen machen. Er hat gesagt, sie seien deutlich und eindrucksvoll.«

»So, hat er das?« Papadakis lächelte, ohne die Pfeife aus dem Mund zu nehmen. Mitchell und er waren zusammen aufgewachsen, hatten gemeinsam am städtischen Pier nach Kabeljau gefischt und gelegentlich, wenn sie Glück hatten, Heilbutt.

»Jeder Mann, der sein Netz schließt, ehe das Tor gelaufen ist, wird in Olivenöl verpackt und mit dem ersten Fang verschifft.«

Er wandte sich ab und starrte wieder hinunter in die geheimnisträchtigen Wasser. Er fragte sich, wie Fowler es wohl geschafft hatte. Sardinen waren schön zu fangen und schmeckten gut, aber Gelbschwänze – das waren edle Fische. Nach einer Weile wurde ihm bewußt, daß der neue Offizier immer noch unter der Tür stand.

»Nun, kommen Sie rein oder bleiben Sie draußen, Junge. Eine halbe Erdnuß kann man nicht salzen.«

»Entschuldigen Sie, Sir«, erwiderte der junge Mann und trat ins Freie, »aber das ist mein erster richtiger Fang – abgesehen von den Übungen auf der Akademie natürlich. Sagen Sie mir bitte, können Sie sie wirklich sehen, wenn sie vorbeiziehen?«

Papadakis gab einen undefinierbaren Laut von sich und biß fester auf das Mundstück seiner Pfeife.

»Nee. Schade eigentlich. Oh, die Streifenboote mit ihren Tümmlern schon. Aber die sind so damit beschäftigt, Haie und anderes Raubzeug wegzujagen, daß sie keine Zeit haben, den Zug zu bewundern. Die brauchen ihre Scheinwerfer für etwas Wichtigeres. Bei Nacht in dieser Planktonsuppe einen Blauhai aus einer Schule herauszuschneiden, ist nahezu unmöglich, selbst mit Sonar. Ohne die Tümmler wäre das überhaupt nicht zu schaffen.«

Von der Brücke hallte eine Stimme heraus.

»Zwei Minuten, Captain.« Papadakis bestätigte die Information durch ein Grunzen, das etwas lauter als seine üblichen Geräusche ausfiel.

»Ist das nicht aufregend, Sir?«

»Aufregend? Das sind bloß Fische, Junge.«

Der junge Mann blieb eine Minute lang still. Dann sagte er: »Sir, ich weiß, was im Buch steht – mir kommt es ja albern vor –, aber können Sie sie wirklich spüren?«

»Manchmal schon, manchmal nicht. Kommt nicht zu oft vor. Das hängt hauptsächlich von dem Oberflächenzustand ab. Und dann müssen sie ziemlich dicht unter dem Kiel durchkommen. Die *Cetacean* und ihre Schwesterschiffe sind groß. Die Umstände müssen schon wirklich perfekt sein.«

»Heute nacht sind sie ja nahezu perfekt, nicht wahr, Sir?«

»Mhm.« Papadakis warf einen prüfenden Blick zum Mond. Voll. Gut. Heute nacht konnten sie alles Licht brauchen, das sie kriegen konnten, aber zum Fang war natürlich immer Vollmond. Die Crews würden bis zur Morgendämmerung arbeiten.

»Wissen Sie, Sir, bei dem Gedanken kann man schon ganz benommen werden. Ich meine, ein halbes Jahr Vorbereitung und Treiben, und das alles nur für den Fang einer Nacht.« Das Schiff legte sich leicht nach Backbord und fiel dann nach Steuerbord zurück. Wasser klatschte gegen den Rumpf. »Überwältigend ist das, Sir.«

Papadakis seufzte und sah auf die Uhr. Er klopfte die Asche aus der Pfeife und fütterte das Meer mit totem Tabak.

»Seltsame Welle, Sir. Muß draußen unruhig werden.«

»Das war keine Welle, Junge.« Papadakis biß auf den abgewetzten Pfeifenstiel. »Das war eine Million Tonnen Sardinen, die nach Süden rasen und fressen, wie es sich keiner vorstellen kann.«

Er wandte sich um und ging ins Innere der Brücke, sah wieder auf die Uhr. »Los geht's! In fünf Minuten werden Sie zu tun haben wie noch nie in Ihrem Leben, und warten Sie nur, bis die eigentliche Schule hierherkommt. Dann sollten Sie sich besser wo festhalten.«

Die Sonne mischte ihr farbiges Licht in die Schluchten und Gipfel der Sierra San Pedro Martir. Josefa Flores ging den leichten Abhang zum alten Pier hinunter.

Aber an diesem Abend war irgend etwas seltsam. Am Pier hatten sich viele Leute versammelt, und nicht nur Touristen. Diego, der Inhaber des Supermarkts, war dort, und ihre Freunde Juana und María und viele andere hatten sich eingefunden.

Dann sah sie die *Hermosa*, wie sie langsam und mühsam auf ihren Ankerplatz am äußersten Ende des Piers zutuckerte, begleitet von einer weißen Sturmwolke von Möwen und Meerschwalben. Sie sah, wie tief das alte Boot im Wasser lag. Jetzt lief sie schneller, und als sie dann näher kam, konnte sie den alten Mann aufrecht und stolz auf der winzigen Brücke stehen sehen, und die Sonne blitzte auf seinen Zähnen.

Dann war sie am Pier, und die Bretter klapperten unter ihren Sohlen, als sie rannte und schrie und sich an den Leuten vorbeischob und sich nicht darum scherte, wenn sie selbst den reichsten Americano von der ganzen Welt in die Bay gestoßen hätte.

»Großvater, Großvater!«

Seine Hände rochen nach Fisch, als er sie aufhob, aber sie eigneten sich gut dazu, die Tränen wegzuwischen.

Vergessene Träume

Wo kriegen Sie eigentlich Ihre Ideen her?

Das muß wohl die Frage sein, die man Schriftstellern am häufigsten stellt, ganz besonders Science Fiction-Schriftstellern. Ich gebe darauf gern die Antwort, die der große Schriftsteller und Künstler Carl Barks gab, als Gyro Gearloose, sein Erfinder-Held, einen unauffälligen Vogel fragte, weshalb er singe, und der Vogel darauf antwortete: »Oh, vielleicht bin ich froh, vielleicht bin ich traurig, vielleicht auch ein wenig verrückt.«

Aber natürlich gibt es Ausnahmen. Ein Mädchen von einer Farm in Maryland schrieb mir einmal und erwähnte in ihrem Brief, daß ihre Lieblingsbücher entweder von Pferden handelten oder Science Fiction waren. Warum, so fragte sie mich, gibt es nicht mehr Science Fiction-Geschichten, die von Pferden handeln?

Das fragte ich mich auch.

Das Leben der Frau Casperdan ist in den feinsten Einzelheiten dokumentiert von der Geburt bis zum Tode – von dem, was sie mochte, über das, was sie nicht mochte, bis zu dem, was ihr gleichgültig war.

So sind die Menschen.

Den Hengst Perikles kennen wir nur durch seine Arbeit.

So sind die Pferde.

Wir wissen, daß alles im Jahre 1360 des Imperiums begann, 1822 nach dem Durchbruch, 2305 nachdem der Mensch Micah Schell das Hormon entdeckt hatte, das die Sperre der rudimentären tierischen Intelligenz löste und es den höheren Säugetieren ermöglichte, wenigstens die geistigen Fähigkeiten eines zehnjährigen Menschenkindes zu erreichen.

Der Quadrant war der Steinerne Halbmond, das System Burr, der Planet Calder, die Stadt Lalokindar.

Lalokindar war eine wohlhabende Stadt auf einer wohlhabenden Welt. Sie floh in kleinen Hüpfern und Schnörkeln vor dem Ozean. Dahinter lag jungfräulicher Wald, davor der Schneestrand. Die Häuser waren herrlich und standen auf großzügigen Grundstücken, und das Haus des Industriellen Dandavid war eines der geräumigsten und schönsten von allen.

Seine Tochter Casperdan war ganz klein, hochintelligent und nach den Begriffen einer jeden Zeit eine außergewöhnliche Schönheit. Sie besaß das Temperament und das Aussehen einer Titania und den Verstand eines Barons Sachet. Morgen wurde sie volljährig, und das bedeutete zu jener Zeit auf Calder, daß sie siebzehn Jahre alt wurde.

Nach den Gesetzen von Calder konnte sie damit als ältestes (und einziges) Kind die Kontrolle über die Geschäfte und das Vermögen der Familie übernehmen oder sich auch dafür entscheiden, das nicht zu tun. Jeder, dem in den Sinn gekommen wäre, auf ersteres zu wetten, hätte viele Partner gefunden. Es handelte sich nur um eine Formalität. Siebzehnjährige Mädchen übernahmen normalerweise nicht die Verantwortung und die Leitung von Industriekomplexen im Werte vieler Millionen Credits.

Außerdem sollte Casperdan gleich nach ihrem Geburtstag den Comore du Sable heiraten, der intelligent war und gut aussah (aber nicht so reich wie sie war).

Casperdan war in ein blaues Nichts gekleidet und saß auf der Balustrade des breiten Balkons, von dem aus man den Schneestrand und eine Bucht des Grüngrünmeeres überblicken konnte. Der alte Schäferhund trottete auf sie zu, und seine Krallen scharrten leise auf dem purpurnen Porphyr.

Der Hund war alt und grau und lebte schon viele Jahre in der Familie. Er stöhnte leise und sprach dann: »Herrin, am Eingang ist ein fremder Säug.«

Casperdan blickte gelangweilt auf den Hund hinunter. »Wer ist sein Herr?«

»Er kommt allein«, erwiderte der Hund staunend.

»Nun, dann sag ihm, daß mein Vater und meine Mutter nicht zu Hause sind, er soll morgen wiederkommen.«

»Herrin« – der Hund legte die Ohren an den Kopf und senkte Verzeihung erbittend den Kopf –, »er sagt, er sei gekommen, um Sie zu sehen.«

Das Mädchen lachte, silberhelle Flötentöne, die über den polierten Steinboden huschten.

»Um mich zu sehen? Immer seltsamer und seltsamer. Und wirklich allein?« Sie schwang die perfekt geformten Beine von der Balustrade. »Was für ein Säug ist es denn?«

»Ein Pferd, Herrin.«

Die makellose Stirn furchte sich. »Pferd? Nun, dann wollen wir uns diesen fremden Säug, der allein reist, einmal ansehen.«

Sie gingen auf das Foyer zu, vorbei an Energiekäfigen, die mit tropischen Vögeln in allen Farben des Regenbogens angefüllt waren.

»Sag, Patch – was ist ein ›Pferd‹?«

»Ein großer vierbeiniger Vegetarier.« Der Hund runzelte die Stirn, es bereitete ihm einigen Schmerz, sich erinnern zu müssen. Patch war für einen Hund außergewöhnlich klug. »Auf Calder gibt es keine. Ich glaube nicht, daß es im ganzen System welche gibt.«

»Ein Außerplanetarischer auch noch?« Ihre Neugierde war jetzt geweckt. »Warum kommt er mich besuchen?«

»Ich weiß nicht, Herrin.«

»Und ohne einen Menschen ...«

Ihre Stimme stoppte, ebenso wie ihre Füße.

Der Säug, der im Foyer stand, war nicht so groß wie manche. La Moures Elefanten waren viel größer. Aber in anderer Hinsicht war er außergewöhnlich. Besonders der Kopf. Wirklich: exquisit. Wahrhaft atemberaubend. Keine anthropomorphe Schönheit, aber etwas für sich Einzigartiges.

Patch schlich sich leise davon.

Das Pferd war schwarz wie die Nacht, mit winzigen Ausnahmen. Die rechte vordere Locke war silbern, ebenso wie der Diamant auf seiner Stirn. Und durch die lange Mähne zog sich eine silberne Strähne und eine weitere durch den schwarzen

© MARVANO 681

Schwanz. Die meisten Säugs trugen nur eine kleine Tasche, und dieser Säug hier hatte sich die seine um den Hals geschnallt. Aber außerdem trug es einen völlig absurden, widersinnigen Hut aus grünem Filz mit einer langen Feder, die nach hinten abstand.

Erschreckt stellte sie fest, daß sie ihren Besucher angestarrt hatte – etwas sehr Würdeloses. Sie ging weiter auf den Säug zu. Jetzt drehte der Kopf sich herum, um sie anzusehen. Sie verlangsamte ihre Schritte und blieb dann unwillkürlich stehen. Irgend etwas hinderte sie daran, zu nahe zu treten.

Das ist lächerlich, dachte sie. *Es ist ja nur ein Säug und nicht einmal sehr groß. Sogar ein Blattfresser!*

Woher kam aber dann dieses seltsame Flattern tief in ihr?

»Du bist Casperdan«, sagte das Pferd plötzlich. Die Stimme war auch außergewöhnlich: ein voller Tenor, der bei den letzten Silben anzusteigen schien, nur um abzubrechen und wie eine Schaumkrone auf dem Meer vor dem letzten Wort herunterzufahren.

Sie begann, eine Antwort zu stammeln, nahm sich dann verärgert zusammen.

»Ja, die bin ich. Ich bedauere, daß ich nicht mit deiner Gattung vertraut bin, aber ich bin bereit, die übliche Pferd-Mensch-Begrüßung zu akzeptieren.«

»Ich erweise keinem Menschen unterwürfigen Gruß«, erwiderte das Pferd. Sein Huf schob sich über den Boden, der hier tiefer Schaum war.

Ein Fremder und unverschämt obendrein, dachte Casperdan wütend. Sie würde Patch und die Haushaltwächter rufen und ... Ihr Zorn löste sich in Verwirrung und Unsicherheit auf.

»Wie bist du an Row und Cuff vorbeigekommen?« Dieses harmlos aussehende, handlose Vierbein konnte doch ganz bestimmt nicht die zwei Löwen überwältigt haben. Das Pferd lächelte und zeigte dabei weiße Schneidezähne.

»Katzen sind glücklicherweise viel vernünftiger als viele andere Säugs. Und jetzt denke ich, werde ich den Rest deiner Fragen beantworten. Mein Name ist Perikles. Ich komme von Quaestor.«

Quaestor! Die sagenumwobene ferne Hauptstadt des Imperiums. Erregung überlagerte ihren Zorn über die Unverschämtheit dieses Säug.

»Du meinst, du bist den ganzen Weg von der Hauptwelt gereist, um – um mich zu besuchen?«

»Es bedarf keiner Wiederholung«, murmelte das Pferd, »nur der Bestätigung. Es brauchte viel Zeit und bedurfte einer langen Suche, jemanden wie dich zu finden. Ich brauche jemanden, der jung ist, und das bist du. Nur ein junger Mensch würde auf das reagieren, was ich anzubieten habe. Ich brauche jemanden, der sich langweilt, und du bist ebenso wohlhabend wie jung.«

»Ich bin nicht gelangweilt«, begann Casperdan trotzig, aber er ignorierte sie.

»Ich brauche jemanden sehr reichen, aber ohne eine ganze Schar hungriger Verwandter, die ihn umringen. Dein Vater ist ein Industriemagnat, der sich seinen Reichtum selbst geschaffen hat, deine Mutter Waise. Du hast keine anderen Verwandten. Und ich brauche jemanden, der intelligent und sensibel genug ist, um sich von einem bloßen Säug befehlen zu lassen.«

Der letzte Satz kam mit einer Verachtung, die Casperdan fremd war. Dienstboten waren nicht sarkastisch.

»Alles zusammengenommen«, schloß er, »ich brauche dich.«

»Wirklich?« meinte sie, von dem Unerhörten, was dieses Tier gesagt hatte, zu überwältigt, um eine passende Antwort zu finden.

»Wirklich«, wiederholte das Pferd trocken.

»Und wozu, das sag mir bitte, brauchst du mich?«

Das Pferd senkte den Kopf und schien nachzudenken, wie es das Gespräch am besten fortsetzen sollte. Dann sah es sie eigenartig an. »Wenn du willst, kannst du jetzt lachen. Ich habe einen Traum, der erfüllt werden muß.«

»So, hast du den? Wirklich, das wird jetzt richtig heiter.« Das würde morgen bei der Vorparty eine Geschichte ergeben!

»Ja, den habe ich. Hoffentlich dauert es nicht zu viele Jahre.«

»Jahre!« platzte sie heraus, sie konnte einfach nicht anders.

»Genau kann ich es nicht sagen. Du mußt wissen, ich bin ein Genie und ein Poet. Für mich ist das Traumhafte das Solide. Der Wirklichkeit gebricht es an Sicherheit. Das ist ein Grund, weshalb ich menschliche Hilfe brauche, dich brauche.«

Diesmal starrte sie ihn bloß an.

»Morgen«, fuhr das Pferd locker fort, »wirst du den Mann du Sable nicht heiraten. Statt dessen wirst du den formellen Kontrollvertrag unterzeichnen und die Direktion über die Familiengeschäfte von Dan übernehmen. Du hast die Fähigkeit und den Verstand dafür. Mit meiner Hilfe wird die Firma gedeihen, und zwar über die extremsten Träume deines Erzeugers oder der Investoren hinaus. Als Gegenleistung dafür werde ich dir einen Teil meines Traumes überschreiben, etwas von meiner Poesie und noch etwas, das seit Jahrtausenden nur wenige Menschen gehabt haben. Ich würde von dieser letzten Sache selbst nichts wissen, wenn ich nicht in den Imperiumsarchiven zufällig darauf gestoßen wäre.«

Einen Augenblick lang blieb sie stumm, dann sagte sie interessiert: »Ich habe ein paar Fragen.«

»Natürlich.«

»Zuerst möchte ich gern wissen, ob Pferde als ganze Gattung geistesgestört sind oder ob du nur ein Einzelfall bist.«

Er seufzte und warf seine Mähne. »Ich hatte nicht damit gerechnet, dich mit Worten zu überzeugen.« Die Strahlen der Sonne tanzten in seinem langen schwarzen Haar. »Kennst du die Wiesen des Blutes?«

»Nur dem Namen nach.« Daß er den verbotenen Ort erwähnte, faszinierte sie. »Sie sind in den verwüsteten Bergen. Es geht das Gerücht, daß es ein recht hübscher Ort sei. Aber niemand geht dorthin. Der Wind über dem Canyon ist für Aircars zu gefährlich.«

»Ich habe einen Wagen draußen«, flüsterte das Pferd. »Der Fahrer ist ein Säug und kennt eine gewundene Route, auf der man von Zeit zu Zeit zu diesen Wiesen gelangen kann. Die Winde bekriegen sich nur über ihnen. Sie werden übrigens wegen der Farbe der Flora dort so genannt, und nicht mit irgendeinem Bezug auf die menschliche Geschichte. Das ist ungewöhnlich. Wenn die Sonne in der Mündung eines bestimmten Canyons aufgeht und die purpurnen Gräser und Blumen in Licht taucht ... Nun, es ist viel mehr als ›recht hübsch‹.«

»Du bist schon dort gewesen«, sagte sie.

»Ja, ich war schon dort.« Er trat ein paar Schritte auf sie zu, und jetzt war sein kräftig geschnittenes, fremdartiges Gesicht ganz dicht neben dem ihren. Ein Auge, stellte sie fest, war rot, das andere blau.

»Komm jetzt mit mir zu der Wiese des Blutes, und ich werde dir jenes Stück Traum geben und jene Sache, die nur wenige seit Jahrtausenden gehabt haben. Ich werde dich heute nacht wieder zurückbringen, und du kannst mir deine Antwort unterwegs geben. Wenn sie ›nein‹ lautet, werde ich still meiner Wege gehen, und du wirst mich nie wieder sehen.«

Jetzt war Casperdan nicht nur schön und intelligent, sondern hatte dazu noch die Tollkühnheit ihres Erzeugers.

»Also gut – ich komme mit.«

Als ihre Eltern in jener Nacht von der Party nach Hause kamen und feststellten, daß ihre Tochter nicht da war, beunruhigte sie das nicht. Schließlich war sie recht unabhängig, und, du lieber Himmel, sie würde morgen heiraten!

Als sie von Patch hörten, daß sie weggegangen war, nicht mit einem Mann, sondern mit einem fremden Säug, machte sie auch das nur wenig betroffen. Casperdan war durchaus imstande, sich um sich selbst zu kümmern. Hätten sie freilich gewußt, wohin sie gegangen war, dann wäre einiges anders gewesen.

So geschah bis zum Morgen nichts.

»Guten Morgen, Cas«, sagte ihr Vater.

»Guten Morgen, Liebes«, fügte ihre Mutter hinzu. Sie frühstückten auf dem Balkon. »Hast du letzte Nacht gut geschlafen, und wo warst du eigentlich?«

Die Stimme, die ihnen antwortete, klang wie aus weiter Ferne. »Ich habe überhaupt nicht geschlafen, und ich war in den verwüsteten Bergen. Und du brauchst dich nicht aufzuregen, Vater« – der alte Mann lehnte sich in seinem Stuhl wieder zurück –, »denn wie du siehst, bin ich ja sicher und unversehrt wieder zurück.«

»Aber nicht unverändert«, stellte ihre Mutter fest, der das Fremde in den Augen ihrer Tochter auffiel.

»Nein, Mutter, nicht unverändert. Es wird keine Hochzeit

geben.« Und ehe die schöne Frau antworten konnte, wandte Casperdan sich ihrem Vater zu. »Dad, ich möchte den Kontrollvertrag. Ich beabsichtige, morgen um acht Uhr früh als Direktor der Firma anzufangen. Nein, besser mittags – ich werde etwas Schlaf brauchen.« Sie lächelte schwach. »Und ich glaube nicht, daß ich jetzt welchen bekommen werde.«

Damit hatte sie recht. Dandavid, jener gewöhnlich gleichmütige, aber lebhafte Herr erregte sich sehr. Und zwischen seinem Brüllen und ihrem Schluchzen warf ihre Mutter ihr zuerst Fragen und dann Anklagen an den Kopf.

Als die Investoren von dem bevorstehenden Wechsel erfuhren, drohten sie sofort, gerichtliche Schritte dagegen zu unternehmen – Gesetz oder nicht –, sie würden sich nicht von den Entscheidungen einer unerfahrenen Göre leiten lassen. Tatsächlich nahm es von allen Betroffenen der Bräutigam in spe am besten auf. Schließlich sah er gut aus und war intelligent (wenn auch nicht so reich) und konnte sich schließlich auch eine andere Frau suchen. Er wünschte Casperdan alles Gute und tröstete sich mit seinem Cello.

Ihr Vater schloß sich (zu ihrem eigenen Besten, natürlich) den Investoren an und ging vor Gericht. Er protestierte höchst eindringlich. Die Investoren tobten und klopften auf ihre Scheckbücher.

Aber der Richter war ehrlich, die Gesetzesmaschinen waren unbestechlich und die Präzendenzen klar. Casperdan bekam ihren Vertrag und ein Jahr, in dem sie sich beweisen konnte.

Ihre erste offizielle Maßnahme war es, die Firma in »Dream Enterprises« umzutaufen. Ein seltsamer Name, dachten viele, für ein Industrieunternehmen. Aber er war auffälliger als der alte. Die Investoren murrten, und die Werbeleute waren entzückt.

Dann begann ein Programm industrieller Expansion, verbunden mit zahlreichen Erwerbungen, wie sie der schläfrige Calder seit den Tagen der Besiedlung nicht mehr erlebt hatte. Dream Enterprises war plötzlich überall und mit allem gleichzeitig beschäftigt: Bergwerkstätigkeit, Fabrikation, Rohstoffe. Die neuen Betriebsabteilungen streckten ihre eigenen Fangarme aus und zogen zusätzliche Firmen an sich.

Papier und Kunststoffe, Elektronik, Nukleonik, Hydrologik, Versicherungen und Banken, Tridistationen und Pipelines, Vergnügungsindustrie ebenso wie Hydroponik und Segelvelos.

Dream Enterprises wurde die wohlhabendste Firma auf Calder und dann im ganzen Steinernen Halbmond.

Die Investoren und Dandavid schnitten ihre Coupons und hielten den Mund, selbst wenn es um Casperdans seltsame Beziehung mit einem fremden Säug ging.

Am Ende kam ein Morgen, an dem Perikles von seinem riesigen Sofa in der Direktionsetage aufblickte und Casperdan ganz anders als je zuvor anstarrte.

Der Hengst hatte eine weitere silberne Strähne in der Mähne. Das Mädchen war aufgeblüht, körperlich wie auch sonst. Sonst hatten die Jahre sie nicht verändert.

»Ich habe Tickets für uns gebucht. Rollins soll uns vertreten. Er ist ein guter Mann.«

»Wo fliegen wir hin?« fragte Casperdan. Nicht warum und nicht wie lange, sondern wohin. Sie hatte in den letzten paar Jahren sehr viel über das Pferd gelernt.

»Quaestor.«

Plötzlich blitzte es in ihren schönen grünen Augen auf. »Und dann wirst du mir das zurückgeben, was ich einmal hatte?«

Das Pferd lächelte und nickte. »Wenn alles glatt läuft.«

Im Halbmond war Dream Enterprises mächtig und angesehen, und man verbeugte sich vor ihnen. Im Imperiumssektor war es anders. Auf dem Hauptplaneten gab es Firmen, die Dream Enterprises als eine bescheidene kleine Familiengesellschaft einstufen würden. Hier waren die bürokratischen Fallstricke nicht Kilometer, sondern Lichtjahre lang.

Aber Perikles hatte dieses Labyrinth schon viele Male durchlaufen und kannte Menschen wie Säugs, die tief in den Eingeweiden der imperialen Regierung arbeiteten.

So dauerte es nicht lange, bis sie sich in den Büros von Simsem Allround, Unterminister für Nichteingemeindete imperiale Territorien, fanden.

Physisch war Allround nicht das, was sein Name andeutete –

rundlich, besaß aber einen recht stattlichen Bürokratenbauch und ein kantiges Gesicht, das von langen, buschigen Koteletten und lockigem roten Haar mit ein paar weißen Strähnen eingerahmt wurde. Er trug, wie es die gegenwärtige Mode forderte, ein Monokel. Trotzdem und auch trotz seines trockenen Berufs erwies er sich als charmant und sympathisch.

Ein kleiner Bach floß durch sein Büro, voll Forellen, Kaulquappen und Katzenschwänzen. Casperdan machte es sich auf einer langen Couch bequem, die so aussah, als bestünde sie aus massivem Granit. Perikles zog es vor, stehenzubleiben.

»Sie wollen also Land kaufen?« erkundigte sich Allround, nachdem sie einen Drink zusammen genommen und ein paar Artigkeiten ausgetauscht hatten.

»Mein Kompagnon wird Ihnen die Einzelheiten liefern«, teilte Casperdan ihm mit. Allround wandte den Blick sofort vom Menschen zum Pferd. Er hatte natürlich angenommen ...

»Ja, Sir?«

»Wir wollen einen Planeten kaufen«, sagte Perikles. »Einen kleinen Planeten - nicht sehr wichtig.«

Allround wartete. Besucher, die an kleinen Transaktionen interessiert waren, suchten gewöhnlich nicht den Unterminister selbst auf.

»Nur einen?«

»Einer wird völlig genügen.«

Allround drückte einen Knopf auf seinem Schreibtisch. Eine rote Lampe blitzte auf und zeigte damit an, daß alle Einzelheiten der nun folgenden Gespräche für die Imperiumsakten aufgezeichnet wurden.

»Zweck des Kaufes?«

»Entwicklung.«

»Name der Welt?«

»Erde.«

»Also gut - schön«, sagte der Unterminister. Und dann sah er die beiden plötzlich verwirrt an. Jetzt lächelte er. »Viele Planeten werden von ihren Bewohnern oder den Entdeckern Erde genannt. Um welche Erde handelt es sich?«

»*Die* Erde. Die Wiege der Menschheit und der Säugheit. Die

Alte Erde. Auch verschiedentlich als Terra und Sol III bekannt.«

Der Unterminister schüttelte den Kopf. »Davon habe ich nie gehört.«

»Aber der Planet steht doch zum Verkauf?«

»Das werden wir gleich wissen.« Allround studierte den Bildschirm auf seinem Schreibtisch.

Tatsächlich nahm es einige Minuten in Anspruch, bis der gargantuanische Komplex aus Metall und Kunststoff und Flüssigkeit, der tief im Boden des Planeten unter ihnen vergraben war, eine Antwort liefern konnte.

»Hier ist es endlich«, sagte Allround. »Ja, er steht zur Verfügung – infolge Säumnisurteil, wie es scheint. Der Preis beträgt ...« Er nannte einen Preis, der Casperdan astronomisch und dem Pferd unvernünftig niedrig erschien.

»Ausgezeichnet!« hauchte Perikles. »Dann wollen wir gleich die Formalitäten erledigen.«

»Per«, begann Casperdan und sah ihn verunsichert an, »ich weiß nicht, ob wir genug ...«

»Wir werden sicher einiges liquidieren müssen, Casperdan, aber wir werden es schaffen.«

Der Unterminister unterbrach: »Entschuldigen Sie ... Da ist etwas, das Sie wissen sollten, ehe wir weiter fortschreiten. Ich *kann* Ihnen die Alte Erde verkaufen, aber es gibt da eine kleine Schwierigkeit.«

»Probleme kann man lösen, Schwierigkeiten überwältigen, Hindernisse entfernen«, sagte das Pferd leicht gereizt. »Bitte, fahren Sie fort.«

Allround seufzte. »Wie Sie wünschen.« Er drückte die entsprechenden Knöpfe. »Aber Sie werden mehr als nur Ihre feste Absicht brauchen, um diese Schwierigkeit aus dem Weg zu schaffen. Sie müssen nämlich wissen, anscheinend weiß niemand mehr, wie man zur Alten Erde gelangt – ja nicht einmal, wo sie ist.«

Später, als sie in den dichten Menschenmassen von Imperial City umherschlenderten, meinte Casperdan etwas zögernd: »Ich nehme an, das bedeutet, daß die Zeit noch nicht gekommen ist, daß ich meinen Teil des Traumes wiederbekomme.«

»Traurigerweise nein, meine Freundin.«

Ihr Ton wurde scharf: »Nun, was beabsichtigst du jetzt zu tun? Wir haben gerade eine ungeheure Summe für eine Welt bezahlt, die unauffindbar ist, irgendwo hinter dem Nichts.«

»Wir werden nach Calder zurückkehren«, sagte das Pferd, als gebe es dagegen keinen Widerspruch, »und werden fortfahren, die Firma weiter auszubauen.« Er verzog die dicken Lippen zu einem pferdischen Lächeln. »In all meinen Untersuchungen, bei all meinen sorgfältigen Plänen und Vorbereitungen hatte ich nie in Betracht gezogen, daß die Lage der Heimatwelt verlorengegangen sein könnte. Jetzt müssen wir daher zurückreisen und Forscher einstellen, damit sie forschen, Historiker, damit sie historisieren, und Schiffe, damit sie den Himmel nach allen Richtungen absuchen. Und warten.«

Ein Jahr verstrich und noch eines und dann viele davon. Dream Enterprises blühte und wuchs, wuchs und gedieh. Es wanderte über den Steinernen Halbmond hinaus, dehnte seinen Einfluß in andere Quadranten aus. Dream Enterprises befaßte sich mit Energieerzeugung und Multipler Metallurgie, Kernabbau und Mode.

Und zu guter Letzt, notwendigerweise, auch mit interstellarer Schiffahrt.

Dann kam der Tag, an dem der Kapitän eines Aufklärers Casperdan und dem Pferd Perikles in der Direktionsetage im zweihundertzwanzigsten Stockwerk des Dream-Gebäudes vorgeführt wurde. Trotz einer langen einsamen Reise war der Kapitän munter und lächelte. Er lächelte, weil die endlosen, langweiligen Suchfahrten vorbei waren. Lächelte, weil er die Belohnung der Firma für denjenigen kannte, der einen bestimmten uralten Planeten fand.

Ja, er hatte die Alte Erde gefunden. Ja, sie lag weit entfernt und in einer Richtung, die man erst in jüngster Zeit geargwöhnt hatte. Nicht auf das galaktische Zentrum zu, sondern draußen am Arm. Und, ja, er konnte sie sofort dorthin bringen.

Das Shuttle senkte sich in die Atmosphäre des Planeten. In der Ferne brannte eine kleine gelbe Sonne glatt und gleichmäßig.

Perikles stand an der Beobachtungsluke des Shuttle, als es planetenwärts trieb. Er trug einen besonderen Schutzanzug, ebenso wie Casperdan. Sie warf dem traurig wirkenden Säug einen Blick zu, und dann tat sie etwas, das sie sehr selten tat. Sie tätschelte seinen Hals.

»Du darfst nicht zu sehr enttäuscht sein, wenn es nicht das ist, was du erwartet hast.« Sie versuchte, ihn aufzumuntern. »Die Geschichte und die Realität stimmen oft nicht überein.«

Eine lange Zeit herrschte Stille im Raum. Dann senkte sich der herrliche Kopf und drehte sich zu ihr herum. Perikles schnaubte traurig.

»Meine liebe, liebe Casperdan. Ich kann achtzehn Sprachen fließend sprechen und mich in einer ganzen Anzahl weiterer Sprachen verständigen. Und es gibt in keiner davon ein Wort für das, was ich empfinde. ›Enttäuschung‹? Denk an eine Nova und sag, sie sei warm. Sieh dir Quaestor an und nenne ihn wohlhabend. Dann schau mich an und nenne mich enttäuscht.«

»Vielleicht«, fuhr sie fort, weil sie nicht wußte, was sie sonst sagen sollte, »vielleicht wird es auf der Planetenoberfläche besser sein.«

Es war schlimmer.

Sie landeten inmitten von etwas, was der Kapitän einen sanften Sturm nannte. Für Casperdan war es ein Stück der mythischen Hölle.

Abgestandene, gelbbraune Luft peitschte über hohe Dünen aus dunklem Sand. Die Sandberge marschierten in endlosen Wellen zum Ufer. Ein schmutziger, toter Strand verschmolz mit brackigem Wasser, und ekelhaftes grünes Zeug bedeckte den Strand, soweit das Auge reichte. Ein paar armselige Gewächse und gelbgrünes Unkraut fristete inmitten der Dünen ein armseliges Leben. Der geringste Wechsel in der Windrichtung würde ausreichen, um es lebendig zu begraben.

In der Ferne versprachen karge, kahle Berge nur noch mehr Verzweiflung.

Perikles blickte lange auf das Meer hinaus. Seine Stimme über das Interkom klang eingeschrumpelt, der Hauch von einem Flüstern, und sein zwingender Ton niedergedrückt.

»Ist es überall so, Captain?«

Der Raumfahrer erwiderte, ohne sich irgendein Gefühl anmerken zu lassen: »Meistens. Ich hab viel schlimmere Welten gesehen, Sir – aber das große Los ist die hier nicht. Wenn Sie mir eine Bemerkung gestatten, dann will ich verdammt sein, wenn ich verstehe, weshalb Sie sie wollen.«

»Können Sie es denn nicht spüren, Captain?«

»Sir?« Der Gesichtsausdruck des Raumfahrers unter seiner Gesichtsplatte wirkte verblüfft.

»Nein, nein, wahrscheinlich können Sie das nicht. Aber ich kann es, Captain. Obwohl dies nicht die Erde ist, an die ich glaubte, spüre ich es dennoch. Ich habe mich in einen Traum verliebt. Der Traum scheint schon vor langer Zeit weggegangen zu sein, aber die Erinnerung daran ist noch hier, noch hier ...« Eine lange Pause und dann: »Sie sagten ›meistens‹?«

»Nun ja.« Der Raumfahrer drehte sich um und wies auf die fernen Berge. »Nachdem wir den Planeten entdeckt haben, haben wir ihn ziemlich gründlich erforscht, so wie es in den allgemeinen Vorschriften steht. Es gibt Stellen – in der Nähe der Pole, in den größeren Höhen und draußen in der Mitte der drei großen Meere –, wo noch ein wenig eingeborenes Leben überlebt. Hier ist der Lebenszyklus zerschlagen worden, aber es gibt noch ein paar Stücke davon. Aber größtenteils ist es wie das hier.« Er trat nach dem sterilen Sand. »Heiße oder kalte Wüste – Sie können es sich aussuchen. Der Boden ist unfruchtbar und karg, die Luft nicht für Mensch und nicht für Säug zu gebrauchen. Wir haben ein paar Ruinen gefunden ... Herrgott, waren die alt! Sie haben die Artefakte gesehen, die wir mitgebracht haben. Aber abgesehen von ihrem historischen Wert, scheint mir diese Welt hier ganz besonders wertlos.«

Er trat noch einmal nach dem Sand, so daß Glimmer, Feldspat und Quarzkörner in den Wind stoben.

Perikles hatte nachgedacht. »Wir werden nicht mehr viel Zeit hier verbringen, Captain.« Sein stolzer Kopf hob sich zu einem letzten Blick nach dem toten Ozean. »Es gibt nicht viel zu sehen.«

Sie waren erst einen knappen halben Monat wieder in ihren Büros auf Calder gewesen, als Perikles seine Entscheidung verkündete.

Traumpartner hin, Traumpartner her, Casperdan explodierte.

»Du vierbeiniger Kretin! Du warmblütiger Plattitüdensack! Terraformung ist nur eine Theorie, eine Hypothese, die sich kranke Romantiker ausgedacht haben. Das ist unmöglich!«

»Niemand hat es je versucht«, widersprach das Pferd, dem ihr Ausbruch nichts auszumachen schien.

»Aber ... Mein Gott!« Casperdan fuhr sich mit den gepflegten Fingern durch das lange blonde Haar. »Es gibt keine Einrichtungen dafür – keine Gesellschaft, keine Spezialfirmen, die man konsultieren könnte. Die Hälfte der Industrien, die man dafür braucht, die gibt es überhaupt nicht.«

»Es wird sie geben«, erklärte Perikles.

»Ja? Und *woher* werden sie kommen?«

»Du und ich, wir werden sie schaffen.«

Sie redete ihm zu, bettelte. »Bist du völlig verrückt geworden? Wir sind doch nicht in der Wunderbranche, das weißt du doch.«

Das Pferd ging ans Fenster und blickte hinunter auf das Grüngrünmeer. Seine Antwort kam wie aus weiter Ferne. »Nein. Wir sind in der Traumbranche – erinnerst du dich?«

Eine Wolke des Erinnerns zog über Casperdans feingeschnittenes Gesicht. Einen Augenblick lang erinnerte sie sich – aber es reichte nicht aus, um die Flut des Widerspruchs zum Halten zu bringen. Aber sie hörte auf zu schreien.

»Bitte, Per, überleg dir das lange und gründlich, sieh es dir logisch an, ehe du dich auf etwas einläßt, das dir am Ende nur noch mehr weh tun kann.«

Er drehte sich um und sah sie an. »Casperdan, viele, viele Jahre lang habe ich nichts anderes getan, als die Dinge mit vernünftigem Auge anzusehen, habe nichts getan, als es mir von Anfang an über die Mitte bis zum Ende und über alle möglichen Verästelungen zu durchdenken, habe nichts in Angriff genommen, bei dem ich nicht völlig sicher war, daß ich es auch würde zu Ende führen können. Und jetzt werde ich etwas riskieren.

Nicht, weil ich es so tun will, sondern weil mir keine Möglichkeiten mehr zur Verfügung stehen. Ich bin nicht verrückt, nein – aber besessen bin ich.« Er wandte den Blick von ihr. »Aber ohne dich kann ich es nicht tun, verdammt, und du weißt warum ... Kein Säug kann eine Privatgesellschaft leiten, die Menschen beschäftigt.«

Sie warf die Hände in die Luft und stelzte zu ihrem Schreibtisch zurück. Viele Minuten lang herrschte in dem Büro Stille. Dann sprach sie mit leiser Stimme.

»Perikles, ich teile deine Besessenheit nicht. Ich bin reifer geworden, weißt du. Jetzt glaube ich, ich kann allein mit der Erinnerung an meinen Anteil des Traumes überleben. Aber du hast mich aus meinem eigenen Narzißmus befreit, und du hast mir – andere Dinge gegeben. Wenn du von dieser psychotischen fixen Idee nicht loskommst, dann bleibe ich so lange, bis du es schaffst.«

Pferde und Genies weinen nicht, aber Poeten!

Und so kam es, daß die größte Ironie von allen Wirklichkeit wurde – daß die erste Welt, an der die Terraformung versucht wurde, nicht irgendeine sterile, fremde Welt war, sondern die Alte Erde selbst. Oder, wie das Pferd Perikles gesagt haben soll, »in ihrem eigenen Abbild wiedergeschaffen«.

Die Meere wurden gesäubert – der mühsame, unglaublich kostspielige erste Schritt. Als das geschehen war, begann die Atmosphäre sich mit ein wenig Unterstützung von zweitausend Chemikern und Bioingenieuren selbst zu säubern. Die erste neue Luft war weder süß noch frisch, aber sie war auch nicht toxisch.

Gräser sind die Sturmtruppen der Natur. Als man sie eingeflogen hatte, klammerten sich die besonders zähen Spezialgräser in dem Boden fest, dem man Gewalt angetan hatte. Man fügte Bakterien und Nährstoffe hinzu, sich schnell vermehrende Arten, die sich mit großer Geschwindigkeit ausbreiteten. Von den Brückenköpfen in der Nähe der Arktis und in den hohen Gebirgen aus wurden Flora und Fauna neu eingeführt.

Dann kam die neue Saat der superschnellen Bäume: Rottannen und weiße Fichten, Wacholder und Birken, Zypressen und Mori und Teak, Föhren und Eschen. Und aus einem winzigen Museum auf Duntroon über lange Zeiten erhaltene Sequoia und Citrus.

Und schließlich kam der Tag, an dem die ersten Blumen neu gepflanzt wurden. Die Leiter der Agrikulturstäbe, ein schwarzes Pferd und eine atemberaubend schöne Frau in der Nachblüte ihrer ersten Verjüngung, waren Zeugen, wie von Hand der erste Busch - eine grüne Rose - gepflanzt wurde.

Das war der Tag, an dem Perikles die Gesetze niederlegte. In den schläfrigen, endlosen Weiten des Imperiums erweckte das nur wenig Interesse. Das Thema lieferte nur ein paar Tage Gesprächsstoff, und dann wandten sich die Massen wieder wichtigeren Nachrichten zu.

Aber bei den Säug, für die stand etwas in den Gesetzen und den Bildern, die sie begleiteten, was an den Nervenenden zupfte, die die Zeit in den Menschen und der ganzen Menschheit schon lange hatte verkümmern lassen. Irgend etwas, das jede dieser harten Seelen zu einem durchaus nicht spektakulären Planeten zog, der einen unwichtigen Stern in einem fernen Winkel des Weltraums umkreiste.

Und so gingen die Säug zur Alten Erde zurück. Nicht alle, aber viele. Sie ließen die Segnungen der Imperiumszivilisation und der verwirrenden Intelligenz zurück und zogen zu dem ersten Säugplaneten.

Einfacher ausgedrückt: sie kehrten nach Hause zurück.

Dort arbeiteten sie nicht für den Menschen, sondern für sich.

Und als ein paar interessierte Menschen um Genehmigung nachsuchten, dorthin zu emigrieren, wurden sie von der privaten Patrouille abgewiesen, denn die Gesetze, die das Pferd Perikles aufgestellt hatte, verboten die Einwanderung der Menschen zur Alten Erde. Jene Gesetze waren in Durastahl geschrieben, die Paragraphen aus geschmolzenem Duralom gerahmt. Weder menschliche Neugierde noch Geld konnten dort eine Fuge finden.

Den Richtern und den Gesetzesmaschinen war klar, daß die Artikel (ganz besonders der Satz, daß »am Ende die Schwachen die Erben der Erde sein würden«) vielleicht nicht besonders höflich oder geschmackvoll waren, aber sie waren gutes Gesetz.

Es war abgeschlossen.

Gesichert.

Es gehörte den Säug bis zum Ende der Zeiten.

Casperdan und Perikles verließen das Labyrinth, das aus Dream Enterprises geworden war. Und fuhren zur alten Erde. Und dann standen sie an demselben Ort, wo sie vor Jahrzehnten gestanden waren.

Jetzt rollte eine saubere, flache Brandung und brach sich an einem Strand aus poliertem Sand, der für Muscheln, Würmer und zerbrechliche Seesterne ein Zuhause war. Sie standen auf einem Feld aus niedrigem, vom Wind bewegtem grünen Gras. In der Ferne bewegte sich eine Giraffenfamilie wie lebende Signaltürme am Horizont. Der Giraffenbulle sah sie und senkte seinen langen Hals zum Gruß. Perikles antwortete mit einem langen hohen Wiehern.

Zu ihrer Linken, in der Ferne, begannen die ersten Berge. Nicht kahl und leer jetzt, sondern mit einer Matte aus dickem Immergrün bedeckt und mit frischem Schnee gekrönt.

Sie atmeten den würzigen Duft von frischem Klee und fernem Geißblatt ein.

»Geschafft«, sagte er.

Casperdan nickte und begann, die Kleider abzulegen. Eines Tages würde sie heiraten und dann ihren Mann hierherbringen. Sie war die einzige Ausnahme in den Artikeln. Ihr goldenes Haar fiel ihr in Wellen bis zur Hüfte. Ja, eines Tages ... Aber jetzt ...

»Weißt du, Perikles, es war wirklich nicht nötig. All dies, meine ich.«

Der Hengst scharrte in dem dicken Lehmboden unter ihren Füßen.

»Welcher Prozentsatz von Träumen ist notwendig, Casperdan? Weißt du, für viele Säugs war die Intelligenz kein Geschenk, sondern ein Fluch. Für den Menschen war das immer auch so, aber er hatte mehr Zeit, um hineinzuwachsen. Für den

Säug kam es wie ein Blitz, wie ein Schock. Die Säugs sind immer noch mit ihrer Vergangenheit verbunden – mit dieser Welt. So wie ich immer noch verbunden bin. Hast du je Säugs so glücklich gesehen, wie sie hier sind?

Für das Pferd ist die Denkfähigkeit ganz bestimmt zu schnell gekommen. Nach den alten Schriften besaßen wir einmal eine besondere Beziehung zum Menschen, die mit der der Hunde wetteiferte. Diese Beziehung ist vor Jahrtausenden verschwunden. Der Hund hat sie aber behalten, und ebenso die Katze und bestimmte andere. Andere Säugs haben sie nie vermißt, weil sie sie nie besaßen. Wohl aber das Pferd, doch es konnte nicht mit dem Wissen fertig werden, welchen Verlust jene Intelligenz gebracht hat. Es gab nicht mehr viele von uns, Casperdan.

Aber hier werden wir gut zurechtkommen. Das ist unser Zuhause. Der Mensch würde es auch empfinden, wenn er jetzt hierherkäme. Es empfinden – und dann diese Welt von neuem völlig ruinieren. Deshalb habe ich die Artikel geschrieben.«

Sie trug jetzt nur noch Shorts und stellte zu ihrer großen Überraschung fest, daß sie leicht zitterte. Das hatte sie nicht mehr getan, seit sie fünfzehn gewesen war. Wie lange lag das jetzt zurück? Du lieber Gott, war sie je fünfzehn gewesen? Aber ihr Gesicht und ihre Figur waren die eines Mädchens von zwanzig Jahren. Verjüngung.

»Perikles, ich will jetzt das zurück, was du mir versprochen hast. Ich will zurück, was ich in den Wiesen des Blutes in den verwüsteten Bergen hatte.«

»Natürlich«, erwiderte er, als wäre es gestern geschehen. Der Zeitsinn eines Säug ist anders als der eines Menchen, und der von Perikles unterschied sich von dem der meisten Säug.

»Weißt du, ich muß ein Geständnis ablegen.«

Verblüfft erkannte sie, daß der ewige Träumer verlegen war.

»Es geschah nur, um dich zu bestechen, weißt du. Aber in Wahrheit – in Wahrheit hat es mir, glaube ich, genausoviel Spaß gemacht wie dir. Und ich schäme mich, weil ich immer noch nicht begreife, *warum*.«

Er scharrte mit den Hufen.

Sie lächelte verständnisvoll. »Du sprichst von den alten Banden, Per. Ich glaube, die wirken in beiden Richtungen.«

Sie ging auf ihn zu und schlang die linke Hand in seine Mähne, warf die andere über seinen Rücken. Ein leichtes Ziehen, und sie war oben. Ihre Bewegung lief ganz glatt ab, im Geiste hatte sie sie zehntausendmal geübt.

Beide Hände gruben sich fest in die silberschwarze Mähne. Dann beugte sie sich vor und drückte ihre Wange gegen seinen kühlen Hals und spürte die Muskelstränge straff unter seiner Haut. Die Erwartung war so schmerzhaft, daß das Reden weh tat.

»Ich bin bereit«, flüsterte sie atemlos.

»Ich auch«, erwiderte er.

Und dann gab ihr das Pferd Perikles das, was seit Jahrtausenden nur wenige Menschen besessen hatten, was in der Erklärung der Tierrechte als ungesetzlich erklärt worden war, und was sie vor einer Milliarde Jahren gemeinsam auf der Wiese des Blutes genossen hatten.

Er gab ihr das kleine Stück des Raumes zurück, das ihr gehörte.

Mit fliegendem Schweif, mit Hufen, die den Boden aufwühlten, einem Körper, der mühelos über die sanften Hügel und das Gras dahinflog, wurde das Pferd zum Bruder des Windes, während er und seine Reiterin den wartenden Bergen entgegendonnerten.

Und deshalb ist in den alten Akten Verwirrung. Weil sie in den feinsten Einzelheiten über Casperdan Bescheid wußten, aber was sie von dem Pferd Perikles wußten, war nur, daß er ein Genie und ein Poet war. Dafür, daß er ein Genie war, gibt es reichlich Beweise, aber wenn die Wißbegierigen dann nach Aufzeichnungen seiner Dichtkunst suchen, sind sie verblüfft.

Doch selbst wenn sie es wüßten, würden sie es nicht verstehen.

Die Poesie, müssen Sie wissen, war nämlich dann, wenn er sich bewegte.

Er

Als ich die erste Version dieser Geschichte schrieb, war »Jaws«, also Kinnlade, etwas, das den Platz zwischen dem Hals und der Nase einnimmt. Und während die Geschichte erheblich umgeschrieben wurde, um sie auf den jetzigen Stand zu bringen, hat sich ihr Held kein bißchen verändert.

Tatsächlich gibt es in jenem bekannten Roman und dem Film, der nach jenem Etwas benannt ist, das den Raum zwischen ... Sie wissen schon. Unser Held, der Polizeichef, durchblättert einige Bücher, die sich mit Haien befassen. Ein Bild zeigt ein Schwarzweiß-Foto von vier Wissenschaftlern, die gemeinsam in der Kinnlade eines Hais stehen.

So haben mir zwar das Buch und der Film gefallen, aber nachdem ich meine Recherchen für diese Geschichte abgeschlossen hatte, war ich ein wenig enttäuscht, von wie winziger Gestalt doch Mr. Benchleys Hauptdarsteller war.

Er kam aus dem Abgrund, aus den Äonen, und er war ein Fremder in unserer Zeit. Seinesgleichen waren vor langem von der Welt verschwunden, und das war besser für die Welt, denn Sie waren von allen Schöpfungen der Natur die schrecklichsten.

Und doch überlebte Er, der letzte Seiner Art, ein Relikt der Zeiten, als Sie über den größten Teil dieser Welt geherrscht hatten. Er war jetzt alt, schrecklich alt, aber bei Seiner Art merkte man davon wenig. Er blieb für Sich und suchte das verborgene Reich der Finsternis und des Druckes heim. Aber jetzt trieb Ihn wieder etwas nach oben, etwas im Inneren der grandiosen Maschine, die Er war, trieb Ihn zum Licht, etwas, was weder Er noch sonst jemand begreifen konnte.

Zwei Menschen starben. Die Ursache war fundamental.

Der Regen hatte sich verbraucht, und als Poplar die Station erreichte, schien die Sonne. Der Bau war ebensowenig spektakulär wie die einfache Tafel, die in den weißen Stuck eingelassen war.

OZEANOGRAFISCHE FORSCHUNGSSTATION
INNENMINISTERIUM DER USA
US SAMOA

Er schob sich durch eine Reihe von Türen und Kontrollpunkten, blieb gelegentlich stehen, um mit Freunden oder Mitarbeitern zu plaudern. Als Direktor der Station war ihm das ebenso eine Verpflichtung wie ein Vergnügen.

Die Tür zu seinen eigenen Büros stand halb offen. Er hatte sich schon lange abgewöhnt, die goldenen Buchstaben zu bewundern, die in das Milchglas eingelassen waren.

DR. WOODRUTH L. POPLAR
DIREKTOR

Er blieb vor Elaines Schreibtisch stehen. Sie war vor etwa sechs Monaten gekommen, der erste Bruch in einer Routine, die sonst in den letzten fünf Jahren völlig unverändert abgelaufen war. Seine erste Reaktion war Verwirrung gewesen. Das war sie immer noch. Sie drehte sich in ihrem Schreibtischsessel von ihrem Bücherstapel herum und sah ihn an.

Elaine Shai war Mitte der Zwanzig und hatte feine, zartgeschnittene Züge, die dafür sorgen würden, daß sie auch noch dann wie ein Kind aussehen würde, wenn sie vierzig war oder fünfzig. Langes, kastanienbraunes Haar fiel ihr locker bis auf die Schultern und rahmte kleine braune Augen, einen winzigen Mund und ein Kinn mit einem Grübchen darauf ein. Dazu kontrastierend war ihre entnervend spektakuläre Figur in Jeans und eine weiße Bluse gehüllt, die dem Flankenangriff kaum standzuhalten vermochte. Hinter einem Ohr trug sie eine frische gelbe Jasminblüte.

Sie sah großartig aus.

Nur wenn sie den Mund aufmachte, war der elfenhafte Eindruck dahin. Ihr Akzent war reinstes Brooklyn. Das hatte Poplar nur einmal gestört, als er sie bei der Ankunft auf dem Flughafen begrüßt hatte. Von da an hätte sie ebensogut in Twi schnattern können, es hätte ihm nichts ausgemacht. Aber sie beunruhigte ihn.

»Nun, was starrst du denn so an, Baum*?«

»Du mußt ein neues Shampoo benutzen«, sagte er leichthin. »Deine Follikel stehen in Blüte.«

Sie grinste, tippte leicht an die Blume. »Hübsch, nicht wahr? Er ist in deinem Büro. Ich konnte es nicht mehr ertragen, zuzusehen, wie der die Tür anstarrte. Ein seltsamer alter Vogel. Er hat sein Paket die ganze Zeit nicht aus der Hand gelassen. Aber du kennst ja den Matai von den kleinen Inseln besser als ich, Doktor. Aufgeblasen.«

»Stolz meinst du.«

Sie blies einen Ballon mit ihrem Kaugummi und ließ ihn platzen. Das war die einzige ekelhafte Angewohnheit, die sie hatte. Er stieß die Tür zu seinem Büro auf.

Wie jedesmal, galt sein erster Blick der herrlichen Aussicht auf den Hafen, die er durch sein Hinterfenster hatte. Er hatte immer Angst, er würde eines Tages hereinkommen und eine andere Aussicht auf die Innenstadt von New York vorfinden: die aus seinem alten Büro an der Columbia-Universität. Als er sich vergewissert hatte, daß dem nicht so war, wandte er sich um und begrüßte den Mann, der vor seinem Schreibtisch saß.

Als er vor seinem Stuhl stand, konnte er noch schnell Inventur der Papiere und Umschläge aufnehmen, die seinen Schreibtisch bedeckten, während er gleichzeitig dem Besucher die Hand zum Gruß hinstreckte.

»Talofa«, sagte er.

»Hello, Dr. Poplar. Mein Name ist Ha'apu.« Der Händedruck des Alten war fest und kräftig. Er setzte sich gleichzeitig mit Poplar.

Der Direktor starrte den Mann an, der ihm gegenübersaß. Beim zweiten und dritten Blick war er vielleicht gar nicht so alt. Sein Gauguin-Gesicht, vom Wetter ausgemergelt und von der Sonne verbrannt, konnte ebensogut vierzig Sommer wie siebzig gesehen haben. Die paar Falten in ihm waren wie Skulpturen in

---

* Poplar = Pappel – *Anmerkung des Übersetzers*

einem gut eingerichteten Haus, an strategischen Stellen hier und dort plaziert, um dem Ganzen Charakter zu verleihen und das Auge zu erfreuen. Das Haar war kurz geschnitten und mit ein paar weißen Flecken überzogen, wie Sommersprossen.

Der Matai war kräftig gebaut, ohne dick zu wirken. Wenn seine Arme sich bewegten, konnte man sehen, wie sich kräftige Muskelstränge unter der Haut bewegten. Seine Größe kam der Poplars mit einem Meter fünfundsiebzig ziemlich genau gleich.

»Ich bin weit gekommen, um Sie zu sehen, Dr. Poplar.«

»Das sind Sie ganz sicher und ganz allein, wenn das stimmt, was man mir sagt. Ich fühle mich geschmeichelt.« Er schaltete auf seinen väterlichen Stil um, der ziemlich traurig wirkte. »Wie stehen die Dinge auf Tafahi?«

Der alte Häuptling schüttelte langsam den Kopf. »Nicht gut. Seit Er kam.«

»Das bedaure ich sehr«, erwiderte Poplar in der Hoffnung, damit überzeugend zu wirken. Dabei konnte er nicht behaupten, daß ihn das Alltagsleben auf Tafahi übermäßig interessierte. »Äh – wer ist ›Er‹?«

»Ich habe über das Fernsehen gehört, daß Sie ein Doktor für das Meer sind. Stimmt das?«

Poplar lächelte herablassend. »Ich kann keine Stürme kurieren oder den Fischfang verbessern, wenn Sie das meinen.« Die Bildungsprogramme im Fernsehen hatten Wunder gewirkt und die weit verbreiteten polynesischen und melanesischen Völker überall im Pazifik erreicht.

Jetzt war Ha'apu mit Lächeln an der Reihe. »Ich glaube immer noch, daß wir uns darauf besser verstehen als Sie.« Er wurde wieder ernst. »Unter Meeresdoktor meine ich, daß es Ihr Beruf ist, Ihr Leben, das zu studieren, was der Ozean ist, was in ihm lebt, und warum Tangaroa das tut, was er tut.«

»Das ist eine sehr kluge Zusammenfassung«, erwiderte der Direktor. Er hatte das Gefühl, daß der Meeresgott selbst zugestimmt hätte, und seine Wertschätzung für die Intelligenz dieses Mannes stieg um einige Punkte.

Ha'apu schien zufrieden. »Das dachte ich auch. Ich wollte sichergehen, daß ich richtig verstand. Mein Verstand braucht länger, um Dinge zu denken, als früher einmal. Was ich mitgebracht habe, um es Ihnen zu zeigen« – er wies auf das kleine Päckchen, das auf seinem Schoß lag –, »könnte nur von einer solchen Person verstanden und geglaubt werden.«

»Natürlich.« Poplar warf schnell und verstohlen einen Blick auf seine Uhr. Er wünschte, der Häuptling würde zur Sache kommen. Dann könnte Poplar mit ihm feilschen, höflich ablehnen, freundlich den Vorschlag machen, daß der Häuptling sein Glück auf den Touristenmärkten der Innenstadt und am Hafen versuchte, und dann konnte er sich wieder seiner Arbeit zuwenden. Er hatte heute morgen eine neue Muschel gefunden, die ... Aber er wollte nicht unhöflich sein, indem er das Gespräch antrieb. Manche Matai waren sehr leicht beleidigt. Und diplomatisches Geschick gehörte nicht gerade zu seinen starken Seiten.

Ha'apu nestelte an dem kleinen Päckchen herum. Es war sorgfältig in sauberes Leinen gehüllt und mit Spagat verschnürt.

»Aber vorher müssen Sie mir versprechen, daß Sie sich sorgfältig überlegen, mit wem Sie darüber sprechen. Wir haben nicht den Wunsch, einen Ansturm von Neugierigen zu erdulden.«

Poplar erinnerte sich an die Düsenmaschine, die heute morgen über ihm hinweggezogen war, bis an den Rand vollgestopft mit überfütterten Leuten aus den Staaten, die zwischen dem Mittagessen und dem Abendessen schnell einen Blick auf die seltsamen Eingeborenen werfen wollten. Er hatte durchaus Verständnis für die Haltung des Matai. So naiv war er nun auch wieder nicht.

»Ich verspreche, daß es so sein wird, Matai.«

Ha'apu war immer noch mit den Knoten beschäftigt. »Sind Sie mit Niuhi vertraut?«

»Ja, sicher.« Er blickte mit neuem Interesse auf das kleine Häufchen aus Stoff und Schnur. Eine gute Niuhi-Schnitzerei würde einmal etwas Neues sein, zumindest nicht wieder ein Einbaum oder ein Tiki.

»Dann werden Sie das hier kennen«, sagte Ha'apu würdevoll. Er entnahm dem Leinentuch einen unregelmäßig geformten Gegenstand und legte ihn vorsichtig vor dem Direktor auf die Schreibtischplatte.

Poplar starrte den Gegenstand lange an, ehe er erkannte, worum es sich handelte. Und dann brauchte die Erkenntnis auch noch einen Augenblick, bis sie ganz eindringen konnte. Langsam griff er danach und hob ihn auf. Eine schnelle Untersuchung, ein paarmaliges Klopfen mit dem Knöchel überzeugten ihn, daß er echt war, keine geschickte Fälschung. Das war auch nicht die Art von Gegenstand, die man leicht fälschen konnte. Und außerdem hätte selbst der einfältigste Inselbewohner gewußt, daß er damit nicht durchkommen konnte. Er hob ihn in Augenhöhe.

»Ihr Götter und kleinen Fische«, murmelte er erstaunt.

Es war keine Schnitzerei.

Es war ein Zahn. Und er war völlig unmöglich.

Der Zahn bildete ein fast perfektes Dreieck. Er griff in seine Schreibtischschublade und holte ein Lineal heraus, legte es neben den harten Knochen. Knapp unter 18 Zentimeter lang, an der Basis etwa 14 Zentimeter breit und über fünf dick. Die Basis war an der Stelle, wo der Zahn im Kiefer befestigt war, leicht gebogen. Die beiden Schneidekanten waren bösartig gezackt wie eine Säge. Er starrte ihn lange Zeit an, strich mit den Fingern über die rasiermesserscharfen Schneidekanten, prüfte die perfekte Spitze. Ein Blick durch ein Vergrößerungsglas bestätigte ihm die Realität dessen, was er sah.

»Woher haben Sie das, Ha'apu? Und gibt es noch mehr?« fragte er leise.

»Man hat ihn aus dem Holz eines Paopao gezogen.« Der Matai lächelte schwach. »Es gibt noch einen.«

Poplar brauchte etwa dreißig Sekunden, um das mit dem in Verbindung zu bringen, was der Häuptling vorher gesagt hatte. Er lehnte sich in seinem Sessel zurück.

»Sie werden aber jetzt doch ganz bestimmt nicht versuchen, mich davon zu überzeugen, Ha'apu, daß dieser Zahn aus dem Maul eines Großen Weißen stammt!«

Der Häuptling begann ganz langsam, wählte jedes Wort wie es schien sorgfältig. »Der Doktor ist seiner sehr sicher. Vor etwa drei Wochen waren zwei junge Männer aus meinem Dorf draußen und fischten an einer Stelle, die wir nur selten besuchen, ziemlich weit von Tafahi entfernt. In anderen Richtungen näher bei unserer Insel gibt es mehr Fische, aber sie wollten wohl ein kleines Abenteuer. Sie sind nicht zu uns zurückgekehrt, selbst Stunden nach Einbruch der Nacht nicht.

Sämtliche Männer des Dorfes, ich auch, zogen aus, um sie zu suchen. Wir machten uns noch keine Sorgen. Wir wußten, wohin sie gefahren waren. Vielleicht war ihr Boot beschädigt worden, vielleicht waren sie beide verletzt. In jener Nacht schien kein Mond. Mit einer Taschenlampe kann man nachts nicht weit auf den Ozean hinaussehen. Wir fanden sie nicht.

Was wir fanden – es trieb neben einem kleinen Riff und war immer noch an den Korallen verankert –, war die hintere Hälfte ihres Paopao. Es war einfach abgebrochen, Dr. Poplar. Der Zahn, den Sie jetzt in der Hand haben, war in das Wrack eingegraben. Es gibt heute Fernsehen und große Düsenflugzeuge, Doktor, aber auf den meisten Inseln hat sich auch der alte Glaube gehalten. In meinem Dorf habe ich die beste Erziehung genossen und bin stolz auf das, was ich gelernt habe. Aber das hat mir Angst gemacht. Wir haben zu lange mit der See gelebt, um Zweifel an dem zu haben, was aus ihr kommen könnte. Wir sind mit einem Tempo nach Hause gerudert, Dr. Poplar, wie man es noch bei keinem der olympischen Spiele gesehen hat.

Am nächsten Tag war es sehr still auf Tafahi. Fischen, unsere tägliche Arbeit, war plötzlich unpopulär geworden. Ich wies darauf hin, daß immer noch eine Chance bestehe, die Leichen zu bergen, oder« – er zuckte – »Teile von ihnen. Aber niemand wollte zu jenem Riff zurückkehren.

Ich ging allein. Es ist ein kleines Atoll – winzig, nur auf Ihren detailliertesten Karten zu finden, nehme ich an. Dort waren unsere zwei Männer zum Fischen hingefahren. Im Nordosten des Atolls, glaube ich, sinkt der Meeresgrund sehr schnell ab.«

Poplar nickte. »Der nördliche Ausläufer des Kermadec-Tonga-Grabens verläuft dort. An manchen Stellen sinkt der Meeresboden fast senkrecht auf 3500, 3600 oder mehr Faden ab.«

»Es ist, wie Sie sagen, Doktor. Die Sonne geht dort nicht sehr weit. Dort wohnt Er.

Ich verankerte mein Paopao im Schutz des kleinen Riffs,

sicher vor den Brechern von der anderen Seite. Dort hatten die Männer geankert. Das Schwimmen war nicht schwierig, trotz einer leichten Strömung.«

»Wenn Sie glaubten, Sie könnten dort unten einen großen Weißen herumschwimmen sehen, warum sind Sie dann getaucht?« fragte Poplar interessiert.

Der Häuptling zuckte die Schultern. »Meine Vorfahren waren so viele Generationen Häuptlinge und Taucher, daß meine Genealogie Sie langweilen würde, Doktor. Ich respektiere Niuhi und kenne ihn. Ich war vorsichtig. Jedenfalls mußte es jemand tun. Ich schwamm nicht zu lange und nicht zu tief. Ich hatte nur meine Maske und die Flossen und benutzte keine Gewichte. Der kleine Imbiß, den ich mir mitgebracht hatte, erforderte nicht viel Zeit. Der Nachmittag war lang, die Sonne angenehm warm. Ich tauchte wieder.

Ich hatte aufgegeben und war dabei, zum Boot zurückzuschwimmen, als mir zu meiner Linken ein dunkler Fleck im Wasser auffiel. Er hielt mit mir Schritt. Das Wasser war klar, und so mußte er weit entfernt sein, um so verschwommen zu wirken. Er begleitete mich bis zum Boot zurück, ohne die Entfernung zu verringern. Ich wußte trotz der Entfernung, daß Er es war.«

»Hätte es nicht sein können ...« Poplar führte die Frage nicht zu Ende. Ha'apu schüttelte den Kopf.

»Meine Augen zumindest sind immer noch jung. Es war Er. Ich konnte nicht ganz sicher sein, daß Er mich beobachtete. Ich bezweifle es. Ich schwamm nicht schneller oder langsamer. Eine plötzliche Veränderung hätte Seine Aufmerksamkeit erwecken können. Aber ich war froh, als ich in meinem Boot lag und wieder frei atmen konnte.

Ich wartete und beobachtete den schwarzen Punkt lange Zeit, wagte es nicht, den Schutz zu verlassen, den das Riff mir bot. Einmal dachte ich, ich hätte weit entfernt gesehen, wie eine Flosse die Meeresoberfläche durchbrach. Wenn es eine Flosse war, dann war sie größer als ein großer Mann, Doktor. Aber vielleicht war es das auch nicht. Es war weit entfernt, und die Sonne sank bereits.

Ich habe nur, und das sage ich ganz ehrlich, ein paarmal in meinem Leben echte Angst empfunden. Auf dem Meer mit Ihm allein zu sein, war schrecklich genug. Dort im Dunkeln gefangen zu sein, hätte das Blut eines Gottes zum Erstarren gebracht. Dann wußte ich, daß die Legende wahr war.«

»Welche Legende?« fragte Poplar.

»Wer auch immer Ihn sieht, wird für immer verändert, Doktor. Seine Seele ist anders, und ein kleines Stück davon wird von Ihm gestohlen. Der Rest ist auf Ewigkeiten verändert.«

»In welcher Hinsicht?« fragte Poplar. Es war besser, auf den alten Mann einzugehen. Ihn interessierte der verdammte Zahn, nicht der Aberglaube eines Eingeborenen.

»Es hängt sehr vom Mann ab«, sinnierte der Matai. »Für mich selbst wird die See nie wieder der offene Freund meiner Jugend sein. Ich fahre jetzt auf ihr und blicke nur mit Zögern, denn jeden Tag, jede Stunde könnte Er kommen, um mich zu holen. Meine Leute waren überrascht, mich zu sehen. Sie hatten nicht mit meiner Rückkehr gerechnet.«

Poplar überlegte. »Eine phantastische Geschichte ist das, die ich da höre. Tatsächlich eine recht unglaubwürdige Geschichte.«

»Seltsam, daß Sie so etwas sagen, Meeresdoktor.« Ha'apu lächelte. »Aber ich kann es Ihnen nicht verübeln. Kommen Sie mit mir zurück. Bringen Sie ein gutes Boot mit und Ihre Tauchgeräte. Ich werde Ihnen zeigen, was von dem Paopao unserer jungen Männer übriggeblieben ist. Und dann werde ich Sie an die Stelle bringen, wo ich Ihn sah, wenn Sie es wagen. Vielleicht ist Er in die Tiefen zurückgekehrt. Sicher ist das etwas Seltenes, sonst hätte man Ihn schon vorher gesehen. Es muß einen Zweck dafür geben.«

Er überlegte einen Augenblick lang. Das mit der Legende war natürlich Unsinn. Aber der Zahn ... Er versuchte, sich seinen Besitzer vorzustellen, und ein leichter Schauder lief ihm über den Rücken. Diese Geschichte von der Seele, die verändert wurde – lächerlich! *Er* und Angst vor einem Fisch?

»Dieser Zahn könnte sehr, sehr alt sein, wissen Sie. Man hat schon früher solche fast neuen Zähne gefunden. Obwohl« – er schluckte und ärgerte sich deshalb – »nicht ganz so groß wie der hier. Nach den besten Schätzungen sind diese Geschöpfe erst in letzter Zeit ausgestorben.«

»Geschöpfe? *Ihn* gibt es nur einmal«, sagte Ha'apu fest.

»Das zerstörte Auslegerboot könnte eine Fälschung sein«, beharrte Poplar.

»Zu welchem Zweck?«

»Ich weiß nicht.« Der irrationale Schrecken, den er empfand, irritierte ihn. Verdammt noch mal, Mann, wahrscheinlich existiert er gar nicht! Und wenn doch, infolge irgendeines unglaublichen Zufalls, dann war es einfach auch nur ein Fisch.

»Vielleicht wollen Sie diese Touristen anziehen, von denen Sie behaupten, daß Sie sie nicht mögen. Oder Sie wollen sich auf die Weise gratis Tauchgeräte besorgen. Oder einfach die Aufmerksamkeit auf sich lenken. Wer weiß? Aber das Risiko darf ich nicht eingehen.« Er warf wieder einen Blick auf den Zahn. »Sie wissen, daß ich das nicht kann, verdammt. Wo wohnen Sie, während Sie auf Tutuila sind?«

»Bei Freunden.«

»Okay. Wir haben ein paar Schnellboote hier an der Station. Sie werden im Augenblick nicht gebraucht. Ganz unten am Ende von Pier 3. Das, das wir verwenden werden, nennt sich *Vatai*. Sie werden es gleich erkennen. Das andere, die *Aku-Aku*, ist länger und hat eine überhängende Brücke. Wir treffen uns um – sagen wir zehn Uhr morgen früh am Pier. Wenn Sie vor mir dort sind, können Sie Ihr Boot am Heck vertäuen.«

Er hörte auf, den Zahn zwischen den Fingern zu drehen, und gab sich desinteressiert. Innerlich vibrierte er vor Spannung.

»Darf ich das behalten?« Er wußte, was er damit verlangte. Wußte es der Häuptling auch?

»In dem Paopao steckt noch einer. Ja, Sie können den hier haben. Für Ihre Kinder, um sie an die Zeit zu erinnern, als Sie jung waren.«

»Ich habe keine Kinder. Ich bin nicht verheiratet, Ha'apu.«

»Das ist traurig. Der andere Zahn muß bei uns bleiben«, sagte er in Antwort auf die nicht gestellte Frage. »Er wird nie zum Verkauf stehen.«

Poplar sah seinen Namen in großen Lettern auf der Titelseite jedes wissenschaftlichen Journals auf der ganzen Welt. Unter dem Namen sein Bild, wie er den größten Zahn von *Carcharodon megalodon*, den man je gefunden hatte, in der Hand hielt. Vielleicht würde er sogar Ha'apu mit auf das Bild bringen. Er beugte sich über den Schreibtisch und begann in seinen Papieren zu wühlen.

»Wiedersehen, bis morgen dann, Matai Ha'apu.«

»Tofa, Meeresdoktor Poplar.« Der Häuptling sammelte sein Packmaterial ein und ging leise hinaus.

Er begann zusammenzustellen, was sie neben der normalen Ausrüstung an Bord der *Vatai* brauchen würden. Er würde wenigstens eine Woche unterwegs sein, vielleicht zwei. Damit kam er wenigstens einmal aus dem Büro heraus.

Elaine kam herein, ging zu seinem Schreibtisch und lehnte sich darüber. Damit war die Chance, Büroarbeiten zu erledigen, ein für allemal dahin. Als sie den Zahn vor ihm sah, hätte sie fast ihren Kaugummi verschluckt.

»Mein Gott, was ist das?«

»Du studierst doch Meeresbio. Sag du es mir.« Er reichte ihn ihr.

Sie untersuchte ihn gründlich, und dann wurden ihre Elfenaugen immer größer.

»Das ist wohl ein Witz. Sieht aus wie der Zahn eines Großen Weißen. Aber das ist absurd.«

»Das war der *Coelacanth* auch, als er 1938 auftauchte«, erwiderte er mit gleichmäßiger Stimme.

»Aber das *kann* doch nicht *Charcharodon* sein!« protestierte sie. »Dazu ist er dreimal zu groß!«

»Für *Charcharodon carcharias* schon. Nicht für *Charcharodon megalodon.*« Er drehte sich um und grub in dem Bücherstapel herum, der den Platz hinter seinem Schreibtischstuhl und an der Wand einnahm. In einer Lehrer-Schüler-Situation fühlte er sich in ihrer Gegenwart durchaus sicher.

»Du meinst den Vorfahren der Großen Weißen? Nun, könnte sein.« Sie warf noch einen Blick auf die unwirklich aussehende Waffe, die sie in der Hand hielt. »Ich habe in Georgia einen gefunden, der etwa halb so groß war, und vor ein paar Jahren ist ein Sechs-Zöller aufgetaucht. Wenn man von dem aus extrapoliert, was wir über den modernen Großen Weißen, *Carcharias*, wissen, dann würde das bedeuten, daß der Zahn von einem Hai stammt, der neunzig Fuß ...«

»Nn«, warnte er.

»Schon gut. Etwa - äh - dreißig Meter lang.« Sie lächelte nicht mehr. »Fällt ziemlich schwer, sich das vorzustellen.«

»Das gilt auch für Haie, die Boote angreifen. Aber es gibt Dutzende bestätigter Vorfälle, wo Haie, häufig Große Weiße, kleine Fahrzeuge angegriffen haben. Das geschieht vor der Küste der Staaten genauso wie in den Tropen. Der Weiße Tod - die Grundlage für einen echten Moby Dick, nur zehnmal schlimmer. Ganz zu schweigen von ein paar tausend Jahren und Geschichten über Seeschlangen.«

»Du meinst, einer von diesen hätte bis in die Gegenwart überleben können?«

Poplar blätterte in einem dicken Folianten. »Das meint der Häuptling, nur daß es für ihn ein Gott ist, kein Hai. Der Große Weiße zieht Säugetiere den Fischen vor. Wahrscheinlich hat sich dieser übergroß geratene Vorfahr von ihm von den früheren, sich langsamer bewegenden Walen ernährt. Zuerst wurden die Wale etwas stromlinienförmiger, dann fingen die Menschen an, die langsameren herauszupicken. Das Meer konnte ohnehin nicht zu viele von diesen Ungeheuern ernähren. Ein Megalodon würde einen Killerwal zum Frühstück verspeisen.«

»Ein Menschenfresser so groß wie ein Blauwal.« Sie schüttelte den Kopf. »Der Alptraum eines Tauchers.«

»Der Matai, der den Zahn hergebracht hat, sagt, er wüßte, wo es noch einen gibt und vielleicht sogar noch mehr.«

»Unglaublich. Glaubst du, ich könnte darüber meine Arbeit schreiben?«

»Nun«, er lächelte, »der Häuptling hat gesagt, eine Legende behaupte, jeder, der Ihn sieht, würde für alle Zeit verändert werden. Du brauchst Ihn bloß zu entdecken.«

»Sehr komisch.«

»Wir fahren gleich morgen früh mit der *Vatai*. Gegen zehn.

Geh jetzt packen.« Aber sie war bereits durch die Tür verschwunden.

Doch nicht das, was Poplar dachte, war es, was sie so glücklich machte.

Touristen winkten vom Hotelbalkon. Man hatte die Herberge an der Stelle erbaut, wo das offene Meer den herrlichen Hafen von Pago Pago schnitt. Elaine schob ihr Lava-Lava an einer Schulter etwas tiefer und winkte kokett zurück. Poplar blickte mißbilligend vom Steuer auf.

»Bloß weil die nackten Eingeborenenmädchen vor vierzig Jahren aus der Mode kamen, brauchst du diese Tradition für übergewichtige Gebrauchtwagenhändler aus Des Moines nicht wieder aufleben zu lassen.«

»Ach was! Für das, was man den armen Teufeln dafür abverlangt, daß sie in dieser Hundehütte aus Beton wohnen dürfen, steht denen ein wenig Wunscherfüllung zu.«

»Aus Brooklyn, was.« Er mußte grinsen. Er drehte das Steuer hart herum, und sie nahmen Kurs auf Südsüdwest. Die kraftvollen Doppeldiesel summten gleichmäßig unter Deck.

In goldgraue Wolken gehüllt, beobachtete sie der Mount Rainmaker lange, nachdem Tutuila im Meer verschwunden war.

Die Reise war recht ereignislos, nur daß Elaine darauf bestand, splitternackt zu schlafen. Sie besaß auch die kindische Angewohnheit, wie Poplar fand, sich von ihren Laken freizustrampeln. Er überlegte, ob er hinübergehen und sie wieder zudecken sollte, zögerte aber. Vielleicht hätte er sie geweckt, und das wäre peinlich gewesen.

Ha'apu war über die Situation sichtlich erfreut, und es gab nichts, was Poplar dagegen tun konnte. Nun, wenn es ihr Spaß machte, würde er sie einfach ignorieren. Es war offenkundig, daß sie auffallen wollte, und er hatte nicht die Absicht, ihr den Gefallen zu tun.

So verbrachte er, bis er schließlich einschlief, die meiste Zeit damit, die sterile Kabinenwand anzustarren, die ihn von der See trennte.

Und die andere Wand blieb ähnlich ungebrochen.

Wie die meisten kleinen, flachen Pazifikinseln war Tafahi im einen Augenblick nicht existent und im nächsten Augenblick ein Ziel, das wie ein Korken aus dem blauen Ozean hervorsprang. Der weiße Sandstrand funkelte in der Abendsonne, frei von den üblichen Ornamenten der Zivilisation: Bierdosen, alten Sandalen, Plastiktüten, leeren Schokoladepapieren und noch einmal Bierdosen.

Es gab eine breite, deutliche Zufahrt zu der kleinen Lagune. Poplar hatte keine Schwierigkeiten, die *Vatai* hineinzulenken. Ha'apu kletterte in sein Paopao, deren kleines Segel straff gerafft war, und paddelte an Land. Poplar und Elaine folgten ihm in dem kleinen Beiboot der *Vatai*.

»Wir sind nicht nur hier, um nach Zähnen zu suchen, Elaine«, sagte er abrupt. Sie starrte ihn erwartungsvoll an.

»Ha'apu glaubt wirklich – ich weiß, es klingt absurd –, daß dieses Monstrum irgendwo östlich von hier herumschwimmt. Angeblich hat es sich zwei Fischer zusammen mit der vorderen Hälfte ihres Bootes geschnappt. Wahrscheinlich ein geschickt aufgemachter Schwindel, den die Dorfbewohner aus einem mir bis jetzt noch unerfindlichen Grund durchgeführt haben. Wahrscheinlich kommerzielle Interessen.«

»Aha«, erwiderte sie ungerührt. »Paß bloß auf, daß du keines der Eingeborenenboote rammst, wenn du den Strand erreichst.«

Nach der Überraschung zu schließen, die sie an den Tag gelegt hatte, hätte man meinen können, sie wären wirklich nur zum Abendessen und für einen kleinen Schwimmausflug in die Lagune gekommen.

Mit den Eingeborenen standen sie von Anfang an auf bestem Fuß. Poplar hatte mit dem Beiboot ein an den Strand gezogenes Paopao gerammt, worauf sie beide in das seichte Wasser gepurzelt waren. Die Dorfbewohner, als Männer des Meeres, empfanden daher für Poplar dieselbe Sympathie, die sie jedem anderen Idioten auch entgegengebracht hätten.

Als Ha'apu sich schließlich wieder von seiner unmittelbaren Familie hatte lösen können, und Poplar und Elaine ein wenig abgetrocknet waren, winkte der Matai sie landeinwärts.

»Die Überreste des Einbaums liegen vor meinem Fale, Doktor.«

Tafahi war alles andere als eine größere Insel, aber immerhin groß genug, um eine Bevölkerung von ansehnlichem Umfang aufzunehmen. Eine Fernsehantenne stach wie eine Vogelscheuche über die höchste Kokosnußpalme hinaus. Sie stand auf dem Dach eines besonders großen Fale, das gleichzeitig als Schule, Kirche und Stadthalle diente.

Wenn es sich bei dem beschädigten Auslegerkanu um eine Fälschung handelte, so waren Experten am Werk gewesen. Poplar kniete nieder und fuhr mit beiden Händen über die Rumpffragmente. Große dreieckige Risse, jeder größer als seine Faust, waren deutlich an den zerfetzten Kanten zu erkennen. Offensichtlich war es schräg von Backbord angegriffen worden – oder der Beschauer sollte das zumindest annehmen.

»Der erste Zahn steckte hier ...« Ha'apu kniete neben Poplar nieder und deutete auf ein sich verjüngendes Loch im Unterteil des Bootes. »Und der andere hier.« Er deutete, und Poplar sah den anderen Zahn, der ebenso groß war wie der, der in seinem Büro lag, aber immer noch in der Rumpfwand des Auslegerkanus steckte.

»Er hat sie verloren, wie Niuhi und seine Vettern das oft tun, wenn sie harte Gegenstände angreifen«, meinte Ha'apu mit hilfreich klingender Stimme.

»Yeah«, nickte Poplar, der ganz in seine Untersuchung versunken war. »Er hat ja immer genügend in Reserve. Ich denke nicht, daß sein Vorfahr in dem Punkt eine Ausnahme bildet.« Er spähte zu der Sonne. Der Sonnenuntergang hatte begonnen, der in der Südsee zu den allabendlichen Spektakeln gehörte.

»Es wird spät. Ich glaube, es hat keinen Sinn, noch heute nacht zu dem Riff hinauszufahren. Etwa zwei Stunden Fahrt, sagten Sie?«

Ha'apu nickte. »In Ihrem Boot, ja.«

Poplar war ein wenig überrascht. Jetzt war der Augenblick, an dem der Matai seine Ausreden hätte beginnen müssen, wo er hätte versuchen müssen, Zeit zu schinden. Er stand auf und wischte sich den Sand von der Hose. »Dann würde ich lieber die

Nacht hier verbringen, wenn Sie uns unterbringen können. Wir haben lange genug an Bord geschlafen und haben sonst ja nichts vor.«

»Einverstanden!« sagte Elaine etwas lauter, als notwendig gewesen wäre.

Der Matai nickte. »Wir werden Ihnen natürlich ein Fale zur Verfügung stellen.«

»Mit zwei Matten«, fügte Poplar hinzu.

»Was sonst, Dr. Poplar?« pflichtete Ha'apu ihm bei. Wenn der alte Häuptling das sarkastisch meinte, so tarnte er es gut. Aber als er wegging und in samoanischer Sprache vor sich hinmurmelte, schüttelte er langsam den Kopf.

Es war nicht die fremde Umgebung und auch nicht der harte Boden unter der Matte aus gewebtem Tapatuch, die Poplar unruhig schlafen ließen. Er hatte unter ähnlichen Umständen schon herrlich tief geschlafen. Und als ihn um Mitternacht ein leichter Stoß weckte, atmete er erschreckt ein. Seine Träume waren voll von dunklen, pfeilförmigen Gebilden mit Mündern wie schwarzen Gruben gewesen. Aber es war nur Elaine. Sie war im Schlaf herübergerollt und lehnte an seiner Schulter, atmete leise. Höflich wie er war, schob er sie nicht weg, aber jetzt fiel es ihm noch schwerer, wieder einzuschlafen, und das beunruhigte ihn.

Als er am nächsten Morgen erwachte, war er mit Schweiß bedeckt.

»Das ist vielleicht nicht der genaue Punkt, aber ziemlich nahe daran«, hauchte Ha'apu. »Ich erkenne es an den Bäumen.«

Da die winzige »Insel« höchstens sechs oder sieben kleine Palmen beherbergte, von denen nur zwei von vernünftiger Größe waren, war Poplar überzeugt, daß der alte Häuptling die Stelle gefunden hatte, die er wollte.

Sie hatten im Lee des Atolls geankert. Es war klein genug, daß man die Brandung auf der anderen Seite gegen die Korallen anstürmen sehen konnte.

Poplar behielt Ha'apu im Auge, während er Elaine dabei half, ihre Taucherausrüstung anzulegen. Immer noch keine Anzeichen eines Versuches, ihn vom Tauchen abzuhalten. Langsam begann er zu glauben, daß der Schwindel etwas weit ging.

Die Tanks, die sie mitgebracht hatten, waren die neuesten Modelle. Sie würden etwa eine Stunde unten bleiben können und noch genügend Sicherheitsspielraum haben. Elaine prüfte ihren Regulator und er den seinen. Sie nahmen jeder einen Haiknüppel mit. Poplar hängte den seinen an den Gürtel. Er wollte beide Hände für seine Kamera frei haben, und Elaine würde mit allem zurande kommen, was sie belästigen würde.

Am Heck der *Vatai* war eine Taucherplattform knapp unter der Wasserlinie. Elaine ließ sich mit einem verspielten Platschen ins Wasser fallen. Er folgte ihr langsamer, hielt die teure Kamera vorsichtig fest.

Beide trugen nur die obere Hälfte des wärmenden Neoprenanzuges. Das Meer, das um seine nackten Beine strömte, verriet ihm, daß er das richtig gemacht hatte. Das war nicht kalt, aber das kühlere Wasser aus den Tiefen des Grabens hatte offensichtlich seinen Weg nach oben gefunden. Das würde den Tiefseebewohnern erlauben, weiter heraufzukommen. Trotzdem war es nach der langen Bootsfahrt angenehm und erfrischend.

Ha'apu sah ihnen zu, wie sie in die Tiefe schwammen und machte sich Sorgen.

Das Wasser im Inneren der Lagune würde so klar wie Quarz sein. Selbst hier draußen war die Sicht nach allen Richtungen ausgezeichnet.

Die Unterwasserwelt hier faszinierte ihn ebenso wie bei seinen ersten Tauchversuchen vor Jahren. Nur das Geheimnisvolle war verschwunden, aber die Schönheit seiner Zuflucht war stets gegenwärtig.

Die ersten paar Minuten, die sie parallel zum Riff schwammen, mußte er sich immer wieder umsehen, um besorgt in alle Richtungen zu blicken. Nach fünf Minuten gab er den Unsinn auf. Bis jetzt hatte nichts Eindrucksvolleres als ein größerer Gruppenfisch ihren Weg gekreuzt. Sein Haistock baumelte jetzt träge an seinem Gürtel.

Sie machten öfter halt, um zu fotografieren. Selbst wenn das nur ein Vergnügungsausflug werden sollte, würde es nett sein, etwas mitzubringen, um die Ausgaben und die Zeit, die sie aufgewendet hatten, zu rechtfertigen.

Sie kehrten zehn Minuten vor der Zeit zur *Vatai* zurück. Poplar hatte Hunger und war ein wenig enttäuscht. Das winzige Riff war in seiner Mittelmäßigkeit geradezu auffällig gewesen. Er hatte während seiner Reisen durch den Pazifik und die Karibik Hunderte ähnlicher Orte gesehen. Und ihm war nicht danach, hier noch fünf oder sechs Tage zu bleiben.

Insgesamt hatte er das Gefühl, ausgenützt zu werden. Wenn Ha'apu die Absicht hatte, die beiden Zähne dazu zu benutzen, eine Gratisabschätzung der Fischgründe zu bekommen, dann funktionierte das geradezu bewundernswert. Poplar wurde offensichtlich benutzt.

»Haben Sie etwas gesehen?« fragte Ha'apu höflich, während er Elaine dabei half, die Tanks abzulegen.

»Ich hab ein paar Aufnahmen einer ziemlich großen Muräne bekommen. Davon abgesehen, Ha'apu, gibt es mehr Meeresfauna vor dem Hafen von Pago Pago oder Apia.«

»Er hat sie alle verscheucht«, meinte der Häuptling wissend. »Vielleicht haben Sie beim nächstenmal mehr Glück.«

»Sicher«, erwiderte Poplar trocken und nahm sich ein Glas Tee.

Am dritten Tag hatten die Attraktionen des ungewöhnlichen Riffs ihren Reiz für Poplar schon lange verloren. Selbst die Attraktion, durch das strahlend hell beleuchtete Wasser zu schwimmen, begann wieder nach Arbeit zu schmecken. Elaine schien daran Freude zu haben, aber ihr bot natürlich noch jede Felsspalte etwas Neues. Er aber hatte schon genug Engelfische, Hirnkorallen, Riesenmolusken, Trompetenfische und viele andere gesehen, daß es ihm für das nächste Jahr reichte. Und dabei nichts, was er nicht mit weniger Aufwand im Hinterhof der eigenen Station hätte sehen können.

Tatsächlich waren die letzten drei Tage, abgesehen von einem friedlichen Zusammentreffen mit einem giftigen Steinfisch, etwa genauso aufregend gewesen wie das Schwimmen in einem der Hotelpools von Pago Pago.

»Möglicherweise wird Er heute nachmittag kommen«, sagte Ha'apu.

»Ich weiß, ich weiß«, erwiderte Poplar gereizt. Jetzt wurde es Zeit, dem alten Häuptling die Meinung zu sagen, herauszufinden, was er wollte, und heimzukehren.

Bei ihren vielen Tauchgängen hatten sie genau drei Haie gesichtet: zwei kleine Blaue und eine Weißspitze, ein zwei Meter langes Exemplar, das kehrtgemacht hatte und ins freie Meer hinausgeschwommen war, ehe Poplar seine Kamera hatte einstellen können. Für ihn waren sie einfach nur drei weitere Fische.

Morgen würden sie nach Hause zurückkehren. Er hatte zwar dem Matai eine Woche versprochen, aber je länger er seinem Büro fernblieb, desto mehr Arbeit würde auf ihn warten. Er hatte zwar den Druck des ewigen Papierkriegs in den Staaten hinter sich gelassen und sich dem leichteren Leben von Samoa angepaßt, trotzdem fiel es schwer, die alten Gewohnheiten abzulegen. Als Direktor hatte er immer noch gewisse Pflichten.

Er trieb gerade etwa eine halbe Meile vom Boot entfernt über dem Meeresgrund dahin. Er hatte die Kamera auf einen herrlichen schwarz-gelb gefleckten Seewurm gerichtet, dessen blumenähnlicher Körper voll ausgestreckt war. Es war das erste wirklich ungewöhnliche Bild, das sich ihm seit ihrer Ankunft bot. Es würde eine perfekte Aufnahme werden – und da zuckte die Nadel seines Belichtungsmessers zurück.

Hölle und Teufel, das fehlte gerade noch. Poplar fuhr verärgert herum und rechnete damit, die verspielte Elaine hinter sich treiben zu sehen. Er hatte sie wenigstens ein halbes dutzendmal aufgefordert, ihm aus dem Licht zu gehen, wenn er Bilder machte. Aber sie schien das alles nur für Spaß zu halten.

Doch etwas anderes hatte die Sonne verschlungen.

Eine Sekunde lang hörte Poplar trotz seiner Ausbildung, seiner akademischen Titel und seiner Erfahrung auf zu denken. Er war wieder ein Kind. Ein Kind, das des nachts im Bett lag, die Decke bis zum Kinn hochgezogen und die Stelle anstarrend, wo seine Kleider über der Stuhllehne lagen. Niemand konnte sich die schrecklichen Gebilde ausmalen, die Kleider, ein Stuhl und die Nacht gemeinsam im Bewußtsein eines Kindes erzeugen können. Die Furcht quetschte seine Wirbelsäule zusammen, und sein Herz pumpte wie wild.

Über ihm glitt *Charachodon megalodon* majestätisch durch das klare Wasser, und sein scheinbar endloser Schwanz peitschte hypnotisch von einer Seite zur anderen, und die mächtigen Brustflossen schnitten wie Kielschwerter durch die Strömung.

Er drehte sich um und sah Elaine neben sich im Wasser treiben. Er zupfte an ihrem Arm. Sie ignorierte ihn. Er zupfte kräftiger. Sie drehte sich wie im Traum herum und sah ihn an. Er wies in die Richtung des Bootes, sie nickte, folgte ihm träge, halb schwimmend und halb gezogen. Eine Zeile aus Cousteau kam ihm in den Sinn, und er versuchte verzweifelt, schneller zu schwimmen.

»Haie können es instinktiv spüren, wenn ein Fisch oder ein Tier in Schwierigkeiten ist.«

Sie schüttelte seine Hand ab, nickte, als sie seinen besorgten Blick bemerkte und begann, davonzuschwimmen.

Eine Weile schien das Monstrum sie nicht zu bemerken. Es schwamm ein Stück vor ihnen, bewegte sich mühelos. Eine gigantische Strecke aus Knorpel, Zähnen, Sehnen und Muskeln. Poplar starrte es an und wußte: Was Ha'apu gesagt hatte, war wahr. Dies war mehr als ein Fisch, mehr als ein Hai. Man konnte es in sich selbst und im Wasser spüren.

Träge bog es wie ein riesiger Vogel zur Seite ab und kam auf sie zu.

Er drehte sich verzweifelt um, winkte Elaine. Jetzt war der Hai zwischen ihnen und dem Boot. Zu versuchen, ihm davonzuschwimmen, wäre dem Versuch gleichgekommen, dem Blitz zu entrinnen. Er hatte eine lange Spalte im Fundament des Riffs entdeckt. Gewöhnlich beherbergten solche Spalten Muränen, Riesenmuscheln und giftige Steinfische. Im Augenblick schienen sie sein bester Freund, harmlos wie ein junger Hund.

In ihrer Flucht war nichts Subtiles, kein Versuch zu täuschen. Sie schwammen wie der Teufel.

Vielleicht interessierte Ihn solch winzige Beute nicht. Was auch immer der Grund sein mochte, Seine Verfolgung blieb gemessen und träge. Sie erreichten die Sicherheit der Spalte. In der

tiefen Felsschrunde hatten sie gerade noch Platz, frei zu schwimmen.

Er kam geradewegs auf sie zu. Poplar mußte den Drang in sich niederkämpfen, sich gegen das Korallenriff zu pressen. Einen Augenblick lang hatte er Angst, das Monstrum würde versuchen, sie herauszubeißen, samt dem sie umgebenden Korallengestein. Er sah groß genug aus, um das halbe Atoll mit einem Bissen zu verschlucken.

Im letzten Augenblick bog Er nach rechts. Einen kurzen Augenblick lang sahen sie Sein halb offenes Maul, eine Höhle, groß genug, um einen Omnibus zu verschlucken. Es war von mehrfachen Reihen 18 Zentimeter langer Zähne gesäumt. Ein riesiges schwarzes Auge zog vorbei, schiere Bosheit in einem Tümpel aus rotglühendem Gift. Dann eine lange, endlose Mauer aus eisengrauem Fleisch, rauh wie Sandpapier – dunkler als die Haut eines Großen Weißen, registrierte ein Teil von ihm –, dann war es vorbei.

Er schwamm. Elaine stieß ihn an, und er konnte den Schrekken hinter ihrer Make sehen. Er fragte sich, ob er genauso schlimm aussah. Das Monstrum hatte kehrtgemacht und begann jetzt, langsam das Riff zu umkreisen. Nicht, daß es intelligent genug gewesen wäre, sie hier belagern zu wollen. Die Gegend schien ihm einfach zu gefallen.

Jedenfalls saßen sie fest.

Wenn die Spalte ein Kamin gewesen wäre, nach oben offen, hätten sie hinaufschwimmen können. Trotz der Brandung wären sie auf der zackigen Spitze des Riffs sicherer gewesen, als zusammen mit Ihm im Wasser. Der Fels über ihnen war geschlossen. Um die Oberfläche zu erreichen, würden sie ihre kleine Festung verlassen müssen.

Minuten verstrichen. Sie sahen einander an, ohne sich zu sehen. Jeder war ganz in seine eigenen Gedanken versunken. Sie hatten einen Schrecken gesehen, dessen psychologischer Effekt viel überwältigender als seine Realität war. Er gehörte nicht der Welt der Menschen an, Er, diese perfekte Tötungsmaschine ohnegleichen. Wie winzig der Mensch doch schien, wie belanglos die Mittel der Vernichtung, die er erfunden hatte.

Welche Angst er doch hatte.

Er sah auf die Uhr. So wie sie jetzt Luft verbrauchten, würden sie in ein paar Minuten ihren Notvorrat angreifen müssen. Elaine stieß ihn an, bewegte die Hände in Tauchersprache. Er blieb wie erstarrt. Sie packte ihn an den Schultern, schüttelte ihn. Aber es gab keine Möglichkeit, ihr dieses neue Problem in Zeichensprache verständlich zu machen.

Woodruth »Woody« Poplar war ein Feigling. Im physischen und moralischen Sinn ein Feigling. Er wußte es, vergrub es unter seiner Arbeit und den Witzen, die er machte.

Elaine begann, an ihren Tanks zu zerren. Das löste seine Starre. Er packte ihre Arme, preßte sie ihr gegen die Seiten, bis sie schließlich langsam und beruhigt nickte.

Er brauchte jedes Quentchen des Mutes, den er besaß, um aus der Spalte hinauszusehen. Er blinzelte, trieb ein wenig weiter hinaus. Das Monstrum war verschwunden. Poplar blickte in alle Richtungen. Nichts.

Er winkte Elaine zu. Vorsichtig verdeutlichte er ihr seine Absichten. Megalodon, so dumm wie jeder moderne Hai, war ohne Zweifel auf der Suche nach Beute abgetrieben, die sich wie solche benahm und nicht mit harten, unappetitlichen Korallen verschmolz.

Poplar entsicherte seinen Haistock, eine schrecklich unnütz wirkende Geste. Elaine tat es ihm gleich. Er mußte es zweimal mit zitternden Händen versuchen, ehe er es schaffte. Das Monstrum war gute dreißig Meter lang und wog mehr Tonnen, als Poplar sich ausmalen konnte. Vielleicht würde der Haistock Ihn kitzeln. Aber trotzdem war es beruhigend, ihn in der Armbeuge zu halten.

Er stieß sich als erster ab, und dann schwammen sie auf die *Vatai* zu. Sie hielten sich, so dicht sie konnten, an das Riff. Er ließ sie wie verabredet ein Stück vorausschwimmen. Auf die Weise würden sie weniger auffallen. Die kleineren Silhouetten würden vor der dunklen Korallenwand weniger gut sichtbar sein.

Während sie langsam der Oberfläche entgegenstrebten und den Schutz der Riffwand verließen, versuchte er, nach fünf

Richtungen gleichzeitig zu blicken. Innerlich war er seltsam ruhig. Was für ein Tier! Fast hundert Fuß schierer Eleganz und Kraft!

Verdammt! Er hatte vergessen, auch nur ein Bild zu machen. Keine einzige lausige Aufnahme. Der einzige Beweis, den er hatte, waren eine Bestätigung Elaines – in so erhabenen Blättern wie dem *Journal of Marine Biology* keinen Deut wert – und ein Paar Zähne, die sie genauso behandeln würden, wie er das ursprünglich getan hatte. Er hätte heulen können, aber das hätte nur seine Sicht behindert.

Der Boden der *Vatai* wurde vor ihnen sichtbar, ihr Ankerkabel bewegte sich kaum in der ruhigen See. Gelegentlich stieß die Plattform über die Meeresfläche hinaus. Er blickte bedauernd auf seine Kamera hinunter.

Eine unverkennbare Form, ein schiefer grauer Torpedo, kam schnell hinter ihnen herauf. Diesmal war es keine träge Jagd. Der Angriff war so scharf definiert wie der Tod. Das Licht der Sonne blitzte auf Zähnen, die Panzerplatten durchbeißen konnten.

Sie schwammen um ihr Leben. Panik erfüllte ihn, Schrecken machte seine Muskeln zu Brei. Nur das Adrenalin trieb ihn durch das glasklare Wasser.

Sie würden es nicht schaffen. *Er* war kein Fisch. Er war der Teufel selbst, Beelzebub, der ganze Schrecken seiner Nächte, alles, was ihn als Kind, als kleinen Jungen, in der Finsternis geängstigt hatte.

Elaine fiel zurück. Er verlangsamte sein Tempo.

Verdammt noch mal, es war nur ein Fisch.

Er drehte sich um und wartete. Elaine hielt kurz inne, um ihm vorüberschwimmend einen erschreckten Blick zuzuwerfen, dann war sie verschwunden. Er war völlig ruhig, entspannt und friedlich im kühlen Wasser. Seine einzige Sorge war jetzt, daß niemand imstande sein würde, das für das *Journal* aufzuzeichnen. Ein Jammer. Dann gab es keinen Meeresgrund mehr, kein Riff, kein Sonnenlicht. Nur Er und ich, dachte Poplar.

Er legte jedes Quentchen Energie, über das er verfügte, in seine Schwimmstöße, explodierte nach rechts. Einen kurzen

Augenblick lang sah er ein obszön wirkendes Auge, so groß wie eine Suppenschüssel, und einen schwarzen Schlund, tief wie ein Brunnen. Es berührte ihn. Das Bewußtsein verließ ihn, als er mit dem Haistock zustieß.

Er zweifelte gemeinsam mit den besten biblischen Gewährsleuten daran, daß der Himmel im Himmel blau war. Aber er wollte sich nicht streiten. In seiner Kehle krampfte sich alles zusammen, aber das war nicht die Furcht. Elaine hielt ihn umfangen und weinte. Er fühlte sich an, als hätte er einen Korken verschluckt.

»Um Himmels willen, ich muß Luft schnappen!« konnte er schließlich hervorstoßen. Sie ließ ihn los.

»Verdammt, verdammt! Du hast mir so schrecklich Angst gemacht. Wie man nur so gefühllos sein kann ...« Sie schniefte. Ihr Haar war naß und strähnig, und sie war unglaublich schön. »Ich bin weggeschwommen und hab dich allein gelassen.« Wieder brachen die Tränen aus ihr hervor, sie fiel auf seine Brust, schluchzte.

»Es tut mir leid, ich bitte um Entschuldigung, dafür, daß ich so gefühllos war. Ich will dir was sagen, wir heiraten. Gleicht es das aus?« Er wälzte sich zur Seite, spürte die Weichheit der Matte, die sie unter ihn geschoben hatten. Jemand hatte ihm die Tanks und die Maske abgenommen.

Sie löste sich von ihm, starrte ihn wie benommen an. Aus irgendeinem Grund löste das ihre Tränen erneut. Auch die Flossen hatten sie ihm abgenommen. Er wackelte mit den Zehen.

Nur eine Hälfte davon bewegte sich.

Er setzte sich langsam auf und blickte an sich hinunter. Sein rechter Fuß endete am Knöchel in einem Bündel von Bandagen und getrocknetem Blut. Seine Stimme war so gleichmäßig, daß es ihn erschütterte.

»Was ist passiert?« fragte er den alten Matai, der ihn sorgfältig beobachtet hatte. Er war sich bewußt, daß der Frage jegliche Brillanz fehlte, aber im Augenblick fühlte er sich nicht sehr witzig.

»Er hat Sie nicht genommen, Meeresdoktor Poplar. Vielleicht

hat Ihn die Sonne im letzten Augenblick so dicht an der Oberfläche geblendet, vielleicht hat Er Sie verloren.«

»Das glauben Sie doch selbst nicht«, sagte Poplar anklagend. Er suchte nach Schmerz, aber da war keiner. Jemand hatte den Inhalt des Medizinschränkchens der *Vatai* benutzt.

»Nein, Doktor, in Wirklichkeit nicht. Tangaroa weiß, warum.«

Poplar mußte an etwas denken, fing zu lachen an. Elaine sah ihn erschreckt an, aber er beruhigte sich schnell.

»Nein, ich habe den Verstand nicht verloren, glaube ich, Laine. Mir ist nur gerade in den Sinn gekommen, daß ich nicht wie der alte Ahab selbst im Büro herumstelzen kann, wo er mir nur einen Fuß abgebissen hat. Wirklich blöd.«

»Mach keine Witze darüber«, stieß sie unter Tränen hervor und zwang sich dann zu einem schwachen Lächeln. »Das wird dich bei der Hochzeit ganz aus dem Rhythmus bringen.«

Jetzt lachte auch er, und dann schlug er mit der Faust auf das Deck. »Wir fahren jetzt zurück nach Tutuila. Ich werde mir irgendwie ein Schiff vom Marinestützpunkt besorgen und Harpunen. Und dann kommen wir hierher zurück und ...«

»Poplar«, begann Ha'apu leise, »niemand wird Ihnen glauben. Die Leute von Ihrer Marine werden über Sie lachen und Witze reißen.«

»Nun, dann beschaff ich mir eben das Geld, um mir selbst irgendwie ein größeres Schiff zu mieten, eines, das groß genug ist, um dieses Biest darauf zurückzuschleppen. Mein Gott, ich werde dafür sorgen, daß es eines Tages ausgestopft im Smithsonian liegt!«

»Dazu müßte man aber einen besonderen Flügel anbauen.« Elaine grinste immer noch etwas angespannt.

»Yeah. Und daß du bloß auf dem Rückweg keine Fischleinen auslegst, hörst du? Ich will dich nicht auf der Fahrt verlieren.«

»Und nachdem wir zurückgekommen sind?« erwiderte sie und starrte ihn an.

Er sah ihr in die Augen. »Dann auch nicht. Niemals. He, weißt du was? Ich sterbe vor Hunger.«

»Du bist fünf Stunden bewußtlos gewesen«, meinte sie. »Ich

werde dir schnell etwas machen.« Sie stand auf und ging unter Deck.

»Und Sie sind jetzt wie ich, Doktor, denn Sie haben Ihn erblickt. Er hat Sie verändert, und Sie sind nicht länger der, der Sie vorher waren, und Er hat ein Stück von Ihrer Seele genommen.«

»Hören Sie, Ha'apu, ich will Sie nicht beleidigen und etwas gegen Ihre Religion sagen, aber das war bloß ein Fisch, sonst gar nichts. Ein riesenhaft großer Fisch, aber nicht mehr. Ich bin derselbe Meeresdoktor, und Sie sind derselbe Matai, und wir haben einfach Glück, daß ich bloß ein paar Zehen verloren habe und sonst nichts. Verstanden?«

»Natürlich, Dr. Poplar.« Ha'apu drehte sich um und ging auf die Brücke hinauf.

Verändert! Er kroch zu der niedrigen Reling am Heck und blickte ins Wasser hinunter. Dort schwammen kleine Fische, von der See vergrößert und verzerrt. Er schauderte ein wenig. Er hätte Elaine natürlich ohnehin geheiratet. Und wenn irgend etwas sie bedroht hätte, dann hätte er sich doch vor sie gestellt und sie verteidigt, oder nicht?

Ha'apu ließ die Maschinen an, und die *Vatai* setzte sich in Bewegung.

Nun, hätte er das getan?

Vielleicht wußte Er das.

Polonaise

Diese Geschichte war für einen Band mit Storys über alternative Welten geschrieben, von der Art wie »Was wäre passiert, wenn der Süden den Bürgerkrieg gewonnen hätte?« Ich ging ein bißchen weiter zurück, bis zu einer Periode in der europäischen Geschichte, die in diesem Land nur wenig studiert wird. Alles entsprang meiner Zuneigung zu einem Schriftsteller namens Henryk Sienkiewicz – und ich meine nicht sein *Quo vadis?*, ich spreche von seinen anderen Büchern, den guten.

Wer das war? Er hat unter anderem 1905 den Nobelpreis für Literatur erhalten. Und die Tatsache, daß er in Vergessenheit geraten ist, ist ein Grund, weshalb ich gerade die Alternativwelt gewählt habe, die ich dann wählte. Und ein anderer Grund ist die Tatsache, daß es so geschehen sein könnte.

Dann müßten wir heute nicht mit all diesen Amerikanerwitzen leben.

»Das ist eine sehr delikate Situation, Michael, sehr delikat. Wir können uns jetzt einen Zwischenfall nicht leisten, aber wenn wir das zu ernst nehmen, könnten wir damit unerwünschte Aufmerksamkeit auf uns ziehen. Alles ist so schnell gegangen. Wirklich lächerlich, wenn man es aus einiger Distanz betrachtet.«

Vor dem eindrucksvollen Panorama des von der Sonne erwärmten Nebels durch das mächtige zweistöckige Fenster betrachtet, wirkte der alte Mann schrecklich klein und zerbrechlich. Hin und wieder segelte eine Möwe an dem Balkon im zwanzigsten Stockwerk vorbei und bedachte die Männer mit einem sorgenvoll und neugierig wirkenden Blick.

Dahinter begann jetzt die lange Landzunge, die als die Halbinsel Hel bekannt war, sichtbar zu werden, je mehr die Sonne

die Morgennebel von der baltischen Küste wegbrannte. Parallel zur Nordküste der Kaiserlichen Republik verlaufend, bildete sie eine überraschend wirkungsvolle Barriere zum Meer.

Die kleine Flotte von Touristenbooten wuchs immer noch. Wie summende Bienen drängten sie sich zusammen und warteten auf den Start. Hohe, finstere Silhouetten nahmen vor ihren Bugspitzen Gestalt an, ganz unten an der Halbinsel. Senkrechte Piers, die eine ganz andere Art von Schiff hielten.

Michael Yan überblickte die Szene, die zu beiden Seiten des Administrators sichtbar war, und schüttelte den Kopf.

Die Polen waren ein sanftmütiges Volk. Wenn irgendeine der Startstufen nicht richtig zündete, dann bestand die Gefahr, daß es in der immer größer werdenden Zuschauermenge zu Verletzungen kam. Es war typisch für den König, daß er sich tagelang mit der Frage abgequält hatte, ob man nun Fremde zum Start zulassen sollte oder nicht. Und ebenso typisch, daß er am Ende nachgegeben hatte.

»Können Sie mir nicht wenigstens sagen, wer er ist?«

Administrator Longin fuhr sich mit der Hand über das bürstenartig geschnittene weiße Haar, betastete die Narbe über seiner gebrochenen Nase, die ihn an eine unsanfte Kollision mit der Computerkonsole beim vierten Mondflug erinnerte, und drehte sich zu Michael herum.

»Nicht er, sie. Sie hat das alles sehr sorgfältig geplant.« Er nickte beeindruckt. »Sie ist direkt zur amerikanischen Botschaft gegangen und hat dann mit uns Verbindung aufgenommen. Im wesentlichen drohte sie, die auf Band aufgezeichneten Informationen, die sie gestohlen hatte, an die Presse auszuliefern, sofern wir uns nicht bereiterklärten, den Schuß abzusagen und an Ort und Stelle bei allen folgenden Mehrfachstarts Inspektionsdienste zuzulassen.«

»Das ist alles? Warum haben Sie sie dann nicht gewähren lassen? Hätte sie es doch der Presse ausgeplappert, welchen Schaden hätte das schon anrichten können? Was kann sie denn schon wissen? Also schön, wir beabsichtigen, gleichzeitig sechs Schiffe zu starten, um den Geburtstag des Königs zu feiern. Na und?« Longin schüttelte bekümmert den Kopf.

»So einfach ist das nicht, Michael. Die Freigabe der Bänder hätten wir natürlich überstanden. Das Problem ist nur, daß sie davon überzeugt ist, daß wir zusätzliche geheime Motive für den Start haben. Das hätte sie gewußt. Und wenn das der Fall ist, mußte sie es wissen.« Michaels Lächeln verschwand.

»Warum?«

»Sie arbeitet in Ihrer Abteilung – hat gearbeitet, sollte ich sagen.«

»Meiner ...« Er hielt inne und fuhr dann langsam und vorsichtig fort: »Was für ein ›weiteres Motiv‹ vermutet sie denn hinter dem Schuß?«

Longin ließ sich hinter seinem Schreibtisch nieder. »Sie ist infolge ihres Informationsstandes über Materialien, die auf einige der Schiffe verladen wurden, davon überzeugt, daß wir die Absicht haben, einen dauerhaften Militärstützpunkt auf dem Mars zu errichten und den ganzen Planeten für die Republik zu beanspruchen.«

Michaels grimmiges Lächeln wandelte sich in ehrliche Bestürzung. »Das ist der größte Unsinn, den ich je gehört habe. Weiß sie denn nicht, daß die Kaiserlichen Edikte jegliche territoriale Erweiterung verbieten, sofern sie nicht durch eine Abstimmung des unabhängigen Volkes sanktioniert ist? Sie sagen, sie würde in meiner Abteilung arbeiten. Ich kann mir nicht vorstellen, was irgendeinen meiner Leute dazu veranlassen könnte, den Geburtstag des Königs in Mißkredit zu bringen.«

»Nicht, soweit es Bürger sind, das stimmt. Aber Sie haben doch auch eine Anzahl von Austauschstudenten, die für Sie tätig sind, oder nicht?«

»Ja, das ist ein Teil unserer Politik, die Weltraumwissenschaft mit anderen zu teilen, richtig.«

»Irgendwelche Amerikaner?«

»Die Amerikaner, die Amerikaner!« Michael warf die Hände hoch. »Die ganze Zeit hört man bloß von der amerikanischen Gefahr! Bloß weil ihre Zeitungskolumnisten ...«

»Kennen Sie welche, die Zugang zu Geheimakten haben?« wollte Longin mit leiser Stimme wissen.

»Oh, John Huxley, Marschall McGregor und Dana Canning ...« Er hielt inne, überlegte einen Augenblick. »Sie haben gesagt ›sie‹? Nein, das ist verrückt, Henryk.«

»Nicht so verrückt wie diese Situation, in der wir uns plötzlich befinden. Ich habe gerade mit dem amerikanischen Botschafter gesprochen. Die Prämisse, von der sie ausgeht, ist völlig verrückt, wie wir wissen, aber sie hat ihm genügend echte Fakten aufgetischt, daß er unruhig geworden ist. Und wir können uns so kurz vor dem Start wirklich keine Schnüffler leisten.«

»Nein, natürlich nicht.« Michael überlegte. »Sie glauben doch nicht ernsthaft, daß die Amerikaner tatsächlich versuchen würden, den Start aufzuhalten?« Longin lehnte sich in seinem Sessel zurück und zuckte vielsagend die Schultern.

»Wer weiß?« Sein Gesichtsausdruck war betrübt. »Amerikaner sind zu allem fähig – das ist dieser fehlgeleitete Schwung. Die sind sogar noch verrückter als die Franzosen.«

»Man könnte meinen, wir hätten ihnen nie dabei geholfen, ihre Unabhängigkeit von England zu gewinnen«, fügte Michael bedrückt hinzu.

Longin nickte. »Das haben sie uns nie verziehen. Die Wohltätigkeit wird nie so geschätzt, wie sie abgelehnt wird. Sie beargwöhnen uns, weil sie uns nicht verstehen.«

»Man möchte meinen, daß sie sich mehr Sorgen wegen der russischen Föderalisten machen.«

»Das könnten sie«, sagte Longin, »wenn die Russen je stark genug werden. Aber wir bereiten ihnen mehr Kopfzerbrechen. Nach ihrer Philosophie hätte unsere Regierung schon vor hundert Jahren zusammenbrechen müssen.«

»Ihr Botschafter tut so, als würde er verstehen, in Wirklichkeit versteht er das natürlich nicht. Ich habe versucht, es ihm zu erklären. ›Sie wählen einen Präsidenten‹, sagte ich, ›und wir wählen einen König.‹ Und darauf konterte er: ›Aber wie können Sie denn alle fünf Jahre einem neuen Menschen absolute Macht geben?‹ Ich stellte ihm dieselbe Frage, und er sah mich natürlich mit diesem kuhäugigen, bedauernden Blick an, wie sie das immer tun, wenn das Thema zur Sprache kommt. Er behauptet, der amerikanische Präsident habe bei weitem nicht dieselbe Macht.

Also zähle ich für ihn historische Beispiele auf, und er wird sofort überheblich und selbstgerecht.

Aber er kann uns wirklich Schwierigkeiten machen. Deshalb müssen Sie jetzt hinübergehen und dieses Mädchen überzeugen, daß sie ihre Bänder irgendwie durcheinandergebracht hat. Hinter diesem Geburtstagsgeschenk für den König steckt so viel Planung – zu viel, als daß eine neurotische Jugendliche das zerstören dürfte. Wir könnten natürlich weniger orthodoxe Schritte einschlagen, um sie zu beruhigen, aber – nun, Sie wissen ja, daß das nicht unser Stil ist. Wenn wir das täten, wären wir genau die Art von Leuten, für die sie uns hält.«

Yan spreizte die Hände. »Mars kolonisieren! Ehrlich! Aber warum gerade ich, Herr? Warum nicht jemand aus dem Verteidigungsministerium?«

»Sie kennen sie, Michael. Als Freund. Sie wurden in keiner ihrer Tiraden erwähnt. Das wissen wir, schließlich haben wir sie aufgezeichnet. Entweder glaubt sie nicht, daß Sie eingeschaltet sind, was unwahrscheinlich wäre, oder sie will Sie nicht hineinziehen, was besser ist.«

»Hören Sie, Herr ...« Michael begann, unruhig zu werden. »Ich bin Ingenieur. Ich bin verlobt und ich werde wirklich nicht versuchen, eine fehlgeleitete Jugendliche zu verführen.«

»Wir verlangen ja auch nicht, daß Sie etwas so Melodramatisches tun, Michael. Sollten Sie freilich«, murmelte der Administrator, »zufälligerweise feststellen, daß die Situation sich unpolitisch entwickelt, dann wäre es nicht ...«

»Schon gut, schon gut! Ich werde mit ihr sprechen. Um des Projekts willen, damit wir uns nicht mißverstehen. Und für den König natürlich.«

»Natürlich.«

»Und wie soll ich sie davon überzeugen, daß der Start nichts mit dem Mars zu tun hat? Ich kann ihr ja keine Geheimakten zeigen.«

»Nein, das können Sie nicht. Sie müssen sie davon überzeugen, daß die Kaiserliche Republik Polen sich zum Nutzen der ganzen Menschheit mit der Erforschung des Weltraums befaßt und sonst gar nichts, und daß wir nicht die Absicht haben, mit diesem Start von jedem Prinzip abzuweichen. Allein schon unsere Stärke macht das unnötig. Zeigen Sie ihr einfach die Wahrheit, Michael – auf entsprechend diskrete Art natürlich.

Sie können sich glücklich preisen. Sie brauchen nur eine etwas hysterische junge Dame zu überzeugen, während ich gezwungen bin, mich mit diesem verrückten Hartford und seine Horde verrückter Demokraten herumzuschlagen. Ich würde jederzeit mit Ihnen tauschen.«

Michael seufzte. »Wo kann ich sie treffen und wann?«

»Wir werden etwas auf dem Gelände der amerikanischen Botschaft arrangieren.« Longins Gesichtsausdruck wirkte jetzt leicht angewidert. »Sie ist überzeugt, sie würde auf der Straße niedergeschossen werden, wenn sie jetzt weggehen würde. Hält sie Warschau etwa für Chicago?«

Wie arrangiert, erwartete sie ihn an dem japanischen Teich im Garten des Botschaftsgeländes. Der stiernackige Marineinfanterist am Tor musterte ihn feindselig, ließ ihn aber passieren. Wie verlangt, war sie allein.

Ohne Zweifel war sie von Kopf bis Fuß mit Lauschmikrophonen behängt, und er selbst bewegte sich jetzt wahrscheinlich in den Fadenkreuzen eines halben Dutzends Scharfschützen. Sein Hals juckte. Ihm machte der Auftrag überhaupt keinen Spaß.

Die Wanzen störten Michael weniger, schließlich trug er genügend Gerät in seinem Jackett, um damit einen ganzen Wolkenkratzer elektronisch zu entwanzen. Hoffentlich mischten sich ihre Belauscher nicht ein und vertrauten darauf, daß Dana ihnen später berichtete.

Sie war klein, blond, hübsch, ruhig – die letzte Frau auf der ganzen Welt, die er als selbsternannte Märtyrerin ausgewählt hätte.

»Hello, Dana«, sagte er leise.

»Herr Yan?« Nicht Michael, wie im Büro, sondern Herr.

In ihrer Stimme war Trotz, in ihren Augen, in ihrer Haltung. Er kannte dieses Mädchen überhaupt nicht. Longin hatte recht gehabt.

Sie forderte ihn heraus. Also gut. Ihr Polnisch war besser als sein Englisch, trotz ihres seltsamen Akzents. Sie kam aus Georgia. Daran erinnerte er sich, weil er es immer mit dem russischen Georgien verwechselte.

Er wies auf die Brücke, die über den Teich führte, und sie gingen gemeinsam darauf zu. Die kleinen Wellen auf der Wasseroberfläche spiegelten sich in den Glaswänden der Botschaftsgebäude. Wie die Amerikaner doch ihr Glas liebten!

»Dana, ich liebe dich.« Sie stolperte, und ihr Gesichtsausdruck veränderte sich drastisch. Zumindest hatte er sie aus dem Konzept gebracht.

»Sie haben einen komischen Humor, Herr Yan.«

»Michael, bitte. Ich bin noch nicht alt genug, um mich mit Herr anreden zu lassen.«

»Michael, wenn Sie wollen. Ich glaube nicht – nein, warten Sie.« Sie lächelte sarkastisch. »Natürlich lieben Sie mich. Und dann lieben Sie auch Maricelle, Jean, Don-anna und all die anderen Mädchen im Büro. Sie lieben jeden.«

»Ja, das ist richtig. Und jedermann glaubt, wir Polen seien verrückt, weil wir jeden lieben. Das macht uns so viel Ärger.«

»Die Deutschen haben Sie nicht geliebt«, erinnerte sie ihn. Er zuckte die Schultern.

»Was hätten wir denn tun sollen? Sonst schien niemand bereit, sich dem Verrückten entgegenzustellen. Zum Glück haben die Deutschen uns zuerst den Krieg erklärt. Sie brauchten ja gegen niemanden zu kämpfen, warum beklagen Sie sich also? Wir haben es ungern getan. Krieg ist nicht unser Stil.«

Sie sah ihn herausfordernd an, aber etwas weniger streitbar, dachte er. »Sie machen da eine so große Sache daraus. Er war nicht mehr als ein kleiner Despot.«

Bloß ein kleiner Despot! Michael schauderte. Er hatte das Buch des Verrückten gelesen, ein Glück, daß König Yampolsky XIX. die Gefahr erkannt und die Streitkräfte früh genug mobilisiert hatte. Die Franzosen, Engländer, Amerikaner und die anderen hatten trotz der erklärten Absichten des Verrückten keine Neigung zum Kampf gezeigt.

Sechs lange Monate des Krieges. Aber der Verrückte war getötet worden, und anschließend hatte man in Deutschland eine Art demokratischer Monarchie nach dem Muster der Republik eingerichtet, und jener populäre Kriegsheld – wie hieß er doch? – o ja, Göring, war zum ersten König gewählt worden. Seitdem hatte Deutschland Wohlverhalten gezeigt.

Aber gerade die Einrichtung der polnischen Regierungsform in Deutschland war es, die die Amerikaner geärgert hatte. Aber die Deutschen hatten aus vielen Beispielen wählen können, und sie hatten das Beste gewählt.

»Dana, ich verstehe ja Ihren Wutausbruch. Jemand, der nicht genau informiert ist, könnte in diese Ladespezifikationen alles mögliche hineinlesen. Aber das mit dem Mars stimmt nicht.«

»Doch.«

Ein verzogenes Kind. Der typische jugendliche amerikanische Messiaskomplex. Er sah sie scharf an und versuchte, ernst und würdevoll zu klingen.

»Ich schwöre bei meiner Ehre, Dana, daß der morgige Start überhaupt nichts mit der Annexion irgendeines Planeten oder Mondes oder der Errichtung von Stützpunkten dort zu tun hat. Wir haben es auf Luna nicht getan, warum dann auf dem Mars? Ich bin bloß Ingenieur, Dana, ich habe mit so etwas wie Ihrem CIA nichts zu tun.

Warum können Sie mir eigentlich nicht glauben, wenn ich schwöre, daß wir nur daran interessiert sind, den Frieden der Menschheit zu bewahren – was für einen Frieden gibt es denn in einer Welt, wo die Japaner und die Brasilianer und die Semitische Union alle über thermonukleare Waffen verfügen?

Frieden und Freiheit – verstehen Sie denn nicht? Polen hat jetzt seit über dreihundert Jahren die stabilste Regierung der Welt. Warum sollten wir das gefährden wollen, indem wir uns Ihr Land oder die Russen zum Feind machen?«

»Es ist falsch, unter einem Diktator Sklave zu sein!« stieß sie hervor. »Monarchien sind archaische, despotische Regierungsformen. Keine andere Großmacht hat einen König oder eine Königin.«

»Und keine andere Großmacht ist ganz so groß wie die Republik, und zwar aus ganz demselben Grund. Was ist denn

daran unrecht, unter dem höchsten Lebensstandard der ganzen Welt ›Sklave zu sein‹? Schön, wir haben also einen echten König mit absoluter Macht. Er dient nur fünf Jahre. Und dann wählen wir aus den Adeligen und Fürsten einen neuen König oder eine neue Königin. Es funktioniert. Das ist die einzige Begründung, die ich Ihnen geben kann.«

»Es wird jetzt jeden Tag zusammenbrechen«, beharrte sie, »dann werden Sie vielleicht doch eine echte Demokratie erhalten.«

»Du lieber Gott, nein! Alles, nur das nicht, Dana. Eine ›echte‹ Demokratie wie die Ihre? Wo die Gesetzgebung gelähmt und die Exekutive korrupt ist, wo die Gerichte erstarrt sind? Wir sind genau aus dem Grund, weil wir all das vermieden haben, geworden, was wir sind.

Nur ein Beispiel: Um die Fernsehnetze der Republik auf dreidimensionale Holographie umzuschalten, hat der König eine Proklamation unterzeichnet. Und Sie argumentieren immer noch, Jahre später, wer welche Rechte bekommt. Und das allerletzte Gegengewicht – die Gesellschaft der Assassinen – haben wir seit 230 Jahren nicht mehr aufgerufen.«

Sie begriff nicht. Sie würden das nie begreifen, dachte er traurig. Eine Wahlmonarchie war etwas Unmögliches, konnte deshalb nicht existieren. Die Polen störte das nicht.

»Schauen Sie, machen Sie diesen Start nicht zunichte, Dana. Ich nehme es Ihnen nicht übel, daß Sie die Daten, die Sie gefunden haben, falsch interpretieren. Sie wissen wirklich nicht, was all diese Informationen bedeuten?«

Sie blickte auf die Koi hinunter, die im Wasser spielten. »Nun, nicht ganz, aber da sind Bestellungen für Material, das ...«

»Angenommen«, seufzte er, »ich würde mich bereiterklären, mich einem Lügendetektortest zu unterziehen, freiwillig, hier, an einer der Maschinen Ihrer eigenen Botschaft, würde Sie *das* zufriedenstellen?« Longin würde das nicht recht sein, aber in der augenblicklichen Situation sah Michael keine andere Möglichkeit. Wenn es nicht funktionierte, würde Longin sich selbst die Schuld geben.

Er hatte ihm gesagt, daß er nur Ingenieur wäre.

Sie sah ihn unsicher an. »Das würden Sie tun?«

»Sofort, wenn Sie wollen.«

»Nun, ja, ich glaube, das würde es lösen.« Sie sah ihn verwirrt an. »Diese Treibstoffdaten ... Ich war so sicher.«

»Das wäre jeder, denke ich.« Er legte den Arm um ihre Schultern. »Gehen wir, bringen wir den Test hinter uns.«

Der Mehrfachstart war ein großer Erfolg. Der König war zufrieden, Longin war zufrieden, alle, die mit dem Projekt *Polonaise* zu tun hatten, waren zufrieden.

Zwei Wochen später summte sein Intercom, und eine gehetzte Sekretärin meldete, daß eine hysterische Frau in der Eingangshalle wäre und Michaels Namen und einige höchst unangenehme Schimpfwörter hinausbrüllte.

»Sie hatte eine Waffe bei sich, Herr, aber man hat sie am Tor entdeckt. Die Sicherheitsleute haben sie jetzt.«

»Wie sieht sie aus?« Er wußte es bereits, aber die Sekretärin bestätigte es.

»Die Polizei will wissen, ob Sie mit ihr sprechen wollen, ehe man sie entfernt.«

»Ja, ich denke, das sollte ich. Sie könnten inzwischen entsprechende Informationen an die zuständigen Behörden weiterleiten, damit die Deportationsprozedur vorbereitet werden kann. Sie gehört nicht hierher. Sie ist – verwirrt. Ja, ich will sie sehen.«

Vor dem Wachhäuschen am Eingang zu dem Raumfahrtzentrum drängte sich eine Schar von Neugierigen. Michael gestikulierte gereizt.

»Wir haben hundert Männer und Frauen im Orbit, die von uns hier im Zentrum völlig abhängig sind. Gehen Sie bitte wieder an Ihre Arbeit.« Die Menge verteilte sich an ihre Konsolen und Schreibtische.

Zwei kräftig gebaute Herren waren im Raum, die Dana Canning festhielten. Ihr Haar war verwirrt, ihr Blick wild. Alle Spuren der elfenhaften Unschuld, an die er sich so gut erinnerte, waren dahin.

»Sie! Sie haben mich angelogen, verdammt!«

»Ich habe Sie nicht angelogen, Dana.«

»Wegen des Starts haben Sie mich belogen!«

»Und der Detektor? Habe ich den auch belogen?«

»Sie – Sie sind den Fragen ausgewichen!« Sie versuchte, ihm einen Tritt zu versetzen, und er trat vorsichtig zurück. Die Wachen verstärkten ihren Griff an ihren Armen.

»Sie haben die Frage nie gestellt. Wenn Sie das getan hätten, hätte ich nicht antworten können. Ich hatte beschlossen, ein kalkuliertes Risiko einzugehen.«

Sie sah ihn verbittert an. »Eine Orbitalstation – eine Raketenplattform, groß genug, um jede Nuklearstation und jede Startanlage auf der ganzen Welt zu überwachen und in Schach zu halten!«

»Der Zweck der Station ist in erster Linie kommerzieller und wissenschaftlicher Natur«, sagte er leise, »aber es stimmt, daß die Station auch gewisse militärische Einsatzmöglichkeiten bietet.«

Sie lachte. In ihrem Lachen war keine Spur von Humor. »›Gewisse militärische Einsatzmöglichkeiten‹! Nach den Berichten im Fernsehen haben Sie genügend Raketenköpfe hinaufgeschmuggelt, um jedes Land zu zerstören, und zwar Sekunden bevor ein Präventivschlag gestartet werden könnte.«

»Jetzt haben Sie es erfaßt«, gestand er. »Für einen Polen ist selbst die Idee eines ›Präventiv‹-Angriffs schon genug, um in ihm Übelkeit zu erzeugen. Verstehen Sie denn nicht? Bei der Verbreitung von Atomwaffen in der Welt mußte doch jemand einfach eingreifen und sagen: ›Treibt keinen Unfug mit eurem neuen Spielzeug, sonst bekommt ihr Prügel.‹

Der König und der Hohe Rat haben widerstrebend entschieden, daß wir diese Bürde auf uns nehmen mußten. Wir sind den Sternen zu nahe, um jetzt noch zu riskieren, daß wir uns selbst verkrüppeln. Polen hat seit Hunderten von Jahren gegen niemanden einen Krieg angefangen. Das kann man von keiner anderen Weltmacht, die Ihre eingeschlossen, sagen. Ein kritisches Vakuum ist ausgefüllt worden.«

»Die alte Geschichte«, stieß sie hervor. »Jeder hat nur das Wohl der ganzen Menschheit im Sinn. Die Rechtfertigung jedes

Eroberers seit den Pharaonen. Warum solltet ihr auch anders sein?«

Er schüttelte den Kopf. Sie würde das nie verstehen, nie einsehen. Und die Russen auch nicht oder die Chinesen oder die Kenianer. Sie würden es nie verstehen, und sie würden immer eifersüchtig sein. Es gab nichts, das man dagegen tun konnte, gar nichts – nur sich weiter Mühe geben.

Er wandte sich ab, verschloß sich ihren Schreien und Beleidigungen.

Es war etwas, das man nicht erklären konnte, etwas, das in der Struktur der Menschen selbst lag. Er wollte es ihr zeigen, den Grund, weshalb Polen tatsächlich das mächtigste Land auf der Erde war, weshalb kein anderes Land jemals hoffen konnte, der Republik gleichzukommen.

Die Polen waren sanftmütige Leute – die einzigen, die es gab.

Wolfsmusik

Jeder, der glaubt, Telekinese, Telepathie und Gedankenkontrolle seien nur Science Fiction-Erfindungen, hat nie an einem Rock-Konzert von einiger Bedeutung teilgenommen. Es ist fast sicher, daß John W. Campbell das nie getan hat, sonst wären seine Psi-orientierten Geschichten in *Analog* nie das gewesen, was sie waren.

Dies ist eine jener Geschichten, wo einige scheinbar nicht miteinander in Verbindung stehende Elemente sich plötzlich für den Schriftsteller zusammenfügen und man das herrliche Gefühl erlebt, daß man sich selbst anschreien könnte: »Herrgott, wo ist *das* denn hergekommen? Das hab ich mir doch nicht ausgedacht, oder? O Junge, Jungejungejunge ... Jetzt bin ich neugierig, was als nächstes passiert.

Und das ist, was die Fans bei einem Konzert sich auch fragen, wenn die Musik aufhört, vom Ohr ins Gehirn zu rinnen, und statt dessen direkt in den Blutkreislauf eingeht, und man sich plötzlich ganz der elektrischen Gitarre ausgeliefert fühlt und dem Baß der Orgel und dem Schlagzeug. Das ist wahre Besessenheit an Leib und Seele.

Eine Version dieser Geschichte ist von einer Firma, die sich *Coq-Magazin* nennt, in verstümmelter Form veröffentlicht worden. Was nun folgt, ist die erste Veröffentlichung des kompletten, nicht geschlachteten Textes.

I

Du fängst an, fett zu werden, Sam Parker. Zu fett und zu alt. Du trinkst zu viel, du rauchst zu viel, und du treibst dich mit schlecht beleumundeten Damen herum, ja. Warum wirst du nicht endlich schlau, Parker? Hör mit den Zigarren auf, laß den Schnaps sein, lies hin und wieder ein gutes Buch.

Halt doch den Mund, Sam Parker!

Das kann ich doch nicht, seufzte Sam Parker. Ich bin du.

Er schlug die Zähne herausfordernd in die billige Zigarre und warf der schäbigen Fassade des Clubs einen weiteren Blick zu. Name: Hoch Hinaus. Parker schüttelte langsam den Kopf. Tief Hinunter eher, in die Tiefe. Genau wie er.

Der einzige helle Punkt an der Außenwand, die den ähnlich armseligen Pico Boulevard säumte, war das kleine Neonzeichen, das herausfordernd »Bier vom Faß« auf die gleichgültige, doppelspurige Asphaltbahn hinausschrie. Es war keine besonders gute Woche für Mrs. Parkers kleinen Jungen gewesen. Am Montag hatten »Deanna und ihre dressierten Welpen« ihr erstes Gastspiel unter seiner Ägide gegeben. Mitten in der Nummer fällt es doch tatsächlich einem der Biester ein, in den Zuhörerraum zu springen und nach zwei hysterischen Püppchen zu schnappen. Sams kurze Beziehung mit Madame Deanna hatte sich schneller gelöst als eine Kopfschmerztablette. Er konnte die Partnerschaft in drei aufeinanderfolgenden Prozessen nur dadurch so schnell beenden, weil die Verzeihung heischende Madame in ihrem Weitblick den Vertrag an der falschen Stelle unterzeichnet hatte.

Und jetzt das.

Der Januarwind fegte wie Weißwein aus den Hügeln von Hollywood und prickelte auf seiner Haut. Drinnen mußte es wärmer sein. Er ging die drei Stufen hinunter.

Die Zahl der Gäste überraschte ihn, es waren mehr, als er angenommen hatte. Wenn man die beinahe mystische Vorliebe bedachte, die die heutige Generation für Dreck empfand, hätte er das eigentlich besser wissen müssen. Sam nahm sich einen freien Tisch in der vorderen Ecke, er war frei, weil man sich zur Seite beugen mußte, um mehr als die Hälfte der sogenannten Bühne sehen zu können. Er legte seinen Zigarrenstummel weg. Ein einziger Blick in die Runde hatte ihm alles verraten, was er über den Club wissen wollte.

Die »frischen Blumen« auf den Tischen erinnerten an Moos.

Das Hübscheste, was man sonst über die Bude sagen konnte, war, daß ein neuer Anstrich ihr nicht gerade geschadet hätte. Aber es war natürlich, wie es die Atmosphäre verlangte, viel zu dunkel, als daß man seine eigenen Hosen hätte sehen können.

Ein junger Mann mit blondem Haar wie arischer Seetang erschien mit einem Block in der Hand neben Sam. Er hatte einen verträumten Blick, wahrscheinlich davon, weil er den ganzen Tag zu studieren und nachts zu arbeiten versuchte. Sam empfand für ihn einen Anflug von Sympathie.

»Scotch und Soda.«

»Tut mir leid, Sir«, murmelte der junge Mann. »Wir servieren keine harten Sachen. Kann ich Ihnen ein Glas heißen Apfelwein bringen?«

Die Heiligen mögen uns bewahren, heißer Apfelwein! Parker hätte am liebsten laut aufgelacht, aber das war schlecht für sein Magengeschwür. Und dieser junge Lipson war so begeistert von dieser Kneipe gewesen. Nun, er nickte, so daß man es kaum sah, er hatte seine Lektion gelernt. Der letzte Tip, den er von einem der »in«-Leute ernstgenommen hatte.

»Kann ich vielleicht ein Heinekens kriegen?«

»Nicht vom Faß, Sir.«

»Schon gut«, sagte Parker dankbar. »Eine Flasche ist mir auch recht.« Der Kellner verschwand.

Man konnte eigentlich nicht sagen, daß die Bühnenbeleuchtung anging. Eher daß der Teil des Clubs, der für die Darbietungen gedacht war, weniger dunkel als der Rest wurde. Und dann schlich sich die Band – er gebrauchte den Begriff bewußt – auf die Bühne.

Mit Ausnahme der ersten Gitarre waren sie die traurigste Gruppe, die er je gesehen hatte. Erste Gitarre, Baß, Schlagzeug und – ja, tatsächlich, das mußte es sein – ein Xylophon, um Himmels willen! Beinahe hätte er gelacht. Vielleicht würde sich der Abend doch noch lohnen, und er würde sich zu seinem guten Bier auch noch ein Schmunzeln leisten können.

Sam Parker, falls Sie es bis jetzt noch nicht erraten haben, war Agent. Nicht Geheim-, sondern Theater-, was für Körper und Seele viel beschwerlicher war. Eine aus einer Vielzahl eifriger

Ameisen, ewig damit beschäftigt, die Mülltonnen nach Talenten abzusuchen. Gelegentlich starb eine Ameise. Dann wurde sie ganz beiläufig von ihren Mitameisen auseinandergenommen, in den Ameisenhaufen getragen und dort gefressen. Bei Sam hatte ein paarmal nicht viel daran gefehlt, aber bis zur Stunde war er noch intakt und aktiv am Absuchen der Aschentonnen beteiligt. Er war sehr aufmerksam, das mußte man Sam lassen. Also entging ihm auch nicht die unverkennbare Aura der Erwartung, die sich über den Raum gelegt hatte.

Für diese miese Gruppe? Diese skelettartige Sammlung von Miesepetern? Irgend etwas stimmte hier einfach nicht. Er ertappte sich dabei, wie er sich eine kleine Winzigkeit erregte.

Nun, damit machte der Drummer schnell Schluß, als er anfing. Sam widerstand der melodramatischen Geste, sich die Ohren zuzuhalten. Es war auch nicht schlimmer als die dressierten Hunde. Aber wenn dieser Junge wirklich Rhythmus im Leib hatte, dann sparte er ihn sich offensichtlich für seine Todeszukkungen auf.

Dann kam der Baß. Er fummelte an seinen Saiten, als wollte er naß gewordene Spaghetti auseinandersortieren. Schlimmer und schlimmer. Der Xylophonspieler – Sam hatte sich davon immer noch nicht ganz erholt – fiel ein. Oder besser gesagt, er fing zu spielen an. Was er spielte, war überhaupt nicht – weder rhythmisch, noch melodisch, noch harmonisch – mit dem Baß oder dem Schlagzeug verwandt. Sam war bereit zu gehen, aber er hatte erst an seinem Bier genippt. Er verdrängte das Desaster auf der Bühne und versuchte, sich auf die Musik in den Kohlensäurebläschen zu konzentrieren.

Jetzt schlurfte die erste Gitarre auf das Mikrofon zu. Es gab ein einziges, trauriges Spotlight, vielleicht handelte es sich um eine große Taschenlampe an einer Schnur. Der Gitarrist hatte ein Gesicht wie polierter Sandstein, voll von Linien und Falten, die dort noch gute vierzig Jahre nichts zu suchen hatten. Gerades schwarzes Haar, an den schmalen, knochigen Schultern abgeschnitten, war mit einem einzelnen Lederband zusammengehalten. Er trug ausgebleichte Bluejeans, ausgebleicht vom regen Gebrauch und nicht etwa modisch gebleicht, ein dreckiges

Flanellhemd und Stiefel, deren Leder für alle Zeit eine untrennbare Verbindung mit verkrusteter Erde und grauem Ton eingegangen war.

Eine farblose, müde, tote Persönlichkeit, mit vierundzwanzig oder fünfundzwanzig Jahren bereits erledigt.

Nur in seinen Augen war etwas. Augen wie Stücke aus gutem alten Obsidian - und Gorgonenhaare als Finger.

Sam Parker brauchte nicht die ganze Nummer, ja nicht einmal einen Chorus, um Bescheid zu wissen. Die langen, jung-alten Finger kamen herunter und streichelten die Saiten, die linke Hand hob sich und legte sich wie eine Liane um das Brett. Ein Finger bewegte sich, berührte die elektrische Gitarre, die ein Geräusch von sich gab. Ganz hinten im Raum stöhnte ein Mädchen.

Er hieß Willie Whitehorse, und er spielte wie ein Gott.

Sam Parker setzte sich in seinem vom Apfelwein feuchten Stuhl gerade auf, beugte sich vor, keuchte dabei ein wenig. Daß der Schlagzeuger nicht imstande war, den einfachen Rhythmus durchzuhalten, machte nichts aus. Es machte auch nichts aus, daß der Baß Hände wie schmiedeeiserne Schaufeln hatte. Es machte nichts aus, daß der Xylophonspieler die anderen ignorierte und sich ganz in seiner eigenen, verdrehten Welt bewegte. Nur daß Willie Whitehorse spielte und sang, machte etwas aus.

Er sang, wie es war, wie der braune Adler zu sein, allein zu sein. Sang, daß Liebe wie die Schneeschmelze an heißen Wintertagen war. Sang von glatten Felsen und kleinen, überfüllten Ästen und Zweigen, auf denen Vögel saßen, und frischen grünen Mistelzweigen. Sang, wie sich Baumrinde krustig unter den Fingern anfühlte, und wie trockenes Feuerholz und alte Geschichten rochen. Sam Parker bekam nicht alles mit, aber was unter den Zuhörern vorging, bekam er mit.

Wenn der schwarzäugige Sänger vergnügt sang, lachten die Zuhörer, Fremde stießen einander an. Wenn er traurig sang, weinten die zynischen Studenten. Wenn er zornig sang, nur ein wenig, dann war aus der Tiefe des Clubs ein böses Grollen zu hören, und irgendwo zerbrach ein Glas.

Er war hager und müde und ganz allein dort oben. Aber in

ihm war etwas, in ihm und seiner Musik, das hinausgriff und mit den Seelen jener spielte, die zuhörten, sie packte und bog und sie kniff und sich festklammerte, ohne sie loszulassen, bis es sie zweimal rund um den weißen Mond geschleudert hatte und dann wieder zurück.

Ja, selbst Sam Parker packte es. Und fünfunddreißig Jahre lang hatte nichts, absolut nichts Sam Parker beeindruckt. Aber hier war eine seltsame Wildheit am Werk, die die Wälle überflutete, die Jahrzehnte von Dorsey und James und Lombardo errichtet hatten, und den kleinen Mann ein wenig peinigte.

Und ganz am Ende war etwas, das ihm sogar ein klein wenig Angst machte. Es war gleich wieder verflogen, und für den Augenblick vergaß er es. Wie er Willie Whitehorse so beobachtete, war den Bruchteil einer Sekunde lang keine Gitarre in seinen dünnen Armen, keine Gitarre, sondern ein nebelhafter grauer Umriß. Wie eines jener Dinge, die jeder aus dem Augenwinkel sieht, und die dann überhaupt nicht mehr da sind, wenn man sich herumdreht, um sie anzusehen. Eine komische Silhouette, die vier Beine und einen Schwanz hatte, das war es, das er in den Armen hielt. Vier Beine, einen Schwanz, scharf zulaufende Ohren, eine lange Schnauze mit kokosnußblassen Zähnen und zwei winzige Augengruben aus Rotorange, die wie Wachszündhölzer brannten.

Bier und die schlechte Beleuchtung natürlich, und Sam Parker vergaß es gleich wieder.

Nach einer Weile trieben die Musiker und der Applaus davon und gleich darauf die Bühnenlichter. Sam saß da und starrte ein paar Minuten lang ins Leere, dachte nach. Dann betastete er seine Westentasche, hörte das schwache Rascheln der Vertragsformulare, die er immer dort trug. Er machte gern Witze darüber, seinen »Seelen«-Vertrag. Wenn der Teufel Sam je ein Angebot machte, wollte er dafür gerüstet sein. Er wollte dann wissen, was er bekam, und Satan könnte auf die Idee kommen, sich aus dem Handel wieder herauszureden.

»Noch ein Bier, Sir?« Sam blinzelte und sah sich um. Der Kellner stand neben ihm, ebenso schläfrig und müde wie vorher.

»Was?«

»Hätten Sie gern noch einen Drink, Sir?«

»Nein, danke.« Sam schob seinen Stuhl nach hinten weg und stand auf. Er reichte dem Jungen eine Fünf-Dollar-Note.

»Ich hole Ihr Wechselgeld, Sir.«

Sam hob die Hand. »Lassen Sie's nur, mein Freund. Ich hab genug Kleingeld. Ich schwimme im Kleingeld. Sagen Sie mir bloß, wie ich in die Garderobe komme.«

Der Kellner leckte sich über die Lippen und warf einen Blick auf das ausgebleichte grüne Papier. »Dort ist jetzt keiner mehr, höchstens vielleicht noch Whitehorse. Mit Vornamen heißt er Willie.« Der Geldschein verschwand in seiner Hemdtasche, und dann wies er ihm den Weg.

II

Eigentlich hatte er gar nicht damit gerechnet, eine Garderobe in diesem Loch zu finden, aber da war doch tatsächlich eine. Als wäre sie sich unbewußt darüber im klaren, wie wenig sie hierherpaßte, glich sie das teilweise dadurch aus, daß sie keine Tür hatte.

Jemand saß drinnen auf einer Bank vor einer Kommode, die vor dem letzten Weltkrieg bessere Tage gesehen hatte. Darüber stand ein Spiegel. Eine elektrische Gitarre lag schräg über der Kommode, wie eine Aztekenjungfrau, die für das Opfer ausersehen war. Sam zögerte am Eingang und klopfte dann an die Wand.

»Darf ich reinkommen?«

Der Sänger drehte sich um, und Sam sah die Flasche, fast leer.

»Ich kann Sie ja nicht dran hindern«, murmelte die Gestalt und beendete einen langen Schluck. Er hustete, wischte sich die Lippen mit dem Handrücken ab. Das war schlimm, aber Sam konnte es nicht aufhalten.

»Doch, das können Sie. Sie brauchen es bloß zu sagen, dann bleibe ich draußen.«

Der Sänger schien bereit, den nächsten Schluck zu nehmen, hielt aber inne und widmete Sam die Andeutung eines interessierten Blicks. Aber dann war die Andeutung gleich wieder verschwunden, ehe jemand sie vielleicht sehen konnte.

»Kommen Sie rein oder hauen Sie ab, ganz wie es Ihnen Spaß macht. Mir ist's egal.«

Sam trat ein und setzte sich auf den einzigen Korbstuhl im Raum. Er saß so, daß er den Rücken des Sängers sah.

»Ich will's kurz machen und gleich zur Sache kommen. Ich bin Agent.«

Ein leichtes Lächeln huschte um die Mundwinkel des Sängers, und er drehte sich langsam um. In dem Lächeln war keine Spur von Humor. »Wie traurig für Sie.«

»Mit der Ansicht sind Sie nicht allein«, pflichtete Sam ihm bei. »Manchmal ist mir selbst auch so. Sind Sie Willie Whitehorse?«

Ein kaum hörbares Schlürfen. Roher, billiger Whiskey. »Yeah.«

»Sind Sie Indianer?«

Das führte zu der ersten Antwort, die über ein Brummen hinausging. Whitehorse öffnete seine Augen ganz (wie schwarz sie waren!) und funkelte den Agenten an. Sam zuckte unwillkürlich ein wenig zusammen. Sie kamen ihm wie Löcher ins nackte All vor.

»Sie sind Jude, nicht wahr?«

»Ja, das bin ich«, erwiderte Sam, dem das nichts ausmachte.

»Ist Parker Ihr richtiger Name?«

»Nein. Meine Leute haben ihn geändert, als ich noch klein war.«

Der Sänger zitterte ein wenig. Vielleicht war das Lachen. Aber wahrscheinlich war es der Alkohol.

»Nun, Whitehorse ist mein richtiger Name, und meine Leute haben ihn nicht gändert. Und ich will das auch nicht.« Sein Blick war nicht ganz klar, aber herausfordernd. »Ich schätze, auf die Weise habe ich Ihnen eine Kleinigkeit voraus, oder?«

Sam faltete die Hände über dem Bauch und erwiderte ruhig: »Wenn es Ihnen Spaß macht, können Sie es so sehen.«

Die Augen glitzerten noch einen Moment. Dann schlossen sie sich, wie Jalousienschlitze, und wandten sich ab.

»Verdammt sollen Sie sein«, zischte Whitehorse. »Verdammt!«

Pause; dann ganz ruhig: »Haben Sie einen Agenten, Willie?«

»Nein.« Befriedigt. »Ich ertrag die nicht.«

»Das überrascht mich nicht. Die meisten von uns sind ziemlich widerlich.«

»Und Sie sind anders, nehme ich an?« Er feixte.

»Ich denke schon. Vielleicht denken Sie das nach einer Weile auch. Wissen Sie, was ich glaube, Willie? Sie haben Talent. Eine ganze Menge Talent.« Als darauf keine Antwort kam, fuhr Sam fort: »Ich würde Sie gern vertreten. Ich glaube, Sie könnten ein großer Star sein. Der größte vielleicht. Ich müßte Ihnen ein paar vernünftige Leute für Ihre Band besorgen, eine anständige Band aufbauen. Hätten Sie gern eine Chance, mit ein paar Boys zu arbeiten, die mehr können, als bloß mit Eßstäbchen spielen, Willie?«

Immer noch keine Reaktion. Aber auch keine Ablehnung. Sam fuhr ermutigt fort: »Ich garantiere Ihnen jedenfalls, daß ich Sie aus diesem Dreckloch heraushole.« Er lehnte sich zurück und verbarg seinen Eifer, wie er das so oft geübt hatte. »Was sagen Sie dazu, Willie?«

Das einzige Geräusch war das fettige Klimpern der Flasche, die im Rhythmus auf die hölzerne Bank gestoßen wurde. Sie war leer, und das war der Rhythmus auch.

Dann: »Sicher, warum nicht? Zumindest kann dann ein anderer mit den Besitzern um Geld für Schnaps raufen. Diese blöden Idioten, bilden sich ein, sie verstehen was von Musik ... Yeah, sicher, Sie können mein Agent sein. Wie, haben Sie gesagt, heißen Sie?«

»Parker«, antwortete Sam geduldig. »Samuel Parker.«

»Okay, Samuel Parker. Gemacht. Möge Manitou Ihnen helfen.«

»Fein«, sagte Sam und griff in seine Weste. »Wenn Sie jetzt hier unterschreiben würden und hier ...«

Whitehorse schüttelte den Kopf.

»Nn. Keine Verträge, keine Papiere. Wenn ich Schluß machen will, mache ich Schluß. Einfach so.«

»Und wo bleibe dann ich?« wollte Sam wissen.

»In der Hölle meinetwegen. Mir ist das egal. Das ist ein Problem für den Großen Geist, nicht für mich. Sie können's nehmen oder es sich in den Hintern stecken.«

Sam seufzte. »Ich nehm's. Und jetzt, wo das klar ist« – er stand auf und holte sich eine frische Zigarre aus der Tasche –, »was kann ich als erstes für Sie tun, um unsere Übereinkunft zu besiegeln?«

Whitehorse sog hungrig die letzten widerstrebenden Tropfen aus dem Glas. Dann sah er die Flasche verträumt an, nahm sie am Hals. Als er sie gegen die Wand warf, zerklirrte sie in einem kristallinen Schauer.

»Beschaffen Sie mir noch eine Flasche.«

III

Ohne auch nur die elende Behausung gesehen zu haben, in der Whitehorse wohnte, bot Sam dem Sänger an, sein eigenes Apartment zu benutzen. Whitehorse lehnte ab, hatte aber keine Lust, mit dem Bus zu fahren. Also akzeptierte er Sams Angebot, ihn mit dem Wagen mitzunehmen.

Unterwegs hätte Sam beinahe alles zum Platzen gebracht.

»Wissen Sie«, sinnierte er, »ich hab viel über Ideen und Präsentation nachgedacht. Jede Gruppe braucht heutzutage irgend etwas Besonderes, um groß herauszukommen.«

»Yeah«, murmelte der Sänger gleichgültig und starrte zum Fenster hinaus. »Hey, ich weiß schon.« Er drehte sich plötzlich um. »Wahrscheinlich denken Sie im Augenblick, daß Indianer gerade ziemlich ›in‹ sind, he?«

»Nun, ich hatte mir überlegt ...«

»Sie haben daran gedacht, daß Sie mich ganz authentisch rausputzen könnten. Mit Perlen und Hirschleder vielleicht und mit vollem Kriegsschmuck und Mokassins. Dann könnten wir uns ja ›War Party‹ oder so ähnlich nennen? Hey, und dann vielleicht noch ein paar unechte Zigarren?«

»Das nicht gerade«, konterte Sam, der begriff, daß er den Sänger etwas verstimmt hatte. »Es gibt schon eine Gruppe mit einem ähnlichen Namen und ...«

»Kommen Sie und sehen Sie eine echte Indianerband! Wir spielen die heilige Musik des Roten Mannes, so wie Sie sie noch nie zuvor gehört haben! Der neue In-Sound – so vielleicht, Parker? Nicht übel, was?« Seine Stimme war immer lauter geworden, er schrie jetzt beinahe.

»Ruhig, ruhig«, sagte Sam besänftigend, ohne in die vulkantiefen Augen zu blicken. Sie fraßen irgend etwas in ihm auf. »Daran habe ich überhaupt nicht gedacht.«

»Nein?« schrie Whitehorse. Was Sam störte, war gar nicht die Heftigkeit des Jungen. Nein, verflixt, der weinte ja fast. Und plötzlich schien der Sänger in sich selbst zusammenzubrechen.

»Nein, wahrscheinlich haben Sie das gar nicht. Tut mir leid.« Er stützte den Kopf in die Hände und schwankte im Sitz. »Tut mir leid, tut mir wirklich leid. Ich hab einfach von diesem herablassenden, armseligen Getue genug ...« Er hustete zweimal, beim zweitenmal ziemlich heftig.

»Sie sollten dieses Zeug lassen«, meinte Sam, sorgsam darauf bedacht, mit gleichmäßiger, neutraler Stimme zu sprechen. Whitehorse schwankte etwas und lachte dann.

»Sie glauben wohl, ich bin besoffen, was?«

»Nein ...«, begann Sam.

»Nun, das bin ich auch nicht. Die meisten Indianer saufen, Mister Agent Parker. Nicht weil sie den Fusel mögen. Nein, das ist es nicht. Sie saufen, weil ihnen die Weißen das meiste, was sie einmal waren, vor ihrer Geburt abgeknöpft haben. Der Schnaps macht die Leere etwas erträglicher. All jene dunklen, großen Löcher, die einmal voll schöner Dinge waren. Und das Schlimme ist, Parker, daß man gar nicht weiß, was das eigentlich war, jene Dinge. Bloß ein großes Gefühl des Nichts, ein Gefühl, daß es sie nicht mehr gibt.

Nein, ich bin nicht besoffen, Parker. Wenn ich trinke, bin ich nüchtern. Ich bin nur betrunken, wenn ich spiele.«

Sam bremste ab und hielt am Randstein an. Er fragte nicht, ob er mit hinaufkommen solle. Sie waren nicht in Beverly Hills. Der Sänger mußte dreimal ansetzen, bis er die Tür aufbekam.

Sam lehnte sich nach rechts und sah hinaus. »Nicht vergessen, Willie: Morgen im Studio. Werden Sie es auch finden?«

Whitehorse schwankte, drehte sich dann zu dem Agenten herum. Er hielt die Gitarre wie ein krankes Kind an sich gepreßt. »Ich werde es finden.« Es war schwer zu sagen, ob er lachte oder weinte. »Mann, ich bin ein Indianer! Ich find überall hin, wissen Sie das nicht? Yeah, ich werd kommen, wenn ich es jetzt die Treppe hinauf schaffe.« Er legte die Hand an den Mund und schrie: »Wuu, wuu, w-«

Der dritte Kriegsschrei erstarb, ehe er richtig angefangen hatte, wurde von einem würgenden Husten erstickt. Sam wandte sich ab, es war ihm peinlich.

»Ich komm schon, ganz bestimmt komm ich.«

IV

Drei junge Männer standen zwischen den Betonmauern des Studios, die sie umschlossen, und starrten ungeduldig die weißen Wände, ihre Instrumente und Sam Parker an. Sam ließ seinen Blick zu einer unschuldigen Uhr wandern und versuchte, sich nicht anmerken zu lassen, wie beunruhigt er war. Er hatte Whitehorse gesagt, er solle um zehn Uhr da sein. Es war jetzt halb eins, und das Trio war nicht sonderlich gut gestimmt.

Man konnte es ihnen nicht verübeln. Es waren alles Spitzenleute, vielleicht die drei besten freien Musiker, die es im Augenblick in L. A. gab. Er hatte die ganze Nacht mit Betteln und Jammern verbracht, sozusagen eine Hypothek auf seine unverkäufliche Seele aufgenommen, um sie dazu zu veranlassen, ihre anderen Pläne abzusagen und hier zu erscheinen. Nein, er konnte es ihnen wirklich nicht übelnehmen, daß sie ungeduldig waren. Diese Leute waren gut, verdammt gut, und Sam wußte, daß er nicht von ihnen erwarten konnte, noch viel länger hier herumzuhängen. Das nächstemal, wenn er sie bat, nur noch ein wenig zu bleiben, würden sie ihn auslachen.

Inzwischen kostete ihn jede halbe Stunde im Studio Geld, eine Menge Geld, das er nicht besaß. Das einzige, was im Augenblick guter Dinge war, war sein Magengeschwür. Er war ein Narr gewesen, seine Entdeckung nicht mit sich nach Hause zu schleifen und im Blick zu behalten. Dieser blöde, verrückte, besoffene Junge! Wer weiß, was der getan hatte. Vielleicht war er irgendwo in ein Flugzeug gestiegen und abgeschwirrt – nein, eher wohl in einen Güterzug.

Zuerst hatte er alle fünf Minuten in Whitehorses Apartment angerufen, dann alle zehn. Der letzte Anruf lag jetzt fünfundvierzig Minuten zurück. Wenn er immer noch dort war, dann schlief er jedenfalls nicht, dann war er eher tot. Sams Hoffnungen und Visionen starben jetzt ziemlich schnell.

Drivin' Jack Cavanack hörte auf, mit seinen Schlagstöcken zu trommeln und blickte hinter seinem Schlagzeug auf.

»Hey, Mann, jetzt hoffe ich bloß, daß dein Supertyp bald auftaucht, sonst mache ich Fliege. Ich hab heute abend einen Gig in Seattle, und ich steh ganz bestimmt nicht drauf, in der Finsternis und der Kälte dort aufzukreuzen. Comprende?«

Uccelo zupfte zum tausendstenmal an seinem Baß und blickte nicht einmal zu Parker auf. »Genau.«

Vincente Rivera entlockte seiner Harmonika ein paar Töne und warf dem gehetzten Agenten einen mitfühlenden Blick zu.

»Tut mir leid, Sam, aber Jack hat recht. Wir haben alle was anderes zu tun, als hier noch länger rumzuhängen. Ich tue dir hier einen Gefallen, das weiß ich. Aber wir sind schon zu lange hier, Sam. Ehrlich gesagt, kann ich mir nicht denken, daß dein Wunderknabe noch erscheinen wird.«

Er klappte ein kleines schwarzes Etui mit einem Innenleben aus rotem Samt auf und fing an, sein Instrument darin zu verstauen.

»Bitte, Vince ... Jack, Milo. Gebt mir doch 'ne Chance, ja? Bloß noch zehn Minuten, mehr will ich ja gar nicht, okay? Zehn lausige Minuten. Ich bin sicher, daß er kommt. Er hat's mir doch versprochen.«

Rivera seufzte und ließ eine Schnalle des Etuis zuklappen. »Sam, ich glaube, der hat dich drangekriegt.«

»Den hat man schon drangekriegt, als er sich für seinen edlen

Beruf entschieden hat«, kam eine dünne Stimme von der Studiotür. Sam breitete ein erleichtertes Grinsen von einem Ohr zum anderen aus.

»Willie!« Es kam wie ein Fluch heraus. »Ich hab doch gewußt, daß du's schaffen wirst, Junge!« Whitehorse ging an Sam vorbei und ignorierte die ausgestreckte Hand.

»Sicher, Sam, versprochen.« Der Sänger sah nur eine Spur weniger ausgemergelt aus als in der letzten Nacht.

Er fand einen Griff und fing an, sich in die Ganglien der mechanischen Lunge seiner Gitarre einzuhaken, und redete dabei weiter.

»Weißt du, Sam, ich wollte gar nicht kommen.«

Parker tat so, als hätte er nicht gehört, während er die Studiotür schloß.

»Ich wollte dich einfach stehen lassen und nach Phoenix fahren. Großer Witz. Diese ganze Sache hier« – er machte eine Handbewegung, die das ganze Studio einschloß – »macht mich nicht an. Dann dachte ich mir, Großvater, was er auch sonst von mir denken könnte, würde nicht gern hören, daß ich mein Wort nicht gehalten habe. Na schön, was soll's«, schloß er etwas lahm.

Ein Segen, daß es Großväter gibt, dachte Parker und fühlte sich wie ein Mann, der beim Pokern gerade eine Flöte gezogen und doch nur auf ein Pärchen gehofft hatte.

»Was soll ich jetzt machen, Sam?« fragte Whitehorse.

»Nun, Willie, ich möchte zuerst mal rausfinden, ob ihr vier kompatibel seid, im Ton meine ich. Wenn ja, dann möchte ich eine Gruppe aus euch machen.« Uccelo schlug einen häßlichen Ton auf seinem Baß an und schnaubte spöttisch.

»Willie, das sind Drivin' Jack Cavanack, Milo Uccelo und Vincente Rivera. Boys, Willie Whitehorse.«

Sam hatte schon einmal mehr plötzliches Gefühl der Kameradschaft unter einer Gruppe Leichenträgern gesehen.

»All right, Sam«, sagte Cavanack gelangweilt. »Bringen wir's hinter uns, hm? Ich muß noch 'ne Maschine erwischen.«

»Sicher, Jack, sicher!« Parker lächelte gehetzt. Cavanack wandte seinen gleichgültigen Blick Whitehorse zu.

»Was willst'n spielen, Mann?«

»Ich spiel nur mein eigenes Zeug«, erwiderte Willie ebenso gelangweilt. »Wenn ihr wollt, könnt ihr mir ja folgen.«

»Jetzt hör mal zu, Mann!« begann Cavanack und erhob sich zu seiner ganzen Größe und funkelte den anderen über seine Schießbude hinweg an.

»Bitte, Jack!« flehte Sam und machte besänftigende Handbewegungen. »Es ist ja bloß auf ein paar Minuten. Seid für ein paar Minuten erwachsene Männer, ja?« Er lächelte verzweifelt.

»Okay, Sam«, gab Cavanack mit warnender Stimme nach. »Aber du verlangst 'ne ganze Menge, Mann.« Er setzte sich. Willie nahm die Gitarre in die Arme, mit jener glatten, umhüllenden Bewegung, die Sam schon einmal gesehen hatte.

»Hey, Brother«, unterbrach Uccelo, »willst du dich nicht einstimmen?«

Augen aus rauchgewordenem Eis fixierten den Bassisten über zusammengepreßten Lippen.

»Ich bin nicht dein Bruder, Uccelo ... Und ich bin immer eingestimmt.«

»Sicher, Willie«, bettelte Sam fast. »Komm schon und spiel etwas, ja?«

Willie sah ihn an. »Sicher, Sam. Ich werde etwas spielen.«

Und Willie Whitehorse spielte.

As a boy my Father told me
When the mountains and the rivers were being taken down
Down taken, taken down down down
Down down taken way down
Torn down ...

Er sang und er spielte, und er spielte und er sang. Milo Uccelo, Vince Rivera und Drivin' Jack Cavanack, sie alle hörten nur zu. Saßen da und hörten zu. Jeder Bulle, der ihre eingefrorenen Gesichter gesehen hätte, hätte sie sofort hopps genommen, auf bloßen Verdacht hin. Keine Frage, sie waren high. High und wild und hingerissen von der Musik von Willie Whitehorse.

Rivera war der erste, der sich anschloß, wie im Traum geschah es. Er entlockte seiner verchromten Harmonika ein süßes, klagendes Geräusch, fand die leeren Stellen, von denen es einige wenige in Willies Lied gab, und erfüllte sie mit Noten wie kristallisierter Honig.

Und dann kam von ganz hinten aus dem Studio etwas wie die leisen Schritte eines Riesen, wurde immer lauter und lauter und bewegte sich schneller und schneller, klang jetzt wie der Hungerschrei einer Drachenfliege. Drivin' Jack Cavanack, die Augen glasig und in endlose Fernen blickend, setzte Räder unter Willies Gitarre und Riveras Harmonika und brauste mit hundertzwanzig die gelbe Ziegelstraße hinunter.

Uccelo kämpfte dagegen an, schwamm mit, gab nach. Seine Hände schienen sich zu bewegen, als wären sie selbst lebende Wesen, und die tiefen, schweren, glockenklaren Klänge kamen aus seinen Fingern und verbreiteten sich wie schwarze Orchideenblüten im Raum.

Sam spürte es auch, aber er hatte nichts, was er hineintragen konnte, nichts außer den Gesichtern an den Glasfenstern des Aufnahmeraums, den Nasen und den Händen der Angestellten und der Passanten, die sich gegen das kühle Glas preßten. Und die Körper darunter bewegten sich, wogten, schwangen mit der unwiderstehlichen Macht der Musik mit.

Diesmal sah er es zweimal.

Einmal irgendwo in der Mitte und ein weiteres Mal am Ende. Sam sah, oder glaubte zu sehen, daß da eine silberne Silhouette mit schwefeligem Blick in den schützenden Armen von Willie Whitehorse brannte, loderte.

Sie kamen perfekt miteinander zum Ende, und die letzte Note starb einen zögernden, unwilligen Tod. Sam blinzelte, sah auf die Uhr.

Sie hatten nonstop zweiundzwanzig Minuten lang gespielt.

Sein Hemd war unter beiden Armen von Schweiß durchtränkt. Und wenn man ihn gefragt hätte, dann hätte er darauf bestanden, daß er die ganze Zeit keinen Muskel bewegt hatte. Höchstens vielleicht in der Kehle.

Willie hakte ruhig seine Gitarre aus und ging auf Sam zu.

»Wenn du willst, daß ich wo spiele, ruf mich an, Agent.« Er knallte die Tür hinter sich zu.

Das schien den Zauber zu lösen, der sich wie ein Leichentuch über das Studio gelegt hatte. Die Musiker drängten sich um Sam, aber keiner schüttelte ihm die Hand, keiner klopfte ihm auf den Rücken. Sie waren ganz ernst, aber es war ein Ernst, der aus der Erregung kam. Und so sah auch Jack Cavanack Sam an.

»Ich muß mich entschuldigen, Mann. Ich mach mit, aber jetzt mußt du mich entschuldigen. Ich muß den Gig in Seattle absagen.«

»Danke, Jack. Das freut mich.« Sam kam eine Idee. »Warte mal, langsam, Jack. Ist das ein Solo?«

»Yeah. Die haben ein paar dortige eingespannt. Ich spiel dort eine Weile. Das ist ein guter Club, Sam.«

»Okay, sag deinem Mann, daß er eine ganze Gruppe für den Preis eines Solos kriegt, und er soll die Boys von der Collegeband abfahren lassen«, sagte Sam schnell. »Sag ihm, du bringst deine eigenen Leute mit.«

»Okay, Sam.« Cavanack nickte, die Hand an der Studiotür. »Wie du meinst.«

Rivera blieb auf der niedrigen Bühne stehen. Er starrte seine Harmonika an, drehte sie hin und her, als wäre sie ihm plötzlich fremd geworden. Sam verstand nicht viel spanisch, glaubte aber, das gemurmelte »Madre de Dios, Madre de Dios« des Musikers verstehen zu können, weil er es immer wieder sagte. Und noch etwas. Rivera blies ein paar ganz einfache Töne auf dem Instrument. In dem jetzt still gewordenen Studio klangen sie so verloren wie ein Papierflieger im Gran Canyon.

Uccelo kam herüber, er wirkte besorgt.

»Hey, Sam, meine Hände zittern, weißt du das? Was sagst du dazu?« Er streckte sie aus. Sam sah nur ein leises Flattern, eine Andeutung von Bewegung in den Fingerspitzen, aber für den Baßspieler bedeutete das offenbar eine ganze Menge.

»Das ist mir noch nie passiert, Sam. Noch nie.« Er schüttelte den Kopf. »Ich hab auch noch nie so gut gespielt. Sam, ich schwöre, ich hab mein ganzes Leben noch keinen solchen Sound gehört.«

Der Agent lächelte, wischte sich mit einem schmutzigen Taschentuch über den schon fast haarlosen Schädel. »Dann glaubst du auch, daß er gut ist?«

Uccelo sah ihn seltsam an. »Gut? Für das, was dieser Bursche ist, gibt es noch gar kein Wort.« Er schluckte. »Ich glaube, du wirst das gar nicht so verstehen, wie ich das meine, Sam, weil du kein Musiker bist. Aber bei dem Sound dort oben, da waren wir voll dabei, und das war besser, viel besser, Mann, als wenn man es treibt.«

Er wirkte immer noch beunruhigt, als er sich umwandte, um seinen Baß auszustöpseln.

»Aber das sage ich dir«, fügte er hinzu, während er mit den Drähten beschäftigt war. »Für den Mann spiele ich immer Baß, überall. Gratis, wenn ich muß. Aber in einem dunklen Zimmer bleibe ich mit dem nicht.«

V

Sam lächelte schläfrig, als die 727 sich durch die Wolken auf den Flughafen von Tacoma-Seattle senkte. In ein paar Stunden würde er besser wissen, was er hatte. Daß er etwas Besonderes hatte, hatte er schon gewußt, als er jene erste Gitarrennote im *Hoch Hinaus* gehört hatte. Aber wie besonders, konnte er noch nicht sicher sagen – noch nicht.

Natürlich, sinnierte er, während er sich in dem Flugzeugsitz zurechtsetzte, diese Leute am Studiofenster hatten der Gewalt der Musik genauso nachgegeben wie die jungen Leute im Club.

Ehe er in den Schlaf versank, kam ihm in den Sinn, wie es eigentlich möglich war, daß jemand die Musik außerhalb des abgeschlossenen, schalldichten Studios gehört hatte. Aber da war er schon eingeschlafen.

SEATTLE, 22. JANUAR (UPI) – Das »Aquarius‹, eines der besten Rock-Lokale der Innenstadt von Seattle, wurde letzte Nacht stark beschädigt, als die Besucher während des Auftritts der Whitehorse-Band, einer neuen Gruppe aus Los Angeles, in Aufruhr gerieten. Die Polizei, die vom Besitzer des »Aquarius«, Marshall Patrick, zu Hilfe gerufen wurde, sah sich außerstande, mit der Menge fertig zu werden, und mußte die Spezialtruppe der Stadt zu Hilfe rufen. Außerdem half eine Abteilung von Militärpolizisten aus dem nahe gelegenen Fort Lewis, die Menge zu beruhigen, der auch einige junge Soldaten angehörten, die auf Urlaub vom Stützpunkt herübergekommen waren. Die Berichte über den Anlaß der Störung sind widersprüchlich, aber es herrscht allgemein der Eindruck, daß das Publikum vom Schwung der neuen Gruppe mitgerissen wurde, obwohl es in diesem Punkt unterschiedliche Aussagen gibt, so daß noch einiger Zweifel herrscht.

Die eigentliche Störung brach während der letzten Nummer des Abends aus. Einer der jungen Zuhörer, die auf Kaution auf freien Fuß gesetzt wurden, meinte, diese Nummer hätte etwas mit »geschlachteten Babys und heulenden Hunden« zu tun. Police Sergeant Michael Washington, ein langjähriger Angehöriger der Polizeibehörde von Seattle, drückte es so aus: »Ich habe in meinen zwanzig Dienstjahren so etwas noch nicht gesehen. Es war wie in einem Irrenhaus. Junge Leute heulten, sangen, spuckten und kreischten wie die Wildkatzen. Einige von meinen Leuten sind ganz schön zugerichtet worden. Gewöhnlich sind das nur die Mädchen, aber diesmal schienen die Jungs auch durchzudrehen. Ich kann Ihnen sagen, mir hat das Wasser im A... gekocht. Ich hab schon oft bei Rock-Konzerten Auswüchse gesehen, aber so etwas noch nie. Die meisten von ihnen wissen anscheinend gar nicht, was geschehen ist. Ich setze ja nicht gern Gummiknüppel gegen Teenager ein, aber meine Leute mußten einfach, um sich zu verteidigen. Wie ein Tollhaus war das.«

Die größten Schäden wurden an Einrichtungsgegenständen und Gläsern gemeldet. Der Besitzer, Marshall Patrick, meinte zu dem Vernichtungswerk: »Das war die schlimmste Demonstration, die ich je gesehen habe, sogar noch schlimmer als dieses letzte Konzert in Belgien. Aber ich sage Ihnen, ich würde den Verein sofort dauernd buchen, wenn ich ihn kriegen könnte. Ich hab ihrem Agenten alles bis auf einen Blankoscheck geboten, und der hat abgelehnt. Er hat gesagt, wenn ich die Gruppe wieder hören wollte, sollte ich ins ›Atheneum‹ in Los Angeles kommen. Mich hat es nicht so gepackt wie die jungen Leute, aber für mich gibt es keinen Zweifel, daß ihr Spitzenmann, dieser Whitehorse, wirklich etwas Besonderes hat.«

(In Los Angeles lehnte es John Nat Burns, Millionär, Besitzer und Erbauer des »Atheneums« ab, einen Kommentar zur Aussage des Agenten der Gruppe, Samuel Parker, zu geben.)

Bei Diskussionen über die Leistung der Band äußerten sich einige der Zuschauer zu dem interessanten optischen Effekt, der auftrat, als die Gitarre von Willie Whitehorse die Umrisse eines kleinen Tiers anzunehmen schien. Einige sagen, es wäre ein Fuchs gewesen, andere bestehen darauf, daß es sich um einen Wolf handelte. Alle sind sich aber einig, daß der Trick, der wahrscheinlich durch Lichter hinter der Bühne bewirkt wurde, sehr gut ausgeführt war.

VI

Sam lehnte sich in dem Sessel in seinem Büro in Wilshire zurück und blickte zufrieden auf die Liste, die vor ihm auf dem Schreibtisch lag. Es war eine Liste amerikanischer Städte, und sie war jetzt zu mehr als drei Viertel voll. Stationen auf ihrer ersten, die ganze USA umfassenden Tournee. Wenn das Konzert heute abend ein Erfolg wurde.

Mund-zu-Mund-Reklame ist etwas Wunderbares. Nicht weniger als sechs größere Schallplattenfirmen hatten in den zwei Wochen seit Seattle mit Verträgen gewinkt. Als sie die Bedingungen hörten, unter denen Sam nicht abschließen wollte, reagierten sie verschiedenartig, Reaktionen, die von leichter Heiterkeit bis zu ausgesprochenem Ekel reichten. Sam lächelte. Nach dem Konzert heute abend würden sie darum betteln, zu seinen Konditionen abschließen zu dürfen.

Ja, Mund-zu-Mund-Reklame war etwas Wunderbares. Die Werbung war minimal gewesen. Aber die Agenturmeldung hatte das Interesse geweckt, und den Rest hatte die Rock-Szene besorgt. Alle sechzehntausend Plätze waren bereits am ersten Verkaufstag ausverkauft gewesen. Die Whitehorse-Band würde ihren ersten großen Auftritt im »Atheneum« haben.

Der Gong seiner Sprechanlage schlug an und verlangte seine

Aufmerksamkeit. Er befriedigte das Kästchen, indem er den entsprechenden Schalter umlegte.

»Ja, Janet?«

»Mr. Parker, hier ist ein Herr, der Sie unbedingt sprechen möchte. Er sagt, sein Name sei Frank Collins.«

»Sagen Sie Mr. Collins, daß alle Geschäfte in bezug auf Aufnahme, Werberechte oder Buchungen bis nach dem Konzert warten müssen. Machen Sie einen Termin mit ihm – sagen wir Dienstag, wenn er will. Sagen Sie ihm, heute werde ich niemanden empfangen.«

»Er weiß, daß das Konzert heute abend ist, Mr. Parker. Aber ich glaube, Sie würden ihn doch gern kennenlernen. Er will weder Geld noch hat er welches anzubieten. Zumindest glaube ich das. Er sagte, er habe den Doktor in Psychologie. Er sieht freilich nicht so aus.«

Nun, Sam hatte schon viele Tricks gehört, aber der Erfindungsgeist des Menschen ist etwas Wunderbares. Einen Augenblick lang war er versucht, Janet dem Witzbold sagen zu lassen, er solle seine Bananen schälen. Dann überlegte er, daß er eigentlich noch nie einen echten Wissenschaftler kennengelernt hatte. Morris, der Buchmacher, war dem noch am nächsten gekommen.

»Also gut, Janet, er soll hereinkommen.« Er ließ den Schalter los.

Janet war der einzige Luxus, den er sich mit dem Vorschuß auf heute abend geleistet hatte. Sie konnte neunzig Worte in der Minute tippen, hatte einen Abschluß von der UCLA, einen Intelligenzquotienten von 130 und einundvierzig Zoll Busenumfang.

Frank Collins trug einen dunkelgrauen Anzug und Krawatte, war mit Sam etwa gleichaltrig, hatte blaue Augen, Hängebakken, kein Kinn, eine braune Aktentasche und viel mehr Haare als Sam. Wegen letzterer Eigenschaft war er Sam auf den ersten Blick unsympathisch. »Setzen Sie sich, Collins, aber fühlen Sie sich nicht wie zu Hause.«

Der Psychologe nahm auf dem Stuhl, der Sam gegenüberstand, Platz.

»Sie sind Sam Parker?«

»Wenn meine Mutter mich nicht angelogen hat. Sind Sie wirklich ein Doktor?«

Collins' Lächeln war sympathisch. »Ich sehe in mir eigentlich ganz gern ein wenig mehr als einen Titel.« Er legte die Fingerspitzen aneinander und wurde ernst. »Ich interessiere mich sehr für einen jungen Mann, den Sie vertreten. Er heißt Willie Whitehorse.«

»Wer tut das nicht?« pflichtete Sam ihm bei. Er streichelte eine Kassette, die vor ihm auf dem Schreibtisch stand. »Zigarre?«

»Nein, danke. Ich rauche nicht.«

»Schade für Sie.« Sam zündete die seine an und paffte befriedigt. Aus Havanna über London. Noch ein kleiner Luxus. »Sie geben sich keine große Mühe um mich, Collins. Was wollen Sie? Warum interessieren Sie sich für Willie?«

»Ich habe mich die letzten zehn Jahre ganz speziell mit den parapsychologischen Aspekten der Rock-Musik befaßt, Mr. Parker.«

»Das ist ganz bestimmt sehr interessant«, sagte Sam. »Wenn Sie mir vielleicht jetzt noch in Englisch sagen könnten, was das bedeutet, könnte es mich auch interessieren.«

»Vielleicht, wenn ich Ihnen genau erklärte, was mich an der Rock-Musik besonders interessiert ...«

»Sicher«, sagte Sam und blickte ostentativ auf die Uhr, die auf seinem Schreibtisch stand. »Brauchen Sie bloß nicht zu lang.«

Collins lächelte wieder, ein leicht überlegen wirkendes Lächeln, und begann dann ernsthaft: »Ist Ihnen je aufgefallen, welche Macht gewisse Rock-Musiker über ihre Zuhörer haben?«

Das beeindruckte Sam nicht. »Natürlich. Bloß die Spitzenleute haben diese Macht. Obwohl ich eigentlich nicht ganz sicher bin, ob ich es ›Macht‹ nennen möchte.«

»Oh, wie sollte man es sonst nennen, Mr. Parker? Sie hatten doch sicher Gelegenheit, die Zuhörer ebenso wie die Spieler zu beobachten. Ein paar Musiker und gewöhnlich ein Spitzenmann, die über Tausende und Abertausende hingerissener Zuschauer so etwas wie totale gefühlsmäßige Kontrolle ausüben.

Mit ihren Gefühlen spielen, ihre Gedanken jonglieren und ihre Körperbewegungen praktisch mit ihrer Musik dirigieren.«

Sam lachte glucksend. »Das klingt ja gerade wie Hexerei.«

Collins lachte nicht. Er nickte vielmehr. »Früher hätte man es so genannt. Tatsächlich ist die Musik manchmal sogar eine Macht des Teufels genannt worden. Aber mit dem Übernatürlichen hat das natürlich überhaupt nichts zu tun. Psychische Kräfte sind schon lange postuliert worden, Mr. Parker. Die Fähigkeit, andere durch die Macht eines Geistes unter Kontrolle zu halten. Irgendwie scheint die Musik die Ausstrahlung dessen, der sie darbietet, und die Aufnahmefähigkeit seiner Zuhörer zu steigern. Bis zu einem gewissen Grad gilt das für jede Musik, aber die Rock-Musik scheint das in weit größerem Ausmaß zu bewirken, als man für möglich hält. Und meine sogenannten Kollegen spielen immer noch mit Rhine-Karten.«

Der letzte Satz kam fast verächtlich.

»Sagen Sie mir, was glauben Sie, was ein junger Mensch bei einem dieser Konzerte sich denkt? Jemand, der ganz in der Musik aufgeht, wie die das ja versuchen?«

»Keine Ahnung. Ich bin keiner von diesen Jugendlichen. Das, was der Sänger singt, denke ich.«

»Richtig, Mr. Parker. Und der denkt das so, daß er alles andere von sich abkapselt. Abgesehen von der Musik ist das Bewußtsein des Zuhörers völlig leer. ›Mit der Musik eins werden‹ nennt man das. Wenn die Musik sie ›bewegt‹, dann bewegt sie sie wirklich.

Gewöhnlich wird dieses Einssein in Aktivitäten der Freude und des Glücks ausgedrückt. Gelegentlich, wenn die Musik zügellos oder stark genug ist, führt sie seitens der Zuhörer zu gewalttätigen, antisozialen Handlungen. Emotionale Telepathie, Mr. Parker, in großem Maßstab, und vor unseren Augen! Kein Wunder, daß ihre Eltern sie und ihr Verhalten nicht verstehen.«

Parker begriff nicht ganz, worauf der andere hinauswollte, wollte sich aber jedenfalls nicht näher damit befassen. »Quatsch! Es reagieren ja nicht alle jungen Leute so. Verdammt, manche von ihnen mögen Rock-Musik nicht einmal!«

»Vielleicht ist das Bewußtsein von manchen für die Effekte immun«, meinte Collins und zuckte die Schultern. »Andere haben in ihrem Bewußtsein Sperren gegen die Musik aufgebaut, aber bei denjenigen, die aufnahmefähig sind, sind die Reaktionen universal. Eine Spitzentruppe erzeugt bei jungen Leuten in Rom im Staat New York und in Rom in Italien dieselben Wirkungen, genauso bei jungen Leuten in Moskau, Idaho, wie in Moskau, Rußland.« Seine Stimme wurde jetzt leise.

»In mancher Hinsicht, Mr. Parker, glaube ich, daß die heutige Musik die Sperren gegen eine Kommunikation zwischen dem Bewußtsein einzelner Menschen löst, die es normalerweise im menschlichen Geist gibt. Vielleicht hat die heutige Umgebung etwas damit zu tun. Vielleicht auch der Einsatz der Elektronik. Überlegen Sie doch! Einige der populärsten Gestalten der Rock-Szene haben nach den Begriffen der professionellen Musikkunde überhaupt keine Stimme und sind darüber hinaus, technisch betrachtet, schwache Instrumentalkünstler. Sie kommen aus jedem nur gerade vorstellbaren kulturellen Hintergrund, haben nichts gemeinsam, sieht man von dieser unheimlichen Fähigkeit ab, sich und ihre Zuhörer völlig in die Musik einzubinden.« Er lockerte sich etwas, wurde weniger fanatisch. »Sie sehen also, mit welchem Interesse ich den Bericht über Ihr Konzert in Seattle gelesen habe.«

»Und Sie glauben, daß Willie, wenn er spielt, eine Art geistiger Kontrolle über seine Zuhörer ausübt?« Parker schüttelte den Kopf. »Zumindest sind Sie nicht langweilig, Collins.«

Der Psychologe musterte ihn finster. »Beleidigungen und Skepsis stören mich nicht, Mr. Parker. Meine Statistiken beweisen das, was ich sage. Ihr Mr. Whitehorse wird jenen Beweis noch verstärken. Ich habe zu viele leere, geistlose Gesichter gesehen, die sich im Rhythmus der heutigen Bands wiegen, als daß ich etwas anderes glauben könnte.«

»Warum sind Sie zu mir gekommen?« fragte Sam abrupt. »Was wollen Sie?«

Der Wissenschaftler sah ihn an wie ein Schaf. »Ich muß dieses Konzert hören«, erklärte er verzweifelt, »und ich – ich konnte kein Ticket mehr bekommen. Sie waren alle verkauft.«

Sam zögerte. Eigentlich sollte er diesen Idioten hinauswerfen. Diesen gelehrten Idioten. Andererseits konnte das Ganze natürlich herrliche Publicity bedeuten, ja, das konnte es.

»Ich will Ihnen was sagen, Collins, ich sorge dafür, daß Sie hineinkommen. Aber wenn Willie zu singen anfängt, daß man alle verrückten Wissenschaftler aufhängen soll, dann geben Sie mir nicht die Schuld, daß ich ihm den Strick geliefert habe.«

Das war als Witz gedacht. Collins lächelte nicht.

VII

Sam hatte sich durch zwei Zigarren hindurchgekaut und war dabei, eine dritte zu verstümmeln. Draußen vor dem Vorhang drängte sich ein stampfender, kreischender Mob, etwas, was die Presse euphemistisch als »junge Erwachsene« bezeichnete. Manchmal wurde das, was sie skandierten, obszön, manchmal lediglich ungeduldig. Meistens schrien sie nur: »WIR WOLLEN WILLIE! WIR WOLLEN WILLIE! WIR WOLLEN WILLIE!«

Nun, Sam konnte es ihnen nicht verübeln. Er wollte Willie auch.

Vincente Rivera, Milo Uccelo und Jack Cavanack zeigten unterschiedliche Schattierungen von Langeweile, die langsam in Ekel überging. Sie waren in rotes Leder mit Fransen gekleidet. Cavanack kiffte.

Sam blickte auf und sah den Schlagzeuger bittend an. »Hör mal, Jack, kannst du das Zeug nicht rausschaffen? Mir fehlt jetzt bloß noch ein übereifriger Ordnungshüter, der hier herumschnuppert und dich einlocht.«

Cavanack blickte auf und lächelte breit. »Ich schlag doch bloß die Zeit tot, Sam. Bis dein Liebling Willie herkommt. Falls er herkommt.«

Der Agent schnitt eine Grimasse und sah Rivera geistesabwesend an. »Wenn ich du wäre, Sam, würd ich mir einen schnellen Wagen bereithalten. Wenn wir nämlich noch lange hier rumsitzen, wird das Volk dort draußen unangenehm. Und ich werd ganz bestimmt nicht derjenige sein, der dann hinausgeht und denen alles erklärt.«

»Genau«, pflichtete Uccelo ihm bei. »Das ist ja schließlich keine Jam-Session in einem Aufnahmestudio.«

»Glaubt ihr, ich weiß das nicht?« schrie Sam. »Wenn dieser Hurensohn mich dazu zwingt, den Eintritt zurückzahlen zu lassen ...«

»Hey, ist er das nicht?« unterbrach ihn Rivera plötzlich, stand auf und deutete. Sam fuhr herum.

Tatsächlich, da kam eine vertraute schlaksige Gestalt auf sie zugeschlenkert, von zwei Sicherheitsbeamten eskortiert. Cavanack war geistesgegenwärtig genug, seinen Joint unter den Kulissenresten eines lang vergessenen Stücks zu verstecken. Sam legte dem Sänger die Hände auf die Schultern.

»Tu das einem alten Mann nicht an, Willie. Ich ertrag das nicht mehr. Hör sie dir nur an dort draußen. Die sind bereit für dich. Bereit und aufgestachelt. Und jetzt geh hinaus und ...«

»Ich geh nicht hinaus, Sam.«

Parker starrte ihn aus glasigen Augen an und grinste dann schief. »Jetzt komm schon, Willie! Mach keine Witze mit mir. Wie gesagt, ich bin dafür zu alt.«

Willie wirkte halb tot und halb todernst.

»Ehrlich, Sam, ich werd nicht spielen.«

Parker trat einen Schritt zurück und schaffte es irgendwie, das jämmerlich schmerzliche Lächeln in seinem Gesicht einzufrieren. Es war so echt wie Margarine, aber immerhin hielt er seine Stimme unter Kontrolle.

»Also gut, Willie. Warum willst du nicht?«

»Deswegen.« Er fummelte unter seinem Hemd herum und warf ein zusammengeknülltes Papier auf den Stuhl. Sam warf einen Blick darauf und sah dann wieder den Sänger an.

»Das ist ein Brief von meinem Großvater«, erklärte Willie. »Er wird nie den Nobelpreis gewinnen, mein Großvater, aber er ist ein großer Mann. Sieh mal, er hat die Geschichte über das Konzert in Seattle auch gelesen. Er hat mir gesagt, mein Gesang sei nicht für eine große Zahl von Menschen bestimmt. Er hat gesagt, das sei für meine Vorfahren peinlich.«

Sam versuchte zu verstehen, konnte es aber nicht. In dieser kulturellen Wüste gab es für ihn keinen Bezugspunkt, und das gab er auch zu.

»Da kann ich nicht folgen, Willie. Ich würde das gern, aber ich kann es wirklich nicht. Wie, zum Teufel, kann es deinen Vorfahren Schande machen, wenn du Musik machst?«

Willie starrte ihn mit Augen wie durchsichtiges Öl an. »Sam, woher glaubst du, daß meine Lieder kommen?«

»Ich dachte, die hättest du selbst gemacht, Willie.«

Der Sänger schüttelte den Kopf.

»Nein, Sam. Nur die Worte. Die Musik beruht größtenteils auf Gesängen. Alte Medizingesänge, Sam. Seit Hunderten von Jahren in meiner Familie überliefert. Das ist meine ganze Erbschaft, die ich bekommen habe. Großvater glaubt, ich würde sie mißbrauchen. Ich könnte nicht sagen, daß ich ihm recht gebe – ich fühl mich nicht so gut –, aber ich respektiere ihn. Also werde ich nicht spielen, verdammt! Kannst du das nicht einfach glauben und mich in Frieden lassen?« Er stolperte, sah sich mit wildem Blick um. »Ich brauch einen Drink.«

Sam beugte sich zu ihm, schnupperte. »Über das hinaus, was du schon getrunken hast?«

Ein albernes Grinsen überzog Willies Gesicht. »Überrascht dich das?«

»Nein, natürlich nicht, Willie. Jetzt gehst du einfach mit den Boys dort hinaus und gibst diesen guten Leuten ein oder zwei Songs, und ich gehe einstweilen weg und besorg dir eine Flasche mit gutem Stoff, was du willst, nicht den Fusel, den du gegurgelt hast. Was meinst du? Du mußt das so sehen: Du spielst ja nicht für die Zuhörer, nur für dich. Das ist doch okay, oder?«

»Ich weiß nicht, Sam, ich ...« Er blinzelte.

»Ich respektiere die Meinung deines Großvaters«, drängte Sam, »aber du hast auch eine Verpflichtung gegenüber diesen Leuten da draußen. Die meisten von ihnen sind stundenlang Schlange gestanden, bloß um dich zu hören, Willie. Hör sie dir an!«

»WILLIE, WILLIE, WIR WOLLEN WILLIE!«

»Du darfst nicht all die Tausende enttäuschen. Das wäre so, als würdest du deiner eigenen Generation Schande machen.«

Willie stand ganz ruhig da und schien einen Augenblick lang fast nüchtern.

»Die sind nicht meine Generation.«

»Schon gut, schon gut, wie du meinst.« Sam fing an, die Geduld zu verlieren. »Aber du gehst jetzt hinaus und spielst für sie. Du hast ihnen gegenüber eine Verpflichtung. Und auch eine Verpflichtung gegenüber den Boys hier« – er wies auf die drei wartenden Musiker –, »mir gegenüber eine vertragliche und gegenüber den Leuten, die das Geld für dieses Konzert aufgebracht haben.«

Willie versuchte, sich aufzurichten, schaffte es aber nicht ganz. »Ich verstehe. So ist das also, hm?«

Sam erwiderte seinen Blick, ohne mit der Wimper zu zucken. »Ich fürchte schon, Willie. Für heute abend jedenfalls. Morgen wirst du dich besser fühlen, und dann können wir reden und ...«

»Nein, nein, schon gut, Sam. Ich versteh schon, ganz gut versteh ich.« Onyxaugen, die blinzelten, schwarz wie die dunkle Seite des Mondes. Er schwankte, fing sich. »Ich wette, du glaubst, daß ich gespielt habe, hm? Ihr – Jack, Milo, Vince – ihr glaubt auch, daß ich gespielt habe, nicht wahr?« Er wandte sich wieder Sam zu und lächelte sein krankes, humorloses Lächeln. »Nun, dann hab ich was für euch. Das hab ich gar nicht. Nicht wirklich. Nicht in diesem dreckigen Hinterwäldlerclub, wo du mich gefunden hast, und auch damals nicht in dem Studio in Seattle. Wenn du willst, daß ich da hinausgehe und spiele – gut.«

Sam versuchte, den Sänger zu beruhigen, aber Willie ließ ihm keine Gelegenheit.

»Was ist denn, Sam? Es ist schon gut. Was du willst, das bekommst du. Besorg dir einen guten Platz, Sam. Einen wirklich guten Platz. Einen, wo du gut hören und sehen kannst. Ich werd nämlich jetzt spielen – ja, das werd ich« Seine Haltung lockerte sich, und er murmelte vor sich hin: »Heute abend werde ich spielen.«

Er drehte sich um und ging auf die Bühne. Die anderen mußten sich beeilen, mit ihm Schritt zu halten.

Eine ungeheure Ovation schlug ihnen entgegen, ein Brausen der Erwartung, als die vier Musiker auf der Bühne erschienen.

Nach dem langen Warten war die Zuhörerschaft aufgeputscht, fieberte. Einige von ihnen waren in jener Nacht im »Aquarius« gewesen und waren bis nach L. A. gekommen, nur für diese Nacht. Sie applaudierten nicht und schrien auch nicht. Sie warteten nur.

Ucello war als erster hinausgegangen, er war an Willie vorbeigerannt. Jetzt schnappte er sich seinen Baß, spielte das Eröffnungsthema, das er komponiert hatte. Die Menge verstummte, lockerte sich, fing an zu klatschen, vielleicht ein wenig lauter, als es eine neue Gruppe normalerweise zu hören bekam.

Sam stemmte einen Seufzer aus der Umgebung seines Magengeschwürs nach oben und betupfte sich das Gesicht. Morgen würde sich Willie wahrscheinlich nicht einmal an das erinnern, was er heute gesagt hatte. Sam nahm den zerknüllten Brief und steckte ihn in die Tasche. Dann ging er in die Kulisse und setzte sich, um sich an der Show zu erfreuen.

Willie ignorierte die Menge und griff sich seine Gitarre. Er drehte sie in den Händen, fuhr mit sinnlichen Fingern über das glänzende, fleckenlose Instrument. Er lächelte über irgend etwas.

»Spiel schon, verdammt!« zischte Sam und hatte einen Augenblick lang Angst, der Sänger könnte etwas Dummes tun, zum Beispiel das Instrument in den Zuhörerraum werfen.

Aber alles war in Ordnung. Willie zog sich den Riemen über den Kopf. Er drückte die Gitarre fest an seinen schlanken Körper und fing zu spielen an.

Atemloses Schweigen begrüßte den ersten Ton.

Er war ganz falsch, jener erste Ton. Er war zu tief, zu stark, zu schlecht. Er weckte dunkle Silhouetten, die sich ganz hinten im Bewußtsein verbargen, weckte Insektenbeine, die des Nachts unter die Bettlaken kriechen. Die feinen Härchen an Sams Hals richteten sich auf. Willie hielt den Ton, ließ ihn nicht absterben. Er zitterte, schwebte und trieb schließlich davon.

Willies Finger begannen, sich zu bewegen. Eine Melodie entstieg der Gitarre, eine getragene, leise Melodie, wie Sam sie noch nie gehört hatte. Sie hatte das Gewicht von Granit, trug in sich die Geduld von wehendem Sand und kam geradewegs aus der Hölle.

Mit glasigen Augen schloß Milo sich an, und sein perfekt gezupfter Baß war ein schwarzer Bruder für Willies Gitarre. Drivin' Jack grunzte und küßte seine Trommeln; Donner rollte über die Bühne. Rivera nahm die Harmonika von den Lippen und setzte sich an die Orgel. Und Willie fing zu singen an.

Ein erstes Klatschen, verloren und nackt, spähte aus den Tausenden von Zuhörern hervor. Dann noch eines und noch eines. Und dann klatschten alle sechzehntausend und bewegten sich im Gleichklang.

Willie spielte und sang und sang und spielte. Er spielte zehn Minuten lang, zwanzig, dreißig, und ehe man auch nur daran denken konnte zu atmen, waren sie in der zweiten Stunde, hörten nie auf, ruhten nicht, der gleiche hephaistische Beat, derselbe verzauberte Rhythmus, und Willie türmte eine Variation auf die andere, wob ein Spinnennetz aus Harmonien, die das Blut pulsieren ließ. Irgendwie hängten Drivin' Jack und Milo und Vince sich an, blieben bei ihm.

Willie sang von der guten Erde und der Gewalt, die man ihr angetan hatte, sang von jungen Bäumen und sang von altem Haß. Er sang von Dingen, die der Mensch den Tieren antut, sang von dem Tier, das der Mensch ist. Er sang vom Menschen, der sich mit Neid vergiftet, sang von Kindern mit toten Augen und zu jungen Mördern. Doch hauptsächlich sang er von seinem Volk, von seinem Leben und der zuckenden, aberwitzigen Fremdheit, die des weißen Mannes war. Er fluchte und betete, und er verdammte und lobte.

Er zog seine Zuhörer in den Himmel und schlug ihre Köpfe gegen seine Tore. Und dann zerrte er sie schreiend und mit den Füßen schlagend in den feurigen Abgrund.

Während der Schweiß ihm vom Gesicht strömte, während ihm die Kleider schlaff vom Körper hingen, ihn in Einklang mit der bösen Schwerkraft zu Boden zogen, fing er an, über die Dinge zu singen, die keinen Sinn gaben, die weniger und mehr alles das waren, was vor ihnen gewesen war und in denen der Wahnsinn war.

Die Menge schrie und heulte dem sie beengenden Betonhimmel und den Stahlträgern entgegen, lechzte nach den Sternen.

Sie schlugen in Wahnsinn und Verzückung auf sich und andere ein.

Sam saß in der Kulisse und schauderte am Abgrund seines eigenen Deliriums, wie Willie Haß und Brand sang, Zorn und das letzte Feuer sang, das im Herzen eines jeden Menschen brennt. Und er sah den Wolf.

Aber diesmal war er nicht grau. Er war ein zuckender, kreisender Ball aus vierbeiniger gelber Flamme, die in seinen Armen hin- und herglitt. Willies rechte Hand strich seine Flanke, und die Menge kreischte. Seine linke Hand kratzte ihn am Ohr, und sie stöhnten. Und dann schlug Willie einen Akkord an, der nicht hätte sein dürfen. Das Wolfsding öffnete sein Maul und heulte einen Ton, der nicht von dieser Welt war und den der arme Sam Parker sich nie hätte vorstellen können. Er kam nicht aus Willies Kehle, dessen war er sicher.

In seine Arme gekauert, drehte sich das Wolfsding herum und klappte seine Feuerzähne über Willies Mund und schien zu schlucken. Willie Whitehorse wurde eine Säule aus Flammen.

Sam wimmerte und fiel zu Boden, bedeckte sich die Augen.

Schließlich kamen unzählige Sirenen.

VIII

Estes Park, Colorado, ist eine hübsche Touristenstadt am östlichen Eingang zum Rocky Mountains National Park. Früher einmal gehörten der Park und der Rest von Colorado den Shoshoni und den Wind River Shoshoni, den Ute und den Arapahoe. Heute gehört der größte Teil des Staates der Colorado River Land and Development Company und unzähligen unehelichen Töchtern.

Aber es war ein schönes Land, und für eine Touristenstadt war Estes Park gar nicht übel. Und das waren auch die hübschen kleinen Häuser nicht, die sich hinter der Stadt an die Hügel schmiegten.

Ein ziemlich neuer Chevy hielt vor einem der Häuser an, und ein Mann stieg heraus. Er blickte auf die Nummern auf den

Briefkästen, dann auf ein Stück Papier, das er in der Hand hielt. Das Papier war ziemlich zerdrückt, als wäre es mal in einer Faust zusammengeknüllt gewesen. Der Mann ging auf die handbehauene Holztür zu und klopfte. Es gab keine Glocke.

Der Mann, der die Tür öffnete, war sehr alt. Aber er war gerade, so wie sein langes, weißes Haar, und er hatte ein fröhliches Grinsen, das zu den bunten Perlenschnüren um seinen Hals, den ausgebleichten Jeans, dem Hemd und einem großen Türkisring paßte, den er an einer Hand trug.

»Kann ich Ihnen behilflich sein?« Die Stimme klang weise, geduldig.

»Ich bin Sam Parker«, sagte der Mann. Er blickte auf das Papier und auf den Mann, der die Tür bewachte. »Sind Sie John Whitehorse?«

Der Alte nickte. Sam sagte: »Ich habe Ihren Enkel gekannt.«

Mit etwas geweiteten Augen trat der Besitzer einen Schritt von der Tür zurück. »Kommen Sie herein, bitte.«

Sie traten in einen kleinen, hübsch möblierten Wohnraum. Ein Baby spielte still in einem Laufstall in der Ecke.

»Setzen Sie sich«, lud John Whitehorse ein. Das tat Sam. Er sah das Kind an.

»Das ist Bill Whitehorse«, erklärte der alte Mann. »Der Sohn meines Enkels.«

»Das wußte ich nicht«, gestand Sam, Verzeihung heischend. »Willie hat ihn nie erwähnt. Ist Mrs. Whitehorse ...«

»Sie ist bei der Geburt gestorben. Der Junge kam im Winter, mitten in einem schrecklichen Sturm. Eine Frühgeburt. Der Arzt hat sich Mühe gegeben, aber er kam nicht mehr rechtzeitig hierher. Die Frau« – er wies auf die starke Gestalt, die unter der Tür stand und sie beobachtete – »und ich haben getan, was wir konnten. Willie hat sich nie erholt.«

»Sonst hatte er keine Familie?«

Der alte Mann schüttelte langsam den Kopf.

»Sein Vater, mein Sohn, ist im letzten Weltkrieg getötet worden. Auf dem Tisch, rechts von Ihnen, steht ein Bild von ihm.«

Sam blickte hinüber. In einem kleinen Glasschränkchen stand ein verblichenes Schwarzweiß-Foto eines Mannes in Uniform.

Es war von einem Kreis aus blitzenden Medaillen und zwei Eichenlaubblättern umgeben. Sam bemerkte die Mediziner-Rangabzeichen.

»Sein Vater war Arzt?«

John Whitehorse lächelte. »Alle Whitehorses sind Medizinmänner gewesen. So wie ich und wie es mein Vater war und mein Großvater. Weiter zurück weiß ich es nicht sicher, aber im Rat sagt man es. Wir hatten gewünscht, daß Willie auch ... Aber ...« Er hielt inne. »Warum sind Sie hier, Mr. Parker?«

»Ich habe mich der Leiche angenommen. Ich wollte sichergehen, daß es jemanden gibt, der sich – der ihn begraben würde.« Whitehorse nickte. »Wissen Sie, wie er gestorben ist?«

»In der Zeitung aus Denver stand etwas«, sagte der alte Mann, »aber nicht viel.« Er schien traurig. »Nur eine ganz kurze Notiz. Ich mußte danach suchen.«

»Es hat einen Krawall gegeben«, begann Sam. »Vierzehn Leute sind dabei umgekommen. Sehr viele wurden verletzt. Ein wichtiges Gebäude, das ›Atheneum‹, ist während Willies Auftritt fast in Stücke gegangen. Die meisten von ihnen erinnern sich nicht an das, was geschehen ist. So etwas hat es bei ähnlichen Konzerten früher auch schon gegeben, aber nie etwas von dem Ausmaß und mit so viel Gewalttätigkeit.

Zwei der Musiker, die mit Willie zusammen spielten, haben einen schweren Schock erlitten. Einer von ihnen ist immer noch in ärztlicher Behandlung. Er wird vielleicht nie wieder spielen können, höre ich.«

Whitehorse nickte. »Sie waren Willie nahe und sind ihm zu weit gefolgt. Ich bin froh, daß sie nicht gestorben sind.«

»Was Willie angeht«, fuhr Sam fort und beobachtete den alten Mann mit Augen, die in letzter Zeit zu viel gesehen hatten, »so erzählt man sich die Geschichte, daß er seine Gitarre mit Benzin getränkt hätte. Dann soll er sie angezündet haben – als Gag, um den Zuhörern eine Freude zu machen –, aber die Flammen haben sich auf seine Kleider ausgebreitet, ehe er sie wegwerfen konnte. Ich glaube, daß er heiß gebrannt hätte – er hatte genug Alkohol in sich –, aber das ist es nicht, was geschehen ist. An der Gitarre war kein Benzin, oder?«

John Whitehorse blickte müde. »Nadonema, der Wolf.«

Sams Mund wurde ganz schmal, aber er blickte befriedigt. »Yeah, der Wolf. Alle dachten, es würde mit Trickbeleuchtung gemacht, mit Spiegeln. Wie ist es geschehen, alter Mann?«

»Von Geburt an wird jeder Whitehorse einem Geschöpf des Waldes zum Bruder gemacht. Ich bin mit dem Bären verwandt. Um große Medizin zu machen, macht er ein Bild von dem Tier in seinem Geist, versucht an seiner Stärke teilzuhaben. Es ist eine große Macht, und es braucht viel Zeit und Erfahrung, um sie gut zu lernen. Willie war sehr jung und hat seine Medizin zu stark gemacht. Oder vielleicht war es ihm auch aus irgendeinem Grund gleichgültig.«

»Und seine Musik?« fragte Sam schnell.

»Kein Whitehorse kann Medizin machen ohne Musik, Sam Parker, und keine Musik ohne etwas Medizin.«

Dann hat Collins recht, dachte Sam. Die Musik löst die Sperren zwischen dem Geist der Menschen. Schade, daß der Psychologe nicht hier sein konnte. Er war Nummer 11 auf der Liste des Leichenbeschauers. Aber Sam war immer noch skeptisch.

»Kommen Sie, alter Mann. Als nächstes werden Sie mir erzählen, Sie könnten Regen machen und Warzen kurieren.«

»Nicht ich, Sam Parker. Ich bin ein moderner Mann und habe den Aberglauben der unwissenden Vergangenheit abgelegt.« Er lächelte leicht.

»Dann lachen Sie mich ruhig aus«, lud Sam ihn ein. »Es hat da aber einen Mann namens Collins gegeben, der glaubte, es könnte vielleicht irgendeinen Zusammenhang zwischen der heutigen Musik und einer verrückten Art von geistigem Kontakt geben, den ich nicht richtig verstehe. Zuerst glaubte ich, er hätte nicht alle Tassen im Schrank. Jetzt ...«

»Wissen Sie, Sam Parker, etwas sehr Interessantes hat sich ergeben.« John Whitehorse beugte sich zu ihm hinüber. »Zum erstenmal wächst in diesem Land eine Generation von Weißen auf, die sich für die Erde und die Pflanzen und die Tiere interessiert, die ihre Brüder sind. Ist es denn so überraschend, daß sie für ihre Musik empfindsamer sein sollten? Die Musik ist der Schlüssel zu so vielen Dingen, daß sie tiefer empfinden, stärker glauben und reinere Gedanken denken sollten als Sie und Ihresgleichen.

Vielleicht braucht es noch eine weitere Generation. Aber wie immer es kommt, wird auch dieses seinen Bogen beschließen, und der Indianer wird das zurückfordern können, was ihm gehört.«

»Yeah, nun, das verstehe ich schon, Mr. Whitehorse.« Der plötzliche Ernst des alten Mannes machte Sam nervös. Schließlich hatte der Mann seinen Sohn verloren und jetzt seinen Enkel. Da mußte man ihm schon gelegentlich ein bißchen Verrücktheit verzeihen. Sam stand auf. »Wenn Sie mich jetzt entschuldigen würden, ich muß einen Verbindungsflug nach New York erwischen. Willie hatte einfach ein großes Talent für Lyrik und Musik, das ist alles. Vielleicht ein einmaliges Talent. Es wird nicht wieder geschehen, aber es war ein großes Talent, so lange er es hatte. Sie werden mir verzeihen, wenn ich Ihr Bild von einem heranwachsenden Medizinmann, der die Macht über das ganze Land antreten will, nur ein wenig amüsant finde.«

»Wahrscheinlich scheint es Ihnen ziemlich spaßig, Mr. Parker. Sie haben ohne Zweifel recht. Sie sind zu einem alten Mann, der sich zu viel wünscht, freundlich. Trotzdem« – er sah Sam mit Augen aus Diamant an –, »es würde Spaß machen, an das, was ich gesagt habe, zu denken, wenn sich das nächstemal Zuhörer in einem Konzert nicht in einer Art und Weise verhalten, die für die Älteren verständlich ist.«

»Ja, freilich, freilich. Vielen Dank für Ihre Gastfreundschaft, Mr. Whitehorse.« Er blickte zu dem Laufstall hinüber. Das Baby hatte kohlschwarzes Haar und seltsam vertraute Augen wie dunkle Tümpel. Es erwiderte Sams Blick unschuldig.

»Dein Vater war etwas ganz Besonderes, Bill Whitehorse. Ich hoffe, dein Urgroßvater wird dich gut erziehen.«

Das Baby hatte eine kleine Puppenklapper in einer Hand. Es gurgelte und schüttelte die Klapper, so daß die Körner drinnen gegen das papierdünne Holz schlugen.

Parker schauderte vom Kopf bis zu den Zehen.

Die Glockenbäume

Ich liebe klassische Musik. Ich liebe die Berge und den Wald. Der Wald spielt seine eigenen Lieder in dem Wind und dem Regen und den Gedanken der kleinen Geschöpfe — aber was, wenn er noch mehr tun würde?

Der Haß, den Caitland dem Sturm gegenüber empfand, war nicht größer als der für den Mann, den er gerade getötet hatte, aber er war ihm gegenüber weniger gleichgültig. Es hätte nichts ausgemacht, nur daß sein Opfer bewaffnet gewesen war. Nicht gut genug, um sich zu retten, aber hinreichend, um Caitland in eine unangenehme Situation zu bringen.

Trotzdem, das beschädigte Rotorschiff hätte den Weg zurück zu der Vaanlandstation spielend geschafft, wenn nicht plötzlich aus heiterem Himmel der Sturm losgebrochen wäre. Er trieb ihn gnadenlos nordwärts, weg von einer der wenigen Kratzspuren der Zivilisation, die der Mensch auf dieser Welt bisher angebracht hatte.

Wäre es möglich gewesen, das Fahrzeug mit Adrenalin und Muskelkraft zu wenden, so hätte Gaitland es ohne Zweifel geschafft. Aber jedesmal, wenn es so aussah, als wäre es ihm geglückt, den Rotor auf den richtigen Kurs zu zwingen, sprang eine neue Bö aus der nächsten Wolke ihn an und ließ das winzige Fahrzeug zum hilflosen Spielball der Elemente werden.

Er blickte durch die vom Regen trübe Plexikuppel nach oben. Aber es waren nur unterschiedliche Schattierungen der Schwärze am Himmel zu erkennen. Wenn über ihm der Styx war, was lag dann darunter? Krallen aus Granit und Klauen aus Gneis, die zackenbewehrte Felswüste der Silver Spar-Kette. Er war weiter nach Norden getrieben worden, als er angenommen hatte.

Immer wieder mühten sich die Winde, den Rotor zu Boden zu drücken. Immer wieder brachte er es irgendwie zustande, der immer schwächer werdenden Maschine genügend Kraft abzuschmeicheln, um dem nächsten Felsvorsprung, der nächsten Klippe zu entkommen.

Er schaffte es nicht, über die teilweise eisbedeckten Spitzen hinaufzusteigen. Bald mußte er darum kämpfen, überhaupt in der Luft zu bleiben, und das Rotorschiff tanzte durch die Gletschertäler wie ein Blatt in den Stromschnellen eines Gebirgsflusses. Das Wetter spielte ein grausames Spiel mit seinem Leben, aber er war fast schon zu müde, als daß es ihm noch etwas ausgemacht hätte.

Der Treibstoffanzeiger näherte sich der Leer-Marke. Er hatte das Unvermeidliche von sich geschoben, hoffte auf eine geringfügige Abschwächung des Sturms, hoffte auf die Chance einer Minute, die ihm eine kontrollierte Landung ermöglichen sollte. Es schien, daß ihm selbst das versagt bleiben sollte.

Die Elemente waren zusehends feindlicher geworden. Blitze erhellten die ihn umgebenden Bäume in surrealistischen Schnellfeuerblitzen, brutzelten an der dünnschaligen Schiffskabine wie eine Million Kilo Speck in der Bratpfanne. Klebrig wirkender Regen machte jede Anstrengung der Wischer zunichte, das vordere Ausblickfenster freizuhalten. Seine Instrumente sagten ihm, daß er auf allen Seiten von schierem Fels umgeben war. Und je enger die Schlucht wurde, wurden aus aufwärts gerichteten Luftströmungen solche, die nach unten stürzten, aus solchen wiederum Seitenwinde und aus den Seitenwinden äolische Verirrungen ohne Namen. Möbiuswinde.

Wenn er den Rotor nicht bald landete, würde der Sturm das für ihn erledigen. Besser, wenigstens noch ein Mindestmaß an Steuerung zu bewahren. Er drückte das Kontrollrad nach vorn. Wenn es ihm gelang, in einem Stück aufzusetzen, sollte er es eigentlich schaffen. In die Radioanlage war ein kräftiges Peilgerät eingebaut. Es würde automatisch SOS über einen Privatkanal absetzen, und eine illegale Station in der Nähe von Vaanland würde den Notruf auffangen.

Caitland war ein loyaler, hochgeschätzter Angestellter der Besitzer jener Station, und man vertraute ihm. Für ihn gab es keinen Zweifel, daß sie, sobald sie das Signal empfangen hatten, sofort handeln würden. Im Augenblick galt es für ihn daher nur, dafür zu sorgen, daß sie noch etwas finden würden, das den Rücktransport lohnte.

Das Rotorschiff tauchte tiefer. Caitland kämpfte mit Worten und mit geschickter Steuerung gegen den Wind an. Der bestand darauf, ihn zur Seite zu schieben, wenn er aufwärts oder abwärts lenkte.

Dort ... Ein Platz, wo die dichte grünschwarze Decke aus Wald kurz dünner wurde und der Boden fast eben aussah. Tiefer, zur Seite, noch ein wenig tiefer. Jetzt kräftig den Knüppel zur Seite drücken, den Rotor zur Seite schieben, damit die Düsen gegen den Wind ankämpfen konnten. Dann die Energiezufuhr reduzieren, noch mehr reduzieren, fertigmachen zur Landung.

Ein schreckliches Heulen hallte durch die kleine Kabine, als eine Wand aus mit Regen beladenem Wind wie die Hand eines Riesen auf das Rotorschiff zuschoß. Mit immer noch parallel zum Boden heulenden Düsen schob sich der Rotor im 45-Grad-Winkel erdwärts.

Zuerst traf ein Rotorflügel einen Baum, dann ein zweiter. Es folgte ein metallisches Knacken, ein paar Sekunden unklarer Sicht - eine Collage aus Baumstämmen, Blitzen und moosbedeckter Erde - dann herrschte Stille.

Er wartete, aber der Rotor war ganz eindeutig zum Stillstand gekommen. Regen durchdrang die zersprungene Kuppel, peitschte Nässe gegen Stirn und Gesicht, die zu dem salzigeren Geschmack paßte, den er im Mund hatte. Das Rotorschiff lag auf der Seite. Nur ein einziger Riemen von seinem Schutzgeschirr war intakt geblieben. Er hielt ihn an der Hüfte in der zerstörten Kabine fest.

Er bewegte sich, um den Riemen zu lösen - ganz langsam, denn die Bewegung verursachte in seiner Brust einen scharfen, heißen Schmerz. Er hustete, spuckte schwächlich. Fragmente eines abgebrochenen Zahnes schlossen sich dem Rest des Wracks an.

Seine Absicht war es, sich vorsichtig hinunterzulassen, bis er zum Stehen kam. Sein Körper weigerte sich, da mitzumachen.

Als die Hüftschnalle sich löste, fiel er die kurze Strecke von seinem Sitz bis zu der zersprungenen Seitenwand des Rotors. Innen zerbrochen, dachte er benommen. Regen drang ihm in die Augen, behinderte seine Sicht.

Von Schmerzen geplagt, wälzte er sich zur Seite, blickte am Wrack seines Fahrzeugs entlang. Die Flugmaschine war für immer zerstört. Er mußte sich augenblicklich von ihr entfernen; es bestand immer die Gefahr, daß es zu einer Explosion kam.

In diesem Augenblick entdeckte er, daß er sein linkes Bein nicht bewegen konnte. Erschöpft am Boden liegend, versuchte er, den Wald, der ihn umgab, in der Finsternis und dem peitschenden Regen zu studieren.

Peitschender Regen. Sein abstürzendes Schiff hatte eine kreisrunde Lücke in die Äste über ihm gerissen. Unter den unversehrten Bäumen würde es trockener sein – und er mußte weg von den Treibstoffresten in den Tanks seiner Maschine.

Es schien der untere Teil seines Beines zu sein. Nun gut, wenn er nicht gehen konnte, dann konnte er immerhin kriechen. Er versuchte sich auf die Knie aufzurichten, brachte die Bewegung jedoch nicht zu Ende. Schwerer verletzt, als er zuerst gedacht hatte.

Zum Teufel mit der Explosionsgefahr. Jetzt kam es für ihn darauf an, auszuruhen. Ausruhen. Er lag still in den vom Wasser durchtränkten Überresten seiner Maschine, Regen prasselte laut auf die zerbrochene Plexikuppel und das verbogene Metall. Er lauschte dem Stöhnen und Schreien des Windes.

Stöhnen? Schreien? Er hob benommen den Kopf. Dort draußen war mehr als bloß Wind. Ein scharfes, irgendwie musikalisch wirkendes Trillern, das von allen Seiten auf ihn eindrang. Er starrte in die Bäume, sah niemanden. Die Anstrengung kostete ihn einen weiteren Schwindelanfall, und er mußte seinen Augen Ruhe gewähren, ehe er es ein zweitesmal versuchte.

Nichts in den Bäumen, nein. Aber da war etwas am nächsten Baumstamm. Und an dem zu seiner Linken – und vielleicht auch an den beiden auf der anderen Seite. Etwas, das er erkennen mußte. Zu schwach, um die Hand zu heben, um seine Augen vor dem Regen zu schützen, blinzelte er die Feuchtigkeit weg und studierte den ihm am nächsten stehenden Stamm durch zusammengekniffene Augen.

Ja. Der Stamm schien sich ganz leicht auszudehnen und dann wieder zusammenzuziehen, ganz gleichmäßig. Seine Aufmerksamkeit wanderte zum nächsten Stamm. Überall im Wald waren Andeutungen von Bewegung sichtbar, eine Bewegung, die nicht vom Wind oder dem Regen ausgelöst war.

Glockenbäume. Chee-Glockenbäume. Das mußte es sein.

Aber es hieß doch, daß es auf der Welt Chee keine wilden Glockenbäume mehr gab, daß es überhaupt außerhalb der großen landwirtschaftlichen Forschungsstation nirgends eine Ansammlung von mehr als allenfalls drei gab.

Vielleicht gab es sogar mehr als vier. Er ertappte sich dabei, wie in ihm Erregung aufstieg, die in ihrer Intensität dem Schmerz fast gleichkam. Wenn er auf einen Glockenwald gestoßen wäre ...

Zu Caitlands Stärken gehörte weder eine besonders ausgeprägte Phantasie noch intellektueller Mut. Ein Idiot war er nicht. Und selbst ein Idiot wußte über die Glockenbäume Bescheid. Auch nur einen Baum zu finden, war etwas Außergewöhnliches, vier zusammen zu entdecken unglaublich. Daß es mehr geben könnte, war überwältigend.

Das war am Ende auch der Schmerz. Er verlor das Bewußtsein.

Das Gesicht, das sich vor Caitlands Augen formte, war das einer Frau, aber nicht der Frau, von der er geträumt hatte. Ihr Haar war grau, nicht blond, und das Gesicht faltig, nicht glatt, die Haut in den Höhlungen verrunzelt und grob, nicht von Tränen poliert. Und ihre Bluse war aus rotkariertem Flanell anstatt Seide. Nur die Augen zeigten Ähnlichkeit mit dem Traum, Augen von noch tieferem Blau als das jener in seinem Traum, der ihn gefoppt hatte.

Ein Duft nach frischem Brot und dampfendem Fleisch drängte auf seinen Geruchssinn ein. Das Wasser lief ihm so im Munde zusammen, daß es weh tat. Zur gleichen Zeit flutete ein Sturm von Erinnerungen in ihn zurück. Er versuchte sich aufzusetzen.

Irgend etwas fing an, eine Stakkatomelodie auf seinem

Rücken zu spielen, eine Art Gummihammer, wie es schien. Er fiel zurück und griff sich an eine Stelle an seiner Linken. Vorsichtige, aber kräftige Hände übten dort Druck aus. Er ließ zu, daß sie seine Hände wegschoben.

Die Stimme war kräftig, aber nicht tief. Sie hatte mehr mit jenen blauen Augen gemeinsam als die Pergamenthaut. »Ich bin froh, daß Sie endlich wach sind, junger Mann. Obwohl Sie dazu, weiß Gott, eigentlich kein Recht haben. Ich fürchte, Ihre Maschine ist ein Totalschaden.« Sie stand vor ihm. Eine gerade Gestalt von durchschnittlicher Größe mit schlanker Figur und fließendem grauen Haar, das ihr bis zur Hüfte reichte; und die Augen – all die Dinge, die man beim ersten Blick wahrnahm. Er hatte keine Ahnung, wie alt sie war, nun, aber bestimmt älter als sechzig.

»Können Sie reden? Haben Sie einen Namen? Oder sollte ich Ihnen die Zunge genauso schienen wie das Bein?«

Caitland hob den Kopf, schob die Decken weg und blickte an sich hinunter. Sein linkes Bein war sorgfältig geschient. Dazu kamen zahlreiche andere Spuren der Reparatur, am auffälligsten darunter die paar Quadratmeter Bandagen, die seine Brust einhüllten.

»Die Rippen«, fuhr sie fort. »Ich war nicht sicher, ob Sie sich alle gebrochen haben oder bloß die meisten, also riskierte ich nichts. Es wird schon wieder heil.

Ich hatte es verdammt schwer, Sie hierherzuschaffen, junger Mann. Ich wußte gar nicht, daß die Menschheit so etwas Großes hervorgebracht hat. Eine Weile glaubte ich, ich würde Sie nicht auf den Wagen bringen.« Sie schüttelte den Kopf. »Ein Jammer, daß wir dem Pferd, als wir es zum Haustier machten, nicht gleich auch Hände gegeben haben.«

Sie hielt inne, als wartete sie auf eine Antwort. Als Caitland stumm blieb, fuhr sie fort, als wäre nichts geschehen.

»Nun, Sie brauchen sich jetzt den Kopf nicht anzustrengen. Mein Name ist Naley, Katherine Naley. Sie können mich Katie oder Oma nennen.« Sie grinste schief. »Aber wenn Sie mich Oma nennen, dann tue ich Ihnen Steine in die Suppe.« Sie trat an ein kleines Metallkästchen mit einer Keramikplatte darauf,

auf dem ein großer, geschlossener Topf stand und zischte. »Sollte bald fertig sein.«

Jetzt, da ihre Aufmerksamkeit von dem Topf abgelenkt wurde, ließ Caitland seinen Blick wandern, versuchte, sich ein Bild von seiner Umgebung zu machen.

Er lag auf einem Bett, das ihm viel zu klein war, in einem kleinen Haus. Statt der kolonialen Sprühplastikkonstruktion, die er erwartete, sah das nach behauenem Stein und Holz aus. Sicherlich gab es Leute, die das nett und rustikal finden würden, aber Caitland ließ es nur an Primitivität und Geldmangel denken.

Sie rief zu ihm hinüber: »Eine Ihrer Fragen will ich Ihnen mindestens beantworten. Sie liegen schon zwei Tage bewußtlos auf diesem Bett.«

»Wie bin ich hierhergekommen? Wo ist mein Rotor? Wo sind wir hier?«

Sie schien erfreut. »Sie können also doch reden. Auf dem Wagen sind Sie hergekommen. Freia hat Sie gezogen. Ihr Schiff liegt ein paar Kilometer weiter drin in der Schlucht, und Sie sind in einem Tal in den Silver Spars. Der zweite Mensch übrigens, der seinen Fuß je hierhergesetzt hat.«

Caitland versuchte erneut, sich aufzusetzen, und stellte fest, daß er allerhöchstens imstande war, den Kopf zu ihr herumzudrehen. »Sie sind wirklich ganz allein in diesem Sturm hinausgegangen?«

Sie nickte, beobachtete ihn.

»Sie leben allein hier?« Wieder das Nicken. »Und Sie haben mich die ganze Strecke – einige Kilometer – bis nach hier geschleppt und mich zwei Tage lang beobachtet?«

»Ja.«

Caitlands Verstand war nach einer gewissen Werteskala kalibriert. Innerhalb der Skala konnte er über alle Dinge sehr leicht entscheiden, aber das hier paßte zu nichts.

»Warum?« fragte er schließlich.

Sie lächelte ein herablassendes Lächeln, das er sich unter normalen Umständen von niemandem hätte gefallen lassen.

»Weil Sie sonst gestorben wären, Dummchen, und weil mir

das wie Verschwendung vorkam. Ich weiß noch nicht sehr viel von Ihrem Verstand, nur daß darin nicht viel über Schlechtwetternavigation enthalten ist, aber Sie sind ziemlich jung, und Sie haben einen ausgezeichneten Körper. Und der meine – nun, meiner ist ziemlich erledigt. Also sah ich einige Möglichkeiten. Nicht, daß ich dasselbe nicht auch dann für Sie getan hätte, wenn Sie kleiner als ich und zwanzig Kilo leichter gewesen wären. Ich bin bloß ehrlich zu Ihnen, wer auch immer Sie sein mögen.«

»Und wo ist der Haken?« fragte er argwöhnisch. Sie hatte unterdessen aus dem großen Kessel etwas in eine Schüssel geschöpft. Jetzt brachte sie sie zu ihm herüber.

»In Ihren Hosen wahrscheinlich, Idiot. Ich hätte vielleicht ein Dankeschön erwartet. Nicht jetzt. Trinken Sie das!«

Caitlands Ärger legte sich, als er den Inhalt der Schüssel roch. Das Zeug war stark gewürzt, und der erste Schluck der Suppe brannte wie geschmolzenes Blei in seinem Hals. Aber er leerte die Schale und bat um mehr.

Als er die vierte Schale hinter sich hatte, fühlte er sich verwandelt, war sogar imstande, sich vorsichtig aufzusetzen. Er überdachte seine Lage.

Diese alte Frau stellte keine Gefahr dar. Sie wußte offensichtlich nichts über ihn, und selbst wenn das der Fall gewesen wäre, hätte sie keine besondere Gefahr dargestellt. Es würde vielleicht eine Zeitlang dauern, bis seine Freunde ihn fanden, wenn sie ihn überhaupt fanden, je nach dem Zustand seines Peilsenders. Und dann gab es natürlich ganz eindeutig auch die Möglichkeit, daß Vertreter der anderen Seite des Gesetzes an seiner Gesellschaft interessiert sein könnten. Darauf konnte er wirklich verzichten. Anwälte und Bullen hatten da so eine Art, die Erklärungen, die man in bezug auf Notwehr abgab, völlig durcheinanderzubringen.

Dies schien daher in vieler Hinsicht ein idealer Ort, um hierzubleiben und sich zu entspannen. Niemand würde ihn in den Silver Spars finden, und es gab auch keinen Platz, wo man hingehen konnte. Er lehnte sich in das Kissen zurück.

Dann hörte er den Gesang.

Die Melodie war unglaublich kompliziert, der Rhythmus ließ

einen nicht los. Der Ton von Orgelpfeifen mischte sich in den von Flöten, melancholischer Fagotte und trauriger Oboen, und im Hintergrund war ein stützender, rhythmischer Schlag zu hören, und alles war ineinander verwoben, wodurch sich eine fremdartig-feierliche Musik ergab, die kein menschliches Orchester zustandegebracht hätte. Und in die Klänge mischte sich ein Kontrapunkt seltsam metallischer und doch nicht aus Metall bestehender Glocken, ein quecksilberhaftes Klimpern wie helles Mädchenlachen.

Caitland kannte diesen Klang. Jedermann kannte diesen Klang. Der Glockenbaum erzeugte ihn. Der Glockenbaum, von dem ein ausgewachsenes Exemplar gut und gerne hunderttausend Credits wert war.

Aber die Musik, die das Haus erfüllte, war wilder, stärker, weit schöner als alles, was Caitland sich in seiner prosaischen, unkomplizierten Existenz bis dahin vorgestellt hatte. Er hatte Aufnahmen gehört, die von dem berühmten Glockenquartett in Geneva Garden stammten. Und er wußte, daß es nur eines gab, das eine so überwältigende Tonvielfalt erzeugen konnte: nicht drei oder vier, sondern ein Wald von Glockenbäumen.

Aber es gab keine Glockenbäume mehr. Jene, die über die Chee-Welt verteilt waren, waren schon lange ausfindig gemacht worden, Baum für Baum verpflanzt und in den ersten Monaten der Entdeckung der ersten Kolonistengruppe verkauft oder gegen nützliche Dinge eingetauscht. Und warum auch nicht, wenn man bedachte, welche Preise dafür bezahlt wurden.

Soweit er sich erinnerte, gab es schon fast seit hundert Jahren keine Glockenwälder mehr. Und doch konnte dieser Klang von nichts anderem herrühren.

»Diese Musik«, sagte er wie verzaubert.

Sie saß auf einem Stuhl ganz in der Nähe und ignorierte ihn, konzentrierte sich ganz auf das dicke Buch, das in ihrem Schoß lag. Er versuchte aus dem Bett zu steigen, schaffte es nicht. »Die Musik«, wiederholte er.

»Der Wald, ja«, erwiderte sie schließlich und bestätigte seine Vermutung. »Ich weiß, was Sie denken: Es ist unmöglich, daß es so etwas noch gibt. Aber es ist sowohl möglich als auch wahr.

Die Berge haben diesen Wald geschützt, müssen Sie wissen – die Unzugänglichkeit der Silver Spars und die Tatsache, daß alle großen Ansammlungen von Glockenbäumen weit südlich von Holdamere gefunden wurden. Niemals so weit im Osten, niemals so weit nördlich.

Dieser Wald ist eine Laune der Natur, aber er hat überlebt, hat in seiner Isoliertheit überlebt und sich entwickelt. Das ist ein Urwald, wo noch nie ein Baum gefällt wurde, Mister ...«

»Caitland, John Caitland.«

»Ein unberührter Wald, Mister Caitland. Nicht von den Grabmaschinen der Räuber besudelt, den Musikliebhabern unbekannt ...« – ihr Lächeln verschwand – »... den Musikfressern, jenen, deren Begierde nach musikalischem Spielzeug in ihren Häusern die Glockenbäume zerstört hat.«

»Das ist nicht ihre Schuld«, wandte Caitland ein, »daß die Glockenbäume sich nicht vermehren, wenn man sie verpflanzt. Die Leute wollen das haben, was sie sich wünschen, und wenn genug Geld da ist, um für das, was sie sich wünschen, zu bezahlen, dann wird kein Gesetz verhindern ...« Er hielt inne. Das war schon zuviel. »Es ist wirklich eine Schande, daß sie sich in der Gefangenschaft nicht vermehren können, aber ...«

»Oh, das können sie«, unterbrach ihn die alte Frau. »Ich kann sie dazu bringen.«

Caitland wollte widersprechen, schaffte es aber, seine natürliche Reaktion zu unterdrücken. Er zwang sich dazu, langsamer zu denken, geduldiger, als er es eigentlich gewöhnt war. Das war eine ganz große Sache. Wenn diese alte Eule nicht ein wenig plemplem war. Schließlich hauste sie hier ziemlich einsam ... Aber angenommen, sie hatte *wirklich* eine Möglichkeit entdeckt, die Glockenbäume zu veranlassen, sich in der Gefangenschaft zu vermehren, dann könnte sie eine Menge Leute sehr, sehr reich machen. Oder ein paar Leute noch reicher. Caitland dachte an wenigstens einen würdigen Kandidaten.

»Ich habe noch nie gehört«, sagte er vorsichtig, »daß jemand eine Möglichkeit entdeckt hätte, die Bäume nach der Verpflanzung auch zum Wachsen zu bringen.«

»Weil ich es bis jetzt noch niemandem gesagt habe«, erwiderte sie munter. »Soweit bin ich noch nicht. Es gibt noch ein paar andere Dinge, die vorher abgeschlossen werden müssen, ehe man etwas darüber sagen kann.

Wenn ich nämlich meine Ergebnisse verkünde und sie demonstriere, dann werde ich diesen Wald benutzen müssen. Und wenn die Musikfresser diesen Ort finden, dann werden sie ihn verpflanzen und in Stücke reißen und ihn stückweise an den Meistbietenden verkaufen. Und dann werde ich nicht imstande sein, irgend etwas zur Fortpflanzung zu bewegen oder irgend jemandem etwas zu zeigen.

Und das *wird* das Ende des Glockenbaums sein, weil dies hier der letzte Wald ist. Wenn der älteste Baum in ein paar tausend Jahren stirbt, wird nichts mehr übrig sein, nur noch Aufnahmen, geisterhafte Schatten des Echten. Deshalb muß ich hier meine Arbeit abschließen, ehe ich das Geheimnis – und diesen Ort – bekanntgebe.«

Das machte es für den erleichterten Caitland viel einfacher. Die Alte war also doch verrückt. Er konnte es verstehen, die Einsamkeit, das beständige, fremdartige Singen der Bäume und all das. Aber sie hatte ihm das Leben gerettet. Caitland war nicht undankbar. Er würde warten.

Er fragte sich – dazu hatte ihn ihr langer Erguß angeregt –, ob sie versuchen würde, ihn am Weggehen zu hindern.

»Hören Sie«, begann er probeweise, »wenn ich wieder einigermaßen auf dem Damm bin, möchte ich hier weg. Ich will zu meinem normalen Leben zurück, zu mir selbst. Ich werde Ihr Geheimnis natürlich bewahren. Ich verstehe Sie und kann mit Ihnen fühlen, ganz und gar. Wie wäre es mit ...«

»Ich habe keinen Gleiter«, sagte sie.

»Nun, dann Ihr Rotorschiff.«

Sie schüttelte langsam den Kopf.

»Luftkissen?« Wieder ein Kopfschütteln. Caitlands Brauen zogen sich zusammen. Vielleicht brauchte sie sich gar nicht darum zu sorgen, wie sie ihn hier festhalten konnte. »Wollen Sie mir sagen, daß Sie hier oben gar kein Transportmittel haben?«

»Das nicht. Ich habe Freia, mein Pferd, und den Wagen, den sie zieht. Das ist alles, was ich an Transportmitteln brauche –

das und was von meinen Beinen noch übrig ist. Einmal im Jahr wirft mir ein alter Freund das Nötigste aus der Luft ab. Er landet nicht und ist kein Botaniker, also weiß er nichts von dem Wald. Er ist Bergmann; lebt ganz für sich. Er ist ein guter Mann. Elektronische Ersatzteile und dergleichen Bedarf, den ich ihm jedes Jahr per Code zublitze, wenn er mit seinem Rotor vorbeikommt, machen den größten Teil seiner Lieferung. Sonst ...« – sie machte eine weit ausholende Handbewegung – »liefert mir der Wald alles, was ich brauche.«

Seine Muskeln spannten sich. »Sie haben doch Tridi- oder Radioverbindung für Notfälle mit der ...«

»Nein, junger Mann, ich bin hier völlig isoliert. Mir gefällt es so.«

Er fragte sich, wie weit der Sturm ihn vom Kurs abgebracht hatte. »Die nächste Siedlung – Vaanland?«

Sie nickte. Das zumindest war ermutigend. »Wie weit mit Pferd und Wagen?«

»Mit dem Wagen würde man das nie schaffen, dazu ist das Terrain zu schroff. Freia hat mich hereingebracht – und einmal auch hinaus und wieder zurück, aber jetzt ist sie dafür zu alt.«

»Also zu Fuß.«

Sie blickte nachdenklich. »Ein Mann von Ihrer Größe, in guter Verfassung, wenn er mit dem Land vertraut wäre ... ich würde sagen, drei bis vier Monate, abgesehen natürlich von Raubtieren in den Bergen, Lawinen, schlechtem Wetter und anderen Möglichkeiten.«

Man würde ihn also finden müssen. Er würde ohne ihre Hilfe den Weg nach draußen nicht finden, und sie schien nicht geneigt zu sein, irgendwohin zu gehen. Und auf Leute, die im Kopf nicht ganz richtig waren, machten Drohungen mit körperlicher Gewalt nur wenig Eindruck. Außerdem war es für den Augenblick recht albern, an solche Dinge zu denken. Zuerst mußten sein Bein und seine Rippen heilen. Besser, sie wieder zu einem Thema zurückzusteuern, das ihr mehr Freude machte. Etwas, das eine Beziehung zu ihren Wahnvorstellungen hatte.

»Wie können Sie so sicher sein, daß man diese Bäume auch nach dem Versetzen dazu bringen kann, sich fortzupflanzen?«

»Weil ich herausgefunden habe, warum sie es nicht tun. Die

Antwort ist einfach. Jedes Puzzlespiel kann man leicht wieder zusammensetzen, wenn nur keines der Stücke vom Tisch fällt. In ein paar Tagen, wenn Sie genügend wiederhergestellt sind, um gehen zu können, werde ich es Ihnen zeigen. Die Krücken, die ich habe, sind für Sie zu kurz, aber es wird schon gehen.«

Das Tal war eng, und die Gipfel, die es zwischen ihren Flanken einschlossen, waren hoch und steil. Vor Äonen hatte ein Gletscher sich diese Schlucht gehobelt. Jetzt war er verschwunden, hatte graue Felswände, einen grünen Boden und ein Dach aus scheinbar ewigen, tiefhängenden Wolken hinterlassen, die es vor der Entdeckung aus der Luft beschützten.

Die alte Frau schien trotz aller gegenteiliger Behauptungen noch recht gut zu Fuß. Caitland hatte das Gefühl, daß sie selbst dann mit ihm hätte Schritt halten können, wenn ihn seine Krükken nicht belastet hätten, obwohl sie behauptete, daß sie zu längeren Kletterpartien nicht mehr imstande war.

Trotz der geringen Ausdehnung des Tales war der Wald recht umfangreich. Und was noch wichtiger war, die Bäume waren zu erstaunlichen fünfzig Prozent Glockenbäume. Die höchste bekannte Dichte betrug siebenunddreißig Prozent. Das war im großen Savanna-Wald auf dem Südkontinent gewesen, unterhalb der Hauptstadt Danover. Man hatte ihn vor einigen hundert Jahren geleert.

Katie erging sich in langen Darlegungen über den Wald, widerstand jedoch dem sichtlichen Drang, mit ihrem ersten Besucher in ... Aber das war eine weitere Frage, die Caitland ergründen wollte.

Es gab hier Gockenbäume jeden Alters, reife Bäume, die wenigstens fünfzehnhundert Jahre alt waren, alte Bäume, Monarchen des Waldes, die ihre Gesänge die doppelte Spanne Zeit gesungen hatten, und Jünglinge mit dünnen Stämmen, die erst ein paar hundert Jahre alt waren, bis hinunter zu Schößlingen, nicht viel größer als ein Grashalm.

Alles wies auf einen Wald hin, der gesund und lebendig war, ein funktionierender Biotop, wie man ihn sich in den botanischen Lehrbüchern nur erträumte. Und er humpelte mitten hindurch, einer von den zwei einzigen Menschen im Universum, die von seiner Existenz wußten.

Es war nicht die beständige, fremdartige Musik oder der wissenschaftliche Wert, der ihn beeindruckte. Es war die geschätzte Zahl von Glockenbäumen multipliziert mit irgendeiner abstrakten Ziffer. Die niedrigste Schätzung, die Caitland anstellte, ergab immer noch Hunderte von Millionen Credits.

Er konnte sich nach Vaanland schleppen und einen Anspruch auf dieses Stück unbewohnten Landes registrieren lassen – und nichts. Eines der Dinge, die Caitland unter seinesgleichen außergewöhnlich machten, war die Tatsache, daß er seine Grenzen kannte und respektierte. Das war für ihn ein zu großes Stück Kuchen. Er war kein Entwicklungsmanager, kein Unternehmer, keiner der ganz Großen.

Nun gut, er würde einfach seinen Anteil als Entdecker nehmen und einem Kapitalgeber den Löwenanteil überlassen müssen, der wußte, wie man diesen Reichtum optimal ausschöpfen konnte. Man würde ihm seinen Anteil voll Dankbarkeit ausbezahlen. Es gab genug für jeden.

Er lauschte der Musik, die gleichzeitig angenehm und beunruhigend wirkte – und wünschte sich, er hätte die wissenschaftlichen Ausdrücke verstehen können, mit denen die alte Frau ihn bombardierte.

Die Sonne hatte begonnen, vom Himmel abzusteigen, als sie wieder zum Haus zurückgingen – eine Hütte, wie Caitland entdeckt hatte, mit einem angrenzenden Lagerhaus. Fast dort angelangt, blieb Katie stehen, sie war außer Atem. Nun waren mehr Falten in ihrem Gesicht zu sehen, Falten und eine Erschöpfung, hinter der mehr als nur das Alter stand.

»Ich kann nicht mehr so weit gehen wie früher, deshalb brauche ich Freia, und sie ist auch nicht mehr die Jüngste.« Sie streckte die Hand aus und fuhr mit der Handfläche über einen dröhnenden jungen Schößling. »Herrlich, nicht wahr?« Sie sah ihn an. »Das ist ein großes Privileg für Sie, John. Nur wenige der heute lebenden Menschen haben je den Klang eines Glockenwaldes gehört, nur von alten Aufzeichnungen. Ein großes Privileg.« Sie musterte ihn scharf. »Manchmal frage ich mich ...«

»Ja«, murmelte er etwas verlegen.

Sie verließ den Baum, trat neben ihn und betastete seine Brust unter dem provisorischen Hemd, das sie für ihn genäht hatte. »Ich habe diese Kleider so gut geflickt, wie ich es konnte, und das gleiche habe ich an Ihnen versucht. Ich bin kein Arzt. Wie fühlen sich Ihre Rippen denn an?«

»Ich hab einmal einem alten Wolfshund zugesehen, wie er einen alten Steakknochen ein paar Wochen lang bearbeitete, ehe er endlich damit fertig war. So fühlen sie sich an.«

Sie zog die Hand zurück. »Sie heilen. Die Heilung wird sich fortsetzen. Wenn Sie nicht in den nächsten paar Monaten wieder einmal von einem Sturm gebeutelt werden ...«

Sie setzte sich wieder in Bewegung. Er folgte ihr, hielt mühelos, dank seiner Krücken, mit ihr Schritt. Er war wesentlich größer und massiger als sie; sie wirkte wie ein Zwerg neben ihm. Über ihr aufragend, studierte er ihre schmächtige Gestalt, sah die Umrisse ihres Gesichts und ihres Körpers. Sie muß einst eine Schönheit gewesen sein, sagte er sich. Jetzt war sie so wie eine gepreßte Blume im Vergleich zu einer lebenden.

Was, so fragte er sich, hatte sie dazu bewogen, sich in dieser Wildnis zu begraben? Der Wald hielt sie fest, aber was hatte sie ursprünglich hierhergeführt?

»Schauen Sie«, fing er an, »es sieht ja so aus, als würde ich eine Weile hierbleiben.« Sie beobachtete ihn, und darüber mußte er lachen. Sie beobachtete ihn die ganze Zeit, starrte ihn zwar nicht an, sah aber auch nicht weg. Argwöhnte sie etwas? Wie konnte sie? Das war Unsinn. Und wenn sie es tat, er konnte sie ganz leicht und schnell beseitigen. Die Rippen und das Bein würden ihn kaum daran hindern. Er konnte ...

»Ich würde mir gern meinen Unterhalt verdienen.« Die Worte schockierten ihn, kaum waren sie über seine Lippen gekommen.

»Mit *den* Rippen? Sind Sie verrückt, junger Mann? Ich gebe zu, ich hätte vielleicht dasselbe gedacht, aber ...«

»Ich laß mich nicht gern aushalten, Gnädigste – Katie. Gewohnheit.«

Sie schien zu überlegen, antwortete: »Also gut. Ich glaube, ich kenne Sturheit, wenn ich sie sehe. Ich bin ja schließlich auch nicht anders. Es gibt, weiß Gott, genügend Dinge, die ich gern tun würde, die ich aber nicht mehr schaffe. Ich werde sie Ihnen zeigen, und wenn Ihnen danach ist, können Sie ja damit anfangen.«

Das tat er, ohne wirklich zu wissen, weshalb. Er sagte sich, es geschah, um ihn beschäftigt zu halten und etwaigen Argwohn ihrerseits zu besänftigen – und glaubte selbst keinen einzigen seiner Gedanken.

Er schleppte Geräte, fuhr mit ihr in ihrem klapprigen Wagen herum; sie überprüfte merkwürdige Anlagen, die weit und breit im Tal verstreut waren, und deren Funktion er nicht verstand. Er reparierte ein angefaultes Stück Bretterwand im Lagerhaus, das Hüttendach, kümmerte sich um Freia und das Füllen – versuchte diese durchdringenden Augen zu ignorieren, diese jungalten blauen Augen, die ihn nie losließen.

Und weil er nicht gern über sich redete, verbrachten sie die freie Zeit und die Abende, indem sie über sie und ihre Isoliertheit und deren Gründe redeten.

Sie hatte den Wald vor fast dreißig Jahren gefunden und war seither dauernd hier gewesen, mit Ausnahme einer Reise. In dieser Zeit hatte sich viel von dem, was man argwöhnte, bestätigt. Alles, was bekannt war – und viele neue Entdeckungen in bezug auf die Glockenbäume.

Sie begannen Musik zu machen, wenn sie einen knappen halben Meter hoch waren, und behielten diese Fähigkeit, bis der letzte Tropfen Lebenssaft im uralten Stamm austrocknete. Sie konnten zu einer Höhe von acht Metern und einem Wurzelstockdurchmesser von zehn heranwachsen.

Man hatte die Glockenbäume ausgegraben und verpflanzt, seit man das erstemal ihre musikalischen Fähigkeiten entdeckt hatte. Es gab Zeiten, in denen sich jede Stadt, jedes Dorf, ja jede wohlhabende Familie mindestens einen oder zwei dieser Bäume aufstellen ließen.

Sie schienen in ihrer neuen Umgebung zu gedeihen, sie gediehen und sangen. Aber sie wuchsen nicht weiter, und sie vermehrten sich nicht – nicht aus Samen, nicht aus Ablegern, nichts. Nicht einmal in der kontrollierten Gewächshausökologie, in der andere Pflanzen von Chee überlebten und sich vermehrten. Nicht die Glockenbäume.

Aber einige wohlhabende Musikliebhaber hatten je einen ganzen Wald singen hören, überlegte Caitland.

Das Lied des Waldes, das bemerkte er jetzt, wechselte beständig. Das Wetter beeinträchtigte es, die Schreie der Tiere, die Tageszeit. Und es hörte nie auf, selbst des Nachts nicht.

Sie erklärte ihm, wie die Bäume sangen, wie der halbflexible, hohle Stamm und die beweglichen Vorsprünge in seinem Inneren den Luftfluß durch den Resonanzkörper, den der Stamm darstellte, kontrollierten und so eine unendliche Vielfalt von Tönen erzeugten. Wie der Grundklang des Stammes von den klimpernden Glöckchen an den Ästen begleitet wurde, harten, glänzenden Nüssen, die mit kleinen, steinharten Samenkörnern gefüllt waren.

Und wenn der Hauptstamm vibrierte, dann zuckten die Äste, und die Nüsse zitterten und erzeugten ein leichtes, klirrendes Geräusch, das entfernt an Glöckchenklang erinnerte.

»Und das ist der Grund«, erklärte sie schließlich, »weshalb die Glockenbäume sich in der Gefangenschaft nicht vermehren. Ich habe ausgerechnet, daß die Vermehrung die Anwesenheit von mindestens zweihundertsechs gesunden, aktiven Bäumen erfordert. Können Sie sich irgendeine Stadt, irgendeine Firma, irgendein System vorstellen, das sich zweihundertundsechs Glokkenbäume im richtigen Reifegrad leisten könnte?«

Natürlich konnte er das nicht. Kein System, nicht einmal Terra-Sol, konnte soviel Geld für künstlerische Zwecke aufbringen.

»Sehen Sie«, fuhr sie fort, »diese Zahl an Bäumen, die im Gleichklang singen, ist erforderlich, um den Bolakäfer dazu anzuregen, seine Eier abzulegen. Weniger Bäume, und es ist wie ein unvollständiges Orchester, das eine Mahler-Symphonie spielen will. Man kann zum Beispiel den Mann mit der Kuhglocke herausnehmen: Es klingt immer noch wie eine Symphonie, aber es ist einfach nicht die *richtige* Symphonie. Der Bolakäfer ist ein sehr anspruchsvoller Zuhörer, und er ist sehr sorgfältig.«

Sie grub in der Erde herum und brachte zwei schwarze Käfer, etwa von der Größe eines Daumennagels, zum Vorschein. Sie rannten davon, suchten die Freiheit.

»Wenn die Nüsse reif sind, wechselt die Musik des Waldes in eine ganz spezielle, höchst komplizierte Melodie mit Dutzenden von Variationen. Die Käfer erkennen sie sofort. Sie klettern auf die Bäume und legen ihre Eier ab, ein paar hundert pro Weibchen, in den Hohlraum der Nüsse. Die losen Samenkörner der Nüsse liefern zur Reifezeit den Larven Nahrung, während die harte Schale sie vor Feinden schützt. Vom Standpunkt des Bola aus funktioniert das alles hervorragend – bis auf den Tumbock.«

»Dieser kleine Sechsbeiner, der wie ein zu groß geratenes Meerschweinchen aussieht?«

»Richtig. Der Tumbock weiß ebenfalls genau, was dieses Lied bedeutet. Er kann zwar nicht klettern, aber er ist so ziemlich das einzige Geschöpf, das ausreichend starke Zähne hat, um eine Glockennuß zu knacken. Wenn die reife Nuß auf den Boden fällt, dann knackt er sie und benutzt seine lange, dünne Zunge, um im Innern der Nuß herumzusuchen, aber nicht nach den Samenkörnern, die ignoriert er nämlich, sondern nach den Insekteneiern.

Der Speichel des Tumbocks, der dabei abgelagert wird, löst den Keimungsprozeß aus. Der Tumbock läßt die Nuß liegen und sucht nach anderen, die mit Eiern gefüllt sind. Unterdessen ist der Same immer noch vom größten Teil der Schale geschützt.

Angeregt von den Chemikalien und der Feuchtigkeit des Tumbockspeichels sprießen die ersten Wurzeln durch die Ritzen in der Schale in den Boden. Die junge Pflanze lebt kurze Zeit im Inneren der Schale und wächst, sobald sie ausreichend Wurzel gefaßt hat, dem Licht entgegen.

Das Lied der vielen Bäume ist der Schlüssel. Das zu erkennen, habe ich fast zwanzig Jahre gebraucht. Kein Wunder, daß die Bolakäfer und die Tumböcke die Nüsse der verpflanzten Glokkenbäume ignorierten. Die Musik hat nicht gestimmt. Man braucht wenigstens zweihundertundsechs Bäume – das volle Orchester.«

Caitland saß auf der hölzernen Bank, die aus einem Baumstamm gehauen war, und dachte darüber nach. Einiges davon begriff er nicht. Aber was er begreifen konnte, ergab etwas Seltsames und Bemerkenswertes und äußerst Herrliches, und er fühlte sich schrecklich.

»Aber das ist noch nicht alles, John Caitland. Meine größte Entdeckung fing zuerst als ein Witz an, wurde dann ein Hobby und schließlich eine Sucht.« In ihren Augen blitzte es, ein Blitzen, das zu der unterdrückten Erregung ihrer Stimme paßte. »Kommen Sie mit hinters Lagerhaus!«

Dort stand ein Stahlschrank, und Caitland hatte bisher nie gesehen, wie sie ihn öffnete. Er wußte, daß Leitungen von ihm ausgingen, die mit einer Anzahl komplizierter Antennen verbunden waren, die auf dem Dach des Lagerhauses standen. Er wußte, daß sie nichts mit der Fernkommunikation zu tun hatten, also hatte er sie ignoriert.

Die Instrumente im Innern des Schrankes waren ihm ebenso fremd. Katie fuhr mit der Hand am Stamm eines jungen Glokkenbaums auf und ab, der fast in den Schrank hineinwuchs, und griff dann nach den Schaltern im Schrankinneren. Sie lehnte sich gegen den Baum und schloß die Augen, die eine Hand an einem Schalter, während die andere den Stamm fast wie eine Katze streichelte.

»Jetzt schauen Sie, John, und sagen Sie mir, was Sie fühlen.« Sie legte den Schalter um. Sekundenlang war nichts anders, nur das Summen der Fledermausflügel, jener Säuger, die auf Chee den Platz der Vögel einnahmen. Und das vertraute Lied des Waldes.

Aber während er noch angestrengt lauschte, veränderte sich das Lied. Ganz abrupt und unerwartet änderte es sich, erstaunlich, phantastisch.

Herrlich.

Etwas Großartiges donnerte aus dem Wald rings um ihn, etwas, das zu schmerzvoll lieblich war, als daß man es hören konnte. Auf unbestimmte Art war es vertraut, aber völlig vom Instrument des Waldes verändert. Wie ein gefallener Engel, der plötzlich wieder rein und heilig gemacht worden war.

Für Caitland, dessen Geschmack nie über die Pop-Musik seiner Zeit hinausgegangen war, war dieser plötzliche Erguß von menschlichem Rhythmus, der in fremde Begriffe eingebettet war, gleichzeitig Offenbarung und Geheimnis. Blaue Augen öffneten sich, und sie starrte ihn an, während die Musik in etwas Weicheres überging, sie durchpulste.

»Gefällt es Ihnen?«

»Was?« murmelte er von Ehrfurcht überwältigt.

»Gefällt es Ihnen?«

»Ja. Ja, es gefällt mir.« Er lehnte sich gegen die Hüttenwand und lauschte, ließ zu, daß das Neue in ihn hineinströmte, spürte das Vibrieren in der Holzwand selbst. »Es gefällt mir sehr. Es ist ...« Er überlegte und sagte dann mit einem Gefühl schrecklicher Unzulänglichkeit: »Es ist hübsch.«

»Hübsch?« murmelte sie, ihre Hand liebkoste noch immer den Baum. »Herrlich ist es, göttlich – es ist Bach. Es ist die Tokkata und Fuge in D-Dur.«

Den Rest hörten sie sich schweigend an. Nachdem der letzte donnernde Akkord verklungen und das letzte Echo von den Bergwänden verhallt war und der Wald wieder seinen normalen Gesang aufgenommen hatte, sah er sie an und fragte: »Wie ...?«

»Zwölf Jahre des Experimentierens, in denen ich die entsprechenden Anregungsprozeduren entwickelt und die Instrumente dazu entworfen und gebaut habe. Der ganze Wald ist etwas Gespenstisches. Sie haben mir dabei geholfen, einige der älteren Verbindungen zu richten. Anregung – Reaktion, Anregung – Reaktion. Versuche und noch einmal Versuche. Oft habe ich angewidert aufgegeben – um es aufs neue zu versuchen.

Mein erster erfolgreicher Versuch war der Flohwalzer. Ich habe neun Jahre dazu gebraucht, einen Baum dazu zu bewegen. Aber von da an war die Reaktion phänomenal. Ich habe die Programmierzeit für eine Stunde der kompliziertesten terranischen Musik auf drei Monate heruntergedrückt, und sobald der Wald einmal ein Muster gelernt hat, reagiert er immer gleich auf den entsprechenden Stimulus. Die Instrumentaläquivalente sind natürlich nicht dieselben ...«

»Sie sind besser«, unterbrach Caitland. Sie lächelte.

»Vielleicht. Ich würde es gern so sehen. Möchten Sie etwas Besonderes hören? Das Repertoire des Waldes ist noch beschränkt, aber es besteht die Möglichkeit ...«

»Ich weiß nicht«, antwortete er. »Ich verstehe nicht viel von Musik. Aber ich glaube, daß ich gern lernen würde.«

»Also gut, John Caitland. Setzen Sie sich und entspannen Sie sich.« Sie legte ein paar Schalter in dem Schränkchen um und lehnte sich gegen den Baum. »Als ich die leichten Bewegungen beobachtete, die die Vibrationen auslösten, und feststellte, daß sie einander ergänzen, war das mein erster Hinweis auf ihr Fortpflanzungssystem. Wir haben noch ein paar Stunden bis zum Abendessen.« Sie drückte den letzten Schalter. »Das stammt von einem anderen der alten irdischen Komponisten.«

Olympische Klänge hallten von den Bäumen, die sie umgaben, und der Wald begann das Lied des Sängers einer anderen Welt.

»Sein Name war Beethoven«, erklärte sie.

Caitland lauschte dem Wald und ihr viele Tage. Wie viele es genau waren, wußte er nie, weil er nicht darauf achtete. Er vergaß viele Dinge, wenn er der Musik lauschte, und vermißte sie nicht.

Er wäre glücklich gewesen, sie für immer zu vergessen, nur weigerten sie sich, vergessen zu werden. Eines Tages erwarteten sie ihn - in Gestalt dreier Männer. Er erkannte sie alle und schloß die Hüttentür langsam hinter sich.

»Hello, John«, sagte Morris mit weicher Stimme. Der kluge, lockere, eisenharte Morris.

Drei waren es, sein Chef und zwei Kollegen. Auch Kollegen von ihm.

»Wir hatten Sie schon als verloren aufgegeben«, fuhr Morris fort. »Ich war mehr als erfreut, als die alte Dame hier uns sagte, daß Sie gesund und munter wären. Da haben Sie gute Arbeit geleistet, John, wirklich gute Arbeit. Das wissen wir, weil der betreffende Herr nie zu seiner Verabredung kam.«

»John.«

Er sah zu Katherine hinüber. Sie saß ganz still in ihrem Schaukelstuhl und beobachtete sie.

»Diese Herren sind nach dem Mittagessen in einem Gleiter gelandet. Sie sagten, sie wären Freunde von Ihnen. Haben Sie die Sendeeinheit hingekriegt?«

»Ich hab ein paar Drähte geflickt und einen neuen Impulsgeber eingebaut«, sagte er automatisch. »Das sind Geschäftspartner, Katie.«

»Reiche Geschäftspartner«, fügte Ari hinzu, der große Mann, der neben dem Ofen stand. Er sah die Überreste eines abgehäuteten *Ascholite*, ihr Abendessen. Ari war fast so groß wie Caitland. Die Ähnlichkeit zwischen ihnen ging viel weiter als bloße Körpergröße.

»Es ist doch sonst nicht deine Art, so etwas für dich zu behalten, John«, fuhr Morris mit zurückhaltender Stimme fort, die besagte, daß Caitland eine Chance hatte, für die Dinge eine Erklärung zu geben – eine verdammt gute Erklärung.

Caitland trat in den Hauptraum und stellte seinen Rucksack und die anderen Geräte vorsichtig ab. Sein Körper bewegte sich ganz locker und ohne Hast – aber das galt nicht für seine Gedanken. Er hatte bereits festgestellt, daß weder Ari noch Hasin Waffen trugen; aber es gab keinen Zweifel, daß sie nicht weit waren. Dazu kannte Caitland Morris' Vorgehensweise viel zu gut – schießlich hatte er drei Jahre lang für ihn gearbeitet. Als kleines Rädchen in einem großen Räderwerk. Ein hochangesehenes, gut bezahltes Rädchen.

Er sprach ganz gelockert – und warum auch nicht? Schließlich war es die Wahrheit.

»Es gibt hier keinen Rotor und keinen Gleiter, nicht einmal ein Motorrad, Morris. Wenn du nachsiehst, wirst du das selbst feststellen. Und auch keine Kommunikationsgeräte, keine Möglichkeit, irgendwie mit der Außenwelt in Verbindung zu treten.«

»Ich habe hier genügend Elektronik gesehen, um daraus einen einfachen Sender zu bauen«, konterte der Anführer der kleinen Gruppe.

»Das mag wohl sein, wenn man etwas davon versteht«, erwiderte Caitland. Morris schien das auszureichen, er lächelte sogar leicht.

»Stimmt schon. Gehirn liegt nicht in deiner Abteilung, John.« Caitland sagte nichts. »Trotzdem, John. In Anbetracht eines solchen Fundes ...« – er schüttelte den Kopf – »überrascht es mich, daß du nicht versucht hast, zu Fuß wegzugehen.«

»Wie denn zu Fuß gehen, Morris? Der Sturm hat mich weit abgetrieben. Ich habe keine Ahnung, wo ich bin. Mit einem kaputten Bein, ein paar gebrochenen Rippen, einer Menge Schrammen, Beulen und Verrenkungen. Ich war wirklich nicht auf einen längeren Fußmarsch eingerichtet. Selbst wenn ich gewußt hätte, wo ich mich auf Vaanland befand. Wie habt ihr mich denn gefunden? Doch nicht über den Peilsender, sonst wärt ihr doch schon vor Wochen dagewesen.«

»Nein, das war es nicht, John.« Morris nahm auf dem einzig freien Stuhl im Raum Platz. »Du bist ein guter Mann, John. Der Beste. Zu gut, als daß man dich hier oben verfaulen lassen sollte. Wir wußten, wo du hinsolltest, um die Verabredung abzusagen. Ich ließ von dort aus eine Spirale ausarbeiten und schickte eine ganze Flotte automatische Flieger aus, um dich zu suchen. Sie haben das Wrack des Rotors vor drei Tagen entdeckt. Ich kam so schnell ich konnte her. Habe das Geschäft sein lassen und alles.«

Er stand auf, ging ans Fenster und blickte hinaus, stützte sich mit beiden Händen auf das Fenstersims.

»Und jetzt sehe ich, daß das Warten sich gelohnt hat. Hast du 'ne Ahnung, wie viele Bäume in diesem Teil sein könnten, John Caitland?«

Eigentlich hätte er vor Freude außer sich sein müssen, daß man ihn so überraschend gefunden hatte. Er versuchte, Freude in seinen Gesichtsausdruck zu legen.

»Tausende«, gab Morris sich selbst die Antwort und wandte sich vom Fenster ab. »Tausende. Wir werden zuallererst in Vaanland einen offiziellen Claim registrieren lassen. Du wirst reich sein, John. Reicher, als du es dir je hast erträumen können. Ich hoffe, du wirst nicht in den Ruhestand treten – ich brauche dich. Aber vielleicht werden wir alle in den Ruhestand gehen, weil wir alle reich sein werden. Ich habe mein ganzes Leben lang auf so etwas gewartet, darauf gehofft, aber nie etwas von dieser

Größenordnung. Nur eines beunruhigt mich.« Er drehte sich um und starrte Katherine an, die sie beobachtete. »Hat *sie* sich einen Claim dafür eintragen lassen?«

»Nein«, erklärte Caitland. »Es dürfte offenes Land sein.«

Morris entspannte sich sichtlich.

»Also keine Probleme. Wer ist sie denn?«

»Eine Forschungsbotanikerin«, teilte Caitland ihm mit, und dann flossen die Worte wie ein Gießbach aus ihm heraus. »Sie hat entdeckt, wie man die Bäume nach dem Verpflanzen dazu bringt, sich zu vermehren, aber man braucht eine ganze Waldgruppe dazu, wenigstens zweihundertsechs Bäume. Wenn wir wenigstens soviel von den Tausenden stehenlassen, werden wir das Ganze wie eine Baumschule betreiben können, und dann werden immer Bäume zur Verfügung stehen.«

»Das ist eine gute Idee, John, bloß daß zweihundertsechs Bäume etwa zwanzig Millionen Credits ausmachen. Was machst du dir Sorgen, wie man sie rettet? Die leben zwei-, manchmal dreitausend Jahre. Bis dahin gibt es mich nicht mehr, meine ich. Ich hab meinen Zaster lieber jetzt, du nicht auch?«

»Ari!« Der blickte auf. »Geh zum Gleiter und ruf Nohana an! Gib ihm die Einzelheiten durch, aber nur soviel, daß er weiß, was für ein Stück Land er registrieren lassen soll. Sag ihm, er soll schnell nach Vaanland fliegen und es unauffällig kaufen. Ich kann mir ohnehin nicht vorstellen, daß sich jemand für ein so abgelegenes Stück Land interessiert.«

Ari nickte, ging auf die Tür zu, mußte aber feststellen, daß eine kleine, grauhaarige Frau ihm den Weg versperrte.

»Tut mir leid, junger Mann«, sagte sie und blickte zu ihm auf. »Ich kann nicht zulassen, daß Sie das tun.« Ihr Blick wanderte verzweifelt zu Caitland hinüber, dann zu Morris und Hasin. »Sie dürfen das nicht tun, meine Herren. Ich werde es nicht zulassen. Künftige Generationen ...«

»Künftige Generationen werden überleben, gleichgültig, was heute geschieht«, sagte Morris leichthin.

»Darauf kommt es nicht an. Es kommt darauf an, *worin* sie überleben ...«

»Gnädigste, das ist mir scheißegal. Ich arbeite hart für mein

Geld. Ich tue viele Dinge dafür, die ich lieber nicht tun würde, wenn es nach meinem Kopf ginge. So wie jetzt, glaube ich. Halten Sie mir keine Vorträge! Ich bin nicht in der Stimmung dafür.«

»Sie dürfen das nicht tun.«

»Gehen Sie mir aus dem Weg!« polterte Ari warnend. »Ich vergreife mich nicht gern an alten Frauen.«

»Katie, gehen Sie weg«, sagte Caitland leise. »Sie werden sehen, daß alles gut wird.«

Sie funkelte ihn an, ihre tiefblauen Augen blitzten wild, Tränen begannen zu quellen. »Das sind keine Menschen, John. Man kann nicht mit ihnen reden, man kann ihnen keine Vernunftgründe vortragen. Verstehen Sie denn nicht? Sie denken nicht wie normale menschliche Geschöpfe, haben nicht dieselben Empfindungen. Ihre Bedürfnisse kommen aus ...«

»Hab Sie gewarnt«, knurrte Ari. Seine mächtige Pranke traf sie am Kopf. Ihr zerbrechlicher Körper krachte gegen den Türstock, der Kopf prallte gegen das Holz, dann sackte sie lautlos auf dem Boden zusammen. Ari trat über ihr gebogenes, etwas verkümmertes Bein und griff nach der Klinke.

Caitland brach ihm den Hals.

Es gab keine Schreie, keine Rufe, keine Laute, nur das kaum artikulierte, unmenschliche Grollen, das vielleicht aus Caitlands Kehle gekommen sein mochte. Hasins Pistole verwandelte das Stück Wand, vor dem Caitland gerade gestanden war, in rauchende Holzkohle. Und während er herumwirbelte, schleuderte er Aris Leiche nach dem Revolvermann.

Sie traf ihn mit ungeheurer Gewalt, brach ihm Kiefer und Nasenbein. Morris hatte eine Hochgeschwindigkeitsprojektilwaffe. Er jagte vier der winzigen Geschosse in Caitlands Körper, ehe der Riese ihn erreichte und für immer zum Schweigen brachte.

Einige Minuten lang herrschte in dem Raum Stille. Dann regte sich eine Gestalt, erhob sich langsam. Während sie die Wunde ihrer Schläfe betastete, taumelte Katherine zu der Stelle, wo Caitland über dem Leichnam von Morris lag.

Sie rollte den Hünen auf den Rücken. Keines der Geschosse

hatte eine lebenswichtige Stelle getroffen. Sie stillte seine Blutung, entfernte die beiden Projektile, die noch in ihm steckten, und mühte sich dann, die riesige, schlaffe Gestalt auf das Bett zu heben.

Es war Zeit, wieder auf ihn zu warten.

Caitland blieb sechzehn Jahre bei ihr in den Bergen. In den beiden letzten Jahren alterte sie mit einem Tempo, das ihn gleichzeitig erschreckte und erstaunte. Als eine Krankheit sie erfaßte und ans Bett fesselte, saß er an ihrer Seite und betrachtete sie: Das silberne Haar, das wie Stahlwolle hinter ihrem Kopf ausgebreitet lag, die tiefen Falten im Gesicht, nicht mehr vom Lächeln getarnt, den vom Alter gezeichneten Körper, und langsam verblaßte die Energie in ihren gletscherblauen Augen.

»Ich glaube, ich werde sterben, John.«

Er gab keine Antwort.

»Ich habe Angst.« Er nahm die zerbrechliche Hand in die seine. »Ich möchte, daß es draußen ist. Ich möchte den Wald dabei hören, John.«

Er nahm die erschreckend dünne, in Decken gehüllte Gestalt auf die Arme und trug sie hinaus. Dort stand ein Liegestuhl, den er ihr schon vor Jahren gebaut hatte, neben dem jungen Baum an dem Metallschrank.

»Den Wald möchte ich hören, John.«

Er nickte und ging an die Konsole (die er schon lange genausogut wie sie bedienen konnte), überlegte einen Augenblick und stellte dann die Instrumente ein. Sie hatten in diesen letzten Jahren viele Programme hinzugefügt, aus ihren zahllosen Kisten voller Kassetten.

Das fremde Lied verklang, und an seine Stelle trat eine vertraute Melodie, eine ihrer und seiner Lieblingsmelodien.

»Ich kann den Baum nicht erreichen, John«, flüsterte ihre papierdünne Stimme. Er schob den Liegestuhl etwas näher an den Baum heran, nahm ihren Arm und legte ihre Hand an den sich ausdehnenden und wieder zusammenziehenden Stamm. Sie mußte den Baum berühren. Nicht nur, weil sie den Wald liebte und seine Musik, sondern aus einem Grund, den er viel später erst entdeckt hatte. Demselben Grund, weshalb sie ihm immer mit den Augen folgte – damit sie sein Gesicht sehen konnte, seine Lippen.

Sie war seit ihrem zwölften Lebensjahr taub. Kein Wunder, daß sie für die Schwingungen der Bäume so empfindsam gewesen war. Kein Wunder, daß sie bereit gewesen war, sich zu isolieren, den Rest der ihr stets unverständlichen Menschheit hinter sich zurückzulassen.

Kein Wunder.

Nach etwa einer Stunde hörte er ein Husten. Langsam kroch die Kälte in die Hand, die er hielt. Er faltete sie über ihrer schmalen Brust und legte auch die andere darüber. Er würde jetzt nicht weinen. Er war zu sehr mit dem Tod vertraut, um in seiner Gegenwart zu weinen.

Statt dessen hörte er zu, wie die Musik langsam ihr Ende fand, und die Sonne unterging, und die Sterne auftauchten, zwinkernde Freunde des Abends, die auf sie herunterblickten.

Irgendwann, eines Tages, bald, würde er hinuntergehen und dem Rest der Menschheit sagen, was hier oben in einem tiefen Einschnitt der Silver Spars lebte, gedieh – und noch sang. Eines Tages, wenn er glaubte, daß sie genügend Hunger hatten und es verdienten. Aber noch eine kleine Weile würde er hierbleiben. Er würde hierbleiben bei der Hülle dieser bemerkenswerten Frau und der Musik lauschen. Er setzte sich, den Rücken gegen die pulsierende Baumrinde gestützt, und starrte hinauf in die ausgestreckten Äste, wo lockere Samen wie Glocken in hartschaligen Nüssen klirrten, und der hochragende Stamm seine Musik in den Himmel ausatmete.

Dieses Stück, das jetzt kam, diese Stelle kannte er gut. Der Baum dehnte sich plötzlich aus, schauderte und stöhnte, als der Donner des ansteigenden Crescendos durch das Tal hallte, als dreimal tausend Glockenbäume die Melodie aufnahmen und Variation und Leben hineintürmten.

Das sei Beethoven, hatte sie ihm gesagt.

EINZELRECHTE